PASSIONNÉMENT
VALERIA

Elísabet Benavent

PASSIONNÉMENT VALERIA

traduit de l'espagnol
par Martine Desoille

l'Archipel

Ce livre a été publié sous le titre
Valeria al desnudo
par SUMA, département éditorial
de Penguin Random House, Barcelone.

Notre catalogue est consultable à l'adresse suivante :
www.editionsarchipel.com

Éditions de l'Archipel
34, rue des Bourdonnais
75001 Paris

ISBN 978-2-8098-2701-9

À mes parents, pour tout.
À Lorena, la meilleure sœur au monde.
Et à Bea pour sa passion.

Prologue

Juillet

On n'avait pas vu Carmen depuis un mois, et on commençait à trouver le temps long. Non pas qu'elle nous ait reléguées aux oubliettes quand elle s'était mariée. Non, elle n'était pas, comme tant d'autres, du genre à effacer tous les contacts de son portable et à tirer un trait sur ses vieilles copines. Simplement, elle s'était offert des vacances de ouf, comme on dit.

Des mauvaises langues prétendaient que sa nuit de noces avait duré quarante-huit heures, et qu'aussitôt après elle avait mis les voiles sans nous laisser le temps de lui souhaiter bon voyage. En réalité, c'était un chouïa plus compliqué. Elle et Barto venaient d'emménager, et ils voulaient que leur nouvelle maison soit parfaitement en ordre pour pouvoir profiter pleinement de leur petit nid d'amour quand ils rentreraient de leur lune de miel… de dix-huit jours. Neuf au Japon et neuf à Bali. Excusez du peu.

(Je tiens à préciser que ce n'est pas sa copine qui parle, là, mais la nana verte de jalousie qui sommeille en moi.)

Et donc, après ces dix-huit jours de vadrouille au bout du monde, elle était un peu à la ramasse à cause du jet-lag et en proie à des vertiges et des nausées qu'elle mettait sur le compte du décalage horaire et du manque de sommeil – même si certaines sources prétendent qu'elle était restée deux jours enfermée chez elle pour s'adonner aux joies de l'amour.

Mais passons. Après cela, elle était allée rendre visite à ses parents à la campagne, et ensuite à ses beaux-parents, pour ne pas faire de jaloux.

Et donc, un mois plus tard, nous étions en train de préparer cocktails et cacahuètes, impatientes d'entendre le récit détaillé (si, si, mon cher Barto, j'ai bien dit détaillé) de son voyage de noces, et de voir les photos que toutes les jeunes mariées adorent montrer.

Quand la sonnette retentit, Lola se leva de son coussin de sol et fila ouvrir. Moi, j'étais à la cuisine et Nerea installée, jambes croisées, sur le fauteuil.

J'entendis Carmen saluer Lola avec effusion, puis plus rien. Un épais silence. Nerea toussota. Craignant le pire, je sortis dans le couloir pour m'assurer que Carmen n'avait pas eu l'idée saugrenue d'amener Barto. Mais non. Je me retrouvai face à une Carmen tout sourire et légèrement plus enrobée ; « légèrement » étant un euphémisme, vu la taille de ses lolos, qui débordaient de son corsage blanc qui mettait en valeur sa peau bronzée… et de son ventre, dont je ne parvenais pas à détacher mes yeux.

Après quelques secondes de sidération, je me repris et m'approchai pour la couvrir de baisers.

— Entre donc ! Comment vas-tu ? Raconte ! On a hâte de tout savoir ! Je te sers quoi ?

Elle regarda tour à tour Lola, Nerea, puis son propre ventre.

— Je vous ai rapporté quelques petits souvenirs, nous dit-elle en ouvrant un sac qui contenait plusieurs paquets. Ce sont des kimonos japonais. Pour mettre à la maison, comme peignoirs, quand vous êtes en mode glamour érotique.

Le ton de sa voix était… tendu. Était-elle vexée par la façon dont nous la dévisagions (comme Lola continuait de le faire), ou pour une autre raison ?

Nerea se leva pour l'embrasser sur les deux joues et lui céder le fauteuil, qu'elle accepta sans façon. Avant que Carmen ait pu nous donner nos cadeaux, Lola balança tout de go :

— Mais, dis-moi, Carmenchou, c'est une impression ou tu as avalé une pastèque ?

Nerea et moi en restâmes bouche bée. Lola n'avait pas pour habitude de prendre des gants, mais là elle y allait carrément au karcher. Je crus que Carmen allait se lever et lui jeter les cacahuètes à la figure, mais elle se contenta de soupirer bruyamment. Puis, fixant sur nous des yeux immenses, légèrement paniqués, elle déclara :

— Eh, bien… Vous vous souvenez, la semaine dernière, quand je vous ai dit que je souffrais du décalage horaire et que… ?

— Tu t'es empiffrée de donuts parce que ça fait soi-disant passer la nausée ? l'interrompit Lola.

Cette fois, je m'approchai suffisamment pour pouvoir lui mettre une claque le cas échéant.

— Ah, ah, très drôle ! sourit Carmen. Mais figure-toi que j'en suis déjà à quatorze semaines.

— Quatorze semaines de quoi ? demanda Lola le plus naturellement du monde.

Nerea faillit tomber de son coussin tandis que je plaquais mes deux mains sur ma bouche.

— Quatorze semaines de grossesse, Lola, enfin, précisa Carmen en se tapotant le ventre. Alors, forcément, ça commence à se voir.

— Je ne comprends pas, réitéra Lola, abasourdie.

— Je vais être maman. Et par conséquent, tu vas être tata.

Août

Il était neuf heures quand Lola et moi sortîmes de chez Carmen et décidâmes d'aller finir la soirée à la terrasse d'un restaurant indien de Lavapiés[1]. Chemin faisant, on discutait des plats qu'on allait commander.

— Il faut absolument prendre des naans au fromage. Ces trucs sont à se damner. Une seule bouchée et tu montes direct au septième ciel.

Soudain son portable se mit à sonner. Elle s'arrêta de marcher, repoussa une mèche de cheveux et plaqua le téléphone sur son oreille.

— Où étais-tu passé, mon tigre ? Tu ne vois donc pas que je suis en manque !

Lola m'arracha la clope que je venais d'allumer pour tirer une taffe.

— Tu n'as pas idée comme j'aimerais te voir croupir dans une fosse pleine de crapauds et de serpents, reprit-elle en recommençant à marcher. Non, je ne suis pas avec Ray. Et si tu viens, je te promets que tu pourras me peloter les nibards. Je sais que tu en meurs d'envie.

Je lui lançai un regard effaré. Mais avec qui donc était-elle en train de parler ?

Abaissant son téléphone, Lola me chuchota à l'oreille :

1. Quartier multiethnique branché de Madrid.

— Ça t'ennuie s'il vient ? Il y a genre un milliard d'années que je ne l'ai pas vu.

— Qui ça ? demandai-je.

— Victor.

Je me sentis blêmir de la tête aux pieds.

— Je… je m'en vais, d'accord ?

— Mais, Val…

— Je m'en vais. Sans rancune, OK ?

Sans même prendre le temps de réfléchir, je fis demi-tour et m'éloignai aussi vite que me le permettaient mes talons. Une fois dans le métro, mes mains tremblaient si fort que je dus m'y reprendre à deux fois pour introduire mon ticket dans la machine.

Ce soir-là je reçus plusieurs coups de fil. Dont un auquel je ne m'attendais pas.

Lola, complètement remontée après que je m'étais sauvée comme une voleuse, m'appela pour me passer un savon. Je la laissai faire sans broncher. Qu'aurais-je pu dire pour ma défense, alors que j'avais pris mes jambes à mon cou lorsqu'elle n'avait que prononcé le nom de mon ex (qui se trouvait être son meilleur ami par la même occasion) ?

Si Lola avait su comment s'était terminée sa fête d'anniversaire (et que j'en étais venue à la conclusion que Bruno était la seule option viable pour moi), elle se serait peut-être montrée plus compréhensive. Mais elle l'ignorait et je n'avais pas la moindre envie de le lui expliquer.

Et donc… motus et bouche cousue, je la laissai docilement me souffler dans les bronches, comme une gamine qui s'est fait prendre en train de chiper des bonbons.

Après avoir raccroché, je pensai que l'orage était passé, mais le téléphone se remit à sonner.

— Allô ? répondis-je, étonnée de recevoir un appel à une heure aussi tardive.

— J'espère que je ne t'ai pas réveillée, mais il faut que je te parle, annonça Victor d'une voix calme, mais ferme.

Je posai une main sur mon front et allai m'asseoir devant la fenêtre ouverte.

— Il ne faut pas que ce qui s'est passé aujourd'hui se reproduise, Valeria, ne serait-ce que par égard pour Lola. Mais ce n'est pas la seule raison. Nous devons nous comporter en adultes et tirer un trait sur toute cette histoire.

Les mots sortaient de sa bouche avec aisance, comme s'il savait exactement ce qu'il voulait dire et n'avait pas l'intention de s'éterniser sur un sujet qui, pour lui, était clos.

— Entre nous, tout est parti en vrille. Nous avons souvent fait fausse route, mais ce soir-là je me suis franchement senti mal.

— À cause de moi… ? balbutiai-je. Ce n'était pas délibéré en tout cas.

— J'imagine. Mais nous avons tous les deux pris une décision, Valeria. Je préfère être cash avec toi. Tu as choisi Bruno. Il est inutile de retourner le couteau dans la plaie.

— Tu as raison. Jusqu'à un certain point.

— Comportons-nous en adultes intelligents. Si nous traînons ces casseroles toute notre vie, nous allons fiche en l'air ce qui en vaut vraiment la peine.

— Le mieux serait d'entretenir une relation cordiale, déclarai-je sans y croire une seconde.

— Que tu n'aies pas envie de dîner avec moi et Lola, je peux le comprendre, mais que tu partes en courant comme tu l'as fait, non.

— J'ai pensé que c'était mieux ainsi, parce que vous aviez envie d'être ensemble et que j'étais de trop.

Victor soupira, et je fermai les yeux. Je songeai à ses lèvres gourmandes et l'imaginai assis chez lui, à la cuisine, et se passant une main dans les cheveux.

— Ça n'arrivera plus, affirmai-je.

— À partir d'aujourd'hui, si tu es d'accord, je propose que nous entretenions des relations cordiales.

— Je suis d'accord.

Nous observâmes quelques secondes de silence durant lesquelles je sentis comme une douleur sous ma peau. Ce n'était pas la première fois. J'avais le souffle coupé.

— Ne va pas t'imaginer que ça m'amuse, soupira-t-il. Je n'ai pas oublié les choses que je t'ai dites et que je t'ai promises. Pour moi, c'est on ne peut plus clair, Valeria, mais pour toi…

— On va se simplifier la vie, Victor. On va s'en tenir à une relation cordiale.

1

Le début de la fin

Deuxième semaine de janvier l'année suivante (six mois plus tard)

Quand Carmen vint m'ouvrir, la pauvre choute avait l'air d'un semi-remorque. Pas grosse, mais juste très, très enceinte. Je lui décochai un grand sourire et elle leva les yeux au ciel. La grossesse ne lui arrangeait pas le caractère.

— Comment ça va ? dis-je en entrant et en refermant derrière moi.

— Tire-moi une balle. J'ai répondu à ta question ?

— Je crois que oui.

— Non, sérieux, tire-moi une balle. Barto t'en sera reconnaissant.

— Arrête de dire n'importe quoi. Viens t'asseoir. Tu veux que j'aille chercher quelque chose à la cuisine ?

— Oui, le couteau à découper le jambon pour me trancher la gorge.

Elle se laissa tomber de tout son poids dans un fauteuil.

— Carmen, s'il te plaît.

— Apporte-moi un verre d'eau, si tu veux bien. Et prends ce qui te fait envie – enfin, ce que tu pourras trouver. Aujourd'hui c'est *self-service.*

J'allai chercher deux verres d'eau.

— Il va falloir que tu arrêtes de me rendre visite, dit-elle en me toisant de la tête aux pieds. Sauf si tu tiens à me faire crever d'envie.

— Ah, oui, et pourquoi cela ? demandai-je en riant.

— Tu es trop parfaite, super sapée, et tellement… rayonnante.

— Rayonnante ? S'il te plaît, Carmen. Toi aussi, tu es belle à croquer. Enceinte, d'accord, mais tu n'as pas grossi du visage, ni des jambes. Tu as un ventre comme une montgolfière, mais c'est parce qu'il y a un bébé à l'intérieur.

— Plus vous me dites ce genre de trucs, plus je me sens moche et avachie.

— Ça ne devrait plus être très long.

Je lui tapotai l'estomac.

— Non, non, juste quelques semaines.

— J'espère que tu ne vas pas accoucher avant terme, comme certaines femmes, la première fois.

— Tu veux vraiment m'achever ? dit-elle en prenant son verre.

— Non, mais je pars rejoindre Bruno, dans les Asturies, jusqu'à mercredi… et je ne voudrais surtout pas manquer ça.

— Barto dit qu'il va naître vendredi et ma mère pense que c'est pour aujourd'hui.

— Et toi, tu en dis quoi ?

— Que s'il me fait poireauter jusqu'à vendredi, je lui tords le cou. J'en ai jusque-là. J'ai envie qu'il sorte une bonne fois. Ça suffit, maintenant, Gonzalo, sors d'ici et laisse-moi disposer de mon propre corps ! dit-elle en s'adressant à son ventre.

— Tu sais par où sortent les bébés au moins ? m'esclaffai-je.

— Par là où ils sont entrés, si j'ai bonne mémoire.

Elle sourit, puis se renversa dans le fauteuil et posa ses pieds sur la table basse en soupirant profondément. Pauvre chérie. J'espérais de tout cœur que cette dernière semaine serait la plus courte possible.

Quand je rentrai chez moi, il faisait nuit noire, même s'il n'était que sept heures du soir. Il faisait un froid de canard et l'air était chargé de grésil. Non pas que je ne trouve pas la neige pittoresque et tout ça, mais je devais prendre l'avion le lendemain matin à six heures vingt et je n'avais pas envie de me retrouver bloquée à l'aéroport comme cela arrive dans ce pays dès qu'il se met à tomber deux malheureux flocons.

Je mis la cafetière en route, sortis ma valise de la penderie et commençai à plier les affaires que j'avais prévu d'emporter avec moi, comme ce déshabillé absolument indécent que Lola m'avait offert à Noël. J'avais une envie folle de le montrer à Bruno. Pour qu'il me l'enlève, naturellement, parce que ça faisait presque un mois que nous ne nous étions pas vus.

J'étais en train de me faire des films érotiques dans ma tête quand il y eut un coup de sonnette.

— Oui ? dis-je en me dirigeant vers la porte.

— Val…

Je me figeai sur place, telle une chatte qui se sent poussée dans ses derniers retranchements.

— Val ? répéta la voix.

En deux enjambées j'atteignis l'entrée. Je n'avais aucune raison de me cacher ou de tergiverser. J'ouvris la porte et

Victor parut, vêtu d'un costume sombre magnifiquement coupé et d'un pardessus de lainage gris. Je déglutis avec force et baissai les yeux sur ses Oxford noires, pour éviter le vert intense de son regard. Je ne connais pas beaucoup de femmes qui ne seraient pas tombées à genoux devant une telle apparition. Ce mec était un dieu. Je me ressaisis et souris bêtement malgré moi.

— Salut, me dit-il. Je tombe au mauvais moment?

— Non, répondis-je un peu déconcertée. Entre. J'étais en train de faire ma valise. Je te sers un café?

— Oui, je veux bien.

— Avec du lait et deux sucres?

— C'est ça.

Je filai à la cuisine en me maudissant intérieurement. Pourquoi diable avais-je accepté que nous restions « amis » plutôt que de tirer un trait définitif sur notre relation? Je ne voulais pas mettre Lola dans une situation impossible. Je devais me comporter en adulte responsable, surtout après que Victor m'avait appelée pour désamorcer la crise.

Notre conversation téléphonique m'avait donné à réfléchir. Ce n'était pas parce que nous avions rompu qu'il devenait forcément *persona non grata*.

Nous nous efforcions donc de maintenir le statu quo. Sauf que dernièrement, et comme par hasard, Victor faisait une apparition chaque fois que Lola et moi étions en virée. Pour moi, « rester amis » consistait à se dire bonjour, se faire la bise et se demander « comment ça va et toi », mais pas à s'appeler pour se prendre la tête à cause d'une relation qui n'a pas marché. La soirée d'anniversaire de Lola s'était achevée de façon pour le moins... conflictuelle, et je préférais oublier tout ce qui s'était passé après que Bruno était rentré à l'hôtel.

Au début, je n'avais même pas envisagé que Victor et moi puissions nous revoir un jour en tête à tête, mais lui avait apparemment une autre conception de ce qu'est une «relation amicale». À en juger par le message que j'avais reçu peu avant le mariage de Carmen, quelque chose clochait dans cette conception :

> Je sais. Je t'ai dit que c'était la dernière fois. Mais j'ai besoin de te voir. J'ai besoin de sentir ton odeur. J'ai besoin que tu me regardes comme tu l'as fait ce soir-là. Reviens, s'il te plaît. Reviens parce que tu me manques. J'ai besoin de toi, un point c'est tout.

Bref, c'était tout sauf clair. Et voilà que ce soir, après des mois de confusion, d'ambiguïté et de prétextes fallacieux pour pouvoir se rencontrer, il se retrouvait chez moi. Du moins, jusqu'ici, avions-nous fait l'effort de nous voir en terrain neutre. Ni chez lui ni chez moi, de crainte de nous retrouver seuls et de nous souvenir qu'il y avait un peu plus d'un an nous étions encore en couple… et avions des projets.

Je sortis une tasse pour lui et une pour moi, et les plaçai sur la petite table de ce qui tenait lieu de séjour tout en observant Victor à la dérobée. Je le vis prendre un exemplaire de mon second roman autobiographique sur le lit et sourire avec mélancolie.

— Tu l'as lu ? demandai-je.

— Bien sûr. J'attends le troisième avec impatience, me dit-il avec une œillade suggestive.

Il devait se demander si notre petit secret avait été révélé au grand jour dans le prochain opus, ou si j'avais passé sous silence le dénouement catastrophique de l'anniversaire de Lola.

— Je vais bientôt envoyer le troisième tome à l'éditeur. Il se pourrait qu'il sorte en mai.

— Tu ne me demandes pas comment j'ai trouvé celui-ci.

— Non, je préfère éviter les situations inconfortables, répondis-je en souriant.

— Dans ce cas, tu devrais éviter d'étaler tes dessous affriolants sur le lit.

Je saisis le déshabillé que m'avait offert Lola, un ensemble soutien-gorge et petite culotte en dentelle, ainsi que deux ou trois autres babioles et les fourrai en boule dans la valise, à l'abri des regards.

— Sacré veinard, murmura-t-il entre ses dents.

Nous nous fixâmes un instant l'un l'autre. Je l'avais parfaitement entendu, mais je fis mine de rien pour ne pas me sentir obligée de me justifier. *Niet.*

— Ton café, signalai-je, en espérant qu'il allait s'éloigner du lit.

D'une démarche féline, il s'approcha de la table basse et je lui emboîtai le pas.

— Et donc, que me vaut le plaisir ?

— Lola m'a dit que tu partais demain, et comme je passais dans le coin je suis monté pour te demander si tu avais besoin que je t'emmène à l'aéroport.

Je haussai un sourcil.

— C'est inutile.

— Tu vas prendre un taxi ?

— Comme toujours quand je dois partir d'aussi bonne heure, dis-je en souriant.

— J'ose espérer que tu te sens suffisamment en confiance pour me demander un service.

— Je le suis, répondis-je sans cesser de sourire, mais cette fois-ci ce ne sera pas nécessaire.

— OK, mais étant ton ami, il me semble normal de te rendre service de temps en temps.

— Oui, mais…

— À quelle heure est ton avion ?

Qu'avais-je donc fait au bon Dieu pour mériter ça ? En réalité, je le savais pertinemment et lui aussi. Celui qui ne le savait pas c'était Bruno, et mieux valait qu'il en soit ainsi. Pas étonnant que le tome trois de mon roman autobiographique ait hésité à paraître. Il contenait un chapitre complètement déjanté qui apparaissait ou disparaissait au gré des jours.

Armée de mon plus beau sourire, je vidai ma tasse de café d'un trait. Puis je m'adossai au mur et inspirai profondément pour me donner du courage.

— Victor…

— Tu vas me faire la leçon ? demanda-t-il avec un air de ne pas y toucher.

— C'est possible.

— Tu fais la tête de quelqu'un qui veut une explication.

— Ma tête est un livre ouvert à ce que je vois.

Sans me quitter du regard, Victor ôta son manteau, le laissa tomber sur le dossier du fauteuil, puis enleva sa veste, défit ses boutons de manchettes et retroussa ses manches. Nom d'un chien ! Il le faisait exprès, ma parole !

Après cela, il pinça soigneusement les plis de son pantalon et s'assit, sans cesser de me regarder dans les yeux.

— Eh bien, vas-y, parle.

Il saisit sa tasse et but une gorgée.

— Tu sais que tu es une tête de mule? lançai-je en riant.

— Pourquoi dis-tu cela?

— Arrête ton numéro…

Il rit à son tour.

— Comment cela?

— Ton numéro de strip-tease. De toute façon tu vas devoir m'écouter.

— Très bien, je t'écoute.

Je jetai un coussin à terre et m'assis face à lui.

— Bon. Si tu t'en souviens, nous avons décidé de nous en tenir à une relation amicale.

— Absolument.

— Pour moi, amicale ne veut pas dire intime. Je ne suis pas comme Lola. Je ne peux pas.

— Tu veux dire que je te mets mal à l'aise?

— Un peu – je cessai de sourire. Parfois, la situation est… bizarre. Et tendue.

— Valeria, nous sommes des adultes. Nous savons très bien ce qu'il y a entre nous.

L'enfoiré me décocha un sourire à la Cary Grant.

— Non, dis-je en secouant la tête. On était tout aussi adultes et on savait parfaitement ce qu'on faisait quand j'étais mariée. Et regarde comment ça s'est fini. En jus de boudin.

Victor leva les sourcils.

— Tu veux dire que tu n'es pas sûre de…?

— Je suis sûre de moi, lançai-je avec un sourire cynique. Là n'est pas la question. Simplement… je trouve cette situation ambiguë.

— Il n'y a pas de raison. On peut tout à fait être amis. Et je peux t'emmener à l'aéroport pour que tu ailles retrouver ton jules; je te promets qu'ensuite je ne vais pas pleurer pendant tout le week-end parce que tu es avec lui et pas avec moi.

Sa façon de sourire me procura une sensation étrange. On aurait dit que sa bouche avait le pouvoir de transformer mes paroles en jérémiades. Ma pauvre Valeria, tu te fais des films ! Comme s'il n'avait pas pu se taper toutes les nanas qui lui faisaient envie, des canons avec des jambes interminables et des nichons pointés vers le ciel.

— Bon..., présenté comme ça, enchaînai-je après ce court monologue intérieur.

— Tu comptes beaucoup pour moi. Je ne veux pas qu'on arrête de se voir sous prétexte que je ne peux pas te mettre dans mon lit.

Je relevai la tête et le regardai droit dans les yeux. Il ne pouvait pas avoir choisi cette phrase au hasard. C'était pratiquement mot pour mot ce qu'il m'avait dit un soir, à l'époque où j'étais encore avec Adrian.

— Détends-toi, dit-il en se renversant confortablement dans le fauteuil, sa tasse de café dans la main, sa cheville droite en appui sur son genou gauche.

Je restai quelques instants à contempler sans rien dire cette pose éminemment masculine. Comment Victor pouvait-il dégager un tel sex-appeal rien qu'en s'asseyant face à moi ? Ce mec exsudait la testostérone... J'aurais dû sortir mon appareil et le prendre en photo. On aurait dit un mannequin en train de poser pour *Vanity Fair*. Follement désirable et diablement gracieux tout en étant incroyablement viril. Mais...

Le problème n'était pas le sexe en soi, mais ce qui se cachait derrière. Si ça n'avait été que du sexe, nous aurions pu nous contrôler.

— À quelle heure est-ce que tu dois être à l'aéroport ? demanda-t-il en reposant sa tasse.

— À cinq heures et demie.

— Je passerai te prendre à… quatre heures et demie, ça te va ? Comme ça, nous aurons le temps de prendre un café à l'aéroport.

— Non, non. Tu vas être obligé de laisser ta voiture au parking et ça va te coûter les yeux de la tête. Je n'ai pas envie que tu paies par-dessus le marché. Viens plutôt à cinq heures. Tu me laisses à la dépose-minute et tu t'en vas.

— D'accord. Dis-moi…, ça te dirait d'aller dîner quelque part ?

Je réfléchis sérieusement à sa proposition pendant quelques secondes. Mais il était facile de deviner comment tout cela allait se terminer. Sortir dîner, rentrer tard avec un verre ou deux dans le pif et, pour finir, déclarer : « Ça ne vaut pas la peine que tu rentres chez toi, reste dormir ici… »

De toute évidence, Victor avait déjà tout prévu.

— Je n'ai pas fait ma valise et je dois encore envoyer mon article à la rédactrice en chef. (Un gros mensonge. J'avais jusqu'à la fin de la semaine prochaine pour l'envoyer.) Et puis il faut que je dorme un peu si…

— Bon, bon. Dans ce cas, on se retrouve demain à quatre heures et demie en bas, devant la porte.

— Cinq heures.

— Disons cinq heures moins le quart.

Il me décocha un clin d'œil, se leva, déroula ses manches de chemise et les reboutonna, remit sa veste puis saisit son pardessus… sous mes yeux éberlués. Nom d'un chien, comment faisait-il pour être aussi sexy ?

— À demain, dis-je en souriant.

— Tu ne vas pas me faire la bise pour me dire au revoir ?

— Pour me relever, il faudrait que je roule sur le plancher comme une boule de pétanque. J'aimerais mieux t'épargner ce spectacle.

Victor s'approcha et me tira par le bras avec une facilité déconcertante. Puis il m'embrassa sur la joue (avec une main sur ma taille et l'autre dans mes cheveux), et se dirigea vers la porte.

— Fais de beaux rêves, dit-il avant de s'en aller.

Je songeai que si j'avais eu le choix, j'aurais rêvé de lui faisant des choses esthétiquement admirables.

À l'instant même où la porte claquait derrière lui, le téléphone se mit à sonner. Je m'approchai de la table de nuit et, saisissant le combiné, répondis d'une voix neutre :

— Oui ?

— Salut, ma toute belle.

— Bruno ! Bonsoir, répondis-je avec enthousiasme.

— Je voulais juste confirmer l'heure de ton arrivée. J'aimerais mieux ne pas me tromper cette fois.

Je m'esclaffai :

— J'arrive à sept heures et demie… en principe. Comme tu le sais, les avions sont rarement à l'heure.

— Espérons que le tien le sera. Tu vas prendre un taxi pour aller à l'aéroport ?

Je regardai la porte, fermai les yeux, et mentis :

— Oui.

2

Les Asturies

Victor descendit de la voiture sans sa veste, le vent glacé ébouriffant sa chevelure brune, diablement sexy.

— Bon voyage, me dit-il en me tendant ma valise.

— Merci. Et maintenant, file, sinon tu vas attraper la crève.

Je lui tapotai le bras pour l'encourager.

— Attends. Embrasse-moi d'abord.

Il m'enlaça la taille et m'attira à lui. Il se pencha vers moi et déposa un baiser sur ma joue. Puis ses lèvres sensuelles se dirigèrent vers mon cou, tandis que je tentai maladroitement de le tenir à distance.

— Amuse-toi bien, fillette, me glissa-t-il à l'oreille. Mais pas trop quand même.

Nous nous reculâmes chacun d'un pas et nous regardâmes l'un l'autre sans rien dire. Soudain, un coup de klaxon retentit, et je réalisai que ma main droite et sa main gauche étaient enlacées et se caressaient. Et tout cela le plus naturellement du monde, bien sûr…

Je montai sur le trottoir ; Victor referma le coffre, puis remonta dans la voiture en me décochant un clin d'œil.

Quand j'aperçus Bruno parmi la foule, j'eus l'impression que mon cœur allait s'arrêter de battre. Je m'élançai vers lui, puis lâchai ma valise et me serrai contre sa poitrine. Quand j'inspirai l'odeur délicieuse de son cou, quelque chose se mit à palpiter dans ma petite culotte.

Je l'enlaçai de mes bras et laissai mes doigts se perdre dans son épaisse chevelure noire. Bruno me saisit par la taille et, une main posée sur mes reins, plaqua sa bouche sur la mienne et me donna un de ces baisers à la fois sauvages et langoureux qui me rendaient dingue.

— Tu n'as pas idée comme tu m'as manqué, me murmura-t-il en appuyant son front contre le mien.

— Toi non plus.

Que de mots doux ! Il faut dire que ces huit derniers mois, notre relation avait fait un grand pas en avant. Je crois que pour Bruno c'était du sérieux. Mais moi, j'avais l'impression que nous étions surtout sexuellement dépendants l'un de l'autre. Je ne voyais pas de tendresse entre nous, même s'il y en avait. Simplement, nous ne savions pas l'exprimer autrement que par le sexe.

Ça faisait un an que nous étions ensemble et jamais nous ne nous étions dit « je t'aime ». Pour moi, ce n'était pas un problème. Et pour Bruno non plus. Il n'était pas du genre à faire de grandes déclarations. Ce qu'il aimait, c'étaient les actes.

Et même si le sexe avait une grande importance entre nous, nous ne faisions jamais l'amour. Bruno et moi… on s'échauffait très fort et très vite au contact l'un de l'autre, de sorte qu'il n'y avait pas de place pour les minauderies ou les grandes déclarations. Ce qui ne veut pas dire que je n'étais pas pleinement satisfaite, bien au contraire. Il y a mille façons de démontrer que l'on tient à l'autre.

Bruno ne desserra pour ainsi dire pas les dents de tout le trajet. Ça ne lui ressemblait pas. En temps normal, il aurait enchaîné les propos grivois, du style « c'est ça, ne te gêne pas, mets-moi tes nibards sous le nez ». C'est pourquoi son silence m'étonnait. Je me mis à gamberger comme une folle. Avait-il deviné que Victor m'avait accompagnée à l'aéroport ce matin ? Peut-être m'avait-il approchée d'un peu trop près lorsqu'il m'avait fait la bise pour me dire au revoir, et laissé sur moi l'empreinte de son after-shave… À cette pensée, je fermai les yeux, puis les rouvris en réalisant que j'étais en train de me faire un film dans lequel Victor et moi finissions par nous embrasser.

Non ! J'étais avec Bruno. Et Bruno n'était visiblement pas dans son assiette.

Mais ce n'est qu'une fois à la maison que je compris pourquoi.

Je déposai ma valise sur le lit et commençai à ranger mes affaires. Comme toujours, le premier tiroir de la commode était vide, et des cintres avaient été libérés pour moi sur le côté droit de la penderie. Je crois bien qu'il en était toujours ainsi, y compris quand je n'étais pas là. C'était un peu comme un post-it destiné à nous rappeler que, si nous n'étions pas encore officiellement en couple, nous le serions bientôt. Autrement dit, que nous étions impliqués dans une relation qui continuait d'exister même lorsque je n'étais pas là et qu'il n'y avait pas longtemps que nous avions couché ensemble.

Bruno entra et déposa une tasse de café noir sur ma petite table de nuit, à côté d'une assiette de madeleines que je lorgnai avec envie.

— C'est fait maison ?

— Oui. Je les ai faites hier soir.

Je pris une gorgée de café tout en extirpant une madeleine de sa collerette en papier. Quel amant accompli ! Il savait même pâtisser. Cette fois, Victor pouvait aller se rhabiller.

— Valeria…

Le ton hésitant de sa voix me mit en alerte. Je me retournai, la bouche pleine.

— Quoi donc ? bafouillai-je.

— Rien. Avale.

— Que se passe-t-il ? demandai-je, une moitié de madeleine dans la gorge et l'autre dans la bouche.

— Avaaale ! insista-t-il comme un père qui se fâche.

J'obtempérai, les yeux écarquillés, et me laissai tomber sur le lit, face à lui. Assis dans le fauteuil, il me regardait, le menton posé sur son poing.

— C'est bien, dit-il en souriant. Je hochai la tête et il poursuivit : Est-ce que tu dirais que ça marche entre nous ?

Nom d'un chien ! C'était quoi cette question à deux balles ?

— Je suppose que oui. Ce n'est pas toujours facile à cause de la distance, mais… je trouve que ça marche. Pas toi ?

— Bien. Dans ce cas… tu conviendras sûrement que…

— C'est bon accouche !

Bruno éclata d'un rire tendu.

— C'est que j'ai décidé d'aller plus loin. D'aller plus loin avec toi… mais je ne sais pas si tu seras d'accord.

— Pour quoi ? demandai-je en lui coulant un regard suspicieux.

— Eh bien, pour passer ce week-end en compagnie d'Aïtana.

Je sentis ma mâchoire s'affaisser. Je haussai un sourcil surpris. Aïtana ? Sa fille ?

— Pourquoi est-ce que tu ne m'as pas prévenue ? demandai-je, l'air beaucoup plus sérieuse que Bruno ne s'y attendait.

— Pour quoi faire ?

— Pour que j'emporte des fringues, et pas juste des strings, des déshabillés et des nuisettes en dentelle, répondis-je, mal à l'aise.

Bruno se cala dans le fauteuil en souriant – jaune – même si c'est moi qui aurais dû être dans mes petits souliers. Je ne voulais pas que notre relation soit soumise à des obligations morales vis-à-vis d'une gamine de six ans. Et si nous décidions de rompre dans deux mois ? Il était le premier à dire qu'il ne voulait pas d'un « défilé de nanas », précisément pour ménager la sensibilité de sa mioche. Et donc ?

Et donc, peut-être qu'il avait cessé de me considérer comme autre chose qu'une simple « nana ».

Compte tenu de la situation et de toutes les circonstances aggravantes, j'eus la pénible impression qu'il cherchait à me mettre la pression. C'est pourquoi je décidai de ne pas y aller par quatre chemins, et tant pis s'il s'ensuivait une prise de bec. J'avais tiré quelques leçons de mes précédents échecs amoureux.

— Bruno, assénai-je d'une voix ferme. Je ne suis pas sûre d'être prête, mais je vois que tu as déjà tout décidé sans me demander mon avis.

— Sa mère part en voyage et elle m'a demandé de… alors j'ai pensé que…

Je le foudroyai du regard.

— Tu n'as pas le droit de me mettre devant le fait accompli. C'est scandaleux – il se mordit la lèvre, mais ne dit rien. Tu me mets dans une situation impossible. Et maintenant, je vais passer pour la marâtre de Blanche-Neige. Ce qui me préoccupe…

— Ne te préoccupe pas pour ma fille. Sa mère et moi avons déjà parlé de tout cela.

— Super ! Sauf que, dans cette histoire, personne ne m'a demandé mon avis.

— Amaïa est inquiète.

— Elle le serait peut-être moins si je ne passais pas le week-end avec sa fille.

— Mais c'est aussi ma fille !

Je me levai et commençai à faire les cent pas.

— Désolée, Bruno. Appelle-la et dis-lui que ce n'est pas possible. Sinon, je retourne à l'aéroport direct. Je changerai mon billet de retour.

Bruno haussa un sourcil contrarié.

— Mais… pourquoi, voyons ? dit-il, en se levant à son tour.

— Parce que je n'aime pas qu'on décide à ma place. J'en ai eu ma dose quand j'étais mariée avec Adrian. Je n'ai pas envie d'aller au-devant de problèmes. Et je n'ai pas envie de faire la connaissance de ta fille, parce que si tout part en vrille entre nous ensuite, je culpabiliserai à mort…

Bruno fit claquer sa langue. Il savait que j'avais raison sur le fond.

— Je suis surprise que tu aies pu faire une chose pareille. Je pensais qu'on se comprenait bien, toi et moi, ajoutai-je.

— Je veux juste… voir comment vous vous entendez, Valeria… on est quoi, toi et moi ? Des amants ? Tu crois qu'on va pouvoir tenir encore longtemps dans une relation hors du temps et de l'espace ?

Je soupirai et me passai une main dans les cheveux. Force était de reconnaître qu'il n'avait pas complètement tort.

— Je ne savais pas que c'était aussi sérieux entre nous.

— Et moi, je croyais que si, répondit-il.

— Avant d'entraîner ta fille dans tout ça, tu ne penses pas qu'on devrait faire le point ?

Nous nous regardâmes l'un l'autre, tendus. Quand Bruno étira la main pour prendre le téléphone portable qu'il avait laissé sur la commode, un coup de sonnette à la porte nous fit sursauter tous les deux.

— Et merde… grommela-t-il tout bas, tandis que je ravalais une bordée d'injures.

3

Le mec qui fait des montages vidéo de ouf

Nerea prit place devant son ordinateur en croisant élégamment les jambes de côté et ouvrit son agenda. Horreur ! Trois mariages dans deux mois à peine avec encore une foule de détails à régler. Trois autres dans six mois où tout restait à faire. Et deux en attente de devis.

Elle écrivit aussitôt un courriel complètement paniqué à son assistante :

> Caro,
>
> Je suis au bord de l'asphyxie. I need you. J'ai besoin de toi et d'un énorme muffin fraise chocolat blanc, mais s'il n'y a pas de fraise, je n'en ferai pas une jaunisse. Je sais que tu n'étais pas censée passer à la boutique aujourd'hui, mais, s'il te plaît, arrange-toi pour obtenir une réponse ferme du restaurant et des musiciens pour le mariage prévu le 15 du mois prochain. Ah ! Et aussi, envoie-moi le dossier de celui du 22. Impossible de me souvenir si c'est celui de la robe à froufrous ou de la mère hystérique. Nous avons besoin des devis des photographes,

sachant que Luis est pris pendant tout le mois de juillet et ne pourra pas se libérer.

Sorry, sorry, sorry. Je suis un vrai boulet, je sais, mais je compte sur toi.

Nerea

Elle reçut une réponse avant même d'avoir pu tremper ses lèvres dans son café.

Nerea,

Ne me fais pas une crise d'apoplexie, j'ai besoin de ce boulot. Et calme-toi, je suis en route. Le plus dur, ça va être pour me garer. Je peux déjà te dire que, pour ce qui est de la musique, le bras de fer risque d'être lent et douloureux. Le gérant du restau tient absolument à nous imposer son DJ. Il refuse de sous-traiter. Je vais devoir enfiler ma mini-jupe ou même y aller carrément à poil pour voir s'il se laisse amadouer. Le dossier du 22, tu le trouveras sur mon bureau tout en haut de la pile. Je vais réfléchir à un photographe pendant que je passe chez Starbucks pour t'acheter un muffin… Et Jorge, au fait ? Tu as pensé à lui ?

Je te laisse, j'hésite entre un énorme cookie ou une grosse médaille en chocolat.

Caro.

Nerea poussa un gros soupir. Jorge. Bien sûr qu'elle y avait pensé (un peu trop même), ainsi qu'à ses maudites chemises hawaïennes qu'il mettait chaque fois qu'il allait à un mariage, fût-ce une noce royale. Et aussi à la façon dont il lui faisait l'amour, agrippé aux montants du lit et serrant les dents. Nerea fronça les sourcils quand une nuée de papillons se mit à battre des ailes dans son bas-ventre.

Elle saisit le téléphone et composa son numéro.

— Ici le Royaume de la paix, de l'ordre et des voiles en mousseline, répondit une voix à l'autre bout de la ligne.

Nerea leva les yeux au ciel.

— Jorge, c'est Nerea.

— Quelle Nerea ? Celle que je me suis tapée en 98 ou la Nerea conceptrice de mariages ?

— Celle qui te donne du boulot pour que tes parents ne soient pas obligés de te faire soigner pour addiction au sexe.

— Ah ! Je le savais.

— Sans blague !

— J'allais justement t'appeler cette semaine. J'ai presque fini le montage de la vidéo du Casino de Madrid.

Nerea n'en crut pas ses oreilles.

— Quelle rapidité ! Merci.

— De rien. Dis-moi, c'est pour ça que tu m'appelles ? Pour me mettre la pression alors que je suis en plein taf ?

— Non – elle rit. Je voulais savoir si tu étais libre les deuxième et troisième week-ends de juillet.

— Attends… je crois que oui. Je n'ai pas l'habitude de planifier mes CRC à l'avance.

— Tes CRC ?

— Ouais, mes plans Cinoche, Restau, Cul.

Nerea se mordit la langue.

— Bon, là, tout de suite, je m'abstiendrai de te livrer le fond de ma pensée. S'il te plaît, j'ai besoin que tu fasses des photos pour moi.

— Pas de blème, c'est noté.

— Sûr ? demanda Nerea en fronçant les sourcils.

— Ce n'est pas le même tarif que pour les vidéos.

— Je sais. Mille deux cents en tout ?

— Mille deux cents ! Tu es tombée sur la tête ? Tu te prends combien de marge ? Six cents ? Huit cents ?

— Disons mille cinq cents et on n'en parle plus.

Elle n'avait pas l'intention de céder.

— Il faut que j'embauche un autre type pour faire la vidéo pendant que je prends les photos.

— Je sais très bien ce que tu donnes à tes assistants en échange de leurs services : cent euros et une bière. Mille cinq cents, c'est mon dernier prix.

— Toujours aussi pingre, soupira-t-il. C'est bon, marché conclu.

— Parfait. Tu m'apportes les DVD dès que possible ?

— Au fait, Nerea…

— Quoi donc ? Fais vite, je suis pressée.

— Ça te dirait qu'on parle un de ces jours, ou tu préfères faire comme si rien ne s'était passé entre nous ?

— Tu me saoules, là, Jorge. On en a déjà parlé.

— Oui, mais, je crois que…

Nerea coupa net la communication comme si une vipère venait de lui sauter à la gorge. Carolina, qui venait d'entrer dans le bureau, se figea sur place en voyant sa tête.

— Nerea…, tu veux que je mette un valium dans ton muffin ?

— Deux, s'il te plaît.

4

Pour le meilleur et pour le pire

La sonnette retentit à nouveau. Je lançai un coup d'œil paniqué à Bruno.

— Elles sont en avance, bredouilla-t-il. Attends-moi ici. Je vais dire à Amaïa que j'ai changé d'avis.

— Non, Bruno. Ce n'est pas grave, répondis-je le plus sérieusement du monde.

Il se tourna vers moi et me sourit. Il faisait semblant d'être calme, mais nous nous connaissions suffisamment pour savoir qu'il cherchait à donner le change.

Nous avions six ans de différence, mais il me parut soudain beaucoup plus mûr tandis qu'il se dirigeait vers le vestibule.

— Désolé…

Il haussa les épaules, un sourire triste aux lèvres, et j'eus la désagréable sensation d'être une mégère.

— Bah, il fallait bien que ça arrive tôt ou tard, répondis-je en lui emboîtant le pas.

Nous entendîmes la grille du jardin se refermer, et quand Bruno ouvrit la porte, je vis une grande brune, avec des yeux verts à se damner, remonter l'allée. Elle sourit en le voyant. Derrière elle, une fillette de six ans, brune elle aussi, marchait en sautillant. Elle portait un sweat-shirt rose avec un jean et des baskets roses et blanches. Je me sentis brusquement ridicule et insignifiante. Une gamine, comme Alina. Et je me mis à penser à Victor. Si seulement il avait été là pour me tirer de ce guêpier.

Amaïa s'approcha de Bruno et l'embrassa sur la joue gauche, une main posée sur sa joue droite. Je ressentis un pincement de jalousie en songeant que la gamine que Bruno était en train de prendre dans ses bras était leur fille à tous les deux. Le résultat non pas d'un mariage, mais d'un amour si fort qu'ils avaient décidé d'avoir quelque chose en commun pour toujours. De cet amour-là, j'ignorais tout. Je ne pouvais pas comprendre ce qu'ils ressentaient.

Amaïa rejeta ses cheveux en arrière et me toisa du regard, un sourire poli aux lèvres.

— Bonjour, je suis Amaïa. Tu dois être Valeria.

— Oui, enchantée.

Nous nous fîmes la bise et je remarquai qu'Aïtana m'observait attentivement.

— Salut, lui lançai-je, timidement.

Elle se cacha dans les bras de son père, qui avait l'air de trouver la situation du plus haut comique, tout comme sa mère, qui ricana avant de dire :

— Aïtana, sois polie, tu veux ? Dis bonjour à Valeria.

La fillette se blottit contre Bruno. Il lui murmura quelque chose à l'oreille, et la gamine se retourna vers moi et me sourit.

— Elle est jolie, dit la petite à son père.

— Oui, n'est-ce pas ? Et en plus, elle est super sympa. Tu as faim ? Se tournant vers Amaïa, il demanda : Elle a pris son petit-déjeuner ?

— Oui, mais en chipotant, comme d'habitude. Un verre de lait et un tout petit biscuit.

— Ce n'est pas bien, ça, dit le père à sa fille. Tu veux un jus de fruits et un sandwich ?

Nous passâmes dans la cuisine. Amaïa s'assit pendant que Bruno s'affairait et que la petite me surveillait du coin de l'œil.

— Tu veux que je fasse du café ? demandai-je à Bruno.

— C'est inutile, mon cœur, la cafetière est déjà en route.

— Amaïa, tu prends ton café comment ? demandai-je poliment.

— Bruno a l'habitude, répondit-elle sèchement.

Je regardai Bruno, qui lui fit remarquer :

— Moi, oui, mais pas Valeria.

— Avec du lait écrémé chaud et de l'aspartame.

Mais surtout, ne te bouge pas le cul, grosse feignasse, songeai-je tout en mettant une tasse de lait à chauffer dans le micro-ondes. Quand le café fut prêt, j'en versai dans la tasse, puis la lui tendis, ainsi que l'édulcorant.

— Merci. Je vois que tu es comme un poisson dans l'eau ici. Il y a longtemps que vous… ?

Bruno fit signe à la petite de s'asseoir. Il lui servit un verre de jus d'orange pressée et une petite assiette de pain et de fromage. Après quoi il s'assit à côté de moi et, un bras passé autour de mes épaules, sortit un paquet de cigarettes de sa poche de jean.

— Tu ne devrais pas fumer quand elle est en train de manger, murmura Amaïa sur un ton désagréable.

— Elle est à l'autre bout de la table et j'ai ouvert la fenêtre.

— J'avais remarqué. Tu vas finir par tous nous tuer avec ta sale manie. On se les gèle ici.

Bruno leva les yeux au ciel et alla se poster à côté de la fenêtre pour fumer.

— Oui, alors… ? Ça fait longtemps vous deux ?

— Eh bien, environ un an.

Bruno me sourit.

— Un peu plus d'un an. On a dîné ensemble pour la première fois le 26 décembre, dit-il.

Amaïa avala d'un trait sa tasse de café.

— Bruno m'a dit que tu écrivais.

Je lançai un regard discret à la gamine, qui boudait son pain et son fromage.

— Qui se ressemble s'assemble, comme dit le proverbe.

— Oui. La meilleure façon de supporter un écrivain, c'est d'en être un soi-même.

Je vis un sourire sardonique se dessiner sur les lèvres de Bruno. Malgré la pression qu'il me mettait, et le fait qu'au lieu de m'envoyer en l'air, j'allais passer le week-end à jouer les baby-sitters, je le désirais comme une folle. Il avait une barbe de trois jours qui rendait ses joues râpeuses et formait des ombres sur le bas de son visage. Et puis dans son pull à grosses mailles et son jean délavé, il était à tomber.

— Désolée, mais, et toi, tu fais quoi ? demandai-je en m'obligeant à détourner les yeux pour regarder Amaïa.

— Je suis employée de bureau, répondit-elle sèchement. C'est moins glorieux… Aïtana, s'il te plaît…

Bruno éteignit sa clope, avala son café, puis vint s'asseoir à côté de sa fille.

— S'il te plaît, ma chérie, mange. Ne fais pas semblant.

— Bon, je vous laisse, dit son ex-femme. Passez un bon week-end.

— Comme d'hab, lança-t-il sur un ton clairement passif-agressif.

— Au revoir, mon cœur. Je viens te chercher lundi à la sortie de l'école, susurra-t-elle à sa fille en l'embrassant sur le front.

Bruno et moi nous resservîmes du café (c'était déjà mon quatrième de la journée), pendant qu'Aïtana mastiquait laborieusement son sandwich. Elle semblait moins intimidée et nous observait comme si elle essayait de comprendre quel lien nous unissait, son père et moi.

— Aïtana, si tu ne te dépêches pas, tu y seras encore à l'heure du déjeuner, la sermonna Bruno en fronçant les sourcils.

— J'ai presque fini, dit la petite comme sortant d'un rêve.

— Ah, je préfère.

La gamine me regarda puis, enfournant un morceau de pain, me demanda :

— Vous êtes fiancés ?

— On ne parle pas la bouche pleine, répondit Bruno.

Aïtana se dépêcha d'avaler, puis répéta sa question, d'une voix plus aiguë cette fois.

— Vous êtes fiancés ?

— Oui, dit Bruno. Tu te souviens que je t'ai parlé d'elle ?

— Oui, mais tu m'as dit que c'était une amie.

— Oui, je sais. Mais ça revient au même.

— Moi, à l'école, j'ai des amis, mais on n'est pas fiancés.

— Allons, bon ! s'esclaffa Bruno.

— Mais un jour, sûrement que si, déclara-t-elle sur un ton de défi.

Il ne répondit pas et la gamine continua de mastiquer, avant de conclure.

— Alors, vous êtes fiancés.

— Oui, répondis-je avec douceur.

— Tu es belle, me dit-elle. J'aime bien tes cheveux. Maman ne veut pas que j'aie les cheveux longs, parce sinon ils trempent dans la soupe. Les tiens, ils trempent dans la soupe ?

— Non, mais c'est parce que je les attache.

— Ah, mais oui, approuva-t-elle comme s'il s'agissait d'une évidence. Et… maintenant, tu vas remplacer ma maman quand tu viendras ?

Je lançai un regard paniqué à Bruno, qui prit les choses en main.

— Non, maman c'est maman, mais si Valeria te demande de faire quelque chose il faut lui obéir, et bien te conduire.

— Ah – elle saisit son verre de jus d'orange, qui paraissait énorme dans ses petites mains, et but une gorgée. Et… où est-ce qu'elle va dormir ? Dans ma chambre, il y a deux lits, tu sais ? me dit-elle le plus sérieusement du monde. C'est là que tu vas dormir ?

— Non, Aïtana. Valeria et papa vont dormir ensemble.

La fillette nous fixa un instant du regard puis, ravalant son étonnement, acquiesça d'un signe de tête. Elle se racla la gorge, puis se renversa sur sa chaise et demanda :

— Vous allez faire l'amour ?

— Oh, mon Dieu…, soufflai-je malgré moi.

Réprimant un sourire, Bruno hocha la tête.

— Oui, dit-il franco, pour clore la discussion.

— Ah, mais oui, bien sûr. Vous allez dormir ensemble, dit la gamine.

Je dus me pincer pour ne pas éclater de rire, et Bruno aussi.

— Papa, tu sais… on nous a tout expliqué à l'école, mais… quand vous aurez des enfants, ce sera des frères et sœurs ou des cousins pour moi ?

Cette fois, ce fut au tour de Bruno de rester sans voix.

Je me levai et m'approchai du frigo pour qu'elle ne me voie pas rire. Je ne voulais pas qu'elle ait l'impression que je me moquais d'elle. J'entendis Bruno qui toussotait pour ne pas éclater de rire.

— Mais… pourquoi est-ce que nous aurions des enfants, Aïtana ?

— Parce que vous dormez ensemble et que c'est comme ça qu'on fait les bébés, papa.

— Ah, d'accord. Je crois… qu'on ne vous a pas tout expliqué à l'école, ma chérie.

— Ah, non ? Et qu'est-ce qu'on nous a pas expliqué, alors ? lança-t-elle, sur un ton de défi.

— Si tu savais…, murmurai-je.

Bruno explosa de rire puis, reprenant son sérieux :

— Qu'on peut très bien faire l'amour sans faire de bébés.

— Mais alors… pourquoi est-ce que vous le faites ?

— Je pense que Valeria pourra mieux te l'expliquer que moi, dit-il en sortant ses cigarettes de sa poche de jean.

— Pas question. C'est à ton père de te le dire, c'est lui le plus vieux et il sait plus de choses que moi, me défendis-je.

Aïtana fixa Bruno du regard. Elle attendait manifestement une explication. Il rit, haussa les épaules, et précisa, avec beaucoup de naturel :

— Parce que c'est agréable.

— Ah... Vous allez pas avoir d'enfants alors ?

— Pas pour le moment.

Première nouvelle. J'avais l'air d'une nana qui porte ses gonades en diadème ou quoi ?

— Et comment est-ce qu'on fait pour pas avoir de bébés ? insista la gamine.

Bruno soupira, se passa une main dans les cheveux.

— Elle – il hésita. Elle prend un médicament et moi je... Tu tiens absolument à le savoir ?

— Oui, répondit la petite sans cesser d'émietter son sandwich.

— Soit elle prend une pilule soit... Elle prend une pilule, soupira-t-il en levant les yeux au ciel.

— Et vous allez vous marier ?

— Non, s'empressa de répondre Bruno.

Je fus prise d'un rire nerveux. C'était un interrogatoire en bonne et due forme. Un test surprise auquel je n'étais absolument pas préparée.

— Alors, vous êtes fiancés, vous dormez ensemble, mais vous voulez pas faire de bébés ni vous marier.

— Exactement, soupira-t-il, un peu plus détendu.

— Mais... si vous avez des enfants, ce sera mes frères ou mes cousins ?

5

Changement de vie

Lola avait pris très au sérieux le dicton « Nouvel an, nouvelle vie » et en était venue à la conclusion que continuer de travailler sous les ordres d'un boss qu'elle ne supportait plus (son ex, pour ne pas le nommer) était une suprême connerie. Du jour au lendemain, elle nous annonça :

— Cette gueule de babouin de Sergio me sort par les yeux.

« Gueule de babouin » n'était peut-être pas le sobriquet le plus approprié pour décrire un mec aussi craquant que sexy, mais il exprimait clairement le ras-le-bol de Lola, qui voulait du changement et pas n'importe lequel.

Car pour elle, la réussite professionnelle, cette vie parallèle, grise et sans saveur, que doit mener quiconque veut gagner sa vie, arrivait très loin derrière les conquêtes amoureuses.

Et c'est ainsi que, fin décembre, juste avant les vacances de Noël, elle se présenta dans le bureau de son PDG pour lui annoncer qu'elle avait trouvé un boulot ailleurs, mieux payé et avec des horaires plus flexibles.

Lola avait beau être une championne de l'absentéisme, elle n'en demeurait pas moins la meilleure dans sa spécialité. Je ne connais pas beaucoup de gens qui maîtrisent parfaitement l'allemand, le français, l'italien, l'anglais et l'espagnol et qui se débrouillent en chinois. Son chef non plus, sans doute, car il s'empressa de lui proposer un poste de superviseur des traductions pour tous les pays où l'entreprise était implantée.

Au plan pratique, et bien que Lola ait essayé de me l'expliquer au moins une dizaine de fois, je ne suis pas certaine d'avoir compris quels étaient les avantages de ce nouveau poste au titre ronflant. Je sais seulement qu'elle devait coordonner le lancement international de tous les produits éditoriaux en s'assurant que le contenu des campagnes publicitaires était exactement le même dans toutes les langues. Lola prétend que le choix d'un mot plutôt qu'un autre peut s'avérer désastreux, mais je crois que c'est pour se donner de l'importance.

Toujours est-il qu'elle se retrouva propulsée cinq étages au-dessus de Sergio, dans un *pool* de superviseurs, ce qui, en plus d'un vaste bureau à côté d'une baie vitrée, lui procura un plaisir quasi charnel. Dans son nouveau poste, elle pouvait organiser librement ses horaires et travailler chez elle le cas échéant.

Autant vous dire que l'alcôve de Lola allait en voir de belles, surtout maintenant qu'elle avait mis son vieil amant au placard.

Une fois installée avec tout son fourbi (crayons, stylos, dossiers, ordinateur portable, téléphone, calendrier des pompiers de Madrid, photos de ses parents, de son frère et de nous), elle demanda à un de ses nouveaux collègues de lui indiquer où se trouvait le bureau du chef, pour aller se présenter.

On racontait que ce dernier, un dénommé Enrique Jara, était outrageusement jeune pour un tel poste. Ce qui voulait dire que, si ce n'était pas un lèche-cul de première et/ou un pistonné, ce devait être un mec particulièrement doué. Et, sans trop savoir pourquoi, elle le soupçonnait d'être soit super beau gosse soit moche comme un pou. Étant donné qu'elle ne se sentait pas suffisamment en confiance pour poser la question aux rares femmes qui travaillaient à son étage, elle décida de s'en assurer par elle-même.

Elle frappa à la porte de bois clair, puis lissa les faux plis de sa robe ajustée. Quand on répondit « Entrez », elle poussa la porte, un sourire poli sur ses lèvres peintes en rouge. Assis dans un fauteuil en cuir, l'homme qui la reçut était penché, la tête sous le bureau, et marmonnait des jurons entre ses dents.

— Bonjour, monsieur Jara, je suis…

Au même instant, M. Jara, qui avait l'air d'avoir trouvé ce qu'il cherchait, se redressa. Dès qu'elle vit cet étalon, qui semblait sorti de ses rêves les plus torrides, Lola oublia qui il était et pourquoi elle était là.

Des yeux bleus, des cheveux châtain clair et des lèvres charnues, qui était ce coup fabuleux ? Le nouveau Superman ? Son costume lui allait si bien qu'on pouvait aisément se l'imaginer sans.

— Bonjour.

Il lui sourit, un peu tendu, et se leva.

Et en plus il était grand, comme Lola les aimait.

Elle s'approcha d'un pas décidé et lui serra la main. L'expression de ses yeux bleus changea subitement, passant de la froide cordialité à quelque chose de nettement plus chaleureux.

— Oui, je suis monsieur Jara. Et vous êtes ?

— Mademoiselle Castaño, dit-elle en insistant sur le « mademoiselle ». Mais vous pouvez m'appeler Lola.

— Dans ce cas, appelez-moi Enrique.

Leur poignée de main se prolongea quelques secondes de plus que ne l'exigeait la bienséance, puis il l'invita à s'asseoir.

— Et qu'est-ce qui vous amène ici ?

Lola se prit à imaginer qu'il s'agissait là d'un de ces dialogues débiles typiques des films pornos, qui s'achèvent par un cunnilingus sur le bureau. Le pied. Mais elle sourit et répondit avec le plus grand sérieux :

— Je viens de prendre mes fonctions dans le service et je voulais me présenter. Je suis chargée de la coordination des campagnes de pub à l'international et…

— Ah, mais oui, la coupa-t-il en hochant la tête. Vous avez d'excellentes références.

Les yeux d'Enrique se posèrent sur les généreuses références, rondes et fermes, qui tendaient le corsage de Lola.

— Merci beaucoup. Votre réputation à vous aussi est excellente, monsieur Jara, répondit-elle d'une voix sensuelle, légèrement teintée de condescendance.

Enrique releva les yeux et lui décocha un sourire perfide qui manqua de justesse mettre le feu à son string.

— Tu peux me tutoyer, Lola, lui répondit-il sur le même ton.

— J'espère avoir le plaisir de le faire souvent, Enrique.

Elle se leva, lui tendit la main avec un de ses sourires provocants *made in* Lola, puis se leva pour prendre congé.

— Lola, la rappela-t-il juste au moment où elle allait ouvrir la porte du bureau.

— Oui ?

— Les jeudis, on a l'habitude de sortir prendre un verre tous ensemble après le boulot. Ça serait sympa que tu te joignes à nous.

— Oh, mais bien sûr. Vous pouvez compter sur moi.

Tout émoustillée, elle regagna son poste de travail d'un pas chaloupé. Elle fouilla dans son sac pour chercher son smartphone. Elle voulait tout nous raconter en nous donnant autant de détails que possible par SMS. Mais lorsqu'elle le trouva, elle eut une surprise qui la rappela brutalement à la réalité.

> Bonne chance pour ton premier jour en tant que superviseuse sexy ! Je t'attends ce soir à la maison pour fêter ça. J'ai acheté une bouteille, et pas de la piquette ! Je t'aime, Ray.

Non… Cette Lola avait cessé d'exister.

6

On joue au papa et à la maman

Après qu'Aïtana m'avait montré sa chambre et présenté toutes ses peluches, nous jouâmes à la dînette. Ensuite, nous fîmes une partie de parchis, puis nous sautâmes à la corde. Comme je n'étais vraiment pas douée, elle était pliée en deux de rire.

Après déjeuner, non seulement elle ne voulut pas faire la sieste, mais elle insista pour que je lui lise des histoires, en mettant le ton s'il vous plaît. Cela fait, elle me demanda la permission de jouer avec mon sac à main et le vida entièrement avant de le remplir à nouveau en mettant tout bien en ordre, y compris mes pilules. Pour finir, elle prit mon dernier numéro de *Elle* pour que je lui lise un article sur comment obtenir une peau parfaite. Ce qui eut l'air de lui plaire, car elle me demanda ensuite si elle devait mettre du sérum antirides. Et là, j'en avais tellement marre que j'eus envie de l'étrangler pour la faire taire. Mais à la place, je jouai avec les chats ; deux matous tellement énormes qu'on aurait presque pu les monter à califourchon.

Et son père, que faisait-il pendant ce temps-là ? Son père était avec nous, et nous observait tandis que je faisais des efforts surhumains pour tenir sa gamine occupée.

À huit heures et demie, elle mangea son dîner, non sans rechigner, puis à neuf heures tapantes elle alla se coucher. Bruno prit le relais, se chargeant de regarder sous le lit pour s'assurer qu'il n'y avait pas de monstres, d'ouvrir l'armoire au cas où des elfes s'y seraient cachés, et lui raconter une histoire de son cru pour que, plus tard, si elle faisait des cauchemars, il sache où reprendre le fil de l'histoire. Pendant ce temps, j'étais à la cuisine en train de préparer à manger. Bien qu'épuisée et impatiente de pouvoir passer un moment seule avec lui, je gardais pour moi ma mauvaise humeur, ne voulant pas passer pour une sale égoïste.

Quand Bruno redescendit de l'étage, il était tout sourire. Il entra dans la cuisine, ferma la porte et vint s'asseoir à table à côté de moi.

— Génial ! dit-il en se référant à la popote.

— Elle s'est endormie ?

— Elle est en train. Elle m'a dit que j'avais bon goût. Qu'elle te trouvait super sympa, mais que tu devrais apprendre à sauter à la corde.

— Tout ça ? dis-je en souriant.

— Oui, tout ça. Tu es claquée, je parie ?

— C'est fou ce que les gamins sont remuants. Je n'ai pas l'habitude.

— Tu t'es bien débrouillée, dit-il en saisissant ses couverts. Je suis désolé de t'avoir imposé cette situation. J'ai pensé que ça te ferait plaisir de…

— N'en parlons plus. Mais ne recommence pas, s'il te plaît.

Bruno acquiesça et attaqua son dîner tandis que je soupirais profondément.

— Je meurs d'envie de me mettre au lit.

— Pour dormir ? dit-il sans me regarder.

— Ou pour faire ce à quoi tu penses..., répondis-je en clignant de l'œil.

Il était onze heures quand nous nous glissâmes entre les draps avec une intention bien précise. Ma visite chez lui n'allait pas se résumer à une séance de baby-sitting et je m'en réjouissais.

Nous commençâmes par des baisers innocents dans le cou, lui derrière moi. Je me retournai pour l'embrasser et... sans même m'en rendre compte, j'étais déjà à califourchon sur lui et frottais mon pubis contre le sien, ma chemise de nuit remontée jusqu'à la taille. Il y avait presque un mois que nous n'avions pas eu un moment d'intimité...

En un clin d'œil, nous étions nus, et il me murmura des paroles cochonnes à l'oreille. Bruno posa sa tête sur l'oreiller, et je fis courir ma langue sur son ventre en un mouvement descendant rapide. De sa main droite, il me saisit fermement la tête tandis que je m'adonnais à une fellation. Il se mit à gémir en sourdine, laissant entendre que je faisais ça très bien. Mais que voulez-vous, c'est Bruno. Il ne sait pas mettre de mots sur ces choses-là.

— Oh, la vache, oui, continue...

Je m'appliquai tandis qu'il se mordait la lèvre inférieure de plus en plus fort en m'encourageant à aller plus vite. J'engloutis sa verge puis la libérai tout doucement en titillant le gland à petits coups de langue.

— Encore..., supplia-t-il.

— Non, parce que tu vas jouir et me laisser sur ma faim, dis-je en refaisant les mêmes gestes avec la main cette fois.

— Tu ne veux pas rester sur ta faim ?

Bruno se redressa et me renversa sur le lit. Il abaissa ma petite culotte et, saisissant ma jambe droite, la replia et me caressa avec son pénis.

— Tu veux que je te baise ? murmura-t-il.

— Oui.

Il me pénétra avec force, me coupant le souffle, et je me mis à me tortiller de plaisir.

— Tu es tellement mouillée que je glisse.

À en juger par le ton de sa voix, il aimait ça.

— Mets une capote, Bruno…, chuchotai-je.

— Tu prends la pilule…, répondit-il en haletant.

— S'il te plaît, mets une capote.

Il se leva et ouvrit le tiroir de la table de nuit pour prendre un préservatif, qu'il enfila diligemment, quoiqu'à contrecœur.

— Voilà, ça te va comme ça ?

— Ne te fâche pas, ronronnai-je en l'attirant entre mes cuisses.

Sans répondre, il me retourna sur le ventre, une main passée sous ma taille, m'obligeant à cambrer mes reins, puis se plaça derrière moi et me pénétra à nouveau. Je me mordis la lèvre en gémissant, puis j'enfouis ma tête dans l'oreiller pour ne pas réveiller la petite.

— Et maintenant ? murmura-t-il.

— Encore, dis-je.

— Encore.

Il accéléra la cadence, nos deux corps claquant bruyamment en rythme l'un contre l'autre. Tout à coup, il se figea et retint son souffle.

— Qu'est-ce qui se passe ?

Il paraît qu'à l'instant même où ton gamin vient au monde et lance son premier cri, il te pousse des antennes capables de tout capter, y compris les ultrasons…

Soudain, un cri retentit :

— Papa !!!

Bruno arracha sa capote, enfila en deux-deux son pantalon de pyjama et sortit dans le couloir.

— Papa !!!

— Qu'est-ce qu'il y a Aïtana ? demanda-t-il en entrant dans la chambre de sa fille.

J'enfilai ma chemise de nuit et sortis de la chambre sur la pointe des pieds. Je me penchai autant que je le pouvais sans être vue de la petite, et vis Bruno assis par terre à côté d'elle.

— Il est minuit, ma chérie. Minuit.

— Je me suis réveillée et puis… – elle eut un hoquet, suivi d'un sanglot. Je savais plus si j'étais chez maman… et puis je trouvais plus la lumière et…

Elle renifla bruyamment.

— Tout va bien, ma chérie. Ce sont des choses qui arrivent, même à papa quand il part en voyage et qu'il dort à l'hôtel.

— Même pas vrai, sanglota-t-elle.

— Mais si. Et maintenant, respire tranquillement et calme-toi, ordonna-t-il d'un ton plus ferme.

— Je peux pas dormir avec toi ?

— Non. Tu es une grande fille.

— Papa, supplia la gamine.

Je vis Bruno s'asseoir au bord du lit et la prendre dans ses bras. Il lui frotta le dos pour la calmer en la berçant doucement.

— Reste jusqu'à ce que je me rendorme. S'il te plaît, mon papa.

— Bon, si tu veux, dit Bruno attendri.

La gamine s'allongea de nouveau, entre ses bras, et ferma les yeux.

L'estomac noué, je retournai me mettre au lit.

Il était cinq heures du matin quand Bruno revint dans la chambre. Je relevai la tête de l'oreiller, les cheveux en bataille et à demi endormie, et jetai un coup d'œil à la pendule sur la table de nuit.

— Je me suis endormi dans sa chambre. Dans ce plumard minuscule, maugréa-t-il en massant ses reins endoloris.

— Bah, ce n'est pas grave, viens te coucher.

Il se laissa tomber sur le lit, mais de côté, le nez tourné vers les étagères. Il devait être HS. Je lui massai le dos et il se mit à gémir.

— Fichu plumard.

— Chut, lui chuchotai-je pour le calmer.

Je continuai de le masser. Peu après, les ronronnements de plaisir firent place à de petits ronflements. Bruno était profondément endormi, bouche ouverte.

Je restai éveillée un petit moment.

Que pouvait bien faire Victor à cette heure-ci?

7

Aimer ?

Quand je me réveillai, j'étais seule dans le lit. Une lumière d'un gris laiteux inondait la chambre. Je tâtai les draps à côté de moi. Ils étaient froids. Bruno devait être levé depuis un bout de temps, alors qu'il n'était même pas neuf heures.

J'allais sortir de la chambre en chemise de nuit, puis me ravisai. J'enfilai un jean et une paire de ballerines, ainsi qu'un gros pull en laine qui appartenait à Bruno. Mon premier réflexe fut de me rendre à la cuisine, mais le crépitement de son clavier d'ordinateur m'indiqua qu'il était en train d'écrire dans son bureau, à l'étage.

Je le trouvai, ses lunettes sur le nez et tellement concentré sur son travail qu'il ne m'entendit même pas entrer.

— Trésor…, murmurai-je.

— Oh.

— Qu'est-ce que tu fais ?

— Une seconde, s'il te plaît.

Il continua de taper frénétiquement sur son clavier pendant au moins deux minutes, avant de relever la tête et de demander :

— Elle est réveillée ?

— Non.

— Elle doit être K.O.

— Il y a longtemps que tu es levé ?

— Depuis sept heures. J'ai fait un rêve bizarre. Ça m'a réveillé et ensuite je n'ai pas arrêté d'y penser… – il désigna l'ordinateur. J'ai écrit sept pages, qui devraient valoir le coup une fois remaniées.

— Super. Tu veux du café ?

— Non. J'en ai déjà bu deux. Mais… Je peux te demander une faveur ?

— Bien sûr.

Je m'approchai et m'assis sur ses genoux.

— Je n'ai pas envie de laisser filer l'inspiration… Ça t'ennuierait de t'occuper d'Aïtana pendant que je travaille ?

J'écarquillai des yeux effarés.

— Tu te fiches de moi, Bruno !

— Une heure ou deux, pas plus. Vous pourriez sortir jouer dehors, à cache-cache, par exemple.

— Je te signale qu'il pleut, répondis-je avec humeur.

— S'il te plaît, Valeria, je ne te le demanderais pas si je n'étais pas certain de tenir quelque chose de… bon – il désigna à nouveau son écran. Tu sais comment ça marche. Quand l'inspiration est là, il ne faut surtout pas la laisser filer. J'adore Aïtana et j'adore passer du temps avec elle, mais…

— Bon, bon.

Cher trésor, je ne doute pas un seul instant que tu sois en train de nous pondre un truc génial, mais… j'ai comme l'impression que tu tiens absolument à occuper la première place dans notre relation. C'est ce qu'on appelle du chantage affectif ou je me trompe?

Quand je descendis au premier pour prendre une douche, je me retrouvai nez à nez avec la gamine en pyjama dans l'escalier.

— Bonjour, lui dis-je en souriant. Tu vas bien?

— Bonjour. Et papa?

— Il est en train de travailler. Il risque d'être occupé pendant encore une heure ou deux. C'est super, non? On va avoir la matinée tout entière pour jouer rien qu'entre filles.

— Entre filles?

— Absolument! Et on va faire tout ce qui nous fait envie.

— Ah, oui?

Elle leva ses petits sourcils, tout émue.

— Dis-moi ce qui te ferait plaisir?

— Des biscuits avec un chocolat chaud pour le petit-déjeuner et ensuite j'aimerais qu'on fasse un gâteau.

Un gâteau. Quel bonheur! Comme chacun sait, j'adore cuisiner! Ainsi, n'avais-je pas réussi l'exploit de préparer une omelette la veille au soir?

Je souris néanmoins.

— Tu me donnes une seconde?

— Oui, je vais faire mon lit.

Je remontai en courant dans les combles.

— Oui? me demanda Bruno, ses lunettes sur le nez.

— Elle est réveillée. Elle veut manger des biscuits avec du chocolat chaud pour le petit-déjeuner, et ensuite faire un gâteau.

— Entendu, mais dis-lui que c'est seulement pour aujourd'hui. Tu trouveras tout ce qu'il faut dans la dépense à la cuisine. Et ne la laisse pas manger la pâte du gâteau crue. Parce qu'après elle a mal au ventre et elle finit par gerber comme la gamine dans *L'Exorciste*.

Je décidai de m'armer de courage. Il valait toujours mieux regarder le bon côté des choses.

Quand je passai la tête dans la chambre de la petite, le lit était fait (plus ou moins), et elle était en train de lacer ses tennis.

— Pyjama et tennis ? demandai-je.

— Oui, comme ça, je peux courir sans tomber.

— Moi aussi, je dois faire le lit.

— Je peux t'aider ?

— Bien sûr.

J'entrai en courant dans la chambre, craignant que la capote de la veille ne soit encore sur la table de nuit, mais Bruno avait dû effacer les traces de notre *coïtus interruptus*, car elle n'y était pas.

Aïtana contempla un instant ma nuisette étalée sur le lit, puis la prit et me demanda :

— Elle est à toi ?

— Bien sûr.

Elle ne s'imaginait tout de même pas que c'était celle de son père ?

— Elle est trop belle, dit-elle en l'enfilant.

À moi, elle m'arrivait aux fesses, mais sur elle on aurait dit une robe longue.

— Elle te plaît ?

— Oui. Mais t'as pas froid avec ?

Je fis non de la tête en songeant que ce petit bout de chiffon avait précisément pour vocation de vous chauffer les sangs. Mais cela, Aïtana le découvrirait avec le temps. Elle me rendit la nuisette, que je rangeai aussitôt dans le tiroir de la table de nuit, puis insista pour m'aider à faire le lit.

C'est vrai qu'elle était choupinette, et bien élevée. On allait peut-être réussir à devenir potes, elle et moi.

Une fois avalés les biscuits et le chocolat (instantané, Dieu merci), nous passâmes aux choses sérieuses. Aïtana avait finalement décidé de faire des madeleines. Je débusquai les moules à gâteaux, planqués tout au fond de la dépense, ainsi que la farine, la levure, les œufs, le lait et le beurre, mais pas les pépites de chocolat – alors que son papa les avait achetées exprès pour qu'ils puissent faire des muffins ensemble. Je lui proposai de faire un concours : la première qui les trouverait aurait le droit d'en manger quelques-unes. Ce fut elle qui les trouva, dans le frigo. Quand je lui donnai sa récompense, elle insista pour la partager avec moi.

Après cela, ce fut comme si une bombe atomique avait explosé dans la cuisine. Il y avait de la farine et des ustensiles absolument partout. La préparation des madeleines (niveau de difficulté zéro) n'était pas censée prendre plus de dix minutes, mais il était onze heures et demie quand nous mîmes les nôtres au four.

Lorsque je demandai à Aïtana de m'aider à tout nettoyer, je découvris à ma grande honte qu'elle était beaucoup plus consciencieuse que moi quand il fallait manier le torchon. Cela dit, j'avais au moins appris à faire les madeleines. Même si c'était grâce à Google – recette madeleines pépites chocolat, valider –, aux yeux de la petite, j'étais une pâtissière accomplie.

Toute fière, Aïtana apporta, telle une offrande sacrée, une madeleine à son père, tandis que je la suivais avec un déca. Il nous reçut à bras ouverts, mangea la madeleine, et déclara qu'elle était exquise (malgré des morceaux de coquille d'œuf qui craquaient sous la dent). Puis il prit sa tasse de café, m'embrassa sur le front et m'annonça qu'il aurait terminé dans quelques heures. Décidément, il avait l'inspiration tenace.

Garder occupée une loupiote de six ans est une tâche ardue, que je qualifierais même d'exténuante. Après déjeuner, quand Bruno me demanda de jouer avec elle pendant qu'il mettait la dernière main à son texte, je sentis mon moral fléchir d'un coup. L'inspiration, qui lui était venue subitement, tel un éclair divin, lui avait fourni l'occasion de tester ma capacité d'adaptation. Étant à court d'idées, et voyant que la gamine commençait à en avoir assez de jouer à cache-cache, à colin-maillard, et à chat... je fis la seule chose qui me vint à l'esprit.

À cinq heures, quand Bruno descendit enfin de son nid d'aigle pour nous proposer de regarder un film en mangeant des popcorns, il nous trouva, tels deux clowns, la bouille peinturlurée de fard et de rouge à lèvres, et éclata de rire.

— Papa, t'as vu comme elle est belle ?

Le regard approbateur de Bruno, visiblement satisfait que je me sois prêtée à ce jeu ridicule, me fit chaud au cœur. Pour la première fois, je sentis de la tendresse dans l'air. Était-ce l'amour ?

Le soir, ma tête avait à peine touché l'oreiller que je m'assoupis – si profondément que je ne sentis rien quand Bruno se glissa entre les draps à côté de moi. Je rêvais qu'Aïtana m'avait maquillée avec des feutres indélébiles, et que j'avais beau frotter, ça ne voulait pas partir.

Je me réveillai en sursaut en pleine nuit. Il faisait très sombre. Seule la lueur blanchâtre du patio entrait par la fenêtre, et on n'entendait que le crépitement de la pluie sur le feuillage et le toit de la maison. Je me retournai et vis Bruno. Étendu face à moi, les yeux ouverts, il m'observait.

— Quelle heure est-il ? murmurai-je.

Sans répondre, il pressa ses lèvres sur les miennes, doucement, mais fermement, puis s'allongea sur moi. Je répondis avec un peu moins d'empressement qu'à l'accoutumée. J'écartai les jambes pour lui faire de la place et nous nous enlaçâmes sans cesser de nous embrasser. Soudain, Bruno se mit en appui sur ses coudes et me demanda, en me regardant dans les yeux :

— Tu sais que je t'aime, n'est-ce pas ?

Je ne sus que répondre. Mon cœur, mon estomac et même mon intestin grêle formaient un nœud dans ma gorge. Je fermai les yeux et me laissai emporter par ses caresses, tout en songeant vaguement que je pourrais peut-être l'aimer. Peut-être. Au conditionnel.

Nous nous déshabillâmes lentement, et quand je l'accueillis en moi, je n'étais pas aussi excitée qu'à l'ordinaire. Pour la première fois, l'instinct qui nous poussait l'un vers l'autre n'était pas purement sexuel. Bruno était attentionné, très doux, me baisant les paupières, les joues, le cou, le menton, tandis qu'il allait et venait en moi.

Pas une remarque salace, pas un juron. Rien. Juste du silence et des petits grognements au fond de sa gorge. La bouche, et même les yeux fermés parfois, il me serrait contre lui comme s'il avait voulu entrer tout entier en moi et me dévorer jusqu'à ce que je devienne une partie de lui et que nous ne soyons plus jamais obligés de nous dire au revoir à l'aéroport.

Quand Bruno sentit qu'il allait éjaculer, il s'interrompit et me regarda comme s'il cherchait à déceler les frémissements précurseurs de l'orgasme. Sentant toute son attention sur moi, je me retins de jouir. Pour l'instant tout au moins. J'aurais pu lui dire d'attendre, et il se serait alors reculé pour enfouir sa langue humide entre mes cuisses, avant de me pénétrer à nouveau quand je serais prête. Mais tout cela était trop compliqué. J'entrouvris les lèvres et l'attirai contre moi. Je l'enlaçai de mes jambes et plaquai mes hanches contre les siennes en gémissant jusqu'à ce qu'il se tende à nouveau et qu'un grognement sourd jaillisse de sa gorge.

Je venais de simuler un orgasme pour la première fois.

J'avais le cœur serré quand je dus faire mes adieux à Aïtana, le lundi matin. On était devenues potes. Elle m'avait même tressé un bracelet en fils de couleurs que j'acceptai en jurant de ne l'ôter que lorsqu'il se romprait de lui-même. Mais j'avais beau m'être prise d'affection pour elle, je ne voulais plus jamais me retrouver dans ce genre de situation. Cette histoire commençait à prendre une tournure inquiétante. Contrairement à Victor, qui était incapable de s'engager pour de bon et ne pouvait pas me procurer la stabilité affective, Bruno était à fond. Et quand Bruno était à fond, ça ne rigolait pas.

Mais ne valait-il pas mieux pour tout le monde que je continue d'avoir des relations sexuelles avec Bruno et que j'attende un peu avant de développer des liens affectifs plus profonds ?

Toujours est-il que Bruno songeait déjà à la suite. Comment allions-nous faire alors que nous vivions à des centaines de kilomètres l'un de l'autre ? Il était hors de question qu'il déménage, à cause de sa fille, qu'il ne voulait pas perdre de vue, et moi, je ne me voyais pas tout plaquer tout pour un mec, si sérieuse que soit notre relation.

Le dimanche soir, après dîner, nous nous installâmes sur le tapis du salon avec un verre de vin. Tout en regardant crépiter les bûches dans la cheminée, nous évoquâmes avec délice notre premier coït multi postural et son florilège de paroles cochonnes et de jurons à faire rougir les dialoguistes les plus gaillards de l'industrie pornographique mondiale.

— Tu as une constellation de grains de beauté dans le dos, me dit-il en parcourant la distance entre chacun de la pointe du doigt.

Je ris.

— Quoi ? demanda-t-il.

— Tu n'as pas idée du nombre de fois où tu m'as dit cette phrase mot pour mot.

Je me tournai vers lui et le laissai poser sa tête sur mon ventre.

— Je ne me souviens jamais si je te l'ai dit ou si je l'ai simplement pensé.

— C'est sans importance.

— En fait, j'ai une mémoire sélective.

— C'est-à-dire ?

— Mon cerveau fait le ménage périodiquement pour ne garder que les choses importantes. Mais celles-là, je m'en souviens avec une foule de détails, contrairement à vous autres, qui n'oubliez jamais rien.

Il rit.

— Et c'est quoi, ces choses importantes ?

— La nuit où Amaïa et moi avons conçu Aïtana, par exemple.

— Allons bon, murmurai-je entre mes dents.

— Je ne voulais pas faire d'enfants, imagine-toi.

— Et pourquoi cela ?

— Parce que je sentais que quelque chose ne tournait pas rond entre nous et que je préférais attendre. Mais pas elle.

— Mais comment est-ce qu'elle a fait pour se retrouver en cloque alors que tu ne voulais pas que vous ayez d'enfants ?

— C'est justement là tout le problème. Elle a arrêté de prendre la pilule sans me le dire. C'était le début de la fin. Aïtana est la plus belle chose qui me soit jamais arrivée, mais je ne supporte pas qu'on me mente. Et je ne lui pardonnerai jamais.

Je déglutis avec force. Moi aussi je lui avais menti une fois. Avec Victor. Et je lui avais menti quand on était au lit. Et je passais mon temps à dire des demi-vérités.

— Et de quoi d'autre est-ce que tu te souviens ? demandai-je pour passer à autre chose.

— Le jour où je t'ai rencontrée, tu portais un jean avec des talons vertigineux, un T-shirt Los Reyes et une veste noire. Tu avais du rouge à lèvres qui tirait sur l'orangé et une bouche pulpeuse. La forme de ton nez m'a plu et aussi ta façon de balancer tes hanches l'air de rien. Victor est arrivé en retard à ta conférence et tu as failli rester sans voix quand tu l'as aperçu dans l'assistance. Ce soir-là, j'ai rêvé de toi. Tu étais couverte de sang et tu me baisais comme une folle. Et grâce à toi, j'ai pu écrire soixante-dix pages d'un trait au cours des jours suivants.

— Tu veux dire que je suis ta muse ?

— Oui. Et comme ça, j'ai fantasmé pendant des semaines. Une branlette après l'autre.

— Bruno, s'il te plaît…

— Je savais que tu finirais avec moi sans même te demander pourquoi tu avais choisi un mec aussi moche.

— Tu es idiot, mais pas moche.

— La première fois qu'on a niqué, j'avais envie que ça ne s'arrête jamais. Je n'arrivais pas à y croire. J'ai failli décharger deux cents fois. Rien que d'y penser, j'ai la trique.

— Il n'y a que toi qui puisses rendre poétiques des mots comme niquer ou décharger.

— Tu sais quoi ? J'ai toujours su que tu étais… la femme de ma vie. J'ai tout de suite compris que j'allais te mettre sur un piédestal. Je t'ai souvent dit que tu faisais partie de ces nanas devant lesquelles les hommes se prosternent. Parce que tu es capable de m'entortiller autour de ton petit doigt.

Je me redressai et le regardai dans les yeux.

— Quoi ? demanda-t-il. Qu'est-ce que j'ai dit ?

— Je suis la femme de ta vie, sérieux ?

— Je crois bien que je pourrais t'aimer jusqu'à en mourir, confessa-t-il avec un soupçon d'ironie. Et crois-moi, personne n'a envie d'aimer à ce point.

— Pourquoi cela ?

— Parce qu'on n'est plus maître de ses sentiments – il sourit. Mais pas de panique. Tout va bien.

— Tu es vraiment un crétin, lançai-je en riant.

— Un crétin fou amoureux. La combinaison parfaite. Il ne reste plus qu'à décider… comment on va s'organiser, Valeria.

Comment ça, comment on va s'organiser ? Je n'en avais pas la moindre putain d'idée, mais j'étais au moins sûre d'une chose : j'allais tout faire pour que cette relation dure. Parce que je sentais qu'elle pouvait me sauver.

8

Mauvais poil

Nerea poussa de côté le plan de table et la liste d'invités qu'elle venait de composer, et posa sa tête sur le bureau. Elle jeta un coup d'œil à sa montre : huit heures et demie. Il y avait douze heures qu'elle était enfermée ici, mais elle aurait pu continuer à travailler encore pendant une heure ou deux. C'était le bon côté de ce job, elle ne sentait pas la fatigue.

Elle soupira. Elle avait envie d'aller prendre un verre au bar du coin. C'était un peu tristounet, mais c'était tout de même mieux que de picoler seule à la maison, comme une alcoolo qui planque sa flasque de vodka dans le réservoir des chiottes.

Elle ramassa tous les dossiers couverts de post-it de couleur et les rangea soigneusement dans des classeurs. Elle ferma ensuite le tiroir à clé et entreprit de mettre de l'ordre dans son sac à main. C'est alors qu'on frappa à la porte de derrière, celle qu'elle empruntait chaque soir pour sortir et chaque matin pour entrer dans la boutique. Elle saisit sa veste et commença à se diriger vers la porte.

— Qui est-ce ?

— Jorge.

Oh, putain ! Elle leva les yeux au ciel…

— Tu ne peux pas venir à une heure normale ?

— Je viens de me lever.

Le fait est qu'il avait la tête de quelqu'un qui vient de tomber du lit. Il portait un T-shirt à manches courtes Kermit la Grenouille par-dessus un autre à manches longues et un jean noir à taille tellement basse que de dos on devait voir son slip. Quant à son blouson, mieux valait ne pas s'y attarder. Mais malgré cela, il avait toujours cet air rafraîchissant d'un mec qui vient de se doucher en rentrant de la plage.

Il repoussa la mèche de cheveux qui lui tombait devant les yeux et sourit.

— Arrête de me regarder comme ça, on dirait ma mère.

— Qu'est-ce que tu veux, à la fin ?

— Qu'est-ce que c'est que ce collier de vieille rombière, Nerea ? Non mais, sérieux…

Nerea palpa machinalement le sautoir de perles qu'elle ne quittait pour ainsi dire jamais, même pour dormir. Elle l'adorait. C'était un cadeau de sa grand-mère, et les perles étaient magnifiques, comme elle ne cessait de le répéter à Lola chaque fois que celle-ci lui reprochait de le mettre en toute occasion.

— Je t'ai apporté les quatre copies du DVD que tu m'as demandées.

— Oh, super ! Donne.

— Tu ne vas pas m'inviter à entrer ? répondit Jorge en sortant les disques de sa sacoche.

— Tu n'as pas remarqué que j'étais sur le point de partir ?

— Je peux te déposer quelque part ?

— Non, j'allais..., j'ai... un rendez-vous, dit-elle d'un ton digne.

— Ah, oui ? Et avec qui ?

— Ça ne te regarde pas.

— Où ça ?

— Au bar du coin, répondit-elle, regrettant aussitôt d'être entrée dans les détails.

— Nerea, dit Jorge en s'appuyant au chambranle, tu n'as rendez-vous avec personne.

Elle fronça le nez, puis secoua de la tête.

— Je ne sais pas mentir, concéda-t-elle, incapable de réprimer un sourire.

— Ça te dirait de prendre une bière ?

— Un verre de vin, plutôt.

— Va pour le gros qui tache.

Ils échangèrent un sourire et commencèrent à se diriger bras dessus bras dessous vers le bar.

Nerea but sa première gorgée de vin en fermant les yeux.

— Tu sais que tu es alcoolique ? dit Jorge.

Elle le regarda d'un œil torve.

— Je bois un verre de vin une ou deux fois par semaine. Ça n'est tout de même pas de l'alcoolisme.

— C'est vrai, mais tu es capable d'en descendre des litres, la taquina-t-il en saisissant sa chope de bière.

— Et toi ?

Il tordit la bouche et s'appuya au zinc.

— Tu vas partir en courant si je te le dis.

Elle se mordit la lèvre.

— Il y a des chances, oui.

— Et donc tu ne me diras jamais pourquoi.

— Ça me paraît évident, non ?

Elle s'était rapprochée, comme si elle ne voulait pas qu'on l'entende. Elle était bourrée. Complètement cuite.

— C'est quoi ton problème ? demanda Jorge en se rapprochant à son tour.

— Du large. Ça n'est pas parce que tu m'as invitée à prendre un verre que ça t'autorise à me coller comme tu le fais.

— Parce qu'en plus, c'est moi qui vais payer ? Quelle rapiat ! dit-il en souriant de toutes ses dents.

— Parfaitement, c'est toi qui vas payer. Et fiche-moi la paix.

— Je suppose que ton ex était un de ces vieux machins qui se baladent en peignoir de velours rouge, la nargua-t-il.

— Mon ex était un mec super beau et qui réussit très bien ! Y a pas photo, dit-elle en le toisant de la tête aux pieds.

— Dans ce cas, pourquoi est-ce que tu l'as plaqué ?

— Ça ne te regarde pas !

— Nerea…

Il haussa les sourcils d'un air suffisant.

— Quoi ?

— Tu en meurs d'envie. Je paie et on y va ?

— On peut toujours rêver.

— C'est vrai. Tu connais la chanson « Pour toi, j'ai mouillé mes draps blancs… » ? fredonna-t-il.

— Tu es dégoûtant.

Leurs regards s'accrochèrent quelques instants et ils se sourirent.

— Je te plais, décréta Jorge.

— Non !

— Je te fais kiffer grave, avoue !

— Ça suffit maintenant !

— Tu as honte d'avoir couché avec moi ? Parce que je ne suis pas assez bien pour toi ?

— J'étais bourrée.

— Pourtant tu as fait ta part du boulot comme une nana qui avait toute sa tête. Deux fois, précisa-t-il.

— Oublie-moi, tu veux ?

— Et tu as pris beaucoup de plaisir.

Nerea sortit un billet de sa poche de jean et le posa sur le zinc.

— C'est moi qui invite, cette fois. Je n'ai pas envie de te devoir ne serait-ce qu'un verre de vin.

Elle se leva en rejetant sa chevelure en arrière, et se dirigea vers la porte en roulant des hanches. Elle dut se faire violence pour ne pas se retourner pour voir s'il la regardait. Mais c'était plus fort qu'elle, et au dernier moment, elle jeta un coup d'œil à travers la vitre du bistrot. Jorge sirotait sa bière, un sourire aux lèvres. Mais il ne la regardait pas. Elle tapa rageusement du pied et continua son chemin jusqu'à la voiture.

9

L'âge adulte

Le jeudi, Carmen se réveilla avec une douleur lancinante dans le bas des reins. Barto était parti travailler à huit heures, et elle était restée à la cuisine. Elle ressentait comme des spasmes dans le bas-ventre. Clairement, elle était sur le point d'accoucher.

Hésitant entre sauter de joie ou paniquer, elle décida de ne rien faire tant que les contractions ne seraient pas plus rapprochées. Elle n'avait pas envie d'aller à l'hôpital, comme l'avait fait sa belle-sœur, et de passer une journée entière à attendre que le col se dilate. Elle alla dans la chambre à coucher et inspecta le contenu de sa valise pour s'assurer qu'il ne manquait rien, puis la posa à côté de la porte et inspira profondément. Non. Elle n'était pas prête.

À quatre heures de l'après-midi, quand les douleurs commencèrent à devenir plus violentes. Elle attrapa le téléphone et appela Barto, pliée en deux.

— Oui, mon cœur, répondit la voix de Barto sur fond de crépitement de clavier d'ordinateur.

— Barto, je vais accoucher.

— Déjà ? dit-il, soudain exalté.

— Oui.

— Tu as des contractions ?

— Depuis ce matin. Je crois que le travail a commencé.

Barto ne répondit rien. Il raccrocha et, saisissant sa veste, lança à ses collègues :

— Je me tire. Je vais être papa !

Des applaudissements l'accompagnèrent jusqu'à la sortie, où il se retrouva nez à nez avec Dani, son chef et ex petit ami de Nerea.

— Où est-ce que tu cours comme ça ?

— Je vais retrouver Carmen. Gonzalo va bientôt sortir.

— À la bonne heure ! s'écria Dani en lui donnant une tape dans le dos. Vous deux, au moins, vous n'avez pas perdu de temps.

Barto sortit dans la rue et alluma une cigarette, dont il tira deux taffes avant de monter dans le premier taxi qu'il trouva.

Quand il arriva à la maternité, il était cinq heures moins le quart, et le col de Carmen était déjà dilaté de sept centimètres. Comme elle était très débrouillarde, elle avait déjà fait le plus gros du boulot toute seule, comme une grande, à la maison. À peine entrée dans la salle de travail, elle n'eut pas le temps de s'allonger qu'elle perdait les eaux.

L'accouchement se fit par les voies naturelles, sans problème et rapidement. À six heures et demie, Carmen donnait les dernières poussées en tenant la main de Barto qui la regardait souffler et transpirer. Gonzalo prit sa première inspiration à six heures et trente-deux minutes, en jetant un cri strident. Quand l'infirmière le déposa sur la poitrine de Carmen, elle le regarda sans dire un mot, émerveillée. Gonzalo ne pleurait plus. Il ne faisait que serrer et desserrer ses doigts minuscules en laissant errer autour de lui son regard aveugle de nouveau-né. Barto se mordit la lèvre inférieure, ému, et Carmen murmura :

— Bonjour, mon cœur… Je suis ta maman.

D'un seul coup, toutes ses craintes s'envolèrent. Peu importait qu'ils aient commis une folie en faisant un bébé aussi vite. Peu importait qu'elle ne soit pas prête, puisque soudain, elle était mère.

Quand Barto m'appela pour m'annoncer la nouvelle, la première chose que je fis fut d'appeler Bruno qui, à ma grande surprise, m'annonça qu'il allait venir dans la semaine. Sur le coup, naïve que j'étais, je songeai qu'il venait uniquement pour faire la connaissance du premier bébé de notre bande de filles. Mais plus tard, il m'expliqua qu'il venait pour assister à une réunion importante. On lui avait annoncé que son premier roman allait finalement être adapté au cinéma et il voulait superviser l'écriture du scénario.

— C'est génial ! Félicitations ! lui dis-je, sincèrement émue.

— Merci, ma chérie.

— J'aimerais beaucoup que tu viennes faire la connaissance de Gonzalo avec moi.

— Carmen est ton amie. Tu peux très bien y aller seule.

Mon regard se perdit dans le vague. Pourquoi fallait-il qu'il soit à ce point pragmatique ? Je me raclai la gorge et expliquai :

— En fait, ça m'aurait fait super plaisir que tu m'accompagnes. Et aussi de te regarder tenir un bébé dans tes bras.

— Ça, je sais faire. J'en ai déjà eu un, rit-il.

Au lieu de l'écouter raconter son expérience de jeune papa, je me mis à songer à Victor. Je le revis en train de tenir ma nièce, Maria del Mar, entre ses bras. Il l'avait prise avec beaucoup de douceur, en tenant fermement sa petite tête. Après quoi, il m'avait regardée, puis avait dit à ma sœur : « Elle est adorable ».

Et si lui et moi n'avions pas rompu ? Est-ce que nous aurions eu des enfants ?

Je mis abruptement fin à la conversation avec Bruno, déclarant que je devais parler avec les filles pour décider de ce que nous allions offrir à Carmen.

Je composai le numéro de Lola, qui me répondit sans même prendre la peine de dire bonjour :

— Alors, ça y est ? Il est né le lardon ?

— Oui, répondis-je tout émue. On va la voir demain ?

— Et comment ! Je vais m'arranger pour sortir plus tôt du bureau. Au fait, il est comment ? Tout mignon riquiqui ou mastoc ?

— Adorable à mon avis. On va lui faire un cadeau ? Je passe te prendre.

Lola regarda autour d'elle, cherchant des yeux une excuse convaincante.

— Je ne peux pas, Valeria, répondit-elle d'une voix ferme. Je suis nouvelle dans le service, tu comprends… Appelle Nerea. Mais demain, promis, je sors de bonne heure et on va ensemble à la maternité.

— Ça marche !

— Et au fait, s'écria-t-elle sur un ton presque de reproche, n'allez pas lui acheter des bavoirs à la con. Achetez-lui un truc pour elle. Quelque chose de sympa qui lui fasse oublier momentanément qu'elle vient de pisser sa côtelette.

Mon Dieu… Il y a des choses qui ne changeront jamais.

Après avoir raccroché, Lola alla aux toilettes pour se refaire une beauté, puis elle regagna son bureau et fit mine de travailler d'arrache-pied. Quelques minutes plus tard, son chef, le beau Enrique Jara, passa la tête par la porte et lui demanda si elle était prête.

Tandis qu'elle montait avec tous les autres dans l'ascenseur, elle se présenta sous son jour le plus sympathique de superviseuse dotée de superpouvoirs. Elle ne tarda pas à réaliser que tous les autres occupaient des postes plus importants que le sien, et se sentit d'autant plus flattée qu'ils l'avaient accueillie chaleureusement.

Ils se rendirent à pied dans un bar lounge qui ne se trouvait qu'à quelques pas, Dieu merci, car elle se voyait mal faire un trekking juchée sur les Christian Louboutin aux talons XXL que nous lui avions offertes pour son anniversaire.

Tandis que ses collègues commandaient des cocktails, elle s'en tint sagement à un verre de vin. Elle avait besoin de garder la tête froide pour ne pas oublier qu'elle avait déjà un mec dans sa vie. Il n'aurait plus manqué qu'elle fasse du gringue à Enrique Jara et brise le petit cœur de Ray, son cher et tendre artiste en herbe.

Tandis qu'elle songeait à toutes ces choses, elle sentit un regard insistant sur elle. Bien évidemment, c'étaient les yeux bleus et avides d'Enrique. Elle ne put résister à l'envie de lui répondre par un sourire aguicheur.

Elle apprit une foule de choses durant cette petite réunion entre collègues. Le *networking* avait décidément de bons côtés. Elle fit la connaissance de gens qui allaient pouvoir lui simplifier la vie, lança quelques rires tandis que les femmes la complimentaient sur son style vestimentaire et que les hommes la draguaient gentiment. Elle était à deux doigts de dire qu'elle était en couple quand elle se ravisa, estimant que sa vie privée ne regardait personne, et surtout pas Enrique, sur qui elle n'avait pas encore tiré un trait définitif.

Après son troisième verre, elle prit élégamment congé, en déclarant qu'elle devait rentrer chez elle et en laissant un billet sur la table. Non seulement elle avait les pieds en compote, mais il fallait qu'elle trouve un taxi et disparaisse avant que son nouveau chef ne commence à l'entreprendre pour de bon.

Elle se dirigeait vers l'avenue d'un pas décidé, quand une voix grave et vibrante l'appela.

Nom d'une pipe, Lola... pourquoi est-ce que tu es tellement irrésistible, songea-t-elle.

Puis, se retournant, elle sourit et s'exclama, avec une extrême courtoisie :

— Monsieur Jara ! Vous ici, alors que je vous croyais en train de descendre des bouteilles de gin d'importation !

Il lui décocha un petit sourire en coin.

— Tu veux que je te ramène ?

— Tu es garé pas loin ?

— À un pâté de maisons.

Allait-elle pouvoir marcher jusque-là ?

— Écoute, pour être tout à fait franche (mais tout de même pas au point de lui avouer qu'elle avait un très jeune amant qui l'attendait pour qu'elle l'aide à bûcher ses partiels), ces chaussures me tuent. Il faut que je rentre au plus vite sinon, je vais finir amputée des deux jambes.

— Dans ce cas, je pourrais aller chercher ma voiture pendant que tu fumes une cigarette ? Je serai là avant que tu l'aies finie. Son sourire s'agrandit et il ajouta :

J'aimerais que nous parlions de ta première semaine dans le service.

Chères divinités, pourquoi me mettez-vous à l'épreuve alors que vous connaissez mon histoire sur le bout des doigts et que vous savez pertinemment que je ne sais pas résister à la tentation?

Non, non et non ! Elle inspira profondément et, faisant signe à un taxi qui passait par là, déclara :

— Enrique, c'est très gentil de ta part, mais tu as sûrement d'autres choses plus importantes à faire.

— Appelle-moi Quique.

— Bonsoir, Quique.

Elle lui décocha un clin d'œil malgré elle, et monta dans le taxi. Aussitôt installée sur la banquette, elle ôta ses talons en poussant un petit cri de douleur.

— Vous n'avez pas idée comme il faut souffrir des pieds pour être une femme moderne, dit-elle au chauffeur.

Puis elle lui donna son adresse.

10

Un peu de tendresse

Lola et moi étions convenues de nous retrouver chez moi à l'heure du déjeuner avant d'aller voir Carmen et son bébé à la maternité. À ma grande surprise, elle portait des ballerines, chose qu'elle ne faisait jamais pour aller travailler. Voyant que j'écarquillais les yeux, elle éclata de rire.

— Hier, j'ai failli me transformer en geisha à cause de mes Christian Louboutin. Quand je les ai retirées, j'avais les pieds tout rouges et enflés comme des poivrons.

— Tu les as mises pour aller au bureau ?

Elle hésita.

— En fait… Elle tapota son abondante chevelure et confessa : Mon nouveau boss est à tomber. Le genre qui pourrait poser nu sur un calendrier et dont on rêve qu'il vous broie sous ses abdos.

— Tu as vu ses abdos ? demandai-je en haussant un sourcil étonné.

— Non ! Mais je me les suis imaginés. Et pas qu'un peu !

Je ris.

— Parce que Ray a un physique ingrat, peut-être ?

Ray était super beau gosse… Mais Lola réfléchit.

— Non, non, mon petit chou d'amour est la chose la plus adorable du monde, précisa-t-elle. Mais mon boss lui… a l'esprit mal tourné. Le genre *bukkake*[1]. Et il doit en avoir une grosse comme ça.

— Voire deux, dis-je en sortant la pizza congelée du four.

— Purée, Valeria, tes talents de cuisinière ne finiront jamais de m'épater.

Je lui fis un doigt d'honneur et lui ordonnai de nous servir à boire.

— Qu'est-ce que vous avez acheté, hier ? me demanda-t-elle en débouchant la bouteille de vin.

— Pour finir, j'y suis allée seule. Nerea avait un million de trucs à faire, pour ne pas changer. J'ai acheté quelque chose d'utile. J'ai appelé Barto pour lui demander conseil. On lui a pris un siège de voiture pour bébé. Il pèse une tonne et il m'a coûté une paie, soit dit en passant. À croire qu'il est doré à l'or fin.

— Un siège pour bébé ? Je t'avais dit de prendre un truc sympa pour Carmen.

— Lola, ils viennent d'avoir un gosse. Ils doivent s'équiper.

— Mais enfin, elle vient de nous faire un lardon. Ça mérite bien une récompense, tout de même ! Elle fit une pause, puis confessa : Je lui ai acheté une ravissante petite nuisette.

Nous échangeâmes un sourire complice et attaquâmes la pizza.

---

1. Pratique sexuelle japonaise.

— Dis-moi, Lola, demandai-je en baissant la tête. Ça t'est déjà arrivé de… simuler ?

— Un orgasme ? Non. Bien sûr que non. Il ne manquerait plus que ça. S'il ne me fait pas jouir, il peut aller se rhabiller. La vie est suffisamment dure comme ça sans qu'en plus on soit privée de dessert. Mais toi, si ? demanda-t-elle en picorant la salade que j'avais préparée.

— Avec Adrian, je ne l'ai jamais fait. Pour la bonne raison que si je ne jouissais pas c'est parce qu'il éjaculait trop vite. Faire semblant aurait été ridicule.

— Mais… ? demanda-t-elle, un regard soupçonneux dans les yeux.

— L'autre jour… avec Victor…

— Quoi !!!! Avec Victor ????

— Euh, non, Bruno, pardon !

Lola pouffa de rire. Maudit lapsus. Avec Victor, je n'avais jamais eu besoin de simuler. Avec lui, je ne restais jamais sur ma faim.

— Je voulais dire Bruno, rectifiai-je.

— Avec Victor ! répéta-t-elle, hilare. Ah, la bonne blague ! Et tu voudrais me faire croire que vous avez tourné la page ?

Ignorant sa remarque, je poursuivis :

— Il m'a dit « je t'aime ». Bruno m'a dit qu'il m'aimait, et ensuite il m'a fait l'amour pour de bon. Et… je n'ai pas réussi à jouir.

— C'est parce que tu ne l'aimes pas, affirma-t-elle, la bouche pleine.

Je haussai les sourcils.

— Comment ?

— Je veux dire par là que tu veux bien baiser comme une cinglée avec Bruno, mais que dès qu'il sort les violons, ça te refroidit direct. Avec lui, c'est du sexe pur. Rien d'autre.

— Depuis quand Lola est-elle une experte en amour ?

— Depuis qu'elle l'a trouvé.

Sa réponse me laissa K.O. Je battis des cils.

— Et comment ça s'est passé avec la gamine, au fait ? demanda-t-elle après avoir avalé ce qu'elle avait dans la bouche.

— Pas super, concédai-je. J'ai eu l'impression de m'être jetée dans la gueule du loup. La petite est mignonne comme tout, mais je n'étais pas prête pour…

— … une vraie relation ?

— Une relation.

— Bon, disons un succédané de relation.

— Lola, je pourrais passer ma vie avec ce mec ! affirmai-je avec conviction pour qu'elle sache que j'étais sincère.

— Je sais, dit-elle en prenant une gorgée de vin. Et je sais que tu pourrais être heureuse avec lui. Bruno est un type bien, et il suffit de voir comment il te regarde pour comprendre qu'il est raide dingue de toi. Mais… tu veux que je te donne mon avis ?

— Dis toujours.

— Tu serais heureuse. Je crois même que tu pourrais pousser très loin votre relation. Jusqu'à faire un bébé. Avec lui tu te sentirais sûre de toi et rassurée. Mais… est-ce le genre de vie que tu veux vraiment ?

— Pourquoi pas ? J'ai envie d'avoir des enfants un jour. J'ai envie de me sentir bien dans ma peau et sûre de moi…

— Sauf que cela ne te suffirait pas, parce que Bruno n'est pas l'homme de ta vie.

Je la regardai bouche bée puis déclarai :

— Lola, tu te trompes. Une personne en qui je n'ai pas confiance ne peut pas me rendre heureuse. Même pas un petit peu. Victor est génial au plumard. Arrête de dire n'importe quoi.

Lola fronça les sourcils puis secoua la tête.

— Victor est le meilleur. Un dieu.

Il y eut un silence tendu. Il était de bonne guerre qu'elle cherche à me convaincre que Victor était l'homme qu'il me fallait, mais moi j'étais persuadée du contraire. Je n'allais pas renoncer à mes sentiments pour Bruno pour trottiner comme une geisha derrière Victor. Ou, pour dire les choses plus simplement, malgré l'attirance physique entre nous, nous n'étions pas faits l'un pour l'autre.

Je jetai un coup d'œil à la pendule.

— Nerea ne devrait pas tarder à arriver, dis-je à Lola. Elle ne sera pas de trop pour nous aider à porter le siège bébé.

— Attends…

Lola fouilla dans son sac à main, en sortit son smartphone et composa un numéro.

— Salut, vieille branche ! J'aurais besoin que tu me rendes un méga service. Je dois passer prendre un siège bébé énorme à… Où ça ? me demanda-t-elle.

— Au Corte Inglés[1].

— Au Corte Inglés. Elle marqua une pause pour me demander l'heure, puis reprit : Quatre heures et demie, ça te va ? Tu pourrais venir aussi, non ?

Elle enfourna une énorme bouchée de pizza, puis ajouta, la bouche pleine :

1. Grand magasin très réputé en Espagne.

— Fuper ! Tu nous fonnes en arrivant. Ah, on est fez Val.

Elle éclata de rire.

— À toute !

Et voilà ! Problème réglé !

— Lola, ne va jamais manger une pizza avec ton nouveau chef, lui conseillai-je, horrifiée.

— Finis ton assiette. Victor passe nous prendre dans une demi-heure.

Elle avait dit Victor ?

Fille de chienne !

Quand nous descendîmes, Nerea, Lola et moi, Victor nous attendait à côté de sa voiture. Lola le siffla et il se retourna, puis la serra contre lui quand elle se jeta dans ses bras. Il fit ensuite deux bises chastes à Nerea et à moi un bisou dont il avait le secret, en caressant doucement mon autre joue du bout des doigts.

Arrivés dans la Calle Orense, nous nous garâmes sur un bateau et Nerea et moi proposâmes d'aller chercher le siège bébé pendant que Lola et Victor nous attendaient dans la voiture, mais Victor objecta :

— Depuis quand est-ce que vous soulevez des poids, toutes les deux ?

— Val, c'est toi qui as payé le siège, non ? Il serait plus logique que vous y alliez tous les deux, fit remarquer Lola.

Je rechignai. Lola se comportait comme une gamine qui cherche à réconcilier ses parents après un divorce.

Victor et moi partîmes à toutes jambes, et une fois le siège récupéré, revînmes en courant pour ne pas risquer une amende. Du coup, nous n'eûmes quasiment pas le temps de nous dire quoi que ce soit, hormis des banalités polies.

Il rangea le paquet dans le coffre, puis il prit place derrière le volant, moi à côté. Il démarra et donna un coup de klaxon pour signaler qu'il déboîtait, tandis que je lui faisais remarquer qu'il n'avait pas bouclé sa ceinture de sécurité.

— Merci, fillette.

Il me donna une tape affectueuse sur la cuisse, ses doigts pressant légèrement ma chair et me procurant une sensation de chaleur insoutenable dans le bas ventre.

Il n'y a que du cul entre nous. Que du cul, et rien d'autre, me répétai-je.

Peu après, bien que la maternité fût assez loin du centre, nous nous garâmes à nouveau. Heureusement qu'il n'y avait pas beaucoup de trafic et que Victor roulait vite, parce que Lola reprenait à tue-tête toutes les chansons qui passaient à la radio et continua de brailler même quand nous l'éteignîmes.

Nous trouvâmes Carmen et son bébé dans la chambre 317.

La première chose que nous fîmes en entrant fut d'éclater de rire en voyant Barto qui présentait un miroir à Carmen pour qu'elle se mette du mascara, tandis que sa mère lui aspergeait la tête d'eau de Cologne. Puis les rires se turent et nous nous mîmes à pleurer comme trois idiotes quand le père de Carmen déposa le petit Gonzalo entre les bras de sa maman pour qu'elle fasse les présentations. Même Lola écrasa une larme, tout en prétendant que c'était son rimmel qui lui piquait les yeux.

Victor entra discrètement avec le cadeau et le déposa dans un coin. Il donna une accolade affectueuse à Barto et une bise à Carmen.

— Merci beaucoup pour les fleurs, Victor, dit celle-ci. Elles sont magnifiques, et le couffin aussi.

— De rien. Et encore toutes mes félicitations.

Je lançai un regard ahuri à Lola, qui se contenta de hausser les épaules. Victor avait envoyé des fleurs à Carmen et Barto sans le dire à personne. Bruno ne m'avait pas même chargée de les féliciter de sa part quand nous nous étions parlé au téléphone. Mais il n'avait aucune raison de le faire. Il ne les connaissait pas.

— Bien, je m'en vais, dit Victor. Je passe vous prendre plus tard ?

— Si tu reviens dans une heure, mon chat, je te fais une pipe, lui lança Lola avec son effronterie habituelle.

Les parents de Carmen sortirent de la chambre pour ne pas qu'on les voie rire.

— Non, attends, reste un peu, dit Barto à Victor.

— Il est adorable, dit Victor à propos du bébé.

— Tu veux le prendre dans tes bras ?

— Après ces dames. Sinon, elles font en faire une jaunisse.

Il s'adressait à nous toutes, mais c'était moi qu'il regardait.

Nous eûmes le droit, chacune notre tour, de prendre Gonzalo dans nos bras. Y compris Lola, qui avoua qu'elle trouvait les nouveau-nés un poil repoussants. Elle insista tout de même pour qu'on la prenne en photo tandis qu'elle faisait semblant de lui donner la tétée. Assis dans un coin, Victor et Barto riaient sous cape.

Quand nous fûmes fatiguées de porter le loupiot et de faire risette, ce fut au tour de Victor, qui n'eut pas besoin qu'on lui explique comment s'y prendre.

— Ma parole, il devient complètement gaga, notre Victor, quand il tient une larve humaine dans ses bras, s'esclaffa Lola.

— Tu le traites encore une fois de larve, et je t'oblige à regarder par où il est sorti, grommela Carmen.

— Oh, non, pitié…, dit Barto en se cachant les yeux.

— Attention, Victor, le mit en garde Lola, sinon tu risques de céder à l'envie de repeupler le monde !

— Moi ? Il sourit. Encore faudrait-il que je rencontre une femme qui en ait envie.

Il se tourna vers moi, qui me trouvais de l'autre côté du lit, et s'humecta les lèvres. Nerea tenta un trait d'humour pour détendre l'atmosphère :

— On se demande bien qui voudrait faire un bébé avec Victor ! Quelle femme pourrait avoir envie de coucher avec un mec comme lui ?

Après quelques secondes de sidération muette, nous éclatâmes toutes de rire, et Nerea rougit jusqu'aux yeux.

— On dirait que tu viens de trouver une candidate, dit Barto en donnant un coup de coude à Victor.

— Ce n'était pas ce que je voulais dire…, bafouilla Nerea.

— Ah, non ? lança Lola. Sainte Nitouche, va !

— Arrête ! grommela Nerea.

— Ne t'inquiète pas, dit Victor pour la rassurer. J'ai l'habitude.

— Victor, fais attention à toi, murmura Carmen pince-sans-rire.

— Carmen ! gémit Nerea.

Nous nous en allâmes une heure plus tard, quand l'infirmière entra pour servir le dîner à Carmen, qui nous supplia de lui rapporter un sandwich à l'omelette. C'est curieux comme les nouvelles accouchées ont toutes les mêmes envies.

Victor déposa Nerea en premier, qui nous dit à peine au revoir, vexée que nous ayons pu croire qu'elle faisait des avances à Victor. Nous en plaisantâmes entre nous ensuite, jusqu'au moment où Lola demanda de but en blanc à Victor s'il voulait avoir des enfants.

— Bien sûr que je veux des enfants. J'adore les gosses.

— Et les tiens seront sûrement de beaux gosses, dit-elle en regardant par la fenêtre. Si jamais je romps avec Ray et que j'ai envie de procréer, j'aimerais bien que tu me donnes ton sperme. Mais dans une éprouvette, pas en faisant cric crac.

Victor leva les yeux au ciel.

— Tu en voudrais combien? lui demandai-je.

— Trois, répondit-il. Et toi?

— Au moins deux. Mais je ne suis pas certaine d'avoir l'instinct maternel.

— Bien sûr que si, fit-il remarquer gentiment. L'instinct maternel ou paternel, nous l'avons tous. Simplement, il est caché. Mais tu veux peut-être dire que tu ne te sens pas capable de tout plaquer par amour?

Nos regards se soutinrent l'un l'autre pendant quelques secondes. Puis je vis Lola qui riait sous cape à l'arrière.

— Si. Moi, j'en serais capable, dis-je en insistant bien sur le «moi».

Quand nous arrivâmes devant chez moi, Lola insista pour que nous allions tous les trois prendre un verre. Mais je n'en avais pas envie. Je voulais me doucher, enfiler un pyjama bien douillet et me mettre à écrire. Elle insista. Victor, lui, se contenta de baisser la tête. Lorsque nous fûmes devant la porte de mon immeuble, et tandis que Lola continuait de chanter comme une casserole à l'intérieur de la voiture, je dis en riant à Victor:

— Merci pour tout. Lola n'aurait pas dû te demander de nous accompagner. Si tu continues à te plier à ses quatre volontés, elle va finir par t'embaucher pour faire la vaisselle.

— C'est toi qui aurais dû m'appeler, répondit-il sans détour. Je te l'ai dit, Val, j'aimerais que tu puisses me demander ce genre de service sans hésiter. Sinon... à quoi bon ?

Je ne voyais pas du tout à quoi il se référait, mais je préférais monter chez moi sans lui poser la question.

— Allons, embrasse-moi.

Je m'approchai, m'attendant à recevoir un baiser sur la joue accompagné d'une caresse sur la tête et dans le cou, tandis que son autre main me prenait par la taille. Mais il se pencha vers moi et m'embrassa chastement sur le front.

— Je suis sérieux, murmura-t-il pour que Lola ne puisse pas l'entendre.

— Dans quel sens ?

— J'ai besoin de toi.

Je relevai la tête, mais mes yeux entrèrent en collision avec ses lèvres. Si proches... Les paumes de mes mains s'ouvrirent et se posèrent sur sa poitrine, mes doigts plaqués sur sa chemise.

— Et toi, tu as besoin de moi ? murmura-t-il.

— Je ne peux pas me le permettre.

Sans rien ajouter, je tournai les talons et entrai dans le hall. Une fois chez moi, je fis comme si rien ne s'était passé et appelai Bruno.

Victor était en train de jouer avec mes sentiments, et je devais lutter pour ne pas me laisser embobiner.

Bruno me raconta qu'il avait passé la matinée à écrire et qu'il venait de rentrer de la radio où il animait une émission. Nous parlâmes ensuite de ma visite à la maternité et de l'adorable bébé de Carmen, et j'oubliai de mentionner que Victor était venu lui aussi.

— Bruno, lui dis-je abruptement. Tu… tu aimerais avoir d'autres enfants ?

— Comment ? dit-il en riant.

— Je veux dire… pas maintenant, bien sûr, mais… tu aimerais avoir plus d'enfants un jour ?

— Bien sûr. C'est une chose merveilleuse que j'aimerais revivre à nouveau, mais avec la bonne personne. Et puis j'aimerais qu'Aïtana ait des frères et sœurs. Je sais qu'Amaïa ne veut pas d'autres enfants, mais moi, je veux pas que ma fille reste fille unique.

Je souris. Entendre sa voix me réconfortait. Et si Bruno était d'accord pour avoir d'autres enfants, je pourrais moi aussi connaître ces instants de pure tendresse avec lui.

— Et toi ? Voir Carmen et son bébé a réveillé ton instinct maternel ? Tu voudrais faire des enfants ?

Je ris.

— Pas encore. Mais un jour peut-être…

— Eh bien, sache que si l'occasion se présente je serais ravi de les faire avec toi.

Nous nous livrâmes ensuite à une séance de sexe par téléphone, torride et brutale. Après quoi je sombrai dans le sommeil, mon vague à l'âme envolé.

11

Les bébés

Un vagissement tira brutalement Carmen du sommeil. Elle se leva d'un bond et s'approcha du berceau de Gonzalo qui pleurait et s'agitait, cramoisi de colère et d'angoisse.

— Qu'est-ce qui se passe, mon chaton ? lui murmura-t-elle en le prenant dans ses bras. Tu veux qu'on s'occupe de toi, c'est ça ?

Lola aurait pissé de rire si elle l'avait entendue. Mais c'était plus fort qu'elle, Carmen ne pouvait pas s'empêcher de gâtifier devant ce petit bouffe-chie-dort. À croire qu'il l'avait dépouillée de sa personnalité.

Elle regarda Barto, qui dormait bouche ouverte, la tête tournée vers elle, puis s'assit doucement sur le lit pour ne pas le réveiller. Loupé.

— Qu'est-ce qu'il y a ? demanda-t-il d'une voix pâteuse.

— À ton avis ?

— Caca ou tétée, répondit Barto.

Il s'assit dans le lit à côté d'elle, se frotta les yeux et, avec un sourire somnolent, lui demanda de lui passer le bébé. Il le prit dans ses bras pendant que Carmen étalait une serviette à langer sur les draps défaits. Barto déboutonna la grenouillère, puis ôta la couche, qui était sale, évidemment. Carmen n'en revenait pas de la facilité avec laquelle Barto changeait le petit ; comme si la nature l'avait doté d'un super pouvoir à l'instant même où Gonzalo avait poussé son premier cri.

Le bébé se mit à sucer avidement son pouce et Carmen releva son haut de pyjama et dégrafa son soutien-gorge.

— Allez, donne-le-moi, pour qu'il m'achève, dit-elle avec un rire résigné.

Gonzalo se mit à téter goulûment sans y réfléchir à deux fois, tandis que Barto caressait ses petons en souriant.

— On est quel jour ? demanda Carmen.

— Samedi.

— C'est bien ce qu'il me semblait. Tu te souviens quand on sortait le samedi ?

— Et comment ! Il s'esclaffa. J'ai l'impression que ça fait des lustres.

— Moi aussi.

— Ça fait combien de temps qu'on se connaît ? murmura-t-il en l'aidant à s'allonger, Gonzalo toujours agrippé à son sein.

— Cinq ans et deux mois. Mais t'inquiète, je ne vais pas te faire une scène parce que tu ne te souviens pas de la date précise.

Elle sourit.

— Ne crois pas que je m'en fiche, simplement, quand on a un bébé, tout change. On n'a plus la même notion du temps.

— Imagine que quelqu'un se soit pointé ce jour-là et nous ait prédit : vous allez avoir un garçon six mois après vous être mariés.

— Je lui aurais dit : où dois-je signer ?

Elle se tourna vers lui et vit qu'il avait les yeux fixés sur le bébé.

— Tu m'aimes ?

— Non, dit-il en secouant la tête. Je t'adore.

Barto se rapprocha et ils s'embrassèrent. Au même instant, Gonzalo lâcha un pet tonitruant qui fit vibrer le lit.

— Il n'y a pas de doute, c'est bien ton fils, déclara Barto en éclatant de rire.

Lola fut tirée du sommeil par un bruit. Ou plus exactement un cataclysme.

Elle enfila le kimono que Carmen lui avait rapporté du Japon et passa dans le salon, pour se retrouver nez à nez avec Ray, mort de rire et accroché au porte-manteau.

— Mais qu'est-ce que tu fiches ? s'enquit-elle d'un ton monocorde.

— Sa-luuuut, répondit-il. Putain, il faisait noir… j'ai vu le porte-manteau et j'ai cru que c'était un cambrioleur. Alors je lui ai balancé un coup de poing !

Lola leva les yeux au ciel.

— Il est quelle heure ?

— De bonne heure, répondit-il avec assurance. Je suis rentré de bonne heure pour dormir avec toi.

Elle jeta un coup d'œil à la pendule du salon. Cinq heures vingt. De bonne heure en effet.

— Écoute, Ray. Quand tu rentres de faire la bringue, ne te sens surtout pas obligé de venir ici.

— Mais je voulais te voir ! se récria-t-il, horriblement vexé.

— Et puis ne parle pas si fort. Il est tard.

— Il est tôt.

Il l'attrapa par la taille pour l'embrasser.

— Arrête, Ray, tu empestes la bibine. Qu'est-ce que tu as bu encore ?

— Si tu savais ! Tellement de trucs !

— Pfff…

— Te fâche pas ! Regarde ça !

Il désigna du doigt l'érection impressionnante qui formait une bosse sous son jean.

Lola haussa un sourcil. Bon… mais à condition qu'il ne l'embrasse pas. Non… impossible. Pas avec cette haleine de chacal.

— Va te laver les dents. Je t'attends dans la chambre.

Ray s'en revint quelques minutes plus tard. Il lui écarta les cuisses et commença à lui faire un cunnilingus ultra excitant. Ça devait être une de ses spécialités à en juger par tout ce que nous racontait Lola. En tout cas, celui-là, elle l'avait bien dressé.

Elle lui saisit la tête, glissa ses doigts dans ses cheveux et arqua les reins en poussant un grognement. Il grogna lui aussi. Tiens donc ? Elle haussa un sourcil surpris. Prendre du plaisir à faire un broute-minou, d'accord, mais au point de jouir ?

La lumière jaillit quand il se releva brusquement et fila dans la salle de bains pour vomir tripes et boyaux.

Lola soupira et enfouit sa tête sous l'oreiller. Voilà ce qui arrive quand on couche avec des gamins…

12

Plus faux-cul, tu meurs !

Jorge regardait Nerea, qui gardait le nez dans ses papiers en faisant semblant de ne rien voir. Carolina et lui étaient en train de discuter d'une soirée où ils étaient invités. Oui, ils étaient amis. Si Carolina n'avait pas insisté, Nerea n'aurait jamais fait appel à lui pour couvrir certains événements. Même s'il avait fait du très bon boulot pour la fête d'anniversaire de Lola. Il était beau, ça oui, mais cette façon qu'il avait de se fringuer… Elle se l'imagina en chino et polo noir et sourit intérieurement.

Elle le regarda à la dérobée, en se cachant derrière sa frange, mais il la surprit et lui sourit. Et merde ! Mais il continua de bavarder comme si de rien n'était. Nerea prit un dossier et se leva.

— Caro, je m'en vais. J'ai une migraine atroce. Je compte sur toi pour fermer le bureau ?

— Je dois appeler quelqu'un pour annuler un rendez-vous ?

— Non, non. Nous n'attendons personne aujourd'hui.

Jorge et elle se regardèrent.

— Je rentre directement à la maison, précisa Nerea en s'assurant que Jorge avait capté le message.

— T'inquiète, je m'occupe de tout, répondit Carolina.

— N'oublie pas de brancher l'alarme.

À peine entré dans le vestibule, Jorge la plaqua contre le mur et se mit à lui peloter les seins à travers son chemisier.

— Attends, attends…, on va dans la chambre, lui dit-elle.

— Pourquoi ? la provoqua-t-il.

— Parce que ce genre de choses… – elle gémit quand il glissa sa main sous sa jupe. Ce genre de choses, ça se fait au lit.

— Tu n'as jamais fait ça ailleurs que dans une chambre à coucher, Nerea ?

— Non, répondit-elle, surprise par sa question.

Il se recula, incrédule.

— Non, sérieux ? Tu baises toujours au lit ?

— Déjà, je ne « baise » pas.

— Ah, non ? Et avec moi, tu fais quoi ? Du tricot ?

— Arrête.

— Aujourd'hui, tu n'as pas bu. Tu n'as pas d'excuses.

Il lui passa sa langue dans le cou.

— Viens dans la chambre, Jorge. S'il te plaît.

Jorge glissa à nouveau sa main sous sa jupe et tira sur sa petite culotte pour la lui ôter. Il sortit une capote de sa poche de jean et ouvrit sa braguette. Bien qu'en ébullition, Nerea détourna les yeux, choquée par ce manque de pudeur. L'instant d'après, Jorge la pénétrait sauvagement, lui arrachant un gémissement de plaisir. Il la prit par le menton.

— Regarde-moi, lui ordonna-t-il entre deux coups de reins.

— Non.

— Regarde-moi dans les yeux et dis-moi que tu aimes ça.

Nerea le regarda, mais ne dit rien, se contentant de gémir.

Jorge ressortit de la salle de bains tout sourire. Assise dans le fauteuil, Nerea le regarda en rougissant légèrement.

— Quoi ?

— Rien, répondit-elle.

— Je m'en vais.

— Bien.

— Tu veux que je reste ?

— Non.

Elle secoua la tête.

— Sûre ?

— Oui.

Il haussa les épaules, puis saisit sa sacoche et son blouson.

— Jorge.

— Quoi ?

— J'imagine que tu auras compris que je ne suis pas ce genre de fille.

— Quel genre de fille ? demanda-t-il en s'appuyant nonchalamment au mur.

— De celles qui couchent à droite à gauche.

— Tu veux dire que si on veut continuer à se voir il va falloir qu'on se marie ?

— Ce que tu peux être lourd, soupira-t-elle.
— Yo, Nerea ! Tu vis à quelle époque ?
Et sur ces mots, il sortit en riant.

13

Rapprochement

Alors qu'il avait déjà acheté ses billets pour venir me voir, Bruno m'annonça qu'il devait animer une émission de radio spéciale science-fiction et avait dû annuler son vol à la dernière minute. Ma déception fut immense, mais lorsqu'il me proposa d'échanger ses billets pour que je puisse faire le voyage à sa place, je sentis l'angoisse monter d'un coup. Était-ce une impression ou il cherchait à me forcer la main, comme lorsqu'il m'avait obligée à faire la connaissance de sa fille ? Pour finir, le doute fit place à la culpabilité. Je venais enfin de trouver l'homme idéal, mais je m'obstinais à voir le mauvais côté des choses. Avec Victor non plus, je ne m'étais jamais sentie tout à fait à l'aise. Enfin, si, j'étais à l'aise, mais je n'étais pas sereine. Était-il raisonnable de comparer une relation qui durait maintenant depuis plus d'un an avec les quelques mois que j'avais passés avec Victor ? La vérité, c'est que je n'arrivais pas à oublier Victor. Il était toujours là, y compris dans l'air que je respirais.

Un soir que je m'étais installée avec une tasse de café et une clope roulée devant mon ordi, le téléphone sonna. Devinant qui cela pouvait être, je sentis un frisson me parcourir l'échine. Je n'ai pas de don de voyance, non, non. Simplement… il y a des gens qui appellent toujours à la même heure.

Je m'éclaircis la gorge :

— Allô ?

— Salut !

C'était Victor, évidemment.

— Ça va ? demandai-je d'un ton un peu sec.

— Oui, et toi ? Tu fais quoi ?

— Je suis en train de boucler un article pour mon magazine.

— Tu peux me le lire ?

— Non ! m'esclaffai-je.

Avec lui, il ne me fallait jamais bien longtemps pour baisser la garde.

— Dis-moi, tu as quelque chose de prévu ce soir ?

— Non, répondis-je en secouant la tête. Je dois juste finir mon papier et l'envoyer.

— Tu en as encore pour longtemps ?

— Comment ça ?

— Je pourrais passer te prendre après le boulot pour boire un verre, écouter du jazz – je jetai un coup d'œil à la pendule. En toute amitié, précisa-t-il.

— Oui, bien sûr, en toute amitié.

— Et donc ?

Je me mordillai la lèvre. Ce n'était absolument pas raisonnable.

— Bon, d'accord.

— Je passe te prendre dans une heure.

Quand je sortis de l'immeuble, j'aperçus sa voiture stationnée au coin du pâté de maisons. Tout en remontant la rue, je jetai un coup d'œil à mon reflet dans la vitrine du marchand de journaux. Je portais une chemise en jean avec un pantalon noir, des ballerines *animal print*, un blouson et une écharpe noire. Je m'étais fait une simple queue de cheval. Je ne voulais pas qu'il s'imagine que je m'étais faite belle pour lui… juste que son estomac se noue, comme le mien, quand il me verrait.

Je touchai nerveusement mes pendants d'oreilles en perles quand je vis comment il me regardait. Une autre nana aurait souri avec assurance, mais ce mec, à qui il suffisait de battre un cil pour me mettre à sa merci, me fichait la trouille… et je n'avais pas envie de me laisser entortiller bêtement autour de son petit doigt.

— Ça caille, ce soir ! m'exclamai-je en prenant place côté passager. Tu vas bien ?

— Pas aussi bien que toi, dit-il en démarrant.

Comme d'hab, il était super craquant. Il portait un jean avec une chemise bleu clair et un pull bleu marine décolleté en V.

— Tu arrives du boulot ? lui demandai-je.

— C'est un peu ça. Je suis allé visiter un local commercial situé dans le centre pour faire des devis de rénovation. Je voulais mettre un costard, mais mon père m'a dit que c'étaient des gens branchés, alors…

— Le look décontracté te va bien.

— Tu trouves ? Il détourna un instant les yeux du pare-brise pour me regarder. Je ne suis jamais très sûr de mes choix vestimentaires.

— Non, non, je t'assure, ça te va super bien.

— C'est aussi mon avis.

Nous rîmes, et je montai le son de la radio. J'adorais la chanson qui passait, mais tout de même pas au point de la reprendre en chœur comme l'aurait fait Lola.

N'ayant pas prêté attention à la direction qu'il avait prise, j'eus un coup quand je le vis actionner la télécommande du garage. Je le regardai sans comprendre, mais il fit comme si de rien n'était et descendit les trois niveaux du parking. Arrivé à la place numéro vingt, la sienne, il détacha sa ceinture de sécurité et se tourna vers moi.

— Pourquoi est-ce que tu fais cette tête ? demanda-t-il, la main sur la poignée, prêt à ouvrir sa portière.

— On va chez toi ?

— Oui. Pour prendre un verre en écoutant du jazz.

— Mais, je croyais qu'on allait en boîte.

— Quelle différence ?

Il leva les sourcils tandis qu'un sourire sensuel étirait ses lèvres.

— Chez toi !

— Ton fiancé ne serait pas d'accord ?

— Non, dis-je comme s'il s'agissait d'une évidence.

— Dis donc, tu as drôlement changé depuis que tu le fréquentes.

— Pas du tout.

— Quand tu étais mariée, ça ne te posait pas de problème de venir prendre un verre et écouter de la musique à la maison.

Il plissa le front, l'air contrarié.

— Quand j'étais mariée, on se déshabillait et on se frottait l'un contre l'autre dans ton lit. Ce qui n'était pas très convenable…

— Je ne vais pas te déshabiller ni me frotter contre toi dans le lit, sur le canapé ou sur le tapis. Je ne vois pas ce qu'il y a de mal à monter prendre un verre chez un ami.

Je n'avais pas envie de discuter. Je sortis de la voiture et me dirigeai vers l'ascenseur en sentant son regard sur ma nuque.

Je me laissai tomber sur le sofa tout en me demandant combien de filles avaient fait la même chose depuis que lui et moi avions rompu. À ma surprise, je le vis crisper les mâchoires.

Victor alla à la cuisine pour préparer les boissons.

— Ça t'ennuie si je me change ? dit-il sans me regarder.

Je ris.

— Tant que tu ne le fais pas devant moi.

— Tu peux choisir des disques si tu veux.

Je me levai et m'approchai du range-CD. Sans même m'en rendre compte – je jure que ce n'était pas de la provocation – je choisis celui que nous écoutions toujours quand nous étions ensemble.

Quand il revint, il portait un jean élimé qui lui allait trop bien. Et comme si ça ne suffisait pas, il n'avait pas tout à fait fini d'enfiler son T-shirt lorsqu'il entra dans le salon. J'entrevis sa peau, la peau de Victor…

Il alla chercher une bouteille de vin et me demanda, avec un petit sourire :

— Quoi ? Qu'est-ce qu'il y a ?

Il y avait qu'avec son maudit jean délavé et son T-shirt gris à manches longues retroussées, il était tout simplement irrésistible ! Parce qu'en plus, il avait les cheveux ébouriffés, comme lorsqu'il sortait du lit…

Je me laissai à nouveau tomber parmi les gros coussins du canapé et il s'installa sur la chauffeuse, face à moi.

— Tu ne t'assieds jamais dans ce fauteuil.

— J'allais m'asseoir à côté de toi, dit-il en me servant à boire, mais je ne voulais pas que tu te sentes harcelée, ou que tu t'imagines que je cherche à t'attirer dans la douche pour te violer.

— Bref, dis-je, passant outre sa réponse. Et qu'est-ce que tu racontes de beau ?

— Pas grand-chose.

— La soirée s'annonce passionnante, déclarai-je en souriant.

Victor éclata de rire.

— Moi, je sais ce qui pourrait la rendre infiniment plus excitante, mais…

— Arrête ! protestai-je en lui jetant un coussin.

— Goûte plutôt le vin. Mon père l'a rapporté d'Italie.

Je pris une gorgée et approuvai d'un hochement de tête.

— Il est très capiteux.

Il eut un sourire en coin.

— J'ai bien fait de choisir cette bouteille-là, donc.

— Tu dis ça pour essayer de m'impressionner ?

— Pour t'impressionner, je vais devoir faire des efforts surhumains. J'ai eu beau tout essayer, je ne crois pas avoir jamais réussi – je levai les yeux au ciel. Mais, au fait, comment ça se passe avec Bruno ?

— Comment ça ?

— Eh bien, est-ce que c'est du sérieux ou juste un bon coup, ou…

J'éclatai de rire et demandai, surprise :

— Parce que toi et moi, on est ce genre d'amis ?

— Je ne sais pas. Je crois qu'on n'a pas encore vraiment décidé quel genre d'amis on était.

J'imprimai un mouvement circulaire à mon verre faisant tourbillonner le vin à l'intérieur.

— Bruno est génial. Il te plairait.

— Ça m'étonnerait, dit-il avec une pointe d'ironie. Mais explique-moi… en quoi est-ce différent de ta relation avec moi ?

— Ça n'a rien à voir, répondis-je. Bruno et toi êtes deux humains de sexe mâle. L'analogie s'arrête là.

— Tu sais que tu peux être très agaçante, s'esclaffa-t-il. S'il te plaît, réponds à ma question.

— Je ne comprends pas où tu veux en venir.

— Tu es amoureuse ?

Je soutins son regard. Mais pourquoi avais-je accepté de prendre ce putain de verre avec lui, nom d'un chien ?

— Si j'avais su qu'on allait parler de ce genre de choses, je n'aurais pas décroché le téléphone…

— C'est une question comme une autre, non ? Je m'inquiète pour toi et je veux savoir comment tu vas, c'est tout.

Je soupirai bruyamment.

— Eh bien, oui, je suis amoureuse, rétorquai-je sèchement. Et toi ?

— Moi aussi, dit-il sans détourner les yeux.

C'était une impression, ou l'atmosphère devenait pesante ?

— J'aimerais bien que tu m'expliques une chose. Je suis en train de boire un verre avec qui au juste ? Mon ex ou un ami ? Parce que la première option ne me fait vraiment pas kiffer.

— Avec un ami qui se trouve être ton ex. Je peux m'asseoir à côté de toi ?

Il désigna de la tête la place vide à côté de moi, et je me mis sur mes gardes.

— Je te vois très bien d'ici, répliquai-je en souriant. Je préfère que tu gardes tes distances.

— De quoi as-tu peur ? De ne pas pouvoir te retenir si je m'assieds près de toi ?

Il sourit à son tour.

— Mais dis-moi, tu as une nana ? Tu vois quelqu'un ? Tu as ressorti ton vieux carnet d'adresses ?

— Tu ne m'as pas répondu. Qui ne dit mot consent, c'est bien ça ?

— Non. Simplement, je ne vois pas l'intérêt de gaspiller de la salive pour te dire ce que tu sais déjà.

— Et qu'est-ce que je suis censé savoir ?

— Que je n'ai plus envie de coucher avec toi, Victor.

— C'est la seule chose que j'aie à t'offrir ? « Un calibre à peu près potable » ? dit-il, répétant mot pour mot la remarque blessante que je lui avais balancée à l'anniversaire de Lola, un an plus tôt.

Il haussa les sourcils.

— Je croyais qu'on avait décidé de tirer un trait sur toute cette histoire.

— C'est précisément ce que j'essaie de faire.

Il sourit à nouveau, mais jaune cette fois.

— Tu auras compris que je ne le pensais pas vraiment, clarifiai-je.

— Je sais qu'il y a d'autres choses que tu penses vraiment.

Il eut un rire sensuel.

— N'est-ce pas ? ris-je à mon tour. Bon, mais pour résumer, tu as une nana ou pas ?

— Non.

— Et tu es amoureux ?

Il hocha la tête.

— Comme un fou. Mais ça, tu le sais déjà.

Dieu merci, j'en étais arrivée au point où je ne croyais plus un mot de ce qu'il me disait. Que je le veuille ou non, j'étais pleine de ressentiment. Envers lui et envers moi-même. Et je voulais passer à autre chose. C'est pourquoi je vidai mon verre et déclarai que le vin était excellent.

— Tu aurais dû garder cette bouteille pour essayer de séduire une autre meuf.

Il détourna la tête et rit entre ses dents.

— Qu'est-ce qu'il y a ? demandai-je.

— Arrête de me provoquer, sans quoi ça va mal se finir.

— C'est une menace ? « Mal », ça veut dire quoi en l'occurrence ?

— Mal – il saisit la bouteille et remplit à nouveau mon verre. Que tu m'en veuilles parce que je me suis comporté comme le dernier des connards, je peux le comprendre. J'ai été en dessous de tout. Mais… remettre à chaque fois la même question sur le tapis, c'est de la provocation. Et comme tu le sais, je ne suis pas du genre à ronger mon frein éternellement.

— Dis ce que tu as à dire. On est entre amis, n'est-ce pas ?

J'étirai mes jambes et posai mes pieds sur ses genoux.

— Après tout ce qui s'est passé entre nous, on doit être sacrément amis pour se retrouver comme ça tous les deux autour d'un verre de vin. Parce que si j'ai bonne mémoire, c'était plutôt intense entre nous. À tous les points de vue.

— Ah, ouais ? Toujours est-il que tu m'as rappelée…

— Une pulsion masochiste. Il y a au moins trois façons de « mal finir une relation », si tu veux mon avis. La première c'est en se lançant à la figure des choses qu'on ne pense pas vraiment, par pur dépit. C'est vrai que je me suis conduit comme le dernier des connards, mais toi, tu m'as trouvé un remplaçant seulement quelques jours après qu'on avait rompu. C'est dur à encaisser, tu sais. Il marqua une pause, le regard plongé dans son verre qu'il faisait tourner nerveusement entre ses mains, puis reprit : La seconde c'est quand on décide qu'on va tôt ou tard tomber sur un os et qu'il vaut mieux s'arrêter là. Mais contrairement à ce que tu peux penser, je ne suis pas un monstre ou un sale gosse irresponsable. Chaque jour, chaque heure passée sans toi est une souffrance. Tu me manques. Enfin, la troisième, c'est de continuer de se voir et de discuter comme nous le faisons, à mots couverts, sans hausser le ton, et de s'échauffer l'un l'autre au point de finir enlacés sur ce tapis, comme on l'a déjà fait si souvent. Et en y prenant du plaisir, si j'ai bonne mémoire.

J'ouvris la bouche pour protester, mais il poursuivit :

— On a de l'expérience dans ce domaine. Je veux dire baiser en étant en colère. On s'insulte, on se dit des choses horribles, et pour finir on s'arrache nos fringues. Ta petite culotte finit en confettis et pendant que je te prends comme un sauvage, tu me griffes le dos jusqu'au sang. Je vais te supplier de ne pas partir, tu vas te mettre à sangloter en me disant que je suis le seul à qui tu permets de jouir sans capote, et quand tu t'en iras, je vais me taper la tête contre les murs.

Il vida son verre cul sec.

— Mais pourquoi tant de colère ? demandai-je, indignée.

— Parce que je fais tout ce que je peux, bordel ! Mais toi tu fais comme si on n'avait plus envie de se voir !

Je ne répondis rien. Je baissai les yeux sur mes chaussures, puis je soupirai et, posant mon verre sur la table basse, je me levai.

— Il vaut mieux que je m'en aille.

Victor me saisit doucement le poignet et me caressa la main.

— Pardonne-moi – il ferma les yeux. Pardonne-moi. Ne t'en va pas, s'il te plaît. Je ne veux pas qu'on se dispute.

— Ça n'a aucun sens. On ne fait qu'aggraver la situation. On a rompu, point barre. Ça ne rime à rien d'insister, de faire comme si on espérait qu'il se passe quelque chose. Il n'y a plus rien entre nous ! Tout est fini. Basta.

— Non.

Victor se leva et m'attira à lui doucement. Je me laissai faire, aussi passive qu'une poupée de chiffon. Il m'enlaça avec force, comme jamais personne ne l'avait fait, pas même lui. Et cette étreinte me révéla des choses que je ne soupçonnais pas.

Au début, je me laissai faire à contrecœur. Mais peu à peu les odeurs de ce salon, les souvenirs, la musique… m'entraînèrent jusqu'à ce recoin de moi-même qui n'avait pas tourné la page. Cette Valeria-là était triste et en colère, elle se sentait abandonnée et ridicule, mais elle était prête à tomber une fois encore à genoux devant lui.

Je finis par l'agripper à mon tour et le serrer contre moi. J'enfouis mon nez dans sa poitrine et respirai son odeur, mélange de parfum, d'adoucissant et de musc. Je me rappelai la joie des premiers mois, quand Victor m'avait donné les baisers les plus tendres que j'aie jamais reçus. Ce Victor-là me manquait atrocement, même si je le tenais dans mes bras…

Mais cela ne pouvait durer que quelques secondes, sans quoi nous serions obligées de nous expliquer, et je n'en avais aucune envie.

Je plaquai mes mains sur sa poitrine et me reculai. Victor tenta de me retenir, mais pendant une fraction de seconde seulement. Puis ses doigts s'enroulèrent dans mes cheveux et il m'embrassa sur la tempe.

— Je m'en vais, murmurai-je.

Je saisis mon blouson et mon sac à main, avec des gestes lents, comme si j'avais été sous l'eau.

Il me regarda m'éloigner sans chercher à me retenir. Mais juste au moment où j'allais sortir, il me lança :

— Je me contenterai de ce que tu veux bien me donner.

— Je ne peux rien te donner, répondis-je, en refermant la porte derrière moi.

14

Mise à l'épreuve pour Lola

Le boss de Lola avait passé la journée à arpenter le bureau dans son costard trois-pièces, qui semblait avoir été cousu sur lui et vous donnait l'envie de le lécher comme une sucette et de lui faire des tas d'autres choses. Mais Lola se concentra sur son planning : tâches du jour, courriels, appels téléphoniques, dossiers en cours, réunions et « acheter des sous-vêtements en ligne chez Victoria's Secret ». À l'heure du déjeuner, histoire de faire une vraie pause, elle se joignit à un groupe de collègues qui allaient déjeuner dans une pizzeria, même si elle avait pris la résolution d'éviter les « ingrates » de carbone.

Elle allait monter dans l'ascenseur quand elle réalisa qu'elle avait oublié sa pilule… car elle avait commencé à prendre la pilule. C'était une grande faveur qu'elle concédait à Ray : elle ne l'avait jamais fait pour personne. Elle dit à ses collègues de partir devant, puis revint sur ses pas.

Elle était en train de fouiller dans son tiroir de bureau quand Enrique, Quique pour les intimes, s'approcha.

— Lola ?

Elle sursauta, le regard affolé, puis elle réalisa que ce n'était que son boss.

— Je croyais que tu allais déjeuner à La Tagliatella ?

— J'y vais, mais j'avais oublié quelque chose.

Il fit quelques pas dans sa direction et, après lui avoir demandé s'il pouvait, lui saisit la main pour regarder ce qu'elle cachait dans sa paume.

— La pilule.

Lola (si, si, Lola !!!) devint rouge comme une tomate et bafouilla :

— Il faut absolument que je la prenne.

— Bien sûr. Au fait, je pensais descendre prendre un en-cas sur le pouce dans le bar en bas. Ça te dirait de te joindre à moi ?

— C'est que j'ai promis aux autres que…

— Ils comprendront si tu leur dis que je t'ai invitée pour parler de la campagne de pub…

— Quique, le coupa-t-elle, la vraie Lola ayant subitement repris le dessus, si je leur dis ça, je vais passer pour une lèche-cul de première. Ils vont tous me détester et dire que je suce des bites pour prendre du galon. Quitte à ce qu'on raconte des choses sur moi, autant qu'elles soient véridiques. Réalisant que ses paroles risquaient d'être mal interprétées, elle clarifia : Je ne veux pas m'attirer d'ennuis au travail.

L'expression de stupeur sur les traits de son boss fit place à de l'admiration.

— Tu sais, j'aime les femmes qui parlent cash, Lola.

— Tant mieux.

Elle reprit ses pilules, les rangea dans son sac et se dirigea vers l'ascenseur.

— Lola…

— Oui ? dit-elle en se retournant.

— Tu ne vas pas porter plainte pour harcèlement sexuel, au moins ?

Elle éclata de rire.

— Ce n'est pas mon genre. Ou je couche avec toi, ou je te fiche une bonne raclée à la sortie du bureau.

— Je peux t'inviter à prendre un verre sans que tu me sautes à la gorge ?

Elle haussa un sourcil malicieux et demanda :

— Qu'ai-je donc fait pour susciter un tel empressement ?

— Ce n'est pas ce que tu as fait, ma jolie… mais ce que j'imagine que tu pourrais faire.

— Dommage que je n'aie pas apporté d'enregistreur vocal. Je vois d'ici la tête du DRH quand je lui enverrai l'enregistrement.

— Des menaces ? Il sourit. J'avais l'impression que tu aimais bien que je te suive à la trace ?

— Moi ? dit-elle faussement ingénue. Parce que je fais partie de ces femmes qui aiment bien qu'on devine leurs sous-vêtements sous leurs jupes ?

Elle tourna à nouveau les talons et continua de longer le couloir. Quique la suivit, la dépassa et lui barra la route.

— Je l'ai remarqué dès le premier jour.

— Tu as le sens de l'observation.

— Écoute, Lola, on a le choix entre se tourner gentiment autour ou aller droit au but, et je crois que c'est plutôt la deuxième option qui nous tente – il l'attira à lui. Toi et moi, on veut la même chose, non ?

— Tu me touches…, sourit Lola en constatant avec satisfaction que l'étoffe de son pantalon se tendait au niveau de la braguette.

— On se voit un soir, on baise et on n'en parle plus. Ensuite, je crois qu'on sera plus à l'aise pour travailler ensemble.

Lola plaqua ses paumes sur sa poitrine, puis tout en tripotant les boutons de sa chemise, lui glissa dans un murmure :

— Tu ferais mieux de continuer à te branler en rêvant que tu m'arraches ma petite culotte.

— Et toi de fantasmer sur ma grosse bite quand tu baises avec ton jules.

— Quand je baise avec lui, il prend tellement de place que je ne pense à rien d'autre. Et maintenant, si vous voulez bien m'excuser, monsieur Jara.

— Adieu, mademoiselle Castaño.

Songeant qu'elle venait de créer deux monstres, Lola commença à s'éloigner en se tirant mentalement les oreilles.

15

Bruno déménage

Quand Bruno eut la confirmation que son roman allait être adapté au cinéma, il m'appela pour m'annoncer qu'il allait venir s'installer à Madrid. Ainsi, me dit-il, il pourrait superviser le travail des scénaristes jusqu'à la fin du tournage. Naturellement, quand il me demanda de l'aider à chercher une location, je lui proposai de venir s'installer chez moi.

— Chez toi ? dit-il l'air gêné. Valeria, non… c'est trop petit.

— Adrian et moi avons vécu ici à deux et on n'en est pas morts.

— Non, mais vous avez divorcé.

— Pas parce que l'appartement était trop petit, dis-je en riant. Pour deux, c'est tout à fait suffisant. Je t'assure.

— Même quand on doit écrire tous les deux ? Si j'ai bonne mémoire, tu n'as qu'un seul bureau minuscule.

Je jetai un coup d'œil audit bureau. Le fait est qu'il n'était pas bien grand. J'avais juste assez de place pour y poser mon laptop, une souris, un cendrier et une tasse de café.

— Il y a une autre table dans le salon.

— Tu veux dire le placard à balais qui se trouve juste derrière ta chaise de bureau ?

— Oui, répondis-je, vexée.

Je ne supportais pas qu'on critique mon appartement.

— Je peux m'y installer. Je n'arrive pas à croire que ça te pose autant de problèmes. Moi, quand je vais chez toi, je ne dis rien, ripostai-je.

— Parce que ma maison est cinq fois grande comme la tienne.

— Et quand bien même ? rétorquai-je, sentant la moutarde me monter au nez. Quand je te rends visite, on dort dans la même chambre, non ? Dis plutôt que tu n'as pas envie de voir ma gueule tous les jours !

— Message reçu, Val. Étant donné que tu vas faire une jaunisse si je m'installe ailleurs que chez toi, je te confirme que je serai là lundi.

— Super ! je serai là sans faute pour t'accueillir et te faire faire le tour du propriétaire, dis-je en plaisantant.

— Et moi, je serai l'homme à la valise. Je dois mettre un œillet à ma boutonnière ?

— Je te dirai plus tard où tu peux te le mettre, rétorquai-je.

Bruno débarqua chez moi avec une simple valise. Perso, pour deux mois, j'aurais fait appel à une équipe de déménageurs, mais chacun son truc. Il entra en ôtant l'œillet rouge qu'il portait à la boutonnière, et me dit où il avait l'intention de me le mettre.

Je commençai par lui donner un double des clés. Puis j'ôtai ma petite culotte, la fourrai dans sa poche de veston et me laissai tomber sur le lit. Bruno ne prit même pas la peine de se déshabiller. Il me regarda pendant quelques secondes en passant sa main droite sur son début d'érection, puis se débarrassa de son pantalon et se jeta sur moi.

Il me pénétra une, deux, trois fois, avant que je lui demande de mettre une capote. J'étais devenue très réticente à l'idée d'avoir des rapports non protégés. Était-ce parce que mon mari m'avait une fois refilé des chlamydias, ou parce que Victor était le dernier homme que j'avais autorisé à éjaculer en moi sans capote ? Je ne saurais le dire avec certitude, mais toujours est-il que je le laissai m'emboutir sauvagement.

Quand nous nous fûmes tous les deux défoulés, je me rhabillai et Bruno commença à vider sa valise et à ranger ses affaires dans le tiroir de la commode et le coin penderie que j'avais libérés exprès pour lui. Je lui avais aussi fait de la place dans la table de nuit, quoiqu'avec un pincement au cœur, car je gardais jadis un livre de Nabokov à cet endroit.

Tandis que nous cherchions où caser sa valise vide, Bruno m'ôta à nouveau mes sous-vêtements. Cette fois il me prit en levrette sur la moquette de la chambre à coucher en poussant des grognements et des jurons dignes d'un film porno.

L'installation de Bruno était réussie.

Au moment du dîner, je fis de mon mieux pour le mettre à l'aise. Je voulais qu'il se sente chez lui pendant le temps où nous allions cohabiter, mais pas qu'il s'imagine que c'était un prélude à une « vie de couple ». C'est pourquoi je lui dis qu'il pouvait aller et venir comme ça l'arrangeait, en toute liberté. Il leva un sourcil et, avec ce sourire en coin que j'aimais tant chez lui, me demanda :

— Vous faisiez comme ça avec Adrian ?

— Bien sûr, répondis-je en haussant les épaules.

— Je comprends mieux pourquoi vous avez divorcé.

— Il est vrai que ton mariage à toi était tellement génial qu'aujourd'hui tu sors avec moi.

— Ne sois pas soupe au lait. Viens t'asseoir et écoute-moi, dit-il en m'attrapant par le bras pour m'attirer contre lui. J'aurais pu aller à l'hôtel. Mais je voulais être sûr que ça marcherait entre nous. Tu comprends ?

— Non.

En réalité, j'avais parfaitement compris : Bruno attendait de moi une chose que je ne pouvais pas lui donner, pour la bonne raison qu'elle appartenait à un autre.

16

Une princesse sans trône

Lola alluma une cigarette, tira quelques bouffées, puis saisit son agenda rouge et le posa sur ses genoux.

Elle commença à feuilleter les premières pages et se remémora sa vie d'avant, l'époque bénie où elle carburait à cent à l'heure et ne savait plus où donner de la tête.

Où était passée la Lola qui ne pensait qu'à voyager et qui ne posait ses valises que lorsque ses jambes en compote à force de galoper à droite à gauche ne pouvaient plus la porter ?

Ray était en train d'étudier, ses livres étalés sur la table de la salle à manger. Elle aurait préféré qu'il aille bosser chez lui, mais il disait qu'il arrivait mieux à se concentrer ici.

Elle prit son téléphone pour appeler l'une de nous. Mais laquelle ?

Carmen était maman. Pour de vrai. Ce n'était pas comme si elle avait adopté un chiot qu'elle devait sortir trois fois par jour, ou un chaton qui faisait pipi sur le tapis du salon. Non, non. Elle avait accouché d'un bébé qu'elle avait porté dans son ventre pendant neuf mois, et devait s'en occuper jour et nuit. Carmen n'avait pas changé, mais sa vie, si. Et Lola n'avait pas envie de la déranger pour lui poser des questions auxquelles elle n'avait pas la réponse. Carmen était passée à autre chose.

Nerea ? Nerea lui semblait encore plus froide qu'avant. En réalité, ces jours-ci, le Glaçon était en proie à des pulsions sexuelles torrides chaque fois qu'elle voyait Jorge, mais cela Lola l'ignorait. Et quoi qu'il en soit, elle n'avait pas envie de parler avec elle. Car elle savait pertinemment ce qu'elle allait lui suggérer : faire une liste détaillée de toutes les choses qu'elle désirait et de tous les freins qu'elle rencontrait. Un plan de vie façon Nerea, très peu pour elle.

Elle songea ensuite à moi, puis se ravisa. Ce n'était pas de moi qu'elle avait besoin... mais de Victor. Le seul qui pouvait la comprendre.

Elle soupira et composa son numéro. À la cinquième sonnerie, sa voix grave et sensuelle résonna à l'autre bout de la ligne. Mais, heureusement, elle était immunisée.

— Qu'est-ce qui t'arrive, Lola ? Tu as des confessions à faire ?

— Comme tu me connais bien, rit-elle. J'allais appeler Val, mais elle est trop raisonnable.

— Pas tant que ça. Je te rappelle que c'est mon ex.

— Elle n'est pas raisonnable parce qu'elle ne veut plus sortir avec toi ou parce qu'elle est sortie avec toi ?

Victor éclata de rire.

— Parce qu'elle est sortie avec moi. Et ma raison à moi s'est fait la malle quand je l'ai quittée.

Lola fronça le nez sans rien dire. Elle n'aimait pas entendre ce genre de choses.

— J'ai l'impression que tu as plus en commun avec elle qu'avec moi.

— J'ai beaucoup plus que deux ou trois choses en commun avec elle, je t'assure. Bon, mais à part ça, qu'est-ce qui t'amène ? dit-il pour changer de sujet.

— Victor, tu te souviens comment j'étais avant ?

— La dernière fois que je t'ai vue, tu étais toujours la même.

— Non, sérieux, écoute-moi. Je sais que tu me comprends… Tu te rappelles quand on baisait, toi et moi ?

Victor pouffa de rire.

— Évidemment, mais… plus précisément ?

— Je veux parler de tout ce qu'on s'est dit quand on fumait, précisa-t-elle. Tu te souviens de toutes les choses que j'avais envie de faire ?

— Tu m'as dit que je devais te prévenir suffisamment à l'avance quand j'avais envie de m'envoyer en l'air, te demander dans quelle partie du monde tu te trouvais et acheter un billet d'avion. Et moi, je te disais que j'allais finir par tirer des coups dans tous les aéroports de la planète.

Lola rit.

— Mais pourquoi on a arrêté, toi et moi ? On s'entendait plutôt bien, non ?

— On a arrêté parce qu'on a commencé à ressentir de la tendresse l'un pour l'autre alors qu'on n'était pas amoureux, dit-il avec naturel. Toi, tu t'es mise avec le type qui avait une Porsche, et moi avec Raquel. Normal. Mais, dis-moi… tu m'appelles parce que tu es nostalgique ou parce que tu espères me voir rappliquer avec la bite au garde-à-vous ?

Tous deux éclatèrent de rire.

— Ne va pas te faire des idées, mon poussin, murmura-t-elle. C'est juste que… – elle se pencha légèrement pour jeter un coup d'œil à la dérobée dans la salle à manger, où Ray était toujours plongé dans ses bouquins, avec ses écouteurs sur les oreilles. Mon nouveau boss est tellement bandant que…

Victor se mit une main devant les yeux et se mordit la lèvre pour ne pas céder à l'envie de raccrocher.

— Ce que tu peux être vulgaire ! répondit-il.

— Tu as compris à quoi je me référais au moins ?

— Parfaitement, mais si tu pouvais être un tout petit peu moins explicite…

— S'il te plaît, Victor, ne fais pas ton faux-cul…

— Et c'est quoi le problème ?

— Le problème, c'est que le café qu'on sert au bureau ne contient pas de bromure. L'autre jour, il m'a dit qu'on devrait baiser une bonne fois pour toutes et en rester là.

— Tu es Lola… c'est le genre de trucs qui t'arrivent. Je ne vois toujours pas où est le problème.

— Tu crois que j'ai assez de volonté pour lui résister ?

— Ce n'est pas une question de volonté. Tu devrais plutôt te demander si tu tiens à ton jules ou pas.

— Oui, j'y tiens, dit-elle d'un ton grave tout en jetant à nouveau un coup d'œil dans la salle à manger. Mais mon boss me fait tellement envie que je n'arrête pas d'y penser et…

— Moi, je crois que tu es en train de grandir, Lolita, mais que tu n'as pas envie de te comporter en adulte. À moi aussi, ça m'arrive.

— Tu ne penses pas qu'il y a des gens qui sont nés pour se comporter différemment ?

— C'est possible, mais nous n'en faisons pas partie. Moi, mon corps commence à me dire de me calmer. Et de temps en temps, j'ai envie de me poser.

— Tu as quel âge ? Trente-deux ans ?

— Trente-quatre.

— Tu es amoureux ? demanda-t-elle de but en blanc. Et ne cherche pas à noyer le poisson, parce que tu sais très bien de quoi je veux parler.

Victor inspira profondément avant de répondre :

— Oui, comme un taré, et ne cherche pas à noyer le poisson toi non plus, parce que tu sais très bien de quoi je veux parler. Et toi ?

Lola rit bouche fermée.

— Oui. Je ne vois pas d'autre explication. Mais il a vingt ans, nom d'une pipe !

— Mais puisqu'il te rend heureuse ! Qu'est-ce que ça peut faire qu'il ait vingt ans ou que ton boss soit monté comme un taureau ? Ton problème, c'est que qui trop embrasse mal étreint.

Lola sourit.

— Et qu'est-ce que j'aime par-dessus tout, d'après toi ?

— Le sexe, les sensations fortes, et être une femme qui ne rend de comptes à personne... Sauf qu'il arrive un moment dans la vie où on doit choisir. C'est la bite ou toi.

— Moi je n'en ai pas.

— Tu sais très bien ce que je veux dire.

— On devrait se voir un de ces jours et prendre un verre, comme on le faisait dans le temps.

— Mais pas de baise après. Maintenant que tu as un jules...

— Depuis quand est-ce un problème pour le grand Victor ?

— Depuis qu'il a couché avec ta meilleure amie, qui était mariée.

— Tu es devenu complètement coincé, ma parole. Mais le pire c'est que tu es coincé parce que tu es amoureux. Si tu insistes un peu trop, elle…

— Lola, on arrête là, tu veux ?

— Vous dites tous les deux la même chose. Et tu sais à quoi ça me fait penser ? À de l'amour.

— Et ça fait mal, insista Victor. Et on n'a rien fait pour mériter ça.

Ils se turent quelques secondes, puis Victor rompit le silence.

— Tu veux un conseil pour ton putain de boss ?

— Précisément, c'est pour ça que je t'ai appelé.

— N'aie pas peur de tes désirs. N'aie pas peur de prendre une décision, parce que ça revient à avoir peur de toi-même.

— Tu veux dire que je dois me le taper ? demanda-t-elle, tout émue à la pensée qu'il lui donnait son feu vert.

— Non. Tout le contraire. Je voulais dire que tu as tout à fait le droit de n'avoir envie que d'une seule personne. Au final, Lola, le sexe ce n'est rien qu'un petit moment de plaisir. Et de ce côté-là, toi et moi on a eu plus que notre dose.

Elle soupira bruyamment.

— Merci.

— C'est ce que tu voulais entendre ?

— Peut-être bien. Mais si tu veux mon avis…

— Quoi donc ?

— Tu devrais suivre tes propres conseils.

— En ce qui me concerne, c'est différent.

— Pourquoi cela ?

— Parce que la décision ne m'appartient pas.

Ils soupirèrent en chœur.

— Bon, salut, ma puce, lui dit-il gentiment pour conclure.

Lola raccrocha en songeant, comme toujours, qu'elle aurait dû parler plus souvent avec lui.

Ray s'encadra dans la porte de la chambre, un tas de notes sous le bras.

Lola sourit de toutes ses dents et, saisissant la liasse de papiers, déclara :

— Bien, il s'agit d'un examen oral. Si tu le passes avec succès, je te la bouffe jusqu'au trognon.

17

Une princesse sans prince charmant

Nerea se dit qu'elle devait arrêter avec Jorge une bonne fois pour toutes. Elle se l'était répété si souvent qu'elle avait presque réussi à s'en convaincre. Quelle nana n'avait pas eu, ne serait-ce qu'une fois dans sa vie, une histoire comme celle-là ? N'importe qui pouvait succomber au désir charnel, non ?

Depuis qu'elle avait changé de boulot, toute sa vie était chamboulée, jusque dans ses relations avec la gent masculine. Sauf qu'en l'occurrence, il ne s'agissait ni de loin ni de près d'une relation.

Jorge entrait et sortait de son studio avec plus d'assiduité qu'elle ne l'aurait souhaité. Car elle ne supportait pas de le voir déambuler chez elle en caleçon, avec son T-shirt déchiré et sa tignasse en bataille.

Et voilà qu'elle s'efforçait de l'ignorer, comme s'il ne lui faisait aucun effet, alors qu'elle crevait d'envie qu'il la renverse sur le lit et la prenne sauvagement. Et pour finir, elle était morte de honte. Au point de nous cacher la vérité. Ce n'était pourtant pas faute de l'avoir encouragée, mais elle avait tellement peur d'en parler que c'était devenu un problème.

Et pendant ce temps-là, Jorge lui passait des coups de fil, lui envoyait des mails, passait voir Carolina, son assistante, pour lui laisser des DVD. Il jouait avec elle comme un chat avec une souris, dont il sait pertinemment qu'il va finir par la croquer de toute façon. Et c'est précisément ce qui terrorisait Nerea. Ne pas dominer la situation.

Cette partie de cache-cache aurait pu se prolonger indéfiniment, sauf qu'à ce stade, c'était devenu une drogue pour Nerea. Sérieux. Elle n'arrivait à penser à rien d'autre et passait ses journées à se remémorer avec exaltation les fois où il l'avait possédée, ici et là, en la retournant dans tous les sens comme une poupée, et en lui faisant des choses auxquelles elle n'était pas habituée. Non pas que Daniel ait manqué d'imagination, mais il baisait sans passion et toujours poliment. Alors que Jorge se fichait comme d'une guigne de la politesse. Et quand elle le revoyait la prenant en levrette sur le canapé, en tirant doucement sur ses cheveux, elle se mettait à bouillir intérieurement comme une chaudière et rougissait de honte.

Était-elle devenue comme Lola ?

À cette pensée, elle crut défaillir. Mais une addiction est une addiction, et on a beau y aller par petites doses, il arrive un moment où on ne peut plus décrocher.

D'abord, elle commença par laisser de côté la discrétion, allant jusqu'à flirter ouvertement avec lui, y compris devant Carolina. Ensuite, elle lui envoya un mail professionnel plein de phrases ambiguës et de mots à double sens. À partir de là, elle se mit à aller de plus en plus loin, jusqu'au jour où elle poussa l'audace jusqu'à se présenter chez lui à trois heures de l'après-midi.

Elle se mordit un ongle, mais aussitôt le goût amer du vernis incolore qu'elle avait mis pour couper court à cette sale manie la rappela à l'ordre. Elle lissa sa jupe et inspecta son reflet dans la porte vitrée du couloir. Tout allait bien. Elle sonna à la porte.

— J'arrive !

La voix sonore de Jorge lui parvient depuis l'intérieur.

Nerea songea brièvement à prendre ses jambes à son cou. Quelle mouche l'avait donc piquée de venir sonner chez lui à une heure pareille ? Mais au même instant, la porte s'ouvrit et Jorge apparut en souriant de toutes ses dents en la voyant.

— Tiens donc…

— Il faut que je te parle, dit Nerea en toussotant.

— Il y a un problème ? Tu me fais peur.

— Je peux entrer ?

— Oui, bien sûr.

Jorge la reçut dans une sorte de cuisine-salle à manger où s'empilaient des magazines photo et des coffrets de DVD. Dans un coin trônait une vieille télé couverte de poussière. Étant locataire, il n'avait clairement aucune envie de faire de cet endroit un vrai foyer. Les rideaux qui masquaient le minuscule balcon donnant sur la rue avaient jauni avec le temps, de même que le canapé dont s'échappait un nuage de poussière quand on s'y laissait tomber un peu trop brusquement. La table basse devait dater de l'an quarante et sa surface criblée de trous évoquait un nid de termites.

Il n'y avait de table à manger nulle part, juste un bar déglingué datant des années soixante ou soixante-dix et un tabouret dont le dessus déchiré laissait voir le rembourrage. Tout le reste n'était que chaos. Il y avait un oreiller sur le sofa, des T-shirts sur le bar, un verre plein d'eau à côté d'une assiette sale. Nerea n'osait pas imaginer à quoi ressemblait la salle de bains.

— Tu n'étais jamais venue chez moi ? lui demanda-t-il en ramassant un T-shirt et en le balançant dans un coin.

— Non.

— Ne me donne surtout pas ton avis.

— Si j'alerte les autorités sanitaires, il y a de fortes chances pour que tu sois exproprié et que tu finisses dans un refuge pour animaux.

Jorge sourit.

— Toute la maison n'est pas comme ça.

— Non, bien sûr.

— Je te sers quelque chose ? Une bière bien mousseuse ?

— Tu es un porc, répondit Nerea, choquée, en écartant ce qui ressemblait à un slip.

— Je ne suis pas sale, juste bordélique.

C'était vrai, constata Nerea, si l'on exceptait la poussière. C'était le bordel, certes, mais pas crasseux.

— Tu as besoin d'une femme dans ta vie, déclara-t-elle en posant ses mains sur ses hanches.

— C'est pour me dire ça que tu es venue ?

Jorge la regarda sans cesser de sourire.

— Je voulais dire une femme que tu paierais pour mettre un peu d'ordre dans ce chantier.

— Et tu te portes volontaire ? Ne me dis pas que les affaires périclitent.

— Jorge, il faut qu'on parle.

— De ma maison ?

— Non, de…

Jorge s'assit dans le canapé, l'air soudain sérieux.

— Viens t'asseoir, Nerea.

— C'est que… je ne sais pas comment me comporter avec toi.

— Comporte-toi comme tu veux. Ça m'est égal.

— Ça t'est égal ?

Il hocha la tête, et Nerea ne put résister à l'envie de prendre le dessus.

— Moi aussi, ça m'est égal.

— On ne dirait pas. Tu es tellement coincée que tu donnes l'impression d'avoir avalé un manche à balai. Caro a beau me chanter tes louanges et me dire que tu es une nana super marrante, quand je te vois comme ça…

Il se raidit pour l'imiter.

— Parce que je suis comme ça.

— Ah ! Ah ! Et où veux-tu en venir ?

Au lit, songea Nerea, en se reprenant aussitôt.

— Je crois que nous devrions nous en tenir à une relation strictement professionnelle, Jorge. Et ne plus…

— … nous envoyer en l'air ?

Elle soupira.

— Oui, c'est ça.

— Il m'avait pourtant semblé que tu aimais ça, pourtant, dit-il en inclinant la tête de côté.

— C'est possible.

— Et donc ?

— Et donc, c'est fini.

— Jamais tu te détends ?

— Jorge, toi et moi n'avons absolument rien en commun.

— Non, non, si peu.

— Donne-moi un exemple, s'enquit-elle, très digne.

— Nous sommes des êtres humains.

— S'il te plaît, dit-elle en levant les yeux au ciel.

— Comme la Belle et le Clochard.

— Non.

Nerea saisit son sac à main. Elle se sentait ridicule et s'en voulait d'être venue frapper chez lui sous un prétexte futile. Mais lorsqu'elle se dirigea vers la porte, Jorge l'attrapa par le bras en souriant et l'obligea à se retourner.

— Nerea…

— Non, c'est fini…

— Nerea, tu ne serais pas la première princesse qui couche avec un crapaud. Elles existent depuis la nuit des temps. Alors arrête ton délire et redescends sur terre. On ne vit pas dans un conte de fées.

Elle n'y réfléchit pas à deux fois. Agrippant Jorge par son T-shirt, elle plaqua ses lèvres sur les siennes. Jorge ne chercha pas à se débattre. Il l'attira contre lui et l'embrassa avec fougue.

Cinq minutes plus tard, ils étaient nus comme des vers. Les deux mains en appui sur le carrelage de l'entrée, Jorge la pénétrait en poussant des grognements, tandis que Nerea se laissait transporter, la tête vide. Seul lui importait l'orgasme que les coups de reins de Jorge allaient lui procurer.

18

Ode et ce que tu écris maintenant

Un soir que je revenais de chez ma sœur, je trouvai Bruno assis dans l'unique fauteuil de la maison (vous voyez lequel ?). Il était en train de lire *Ode,* les sourcils froncés. Sur la table devant lui, il y avait une tasse de café refroidie et un cendrier où une cigarette qui, à en juger par la longueur de la cendre, s'était consumée toute seule. Il ne releva pas les yeux, alors qu'il m'avait forcément entendue rentrer. Voyant qu'il ne lui restait plus que quelques pages à lire, je posai mon sac sur la console et allai directement à la cuisine. J'allumai la machine Nespresso, puis m'adossai au plan de travail et commençai à me ronger les ongles jusqu'à écailler mon vernis.

Quelques instants plus tard, Bruno passa la tête dans l'embrasure.

— Salut ! lui dis-je en espérant qu'il n'allait pas me parler d'*Ode.* Tu as passé une bonne journée ?

— Je l'ai trouvé sur une étagère et j'ai eu envie de lire une ou deux pages en prenant mon café, dit-il en agitant le bouquin.

— Ah ouais ?

— Il était onze heures du matin quand je l'ai attaqué, et je n'ai pas réussi à le lâcher.

— Tu n'as pas mangé.

— Non. Il secoua la tête. C'est fort.

— Merci. Tu veux que je prépare quelque chose à grignoter ? Ma sœur m'a gavée de biscuits apéritifs et…

— Non, non, tu ne m'as pas compris, Valeria. C'est fort, répéta-t-il.

— Oui, oui, dis-je en feignant de m'affairer.

— Ce livre-là se démarque complètement de ce que tu écris habituellement.

— Comment ?

— C'est… un genre à part.

— Je sais.

— C'est un drame super bien construit.

Je me tournai vers le placard et en sortis une assiette et un verre.

— Je vais te faire un sandwich. Comme ça, au moins, tu ne pourras pas parler la bouche pleine.

— Mon ange, écoute-moi.

— Je n'ai pas envie d'en parler.

— Mais pourquoi ? C'est un bouquin génial, Valeria, un truc qui vous prend aux tripes !

— Tant mieux, je suis contente qu'il t'ait plu, mais c'est du passé tout ça. Et puis l'adulation, ce n'est pas mon truc.

— Qui parle d'adulation ? C'est de la littérature… c'est tout. Je ne comprends pas pourquoi il n'a pas eu plus d'échos dans la presse. Je ne comprends pas.

— Bruno… dis-je, mais il ne me laissa pas finir.

— Écoute-moi, ce que je veux dire c'est que…

— Non, Bruno. C'est toi qui vas m'écouter. Je n'ai pas envie de parler d'*Ode* et je n'ai pas envie qu'on m'en parle. Je ne veux pas parler de ma carrière littéraire ou de mon avenir.

J'avais dit cela si froidement que je me fis peur moi-même.

Bruno haussa les sourcils, plissa le front.

— Pourquoi est-ce que tu te mets dans cet état alors que je te dis simplement que j'ai trouvé ton roman génial ? C'est une œuvre très forte, avec une profondeur et des réflexions qui vous laissent K.O.

— Arrête, Bruno.

— Mais pourquoi ? Que se passe-t-il ?

— Rien, mais je n'ai pas envie d'en parler, c'est tout.

— On a parlé mille fois de *Dans les pas de Valeria* sans que tu te mettes dans cet état.

— Eh bien, pour *Ode*, c'est différent.

Bruno resta un instant silencieux, puis s'approcha, un sourire plein de tendresse aux lèvres.

— Val, je ne suis pas en train de te dire que ce que tu écris maintenant n'est pas bon. Mais c'est… différent.

— OK.

Je grimaçai un sourire forcé tout en mettant des tranches de fromage entre deux tranches de pain de mie.

— Et différent ne veut pas dire moins bien. C'est juste… que le style n'a rien à voir. On n'a même pas l'impression que c'est la même personne qui l'a écrit.

— Ah, ah !

— Je t'ai toujours considérée comme une auteure avant même de lire ce livre. Tu le sais au moins ?

— Je sais.

Encore un silence. Je sentais venir la question à mille balles.

— Et… tu n'as jamais songé à continuer à écrire dans cette veine ?

— Bah, tu sais comment marche l'inspiration. Ça va, ça vient.

Bruno, le front toujours plissé, étira la main et me caressa doucement la joue.

— Je voulais juste te féliciter, Valeria. Et te dire que… si c'est ça ton premier roman, je n'ose pas imaginer ce que tu seras capable d'écrire dans quelque temps.

Je lui tendis une assiette avec son sandwich en espérant qu'il allait se taire. Je me mordis la lèvre, prise d'une soudaine envie de pleurer. Je soupirai en songeant à lui dire qu'après celui-là, j'avais publié deux autres romans et qu'un troisième allait bientôt voir le jour. Mais sur le fond j'étais assez d'accord avec lui. Ce n'était pas la même chose.

Victor n'eut pas l'air surpris (même s'il l'était au fond, j'en suis convaincue) quand je l'appelai pour lui proposer de boire un verre. Sans doute pensait-il qu'après ce qui « ne s'était pas passé » chez lui, je n'accepterais de le revoir que s'il insistait. Je n'eus pas besoin de le supplier ; le simple fait de l'appeler était une preuve de bonne volonté de ma part.

Nous convînmes de nous retrouver pour prendre un café, mais juste au moment où j'allais sortir de chez moi, il me rappela pour me dire qu'il était en rendez-vous avec le responsable d'une chaîne hôtelière et que la réunion s'éternisait.

— C'est important, tu t'en doutes. Mais on peut faire une chose. Je t'appelle quand j'ai fini et je passe te prendre pour aller dîner. Ça te va ?

— Appelle-moi et on verra à ce moment-là.

— Je vais tout de même demander à ma secrétaire de réserver une table au cas où.

Bruno était assis au bureau, le nez plongé dans un document Word, une pile de manuscrits à côté de lui. Il avait mis ses lunettes et tenait un crayon qu'il mettait entre ses dents chaque fois qu'il tapait sur le clavier.

— Bruno, ça t'ennuie si je sors dîner ce soir ? demandai-je en raccrochant.

— Non, répondit-il sèchement.

— Je te prépare quelque chose avant de partir.

— Non.

Quand Bruno était immergé dans le boulot, rien ni personne ne pouvait le faire sortir de sa bulle.

— Mon cœur, comment s'appellent ces trucs que les filles utilisent pour s'attacher les cheveux ? me demanda-t-il sans me regarder.

— Des pinces ? Des serre-tête ? Des chouchous ?

— Ah, oui, c'est ça. Merci.

Il se fichait de savoir avec qui je sortais comme de l'an quarante et je ne voyais aucune raison de le lui dire.

Victor m'emmena au stade Santiago-Bernabéu. Sûrement qu'il devait y avoir un restau quelque part dans les environs, parce que je n'étais pas fan de foot. Il gara sa belle Audi noire dans l'aire de stationnement et nous prîmes un ascenseur jusqu'au troisième étage. À la réception, nous fûmes accueillis par une ravissante hôtesse asiatique qui dévora littéralement Victor des yeux. Tandis qu'il lui donnait le nom de la réservation, je regardai autour de moi. De chaque côté du hall, il y avait des aquariums aux couleurs changeantes, remplis de petites méduses.

Quand nous fumes installés à notre table, Victor me demanda si j'étais déjà venue. Tout en parlant, il dépliait sa serviette et la posa sur ses genoux avec cette grâce naturelle qui le rendait d'autant plus séduisant. À côté de lui, j'avais l'impression d'être une va-nu-pieds, une gamine sale et négligée.

— Non, dis-je en contemplant le décor. Je n'étais jamais venue. C'est beau.

— Cette partie du restaurant donne sur le terrain de foot, mais franchement, je trouve que ça enlaidit les lieux plus qu'autre chose.

Il me prit la carte des mains et appela le garçon. Il commanda les plats, ainsi qu'une bouteille de vin que j'allais devoir descendre presque entièrement toute seule, sauf s'il comptait laisser sa voiture au parking. Mais non, ce n'était pas une fanfaronnade, car il avait choisi exprès mes plats préférés.

— Victor…

— Dis-moi, dit-il en saisissant son verre.

— Tu as lu *Ode* ?

— Comment ?

— Mon premier roman, *Ode*, tu l'as lu ?

— Oui, bien sûr.

— Et qu'est-ce que tu en as pensé ?

Il haussa les sourcils, inspira profondément.

— Franchement ?

— Oui. On est amis, non ?

Il lâcha un rire sensuel.

— Il m'a laissé perplexe.

— Perplexe ?

— Oui. Il y a certaines choses que je n'ai pas comprises. Peut-être parce que ça me dépasse.

— Qu'est-ce que tu n'as pas compris ? Ne me dis pas que j'ai un style prétentieux.

— Non, non. C'était un compliment. Il y a beaucoup de profondeur. Et ce que je n'ai pas compris ? Le titre, par exemple. *Ode*, d'accord, mais une ode à quoi ? Parce que nulle part dans le roman il n'y est fait allusion.

— Peut-être pas de manière explicite. C'est un clin d'œil. Un clin d'œil à moi-même. Le roman est une sorte d'ode à la propension qu'a l'être humain à provoquer son propre malheur. D'où le titre.

— Tu vois ? Quand je te disais que c'est trop profond pour moi.

— Tous les titres de romans ne sont pas descriptifs.

— Non, d'accord. Mais… c'est un peu triste. Je veux parler de l'histoire. C'est le genre de truc qui vous prend…

— Aux tripes.

Bruno avait employé exactement la même expression.

— Et c'était ton intention ?

— Je n'ai pas voulu écrire une histoire qui vous tire des larmes, simplement m'interroger sur le fait que nous avons tendance à confondre les sentiments avec… la mythologie. Je pense que quatre-vingt-dix pour cent des sentiments que l'on croit éprouver font partie d'une mythologie inculquée.

Victor fronça les sourcils, visiblement intrigué, et demanda :

— Continue, s'il te plaît.

— Je veux dire par là que nous croyons que nous pourrions mourir par amour pour quelqu'un, parce que la littérature romantique n'arrête pas de nous ressasser que le sacrifice est la forme suprême de l'amour. Autrement dit, nous avons encore dans la tête un concept qui remonte au XVIIIe siècle.

— C'est vrai. De gentes demoiselles qui doivent être secourues par de preux chevaliers transis d'amour.

— Exactement ! Je ris. Et comme je ne voulais pas que ça finisse mal, j'ai construit trois personnages avec qui j'ai passé tellement de temps que ce sont eux, finalement, qui ont écrit l'histoire à ma place. Je les ai situés dans un contexte et ils se sont chargés du reste. Je n'ai rien pu faire pour les en empêcher. Sans quoi, j'aurais triché. Si ces trois personnes existaient vraiment, leur histoire ne pourrait pas se finir autrement… Elles ne pourraient pas être heureuses.

Victor sourit, mélancolique.

— Qu'est-ce qu'il y a ? demandai-je.

— Ça me fait penser à quelqu'un.

— À qui ?

— À Valeria, la fille que j'ai emmenée boire un café et se balader, il y a presque deux ans. À l'époque, tu me parlais du rapport entre la création artistique et l'argent, et voilà que, brusquement, après tout ce temps, tu te mets à me parler d'*Ode*, comme ça, sans rime ni raison.

— Tu veux dire qu'il m'arrive d'être pédante ?

— Pas du tout. Cette Valeria d'avant m'a beaucoup manqué et j'en suis venu à me dire qu'il valait mieux que je l'oublie. Et voilà que je la retrouve assise devant moi dans un restaurant. Tu avoueras…

Nous restâmes un moment silencieux, et le sourire de Victor s'élargit.

— Je t'ai posé la question comme ça, parce que ça m'a traversé l'esprit et…

— Mais moi, je vois bien que tu es préoccupée.

— Un peu, c'est vrai.

— Tu as peur de ne plus pouvoir faire aussi bien ? Tu as peur que les autres disent de toi que tu as eu un coup de bol, parce qu'au fond tu es quelqu'un de superficiel ?

Je levai les yeux vers lui et il sourit de toutes ses dents blanches.

— Ça t'étonne que je puisse te comprendre ?

— À quoi bon mentir ? dis-je en battant des cils.

— Ce n'est pas parce que nous avons échoué que nous n'avons pas tout fait pour que ça marche. S'il y a une chose que j'ai réussie, c'est apprendre à te connaître. Et je crois que c'est réciproque.

Nous nous tûmes encore une fois, et j'eus à nouveau envie de pleurer. Mais je me retins.

— Je peux te dire quelque chose ? murmura-t-il.

— Vas-y.

— Mon travail consiste à créer des projets, certains que j'adore, d'autres que j'aime moins, et d'autres que je déteste. Mais tu sais quoi ? Ils ont tous un sens, pour les gens qui me les commandent et pour moi. Toi, tu écris. Tu choisis des mots parmi d'autres pour pouvoir raconter une histoire, et le résultat final est... beau, certes, mais ça n'en reste pas moins un travail. Tu fais des choses qui ne t'appartiendront jamais complètement, même si elles sortent de ton imagination. Mais il faut bien faire bouillir la marmite, et créer.

Je hochai la tête, un coude posé sur la table.

— Je n'aurais jamais dû publier *Dans les pas de Valeria*.

— Tu le regrettes ?

— Parfois, oui.

— Pourquoi ? demanda-t-il en étirant ses doigts sur la nappe.

— Je ne sais pas au juste. Parler de moi, des choses qui m'arrivent...

— Tu penses que les gens te jugent ? Tu penses qu'ils ne vivent pas les mêmes choses que toi ? Nous ne sommes pas si différents les uns des autres, tu sais. Écoute, Val, j'ai une théorie, dit-il avec un sourire sincère.

— Laquelle ?

— Tu ne trouveras pas la paix intérieure tant que tu n'auras pas mis un point final à cette histoire.

— C'est ma vie. Il va falloir que je meure, tu veux dire ?

— Non, ce n'est pas ta vie. Seulement une partie. Tu n'as pas commencé en disant : « Salut, je suis Valeria et je suis née un huit mai… » Non. Tu as choisi un morceau bien précis de ta vie, genre : « Salut, je suis Valeria et je suis frustrée. » Arrête d'être frustrée. Contente-toi de ce que tu as ou bien… décide de ce que tu veux pour être parfaitement heureuse. Tends la main, prends ce qui t'est offert et basta.

Je souris sans savoir vraiment pourquoi, et j'étirai ma main vers lui, sur la table. Ses doigts enlacèrent les miens et il soupira en se mordillant les lèvres.

— Merci.

— Tu en avais besoin ? me demanda-t-il, sa peau caressant la mienne.

— Oui, beaucoup.

— Tu vois ? C'est à ça que servent les amis.

Nos mains s'étreignirent, et l'espace d'une seconde j'oubliai Bruno. J'avais envie de l'embrasser.

— Bienvenue, murmura-t-il.

— J'ai toujours été là.

Il fit claquer sa langue et relâcha ma main. Puis il soupira et ajouta avec une petite moue résignée :

— On ferait mieux de manger avant que… que je… Il releva les yeux et, après un silence lourd de sens, conclut : Mangeons.

Victor se gara devant chez moi et éteignit le moteur. Il détacha sa ceinture de sécurité et se tourna vers moi, sans rien dire.

Je sentis une drôle de sensation au creux de l'estomac. Je défis ma ceinture et descendis de voiture. Il m'imita et nous nous retrouvâmes tous les deux debout à côté de la portière.

— Inutile que tu m'accompagnes jusqu'à la porte, dis-je en palpant doucement sa poitrine quand il s'approcha. Bonne nuit, Victor. Merci pour le dîner et la conversation.

— Et merci à toi pour la compagnie.

Il jeta un coup d'œil à la façade de l'immeuble et dit :

— Tu as oublié d'éteindre la lumière.

— Comment ?

— Je dis que tu as oublié d'éteindre la lumière dans ta chambre avant de sortir.

Je me retournai en souriant.

— Non, c'est Bruno. Il est chez moi.

Victor haussa les sourcils.

— Bruno ?

— Oui, il est à Madrid pour travailler sur un projet.

— Et vous vivez ensemble ?

— Pour quelques mois, oui.

Il exhala d'un coup, comme s'il venait de recevoir un direct dans le plexus solaire. Puis il se frotta le menton.

— Victor…

— Non, non. C'est sans importance, bredouilla-t-il avec un sourire forcé.

Nous nous approchâmes l'un de l'autre pour nous dire au revoir. Il se pencha vers moi et m'embrassa sur la joue. Un baiser rapide, doux et sensuel. Puis il resta penché vers moi, sans rien dire, avec sa bouche presque au même niveau que la mienne.

Je laissai échapper un geignement et il tourna la tête pour déposer un baiser sur mes lèvres. Je me reculai légèrement, les yeux fermés.

— Je t'en supplie, ne fais pas ça, l'implorai-je.

— Je ne peux pas vivre sans toi, murmura-t-il lentement.

«*Je ne peux pas vivre sans toi. Je ne peux pas vivre sans toi…*»

J'eus envie de lui dire de ne pas tout compliquer, mais je n'étais pas certaine d'arriver à articuler, c'est pourquoi je me dirigeai vers la porte de l'immeuble d'un pas rapide.

— Valeria…, m'appela-t-il.

Je ne me retournai pas. J'entrai, montai la première volée de marches et me cachai dans un coin en réprimant un sanglot.

Un quart d'heure plus tard, je rentrai chez moi et trouvai Bruno exactement comme je l'avais laissé, cloué devant son ordinateur portable, une assiette avec des restes de nourriture posée sur la table à côté de lui.

— Tout va bien? demandai-je d'une voix légèrement tremblante.

— Hum… je ne sais pas.

J'ôtai mes chaussures à talon, mon corsage, ma jupe et mes bas, et m'approchai de lui en combinaison, mais sans intention de le séduire. Je voulais juste le toucher, sentir la chaleur de sa peau sur la mienne.

— Bruno…

— Dis-moi.

Non sans mal, il se détourna de son écran d'ordinateur et me regarda. Je m'assis sur ses genoux et l'enlaçai.

— Je suis désolée d'avoir réagi comme je l'ai fait à propos d'*Ode*.

— Ce n'est pas grave. Tu veux en parler ? me dit-il en passant ses doigts dans mes cheveux.

— Non. Non, c'est inutile.

— Allons, viens, ma chérie, on va dormir. Demain est un autre jour.

Il avait raison. Demain était un autre jour, et je finirais par m'en remettre… peut-être.

— Au fait… avec qui est-ce que tu es sortie dîner ? me demanda-t-il en se levant de sa chaise.

— Ah… Avec Victor.

Mieux valait dire les choses carrément et ne pas trop leur accorder d'importance.

Il me fixa sans rien dire, puis soupira :

— Je vais me doucher.

19

Écho

— Et après cela il n'a plus rien dit ? demanda Nerea en plissant le front.

— Non, rien du tout, répondis-je en secouant la tête. Sans doute parce que ça lui est égal au fond.

— Ça lui est égal ? Vraiment ? s'étonna Lola en approchant son verre de ses lèvres.

— Oui. S'il avait vu le moindre inconvénient à ce que je sorte dîner avec Victor, il me l'aurait dit. Il n'est pas du genre à la boucler.

— Mais toi… Tu lui as donné une explication ?

— Une explication ? Bien sûr que non… *Excusatio non petita accusatio manifesta*[1], ma chère.

Elles me regardèrent toutes les deux, sourcils levés.

— Je dis simplement que Victor et moi nous voyons de temps en temps en tout bien tout honneur, proférai-je pour me justifier – mieux valait passer sous silence le « je ne peux pas vivre sans toi ». Si je m'étais appesantie sur le sujet, Bruno se serait posé des

1. Qui s'excuse s'accuse.

questions. Pour rien. Je vous assure que ça m'a fait du bien de parler avec Victor. Je crois sincèrement que nous pouvons être amis.

— Oui, oui, approuva Lola avec un petit rire moqueur.

— Mais enfin, pourquoi dis-tu cela ? m'emportai-je.

— Tu sais très bien pourquoi, Valeria ! Elle s'esclaffa. Mais si lui…

— Non, Lola, arrête… la coupa Nerea. Tu ne fais qu'envenimer les choses. Elle a fait un choix, et ce choix c'est Bruno.

Lola fit un geste comme pour se sceller les lèvres.

Je lui caressai la main et lui souris, pour qu'elle n'ait pas l'impression qu'elle n'avait pas le droit d'exprimer son opinion.

— Je crois détenir plus d'informations que vous toutes réunies, dit-elle avec une moue résignée.

— Qu'est-ce que tu insinues par là ? demanda Nerea en plissant les paupières.

— Tu m'as très bien entendue.

Je me calai confortablement dans le canapé de Lola et allumai une cigarette.

— Dis ce que tu as à dire. On aimerait bien connaître ta version.

— Je ne suis jamais au courant de rien, soupira Nerea.

— Valeria ne dit pas tout, affirma Lola en me regardant dans les yeux. Mais Victor si.

— Sauf que c'est sa version des faits. J'ai tout de même le droit de donner la mienne, il me semble ! protestai-je.

— Ma soirée d'anniversaire, rétorqua-t-elle sans rien ajouter.

Je poussai un gros soupir.

Nerea nous lança un regard inquiet. À en juger par son expression, elle non plus n'avait pas envie de remettre ce sujet sur le tapis.

— Tu es injuste, Lola. Nous avions beaucoup bu tous les deux et… tout est parti en vrille.

— Injuste ou pas, c'est la vérité – elle haussa les épaules. Et le fait est que depuis ce soir-là, il n'est plus le même, Val.

Je levai les yeux au ciel.

— Si seulement… Si seulement on pouvait revenir en arrière et tout effacer. Mais c'est impossible. La seule chose que nous pouvons nous apporter l'un à l'autre c'est…

— De l'amour ?

Nerea écarquilla des yeux grands comme des soucoupes et nous regarda l'une après l'autre, comme si elle assistait à un match de tennis.

— Non, de l'affection, répliquai-je d'un ton ferme. Et d'ailleurs, il mélange tout.

— Écoute, ma belle, la seule chose qui vous empêche d'être le couple le plus heureux de la terre, c'est Bruno. Penses-y. Parce que tu sais très bien que Victor a beaucoup plus à te donner que du sexe.

— Mon Dieu, mon Dieu… soupira Nerea, l'air pincé.

Je me levai, posai mon verre sur la table basse et ramassai mes affaires.

— Val…, supplia Lola. Ne t'en va pas.

— Non, Lola. Tout ce que tu dis là est profondément injuste. Arrête de te mêler de ce qui ne te regarde pas et de parler à la place de Victor. Je fais mon maximum. Alors, s'il te plaît, n'en rajoute pas.

Bruno entra, s'approcha de moi pour m'embrasser et me donner le courrier qu'il avait récupéré dans la boîte aux lettres.

Puis il fila aux toilettes.

— Je me retiens depuis la station de métro Tribunal, me lança-t-il en riant.

Quand il sortit, il me demanda ce que je faisais.

— Rien, je relis mon article pour le journal.

— Ah. Je croyais que tu étais sur un truc nouveau.

— Un truc nouveau ? Euh… non.

Il ôta sa veste.

— Bruno, il y a quelque chose dont j'aimerais qu'on parle, lui dis-je.

Il se laissa tomber dans le fauteuil et je m'assis face à lui, sur la table basse.

— Vas-y.

— L'autre soir, ça ne t'a pas contrarié que je sois sortie avec Victor ?

Il haussa un sourcil surpris.

— Contrarié… non. Je me suis demandé de quoi vous aviez bien pu parler pendant le dîner. Mais je ne vois pas pourquoi je serais contrarié.

— En effet, il n'y a aucune raison pour cela. Je souris et ajoutai : Victor et moi avons parlé d'*Ode* et des romans qui ont suivi, et de son travail. Un projet de rénovation pour une petite chaîne hôtelière.

— Tu n'as pas besoin de me donner d'explications. Tu le sais. J'ai confiance en toi.

— Non, mais je ne peux pas m'empêcher de me demander comment je réagirais si tu me disais que tu étais sorti dîner avec Amaïa.

— Bah, elle et moi on a une fille. Ce n'est pas bien difficile de deviner de quoi on aurait parlé.

— Non, bien sûr. Et probablement que je n'y aurais attaché aucune importance, dès l'instant que je suis sûre de notre relation à toi et moi.

Je pris sa main dans la mienne.

Il sourit et ajouta :

— Évidemment.

Bruno n'est pas le genre de mec à faire de grandes déclarations d'amour. Lorsqu'il dit « je t'aime » ou « je suis amoureux », c'est parce qu'il juge que c'est nécessaire. C'est avant tout un pragmatique.

Je hochai la tête, l'embrassai sur la tempe et me levai. Puis je ramassai la tasse vide qui traînait sur le bureau et la rapportai à la cuisine.

— On pourrait sortir dîner dehors, proposai-je.

— J'aimerais mieux remettre ça à samedi, si ça ne t'ennuie pas. Ce soir, je dois travailler un peu sur un projet que j'avais en route, mais que j'ai dû mettre de côté à cause du tournage.

— Bon, dans ce cas, je vais préparer un petit quelque chose qu'on grignotera autour d'un verre de vin.

— Entendu. Mais…

— Mais ? demandai-je en me retournant.

— Tu ne penses pas que tu devrais faire pareil ?

— Faire pareil ?

— Je veux dire… tu n'as pas l'impression que ta collaboration au journal est en train d'empiéter sur tes projets d'écriture personnels ?

— Non. Parce qu'à part mettre la dernière main à la saga *Valeria*, je n'ai pas de projets en vue.

— C'est peut-être que tu as un problème…

— Un problème ? Tu veux dire une vie sans histoires ni coups tordus ?

— Non, je veux dire sans projets.

Je fermai les yeux. Bon sang, mais qu'est-ce qu'ils avaient tous à vouloir régir ma vie ?

20

Amis

Victor m'appela un jour pour me faire la proposition la plus étrange qui soit.

— Ça te dirait de venir avec moi à la salle de sport ?

Moi ? À la salle de sport ? Il avait complètement perdu la boule ou quoi ?

La première pensée qui me traversa l'esprit fut que je devais avoir pris du popotin. C'est pourquoi je le priai de m'excuser une minute et filai dans la salle de bains pour me peser. Quand j'eus constaté que mon poids n'avait pas bougé, je repris la communication.

— Qu'est-ce que tu fichais ? me demanda-t-il.

— Je suis montée sur la balance. Je voulais m'assurer que je n'étais pas en train de me transformer en baleine.

— Tu es folle ou quoi ? Il rit. C'est la semaine « portes ouvertes » et on peut inviter qui on veut. J'ai pensé que ça pourrait être marrant.

— Victor, est-ce que tu sais à qui tu es en train de parler ?

— Précisément. Je t'ai imaginée tombant du tapis de course et allant te fracasser contre le miroir qui tapisse le mur au fond de la salle.

— J'hésite entre éclater de rire ou planifier ton assassinat.

— Alors ? Qu'est-ce que tu en dis ?

Bien entendu, je répondis par la négative. Mais Victor sait se montrer persuasif. Les deux jours suivants, il persista, d'une façon si subtile que je finis pas céder sans trop réfléchir. Son regard, son sourire manipulateur étaient des armes de destruction massive, sans parler du timbre sensuel de sa voix…

Il va sans dire que je n'avais aucune envie qu'il me voie courir et suer comme une vache. Étant tout à fait consciente de mes limites, je ne voulais pas risquer de tomber dans les pommes en présence d'un tas d'inconnus (et de Victor) ou de passer l'arme à gauche de manière tragique, pathétique et outrageusement médiatique. Aucune envie de faire la une du JT.

Oh, que non. Lola avait coutume de dire que courir c'était bon pour les lâches, et pour une fois j'étais d'accord avec elle. C'est pourquoi je proposai à Victor d'aller le chercher à la sortie du gymnase et d'aller prendre un verre ensuite.

Nous avions convenu de nous retrouver à dix-huit heures, mais je m'étais mise en retard parce que je ne savais pas quoi me mettre et que j'avais tergiversé comme une malade. Et pour quel résultat ? Un chignon flou, un pull rouge-grenat et un jean roulotté aux ourlets, des ballerines vert bouteille et une écharpe assortie. J'arrivai toute rouge et hors d'haleine avec mon blouson en cuir et mon sac sous le bras.

Mais Victor avait pris son temps, lui aussi, car je dus entrer le chercher dans la salle de sport (la salle des tortures pour quelqu'un comme moi).

À la réception, une nana super canon, vêtue de leggings et d'une brassière noirs qui semblaient avoir été cousus sur elle, me proposa son aide.

— Je suis venue chercher un ami.

— Quel est son nom ? demanda-t-elle, pleine de sollicitude.

— Victor…

— Je crois qu'il est au tapis de course, dit-elle avec un grand sourire. Vous pouvez passer.

Bon sang, elle n'avait même pas eu besoin de son nom de famille. Elle savait exactement où il se trouvait.

Je jetai un coup d'œil à l'intérieur de la salle et l'aperçus en train de courir avec ses écouteurs sur les oreilles. Le regard fixé sur l'infini, quelques gouttes de transpiration perlant sur ses tempes.

On rembobine. Victor suant et haletant, les lèvres gonflées par l'effort.

Oh, oui, défonce-moi, beau gosse !

J'inspirai profondément, en notant mentalement que j'allais devoir commander des infusions au bromure sur Internet, puis je m'approchai à pas de loup. J'étais galvanisée par son cul moulé dans un pantalon de sport noir. Comment pouvait-on suer comme un bœuf tout en restant aussi sexy et désirable ?

Je m'appuyai au compteur du tapis de course, et il sourit quand il me vit scruter l'écran d'affichage.

— Combien ?

Il arracha ses écouteurs sans cesser de courir, et me les lança ainsi qu'un iPod minuscule.

— Ne m'oblige pas à parler quand je cours, haleta-t-il.

— Tu cours depuis cinquante minutes ? Moi, au bout de dix, on appelle le Samu.

Il rit.

— Tu peux patienter encore dix minutes ? demanda-t-il. Je reviens tout de suite.

— Pas de problème. Je vais aller soulever des poids.

Il éclata de rire tandis que j'allais m'asseoir à l'accueil. Je sortis mon portable et entamai une partie de Tetris. Puis je pensai à Lola et lui envoyai un SMS pour m'excuser d'être partie en claquant la porte. Je lui dis que j'avais très envie de la voir et de prendre un verre ou deux, s'il y avait un petit creux pour moi dans son gros agenda rouge.

Quand je vis Victor descendre du tapis de course, je serrai les cuisses. Pu-tain ! D'un coup, je le revis en train de m'emboutir comme une presse, puis jouir en moi avec un grognement guttural, me laissant une sensation humide entre les cuisses.

J'étais tellement perdue dans mes pensées que je ne remarquai pas qu'il me faisait signe. Il finit par lancer un sifflement pour attirer mon attention.

— Je file me doucher en vitesse et on y va.

— Je t'attends ici.

— Tu peux m'accompagner si tu veux.

Je lui décochai un sourire provocant.

— Merci, mais je me suis déjà douchée à la maison.

— Mais…

— Vas-y, file !

Tout en le regardant se diriger vers le vestiaire, je me mis à fantasmer comme une dingue à l'idée de le suivre dans la douche et de m'enfermer avec lui à l'abri des regards. Nus, peau contre peau sous le jet. Nos deux bouches aimantées et nos langues enlacées en un baiser profond.

... Bordel...

Quand il reparut, dix minutes plus tard, je songeai par-devers moi qu'adorer quelqu'un rien que pour son physique était une connerie sans nom et la marque d'un esprit superficiel. Ne jamais oublier que Victor ne pouvait pas me donner l'amour dont j'avais besoin. On avait déjà essayé, mais ça n'avait pas marché. Même s'il me jurait ses grands dieux qu'il ne pouvait pas vivre sans moi.

En T-shirt blanc, cardigan gris, jean et Converse, son sac à dos à l'épaule, Victor me sourit. Et là, esprit superficiel ou pas, je dus à nouveau serrer les cuisses. Mes cuisses, mon entrecuisse, mon corps tout entier se mit à disjoncter et je ne contrôlais plus rien, pas même les battements de mon cœur qui résonnaient jusque dans mes tempes.

Il était à trois pas de moi à peine quand une nana sortie de nulle part se jeta littéralement sur lui. Même moi, je sursautai – et faillis pousser un cri. La nana, cheveux soyeux et ensemble en lycra qui laissait son ventre extra plat exhibé à la vue, souriait de toutes ses dents. Ils se saluèrent comme deux vieux amis.

Tout en les regardant bavarder, je la haïssais en silence. Son langage corporel semblait implorer une nuit de sexe torride et déjanté. Puis je le regardai lui et constatai que, malgré son sourire, il ne dégageait rien. Grand, ferme, imperturbable. C'était Victor tout craché, le type qui vous mettait le feu à la peau rien qu'en battant des cils, mais qu'il était presque impossible de faire craquer.

La fille voulut l'étreindre, mais il s'écarta légèrement et l'embrassa sur la joue, sans lui caresser les cheveux ou poser une main sur ses hanches. Juste un baiser poli et il tourna les talons.

Puis il vint à moi, me prit dans ses bras et me souleva de terre.

— Hum, que tu sens bon, dit-il en enfouissant son nez dans le creux de mon épaule.

— Viens…

Nous sortîmes et prîmes la direction de sa maison. Main dans la main.

Une fois chez lui, Victor déboucha une bouteille de vin qu'il versa dans le décanteur. Il sortit deux verres et prépara un sandwich de pain de mie, qu'il découpa en deux triangles. Je pris les verres et le suivis jusque dans la chambre. Il me demanda quel genre de musique je voulais écouter, et je répondis « Adele ».

Tandis qu'il allait dans le salon, j'ôtai mes ballerines et m'étendis sur la couette en plumes. C'était le genre de choses qui arrivaient quand on cédait ne serait-ce que d'un pouce à Victor. On lâchait du lest sans même s'en rendre compte.

Allongée sur le lit, je laissai remonter les souvenirs, enivrée par l'odeur de l'oreiller. Il s'en revint avec un CD qu'il introduisit dans la chaîne hi-fi, puis retira ses chaussures et vint s'étendre à côté de moi sur la couette.

— Alors, comment ça va avec Bruno ? me demanda-t-il tout en me passant un verre et mon sandwich.

— Il est très occupé. Je le vois à peu près aussi souvent que lorsqu'il est à Gijón.

— Bon, mais vous dormez au moins dans le même lit chaque soir.

— Pas toujours. Bruno fait partie de ces gens qui travaillent non-stop quand ils ont l'inspiration et même quand ils ne l'ont pas. Et donc qui continuent d'écrire jusque très tard. Et parfois c'est l'inverse. Tu n'en veux pas un petit bout? demandai-je en lui tendant le sandwich.

— Qui se ressemble s'assemble, marmonna-t-il en mastiquant.

— Pas du tout! Nous sommes très différents. Moi, j'écris par jets, de manière impulsive.

Je m'installai confortablement sur le lit.

— Hum. Quand est-ce que tu as changé les draps la dernière fois? demandai-je en me roulant en boule et en serrant l'oreiller entre mes bras.

— Tu as des doutes sur les conditions d'hygiène?

— Non. C'est juste que l'oreiller a ton odeur… et qu'il sent très bon.

— Estrellita les a changés lundi.

— Je suppose que si tu avais batifolé pendant toute la journée du mardi dans ces draps, tu les aurais fait changer ce matin.

— Probablement, répondit-il en mordant son sandwich.

— Et tu ne ramènes personne en semaine?

Il prit une gorgée de vin et fit non de la tête.

— Ni en semaine ni le week-end. Il faut croire que j'ai perdu mon pouvoir de séduction.

Le sourire provocant sur ses lèvres contredisait ses paroles.

— Qu'est-ce que tu racontes? fis-je en prenant l'air outrageusement surprise.

— C'est un fait. Je me fais vieux.

Je levai les yeux au ciel. Il était tellement évident qu'il n'était ni vieux ni repoussant. Il devait avoir une liste longue comme le bras de nanas qui ne demandaient qu'à le mettre à poil et lui donner du plaisir. Et les années n'y changeaient rien. Victor embellissait de jour en jour.

— Je t'assure que je ne plaisante pas.

— Eh bien, permets-moi d'en douter. J'ai bien vu la fille de la salle de sport.

— Quelle fille ? dit-il en faisant l'idiot.

— Celle qui t'a salué au moment où on allait s'en aller et qui te dévorait des yeux.

— Maïte ? Il regarda le plafond. Euh…

J'éclatai de rire.

Valeria, ces hommes-là ne changent jamais. Quand il aura quarante piges, il se fera une nana de vingt-cinq ans.

— J'ai eu comme l'impression qu'elle avait envie de remettre le couvert, lui dis-je avec une moue désapprobatrice.

— Pour remettre le couvert, il faudrait l'avoir mis au moins une fois. Or Maïte et moi n'avons jamais couché ensemble.

— Tu as fait vœu de chasteté ?

— Quelque chose comme ça.

Il se tourna vers moi, la tête posée sur l'oreiller, et me regarda.

— Peuh !

— Tu ne me crois pas ?

— Bien sûr que non. Il y a combien de temps que tu n'as pas tiré un coup ?

Victor se mordilla les lèvres et leva les yeux au plafond, comme s'il comptait, puis fit claquer sa langue.

— Ça fait un bail.

— Non, sérieux ?

Je me redressai et pris une gorgée de vin.

— Disons que…, je suis devenu plus difficile qu'avant.

— Je croyais que pour les hommes le sexe était une fin en soi. Que vous ne vous posiez jamais de questions.

— Ça n'est plus comme ça pour moi. Victor se redressa, s'adossa à la tête de lit, ses longues jambes croisées devant lui, puis déclara: Sortir boire un coup, rentrer avec une nana et se réveiller le lendemain à côté d'une inconnue, ça ne m'excite plus.

— Tu as besoin de sensations nouvelles?

— Pas vraiment. Plutôt de tranquillité pour...

— Il y a combien de temps que c'est comme ça?

— Quatre mois, environ. Peut-être cinq.

Je le regardai comme s'il était devenu fou. Victor en mode demoiselle de l'ère victorienne qui garde jalousement sa virginité?

— Depuis tout ce temps... sérieux?

Il rit, gêné, et s'ébouriffa les cheveux.

— Mais comment fais-tu? demandai-je, intriguée.

J'imaginai des techniques de relaxation, des retraites spirituelles, des lectures de livres sacrés...

— Valeria, mon ange... Il me décocha un sourire en coin. À ton avis? Je me sers de ma main droite.

Je restai un instant sans voix, puis éclatai de rire en rougissant comme une tomate.

— Bon, bon, ça va, je n'ai pas besoin d'un dessin.

— Non pas que ça me dérange de parler de ces choses-là avec toi, mais pourquoi t'intéresses-tu tant à ma vie sexuelle?

— Parce que j'essaie de comprendre, dis-je en me tournant de côté pour le regarder.

— Il n'y a rien à comprendre. Je passe par une phase transitoire. Pour dire les choses crûment, le sexe est une pulsion que je gère seul. Il n'y a pas de place pour une femme dans ma vie en ce moment, même pas dans mon lit.

Même pas moi? songeai-je.

— Ça a l'air sérieux, dis donc. Et c'est comme ça depuis… ?

Victor soupira.

— Tu tiens absolument à le savoir ?

— Oui.

— Eh bien, c'est comme ça depuis l'anniversaire de Lola. Mais j'imagine que tu t'en doutais. Qu'est-ce que tu veux que je te dise, Valeria ? Je ne peux pas faire comme si tu n'avais pas compté ou que tu n'avais pas laissé de traces.

J'inspirai profondément, le regard perdu.

— Tu es en train de dire que c'est ma faute ?

Il secoua la tête.

— Ce n'est la faute de personne.

— Et donc ?

— Tu le sais, Valeria, je…

— C'est bon, inutile d'en rajouter.

J'hésitai à renfiler mes ballerines, prendre mon blouson et me tirer, mais comme toujours, avec Victor, je n'arrivais pas à me décider.

— Je ne t'ai jamais demandé si Bruno était au courant.

Je ramenai mes jambes contre ma poitrine.

— Je ne lui ai pas raconté parce qu'il n'y avait pas grand-chose à dire, et tu le sais. Ce qui s'est passé…

— Je le sais. C'est ça le pire, concéda-t-il avec un sourire doux-amer.

Nous nous regardâmes sans rien dire, jusqu'à ce que je rompe le silence :

— Ce soir-là, on avait bu comme des trous. On a voulu tout arranger et…

— Je m'en souviens, coupa-t-il. On a voulu tout arranger et on n'a fait qu'aggraver les choses.

— Oui, enfin, on est tout de même arrivé à un accord. La preuve, on est en train de parler de façon tout à fait civilisée, non ?

Je pensais que Victor allait laisser tomber et passer à autre chose, mais il prit une profonde inspiration et revint à la charge :

— Je n'arrive plus à me contenter de souvenirs. Je préfère attendre.

— Attendre quoi ?

— D'oublier qu'avec toi c'était différent.

Je n'osais pas le regarder. J'osais à peine bouger. Je voulais juste que tous ces mauvais souvenirs s'effacent d'eux-mêmes, ne plus penser à la fête d'anniversaire de Lola, à Victor en pleurs, aux choses que nous nous étions dites et jurées.

Si Victor et moi étions simplement amis, pourquoi continuais-je de me sentir attirée par lui, comme s'il exerçait sur moi une force de gravitation irrépressible ? J'avais besoin de lui dans ma vie. C'était plutôt chouette, non, comme formule ? Victor et moi, on est amis. Sauf que…

— Je te demande pardon, dit-il en levant la main droite paume ouverte. Tu me demandais qui était Maïte et je t'ai déballé tout ce que j'ai sur le cœur.

Nous échangeâmes un sourire et il me tapota gentiment le genou.

— Je crois qu'on devrait tourner la page une bonne fois pour toutes. Invite-la à prendre un verre, tape-toi-la, dis-je sur un ton plus amer que je ne l'aurais voulu.

— Non, sérieux ? Tu as entendu ce que je viens de te dire ?

— Mais oui. Justement. Elle est super bien foutue. Un peu jeune peut-être, mais assez grande pour savoir ce qu'elle fait. Accorde-toi ce petit plaisir, et fais la paix avec Victor.

L'espace d'un battement de paupières, je les imaginai entrant dans la chambre et se laissant tomber sur le lit et… réprimai une moue de dégoût.

— Je ne suis pas sûr que ce Victor existe toujours, me dit-il, me tirant de mes fantasmes.

— C'est ce que tu as de mieux à faire pourtant. Et quand tu la sauteras, appelle-moi et raconte-moi tout.

— Pendant que je la saute ?

Il écarquilla les yeux et l'atmosphère se détendit d'un coup.

— Oui. Je suis sûre que ça va lui plaire, plaisantai-je.

— Je pourrais t'appeler en douce, laisser le téléphone décroché et faire comme si de rien n'était…

Je continuai de le couver du regard, un sourire perfide aux lèvres, puis secouai la tête avec véhémence.

— Quel plaisir pourrais-je en tirer ?

— Un plaisir morbide.

Je finis mon verre et m'allongeai de nouveau.

— Je crois que c'est une proie facile. Elle va te tomber dans les bras tellement rapidement que vous n'aurez même pas le temps de rentrer à la maison. Tu pourrais te la faire à la salle de sport.

— Où est passée la prude Valeria d'antan ?

— Elle est peut-être avec Victor le séducteur.

— Dans une réalité parallèle où tout serait possible ?

Nous échangeâmes une moue boudeuse et Victor se répondit à lui-même : Même si ledit Victor est une tête à claques et un enfoiré. J'ai le droit de savoir que l'homme avec qui tu vis te rend heureuse. Et s'il te fait l'amour mieux que moi.

Je lui lançai un regard surpris.

— Bruno et moi… c'est différent. Y compris au lit. C'est plus… facile.

— Lola dit que vous baisez comme des malades, mais qu'à part ça, votre relation n'est rien d'autre qu'un mirage. Elle dit que tu voudrais l'aimer, mais que tu n'y arrives pas.

— Ce n'est pas vrai, rétorquai-je en baissant les yeux. (Note mentale : étrangler Lola.)

— J'en déduis que je ne pourrai jamais en être sûr à cent pour cent, dit-il en souriant.

— Appelle la nana du gymnase et tape-toi-la.

— Tape-toi Bruno et appelle-moi. Peut-être que si je t'entends en train de t'envoyer en l'air avec lui, ça me donnera envie de passer à autre chose.

Surprise, je lui lançai en riant :

— Ou le contraire.

21

Connerie numéro un

Quand j'arrivai au café, je trouvai Lola déjà attablée en terrasse. Elle s'était frisé les cheveux et les avait attachés de côté avec un peigne et un petit ruban noir. Coiffée comme ça, avec son corsage noir et rouge à col Claudine, on aurait dit une gamine qui avait emprunté le rouge à lèvres de sa maman pour se rendre à son premier rendez-vous.

Je m'approchai en souriant et l'embrassai sur la joue, mais quand je m'assis face à elle, je remarquai qu'elle faisait la grimace.

— Qu'est-ce que tu bois ? demandai-je.

— J'ai commandé un verre de vin.

Quand le garçon s'approcha avec la commande de Lola, je lui demandai de m'apporter la même chose, puis j'étirai le bras et pris la main de mon amie dans la mienne.

— L'autre jour, tu n'as pas été très cool, lui dis-je sans préambule.

— Je sais. Je suis un vrai chameau. Mais j'ai pensé que ça te donnerait peut-être à réfléchir.

— Ça n'est pas la meilleure façon de pousser quelqu'un à réfléchir.

Comme elle ne disait rien, se contentant de tripoter son verre, je demandai :

— Il y a quelque chose qui ne va pas, Lolita ?

— Quoi ?

— C'est à cause de Ray ?

— Non. Tout va bien de ce côté-là.

— Sûre ?

— Mais oui, répondit-elle en affichant un sourire qui se voulait convaincant. Parle-moi de toi.

— Je n'ai pas grand-chose à raconter.

— Tu vis avec Bruno, tu as forcément quelque chose à raconter.

— La cohabitation se passe bien. Bruno est très organisé, et il passe presque tout son temps à travailler... Voyant qu'elle me regardait avec insistance, j'ajoutai : Et il cuisine bien.

— Val...

Le garçon m'apporta mon verre de vin. Nous attendîmes qu'il se soit éloigné, puis Lola reprit :

— Val, c'est un peu froid tout ça, tu ne penses pas ?

— Quoi donc ?

— Ce que tu me racontes sur Bruno.

— Pas du tout, mais je ne sais pas quoi te dire sinon que tout se passe bien.

Je me mordillai la lèvre inférieure en cherchant quoi dire pour changer de sujet.

— Et Ray ? Ses examens ?

— Il les a tous passés avec succès, et il a même décroché deux mentions.

— Waouh ! Super ! Vous allez pouvoir vous voir un peu plus maintenant qu'il n'est plus obligé de bachoter.

— Oui. Même si, pour ne rien te cacher, il passe plus de temps chez moi que chez lui. Il a suggéré à plusieurs reprises de lâcher son appart et de m'aider à payer le loyer du mien.

— Et ? murmurai-je en prenant mon verre.

— Pas question – elle rit. Il a vingt et un ans. C'est une jeune pousse croquante et moi je commence à me ratatiner… Ce serait du suicide.

— Ça va faire un an que vous êtes ensemble, non ?

— Oui, je crois bien.

Nous soupirâmes en chœur en regardant autour de nous.

— Tu es sûre que tout va bien, Lola ? lui demandai-je en me rapprochant.

Elle pinça les lèvres, les mordilla.

— Mon boss est une bombe. Il a un engin qui lui descend à mi-cuisse. Il n'arrête pas de me faire des propositions indécentes. Et tu me demandes si tout va bien ?

J'écarquillai des yeux comme des soucoupes.

— Non ! Dis-moi que c'est une blague ? Ton histoire avec Sergio ne t'a pas servi de leçon ?

Lola fit la grimace.

— Pfff, je n'en sais rien, Val… J'ai l'impression que… qu'il cherche à me tester. Il n'a pas encore compris que je cédais à la première tentation ?

— Lola, s'il te plaît… Pauvre Ray.

— Pauvre Ray ! Tu veux dire pauvre Lola, qui va se retrouver sans culotte ! Ce mec va la faire exploser rien qu'en me regardant.

Je pensai à Victor. Victor chez moi, le jour du vernissage d'Adrian, tirant sur la ceinture de mon peignoir en velours et me susurrant qu'on aurait pu jouir rien qu'en se regardant.

— Yo ! T'es là ?

— Oui, pardon. Tu préfères un conseil ou un savon pour te faire entendre raison ?

— Un peu des deux. Si tu veux, tu peux me donner la fessée.

— Non, merci. Arrête simplement de faire n'importe quoi. Concentre-toi. Tu aimes Ray ? Elle hocha la tête. Dans ce cas, je te laisse tirer toi-même tes propres conclusions.

Lola s'effondra sur la table en gémissant, puis elle prit son verre et le vida cul sec.

— Se torcher ici va nous coûter une paie.

— On peut aussi ne pas se torcher, répondis-je.

— Non. Je veux que tu boives, parce que ça te délie la langue. Et comme ça, tu vas peut-être finir par m'avouer ce que vous traficotez, Victor et toi.

Je restai sans voix. J'hésitais à confesser à Lola une chose dont je n'étais pas certaine. Que pouvais-je lui dire ? Que je n'arrivais pas à me sortir Victor de la tête ? Que je pensais à lui à chaque instant ? Non. Je voulais que ma relation avec Bruno fonctionne. Pas question de jouer les kamikazes sentimentales avec un type qui n'était pas capable de me donner ce dont j'avais besoin. Parce qu'il ne m'aimait pas vraiment.

— Victor et moi, on essaie d'être amis, en grande partie pour te faire plaisir, c'est pourquoi je te demanderai d'arrêter de jouer les entremetteuses.

Lola haussa un sourcil offusqué, puis se tourna vers le garçon et le siffla.

— Eh, beau gosse ! Apporte-nous la bouteille et pose-la ici, entre la *mal baisée* et moi.

Par chance, Ray déboula deux heures plus tard dans le bar où nous étions attablées. J'étais soulagée que quelqu'un de plus patient que moi se charge de Lola, qui se lamentait comme une pleureuse parce qu'elle n'arrivait pas à se faire à l'idée que nous étions désormais des adultes. Quand nous insistâmes pour qu'elle rentre à la maison et se mette quelque chose dans l'estomac, Lolita se lança dans une diatribe sur la corruption du système et la morale à géométrie variable. Elle tituba sur sa chaise et fit tomber sa veste en essayant de se remettre du rouge à lèvres.

Ray régla la note, me remercia d'avoir veillé sur Lola, puis sortit avec elle dans la rue et la fit taire d'un baiser. Je fouillai dans mon sac pour ne pas avoir à subir ce spectacle dantesque et pris mon smartphone. J'avais reçu un message.

> Je suis passé devant la fondation Thyssen il y a deux heures et je me suis souvenu de toi. Et maintenant, je n'arrête pas de penser à Valeria, ma Valeria.

Maudit Victor. Non, non et non !

J'appelai Bruno et, entre deux câlins verbaux, lui demandai s'il pouvait se libérer pour moi cet après-midi. J'insistai tellement qu'il me dit d'aller l'attendre à la maison.

J'étais rentrée depuis une demi-heure quand Bruno arriva avec une bouteille de vin et un sourire pervers aux lèvres. Malgré la perspective d'un moment de pur bonheur, et le fait que j'étais bien éméchée, je n'arrivais pas à m'ôter Victor de la tête. Et pas qu'en plan romantique, mais Victor pour de vrai, dans ma vie.

Était-ce parce que je n'avais jamais réussi à tourner la page ? Le problème, c'est qu'il est impossible de tomber amoureux tant qu'on ne s'est pas remis d'une rupture sentimentale. Or, moi, je voulais être amoureuse de Bruno. Je voulais me sentir désemparée quand je me réveillais le matin et qu'il n'était pas à mes côtés.

Récemment, j'en étais venue à me demander si je ne cherchais pas à esquiver les responsabilités d'une relation adulte assumée et, surtout, définitive. Le syndrome de Peter Pan en somme. Je savais qu'il aurait pu être le seul homme du reste de ma vie, mais en même temps j'avais peur qu'il le soit.

Et voilà qu'il était en train de me servir une rasade après l'autre, en m'embrassant dans le cou, tout en me murmurant des paroles cochonnes. Était-ce l'alcool qui me mettait dans un état particulièrement sauvage ? Je suppose que ça nous arrive à tous à un moment ou à un autre. Tu t'envoies un verre ou deux et, brusquement, tu te désinhibes et tu deviens cette personne qui crie des choses qui font rougir les voisins. Cette personne qui, au fond, prend du plaisir à se regarder dans la glace.

Le dernier verre mit le feu aux poudres. Ivre, les sens chauffés à blanc, et avec Victor dans la tête… Valeria fait une connerie.

Quand Bruno alla porter les verres et la bouteille vide à la cuisine, je saisis mon portable d'une main tremblante. Bah, ce n'était pas bien grave si, par erreur… Je sélectionnai le numéro de Victor et enfonçai la touche « appeler ».

Je n'ai toujours pas compris ce qui m'a pris. Ce n'était pas pour le faire souffrir. Ni pour assouvir une pulsion morbide. Je crois plutôt que c'était un mélange de tout ça, plus l'idée qu'il manquait quelque chose pour que nous tournions définitivement la page.

Quand le bip de la sonnerie résonna à l'autre bout de la ligne, je posai le téléphone sur la table de nuit en le retournant pour qu'on ne voie pas que l'écran était allumé. Oui. Je sais. Il y a eu préméditation et volonté de nuire. Lorsque Bruno revint avec son petit sourire coquin, j'entendis la voix de Victor qui me disait bonjour. Je priai le ciel pour que Bruno n'ait pas l'ouïe aussi fine.

Je ne sais pas si Victor avait flairé anguille sous roche ou s'il s'attendait à avoir une réponse, toujours est-il qu'il se tut quand Bruno et moi commençâmes à nous embrasser. Je poussai un grognement quand ses grandes mains se mirent à explorer mon corps de haut en bas, puis à me pétrir les seins. Je crois que ce fut ce soupir qui mit la puce à l'oreille à Victor.

Il aurait pu raccrocher, mais il ne le fit pas.

Bruno ôta sa chemise puis son maillot de corps tandis que je me débarrassais de mes fringues à toute allure. Les paroles obscènes de Bruno résonnaient en écho entre les murs et, pour la première fois, excitée à l'idée qu'on nous écoutait, je lui répondis. Il n'en fallut pas plus pour qu'il s'emballe comme une moto.

— Oh, oui… supplia Bruno de sa voix grave. Laisse-moi te prendre sans capote, bordel.

— Non, Bruno… Non…

— Putain, mais tu prends la pilule, merde…

— Viens…, dis-je en minaudant tandis qu'il s'emparait d'un préservatif.

Il me pénétra avec force tout en déclarant combien il aimait sentir la chaleur humide de mon corps. Mais comme je vous l'ai déjà expliqué, Bruno ne dit pas les choses tout à fait comme ça.

— La vache, ce que tu mouilles ! Ça t'excite, hein, salope !

Je m'assis à califourchon sur lui et m'empalai sur son membre en érection. Je poussai un long gémissement. Je naviguais délicieusement entre plaisir et douleur. Je lui demandai s'il aimait me baiser et il me répondit par un grognement. J'exigeai qu'il me dise des choses dégoûtantes, et quand j'imaginai Victor en train de nous écouter, je faillis avoir un orgasme.

Je lui demandai de faire une pause pour prolonger le plaisir, mais il me répondit qu'il n'avait pas envie de s'arrêter. Pour être tout à fait franche, il me dit entre ses dents serrées qu'il voulait jouir.

— Plus fort, m'écriai-je quand il me prit en levrette. N'arrête pas.

Son pubis claquait en cadence contre mes fesses et je sentis que je n'allais plus pouvoir me retenir longtemps. Je pensais à Victor qui nous écoutait. Je pensais à Bruno qui allait et venait en moi, agrippé d'une main à ma hanche et de l'autre à mon épaule. Et je me mis à jouir en soupirant et en gémissant bruyamment. Et quand, épuisée, je lui demandai de finir, Bruno jouit à son tour.

Après l'orgasme, il me serra contre lui. Je réprimai l'envie de me dégager de son étreinte. Je me sentais sale, malhonnête…

Quand il passa à la salle de bains, je saisis le téléphone sans bruit et murmurai dans le micro :

— Maintenant, on va pouvoir reprendre nos vies, chacun de son côté.

— Non, répondit-il d'une voix résolue. Ne te leurre pas, ma jolie. Avec moi, c'était beaucoup mieux.

Puis il raccrocha.

22

La seule personne qui dit ce qu'elle pense sans mâcher ses mots

Bien sûr, je ne suis pas la seule à faire des conneries grosses comme moi en ce bas monde, même si je ne suis pas du genre à commenter mes ébats. Je préfère les garder pour moi. Le lendemain, quand je me réveillai avec une gueule de bois monumentale et me rappelai que j'avais appelé Victor pour qu'il entende tout, je fus prise d'un dégoût si profond et violent que je trouvai une excuse quand Bruno essaya à nouveau de me… séduire.

Me connaissant, je compris d'emblée que je devais me confier à quelqu'un si je ne voulais pas que cela tourne à l'obsession. J'avais besoin d'une oreille amicale et aimante, et surtout à qui je n'aurais pas honte de tout déballer. Et je n'en connaissais qu'une.

Carmen me reçut à bras ouverts. Elle devait reprendre le travail à mi-temps la semaine suivante et elle était passablement déstabilisée. Gonzalo était un vrai petit amour, plein de vie et mignon comme tout. Il riait à gorge déployée et avait appris à battre des mains et à faire tourner ses poignets quand sa mère lui chantait

«Ainsi font, font, font». Tout en le tenant occupé, nous nous mîmes à parler de choses et d'autres, comme les robes à volants qui revenaient à la mode cette année, ou la dernière vacherie de la mère de Barto, qui ne pouvait pas s'empêcher de la ramener. Au bout d'un moment, Gonzalo s'endormit et Carmen alla le coucher dans la chambre.

Quand elle revint, je fus frappée de voir à quel point elle avait changé.

— Waouh ! Tu sais que tu es super canon ?

— J'ai encore un peu de ventre, dit-elle en se palpant l'estomac.

— Pas du tout ! Tu n'as jamais été aussi mince. Et tes cheveux sont tellement brillants !

— Je me suis fait un masque capillaire hier, m'expliqua-t-elle en s'asseyant sur le canapé. Je ne sais pas comment j'ai trouvé le temps. Mais je l'ai fait. Et je suis fière de moi. En revanche, pour ce qui est d'avoir perdu du poids, je n'ai pas beaucoup de mérite. Je n'ai jamais le temps de manger. Quand Gonzalo n'est pas pendu à mes nichons, il salit ses couches ou il pleure.

— Ma pauvre. Tu dois être exténuée.

— Un peu, mais heureuse tout de même.

— Et maintenant, tu es prête pour le deuxième ?

— Le deuxième ? Tu es folle ! s'esclaffa-t-elle. Je n'ai pas l'intention d'avoir d'autres enfants avant au moins dix ans.

— Mais, le premier, tu l'as fait sans même t'en rendre compte, fis-je en prenant ma tasse de café.

— Ah, mais à l'époque je n'avais pas de stérilet.

Elle cligna de l'œil.

Elle se renversa confortablement sur le canapé et brancha le talkie-walkie bébé. Puis elle me regarda en souriant de toutes ses dents et me demanda :

— Eh bien, qu'est-ce que tu racontes de beau ?

— Euh… ?

— Ou, plus exactement, qu'est-ce que tu es venue me raconter ?

— Je suis venue te voir, c'est tout.

— Valeria, on se connaît, toi et moi, dit-elle en clignant de l'œil.

— Mais…

— Si tu m'as appelée moi, c'est que tu ne veux pas que Nerea te juge ou que Lola se moque de toi. Alors, accouche.

J'éclatai de rire.

— Tu es une fine mouche, Carmen. J'ai tendance à l'oublier parfois.

— Alors, qu'est-ce qui se passe ?

— J'ai fait une grosse connerie avec… Victor.

— Une connerie ? Quel genre de connerie ? demanda-t-elle en se raidissant d'un coup.

— Je t'explique d'abord les circonstances ou je déballe tout d'un trait ?

— D'abord le contexte.

— L'autre jour, je suis allée le chercher à la sortie de la salle de sport et j'ai vu une nana qui le dévorait des yeux.

— Aïe…

Elle haussa les sourcils.

— On est allés chez lui et on a commencé à parler, et je lui ai dit qu'il devrait se la taper et m'appeler ensuite pour tout me raconter. Tant et si bien que pour finir, il m'a dit que c'était moi qui aurais dû l'appeler pendant que je m'envoyais en l'air avec Bruno. Parce que s'ils nous entendaient faire l'amour, il pourrait tourner la page.

— Valeria… Il t'a appelée ou bien… ?

J'enfouis ma figure dans un coussin, rouge de honte, et secouai la tête.

— C'est toi qui l'as appelé ?

— J'avais beaucoup bu. Trop. Et sur le coup ça m'a semblé une bonne idée.

— Et… ?

— C'est ça, rigole, dis-je en la voyant ricaner.

— Je trouve ça complètement délirant.

— Et quel est ton verdict ?

— N'en parles à personne. Connaissant Bruno, si jamais il l'apprend, il va péter les plombs.

— C'est vrai qu'il est soupe au lait, concédai-je en contemplant mes ongles.

— Et qu'il peut être très cassant.

— Ça aussi. Et tu n'as rien d'autre à ajouter ?

Carmenchou me fixa de ses petits yeux vifs et sourit.

— Il faut que tu commences à te calmer avec Victor sinon toute cette affaire va partir en cacahuète.

— Non, non, plus maintenant.

— Tu dis toujours ça, Val. Mais ce mec te fait complètement perdre la boule. Je ne doute pas que ce soit quelqu'un de bien et que tu l'aimes beaucoup, mais votre relation est toxique, reconnais-le. Pour tous les deux.

— Elle l'a été, oui, mais imaginons un instant que ça puisse marcher entre nous…

— Comment cela ?

— Parfois, j'ai l'impression que j'essaie de me convaincre moi-même que ça ne peut pas marcher pour ne pas avoir à faire l'effort d'essayer.

Carmen plissa le front. Puis elle leva les yeux au ciel et soupira.

— Nom d'un chien, tu es amoureuse.

— Non, non, pas du tout, niai-je en secouant la tête.

Elle soutint mon regard, attendant que j'avoue, mais je regardai mes chaussures.

— Valeria, je ne le dis pas seulement pour Bruno, et je suis désolée, car ce n'est sûrement pas ce que tu as envie d'entendre, mais sache qu'on a beau faire, on ne peut pas s'obliger à aimer quelqu'un. Tu ne pourras pas avoir de vrais sentiments pour lui si tu en aimes un autre.

Je pris autant d'air que je le pus et me recroquevillai sur moi-même. Les conseils de la sage Carmen n'étaient jamais à prendre à la légère…

23

Nerea, ne te ronge pas les ongles !

Nerea finit de lire le courriel et soupira.

— Caro !

— Oui ?

— Viens, s'il te plaît.

Carolina apparut, un nuancier à la main :

— Que puis-je faire pour toi ?

— Qu'est-ce que tu tiens là ? s'enquit Nerea en passant une main dans sa chevelure dorée.

— Un échantillon de papier peint.

— Pourquoi ?

— Je vais refaire ma chambre.

— Toute seule ? s'exclama Nerea, horrifiée.

— Non, Jorge va me donner un coup de main. Il est très bricoleur.

Nerea resta un instant songeuse, puis se reprenant, demanda :

— Tu veux bien lire ça ?

Carolina se pencha vers l'écran de l'ordinateur et, s'appuyant des deux mains sur le bureau, commença à lire à mi-voix :

Chère Nerea,

Je ne sais pas si tu te souviens de nous, Juan et Sofia ? Nous nous sommes mariés il y a deux mois et c'est toi qui as tout organisé. Nous avons un peu tardé, mais nous voulions te remercier, car tout était absolument parfait. La vidéo, en particulier, nous a beaucoup plu. On se disait que ça allait sans doute être un truc un peu ringard, comme tous les films de mariage, et que nous allions probablement nous lasser de la regarder et la mettre au placard, mais pas du tout. Comme tout le reste de la fête, elle était parfaite.

Nous avons beaucoup d'amis qui songent à se marier. Tu peux être sûre que nous allons te recommander.

Juan et Sofia

— Génial ! s'exclama Carolina.

— N'est-ce pas ?

— La vidéo, c'est Luisín qui l'a faite ?

— Non, c'est Jorge, précisa Nerea en souriant niaisement.

— Ce Jorge, il faut bien reconnaître qu'il a du talent. Tu devrais l'appeler. Ça va lui faire plaisir.

Nerea regarda Carolina en soupesant le pour et le contre. C'était une bonne excuse pour lui parler – car si vous avez bonne mémoire, depuis quelque temps, elle s'était entichée de Jorge. Mais elle repoussa l'idée et secoua la tête.

— Non, il vaut mieux que tu le fasses toi. C'est ton ami, après tout.

— Non, si c'est moi qui l'appelle, il ne va pas me prendre au sérieux.

— Mais si.

Carolina soupira et Nerea réalisa qu'elles étaient accros au même homme.

Soudain, un doute l'assaillit. À supposer que Jorge soit en train de jouer avec elles ? À supposer qu'il couche avec l'une et l'autre ? Carolina n'était pas sa meilleure amie, mais c'était une bonne assistante et elle l'appréciait. Pas question de se laisser humilier par un mec qui se payait leur tête, si craquant soit-il avec ses cheveux tout ébouriffés quand il était au lit. Poussée par un subit désir d'en savoir plus, elle dit, sans même réfléchir :

— Caro, je peux te poser une question personnelle ?

— Oui, bien sûr.

— Entre toi et Jorge… ?

Caro sourit et fit claquer sa langue.

— Ça nous arrive. Tout dépend d'où souffle le vent. Mais bon, il a été clair avec moi.

— C'est-à-dire ?

— Il m'a bien fait comprendre qu'on était des amis. Et rien d'autre.

— Mais… vous couchez ensemble malgré tout ?

Carolina lui jeta un regard surpris. Ce n'était pas dans les habitudes de Nerea de poser ce genre de questions.

— Ça nous est arrivé, mais il y a longtemps, finit-elle par concéder. C'est de l'histoire ancienne tout ça.

Nerea hocha la tête. Elle avait soudain le sentiment d'être une dévergondée.

— Tu devrais l'appeler, lui dit Caro. Ça lui fera plaisir.

Plus tard, quand la boutique fut sur le point de fermer et que Nerea se retrouva seule devant le téléphone, elle se mit à se ronger les ongles. Elle ne comprenait pas pourquoi elle se mettait dans un tel état pour un simple coup de fil. Elle s'empara du combiné et composa le numéro d'un geste décidé.

— Oui ?

— Salut, Jorge, c'est Nerea – elle hésita un instant, puis se leva du bureau. Tu sais, celle qui organise des mariages, pas celle de l'été 98…

— Salut.

Elle le sentit sourire.

— Je tombe au mauvais moment peut-être ?

— Non, non, pas du tout.

— En fait, nous avons reçu un e-mail et… les clients sont super contents de ton travail – elle se mit à marcher de long en large. Et donc, je tenais à te remercier.

— Ah, génial, dit-il sans enthousiasme.

Prise de court, Nerea ne sut que dire. Jorge se racla la gorge, puis renoua la conversation :

— Désolé de ne pas être plus démonstratif, mais je viens seulement de me lever…

— Oh, je suis confuse, je ne voulais pas…

— Non, non, pas de souci. C'est juste que j'ai bossé toute la nuit non-stop jusqu'à midi sur la vidéo de la mariée à froufrous.

— Je t'avais dit que ça n'urgeait pas.

Il rit.

— Je sais, mais je suis comme ça.

— Tu devrais te remettre au lit pour retrouver un rythme normal.

— Non, je sais que je ne vais pas pouvoir dormir.

— Prends quelque chose.

— Hum… Il fit des petits bruits avec sa bouche. J'aurais bien envie de biscuits.

Nerea rit.

— C'est plutôt l'heure de dîner.

— C'est une invitation ?

— Je sais que tu dois voir Caro, Jorge, lâcha-t-elle en fermant les yeux.

— Je n'ai rien de prévu ce soir, à part toi.

Nerea leva les yeux au ciel.

— Je pense qu'il vaudrait mieux en rester là.

— Bon, bon, d'accord.

— D'accord ? répéta-t-elle, légèrement surprise.

— Oui.

— Tu n'auras qu'à passer me déposer le DVD quand ça t'arrange.

— Maintenant, ça t'irait ? Donne-moi vingt minutes.

Jorge et Nerea avaient pris l'habitude de faire ça en deux deux, presque par surprise, sans prendre la peine de se déshabiller. Nerea se renversa sur le bureau, les yeux à demi fermés, en songeant qu'aucun homme ne lui avait jamais donné autant de plaisir. Il enfouit ses lèvres dans sa chevelure puis la pénétra d'un coup, lui arrachant un petit gémissement.

— Continue, lui dit-elle, tandis qu'il la prenait sauvagement. Ne t'arrête pas. Baise-moi !

24

Comme on fait son lit…

C’est arrivé un jour de semaine, un mardi ou un mercredi, je ne sais plus exactement.

Le réveil avait sonné à sept heures, l’heure infernale à laquelle Bruno se levait. Je l’entendis prendre sa douche, puis revenir dans la chambre et me demander si je voulais un café – sa façon à lui de m’inciter à me lever. Mais j’étais enfouie sous une montagne d’oreillers et de couettes où je comptais rester jusqu’à ce que la lumière du jour commence à percer à travers les persiennes.

Quand Bruno s’en alla, je me rendormis. Lorsque je me levai, c’était l’heure de déjeuner. Je me douchai, m’installai devant l’ordi pour relire deux ou trois trucs (dont celui auquel je travaillais dans le plus grand secret depuis deux mois), pendant que les restes de la veille réchauffaient au micro-ondes, puis je mangeai.

Je me rassis ensuite devant mon clavier et attaquai un chapitre qui me trottait dans la tête depuis un certain temps. Je savais que je devais l’écrire, sans quoi je risquais de l’oublier. Cela fait, je le cachai à nouveau dans un dossier qui contenait des photos d’Adrian et dont j'étais certaine que Bruno ne l'ouvrirait pas, car je ne voulais surtout pas qu'il le lise avant qu'il ne soit complètement terminé.

Plus tard, je m'habillai et m'apprêtai à descendre faire deux trois courses pour préparer un semblant de dîner dont j'avais trouvé la recette dans *La Cuisine pour les nuls*.

C'est alors que le téléphone sonna. Je décrochai :

— Allô ?

Pour toute réponse j'obtins des bruits bizarres. Je jetai un coup d'œil au numéro. C'était Victor.

Ma première réaction fut de raccrocher et de laisser courir, mais j'identifiai un son qui ressemblait à un baiser humide, incroyablement proche.

— Retire ça, murmura alors une voix féminine.

Puis le téléphone se posa sur une surface dure, sans doute la table de nuit, et les sons s'éloignèrent et devinrent confus. Des bruits de vêtements tombant à terre peut-être ? Ou d'autres baisers ? Une pipe ?

C'est alors que je l'entendis gémir et murmurer « ne t'arrête pas, oui, comme ça, c'est bon », et je compris qu'il s'agissait de la troisième option. Je me laissai tomber dans le fauteuil, incapable d'éloigner l'écouteur de mon oreille. Elle lui dit qu'elle prenait la pilule, mais Victor répondit sèchement qu'il avait des capotes dans le tiroir de la table de nuit. Elle insista :

— C'est inutile…

— Moi, je ne le fais jamais sans.

Silence. Des bruits mouillés. Des halètements. Des secousses. Ils s'étaient rapprochés du téléphone. Elle était montée sur lui, ou le contraire ?

— Oh, bordel…, gémit-elle. Tu vas m'achever.

— Écarte les jambes, ordonna-t-il.

D'autres secousses, une respiration rapide. Je fermai les yeux et avalai ma salive. Je n'avais pas envie d'entendre ça. Mais dans ce cas, pourquoi est-ce que je ne raccrochais pas ?

Une partie de moi-même insistait pour que je continue d'écouter, parce que c'était la preuve indéniable qu'il n'y avait plus rien entre Victor et moi. Tout au moins rien de bon. Mais une petite voix dans ma tête suggérait que tout cela était ma faute. Je l'avais provoqué et poussé à bout.

— Baise-moi, dit la fille. Plus fort.

— Comme ça ? demanda-t-il, une pointe d'arrogance dans la voix.

— Oui. Oh, oui. Tire-moi les cheveux.

Cette fois, mes doutes quant à la posture s'évanouirent. Il l'avait prise en levrette, elle à quatre pattes sur le lit.

— Fais ce que tu veux de moi, dit-elle sa voix montant d'une note ou deux dans l'aigu.

Victor répondit par un grognement sourd, dents serrées, comme s'il cherchait désespérément à retarder l'orgasme. Pas vraiment étonnant si c'était la première fois qu'il faisait l'amour depuis cinq mois.

La cadence ralentit quelques instants, puis s'accéléra de nouveau, arrachant à la fille des gémissements de plaisir. Leurs corps cognaient l'un contre l'autre, elle poussant de petits cris ridicules. Victor devait lui titiller les seins, car j'entendis des bruits mouillés de succion.

Puis tout s'intensifia, s'accéléra, le ton monta, et je me sentis rougir. Ils parlaient en ahanant, se disaient des choses qui me choquèrent, même si Bruno et moi faisions la même chose, de temps en temps. J'eus soudain envie de pleurer. Tout cela me répugnait au plus haut point. Et pendant ce temps-là, Victor et la nana discutaient pour savoir s'ils devaient continuer comme ça ou changer de position.

Il l'avertit qu'il allait jouir. Avec moi, il était différent. Il ne disait jamais ce genre de choses. Il ne me traitait pas comme ça. Avec moi, c'était spécial. J'étais… spéciale ?

Elle se mit à haleter bruyamment, puis à crier, et quand elle se calma, les coups sourds des corps qui s'entrechoquent firent place à un son indéfini. Victor éclaira ma lanterne, quand, après un grognement de satisfaction, il lui dit d'avaler.

J'attendis, le téléphone à l'oreille, comme il l'avait fait quand j'avais appelé son numéro. J'espérais qu'il allait me dire quelque chose. C'est alors que je l'entendis dire à la fille que, si ça ne l'ennuyait pas, il avait envie d'être seul. Comme ça, direct. Une façon polie de lui dire « je t'ai assez vue ». La fille ne répondit rien. À sa place, je serais morte de honte. Elle avait dû filer en un temps record, parce que l'instant d'après il était au téléphone.

Au début, nous ne dîmes rien, nous contentant d'écouter la respiration de l'autre. Je songeai brièvement à lui dire « salut » et à raccrocher, quand il me lança :

— Ne me dis plus jamais que je ne t'aime pas.

Je fermai les yeux.

— Victor…, suppliai-je.

— À quoi ça m'avance ? Hein… tu peux me l'expliquer ? Il marqua une pause. On n'en reparlera plus jamais, mais réfléchis-y, Valeria. Réfléchis, bordel !

Il raccrocha sans rien ajouter. L'affaire était close.

Il m'avait appelée pour que je sache ce qu'il avait ressenti, et maintenant je savais. Je ressentais la même chose.

J'étais paumée. Dégoûtée de moi-même. Et j'étais à lui…

Je passai le reste de l'après-midi à pleurer. Quand Bruno rentra, je prétextai une migraine et allai me coucher.

25

Une nouvelle vie

Pendant que Gonzalo faisait la sieste, sa mère lisait son courrier électronique. Bien qu'encore en congé maternité, elle avait demandé à son chef, un type épatant, de la tenir informée des affaires courantes. Ainsi, elle se sentait utile. Non pas que son rôle de mère fût dérisoire, mais…

D'ici quelques jours, elle allait reprendre le taf. Et même si ce n'était qu'à mi-temps, elle allait voir des gens à l'extérieur – et pas seulement son bébé et son mari – et recommencer à s'habiller et à se faire belle.

Du moins l'espérait-elle.

Elle s'approcha du berceau de Gonzalo pour s'assurer qu'il dormait toujours à poings fermés, et lui caressa la joue. Puis elle tourna son attention vers la tenue qu'elle allait mettre pour son premier jour de reprise. Suspendu à un cintre accroché à la porte de l'armoire, le tailleur noir à jupe droite qui la boudinait quand elle l'avait acheté lui allait à présent à la perfection. Comme haut, elle avait choisi un corsage fluo. Elle avait beau être mère, elle n'avait que vingt-neuf ans. Certes, elle approchait de la trentaine, mais ça ne lui faisait pas peur. Elle savait qu'elle avait encore de belles années devant elle.

Barto rentra à neuf heures avec la tête de quelqu'un qui a besoin de prendre une bonne douche et d'aller se coucher, mais il s'approcha d'abord de Carmen, qui essayait d'endormir Gonzalo, et lui dit de le laisser, qu'il allait s'en charger.

Carmen en profita pour sortir des serviettes propres et les ranger dans la salle de bains. Ce faisant, l'envie lui prit de se doucher. Elle passa la tête dans le couloir obscur et entendit Barto qui fredonnait une berceuse à son fils. Elle se déshabilla, et quand elle se mit sous le jet d'eau chaude, elle poussa presque un gémissement de plaisir. Elle n'arrêtait pas de s'affairer toute la sainte journée et, quand venait le soir, ses muscles étaient tendus et endoloris. Elle ne le remarquait vraiment qu'au moment d'aller se coucher quand, au lieu de faire mille choses à la fois, elle n'en faisait plus que deux : essayer de dormir et garder une oreille attentive sur l'écoute-bébé.

Elle était dans la salle de bains depuis cinq minutes à peine quand la porte de la douche s'ouvrit et que Barto entra entièrement nu.

— Il s'est endormi ? demanda Carmen.

— Oui, dit-il en la couvant du regard.

— Bon, je vais aller faire chauffer le dîner.

— Attends…

Il la prit dans ses bras et l'embrassa. Carmen sourit.

— Je pensais qu'après la salle de gym et le boulot, tu allais en avoir assez.

— Avec toi, je n'en ai jamais assez.

Leurs lèvres se joignirent et, sentant monter l'excitation, elle passa ses doigts dans les cheveux de son mari.

Barto voulait faire l'amour au lit et elle dans la douche. Mais craignant de glisser et de mettre de l'eau partout, ils finirent de se laver, puis se rhabillèrent. Et pendant que Carmen se séchait les cheveux, Barto alla s'occuper du dîner.

Après manger, ils n'eurent pas le temps d'atteindre le lit. Ils se jetèrent l'un sur l'autre et il la prit sauvagement sur la table de la cuisine, quoique sans faire de bruit. Carmen lui griffa les fesses jusqu'au sang tandis qu'il jouissait en elle, comme toujours, en poussant un grognement rauque.

Avant de se coucher, Carmen recousit les boutons d'une chemise de Barto, puis plia le linge propre. À minuit, ils dormaient tous les deux comme des sonneurs. Cette nuit-là, elle rêva qu'elle avait à nouveau seize ans, et quand elle se réveilla, le lendemain, elle avait le vague à l'âme.

26

Dans mes petits souliers

Bruno me réveilla une fois encore à huit heures pour me proposer un café. Il était déjà douché et habillé et était descendu acheter le journal et un paquet de tabac, et maintenant il était en train de préparer le petit-déj.

Comme toujours, je fis ma ronchon et m'enfouis la tête sous la couette. Mais Bruno n'est pas connu pour être quelqu'un de patient. D'un coup sec, il arracha la couette et m'ordonna de me lever.

— Debout !

— Il est huit heures, bordel.

— Lève-toi, il faut que je te parle.

Cette fois, je ne pouvais plus faire semblant. J'avais déjà trop procrastiné.

J'allai dans la salle de bains et me passai la figure à l'eau froide. Puis je me brossai les dents et me fis une queue de cheval. Bruno me fit asseoir dans le fauteuil. Je ramenai mes jambes sous moi et pris une gorgée du café qu'il me tendait.

— Je ne suis pas à l'aise, dit-il soudain. Et il faut que j'en parle, sinon ça va devenir un problème.

Je hochai la tête.

— Tu ne me demandes pas ce qui ne va pas ? poursuivit-il.

— C'est inutile, je le sais déjà.

— Dans ce cas, pourquoi est-ce que tu ne fais rien ?

— Bruno, je ne peux pas travailler selon un rythme que tu m'imposes.

— Je le sais très bien, mais le problème, c'est que tu ne suis aucun rythme, ni le tien ni le mien. Depuis que je suis ici, je ne t'ai vu écrire que des articles pour ton journal, et pas brillants avec ça.

J'écarquillai les yeux, attendant des excuses pour ce commentaire désobligeant, mais elles ne vinrent pas. Il balança le poids de son corps d'une jambe sur l'autre, et reprit :

— Tu préfères que ce soit le rédacteur en chef qui t'appelle pour te dire qu'il est navré mais qu'il doit te virer ? Et de quoi vivras-tu après cela ? Comment est-ce que tu vas rembourser ton fichu prêt immobilier ?

— Tu ne le sais peut-être pas, mais ce n'est qu'un studio que j'ai acheté avant la flambée des prix. Les traites sont de…

— Je m'en contrebalance ! Tu n'en fiches pas une ramée ! Tu ne fais rien de ta vie ! Combien de temps espères-tu tenir comme ça ? Tu te prends pour J.K. Rowling ? Tu ne t'imagines tout de même pas que tes romans vont te rapporter de quoi te reposer sur tes lauriers éternellement !

— Surtout ces romans-là, hein ? ripostai-je rageusement.

Bruno baissa le ton, mais sans renoncer pour autant.

— Cette guerre-là ce n'est pas la mienne, Valeria. C'est un combat que tu dois mener contre toi-même. Et ne m'accuse pas de dire des choses que je n'ai pas dites et que je ne dirai jamais.

— Franchement, je ne comprends pas pourquoi tu te mets dans un état pareil.

— C'est moi qui ne comprends pas pourquoi. Plus ça va et plus tu te comportes comme une gamine irresponsable. Tu ne cherches plus à communiquer. Tu me caches quelque chose.

Lâche que je suis, je m'abstins de répondre. Que pouvais-je dire de toute façon ? Que je n'étais pas à l'aise non plus et que je ne savais pas pourquoi ? Ce fut lui qui brisa le silence :

— Je savais que ce n'était pas une bonne idée de venir ici.

Bruno ramassa ses affaires sur la commode et se dirigea vers la porte. Le plus simple aurait été de la fermer et d'attendre qu'il se calme et qu'il revienne. Mais je ne pouvais pas en rester là.

— Bruno, Bruno…, dis-je en me levant et en l'attrapant par la manche. Ne t'en va pas, s'il te plaît.

— C'est vraiment trop te demander, Valeria ?

— Quoi donc ?

— Tu sais très bien quoi.

Je le regardai sans broncher, puis fis non de la tête.

— Je t'ai présenté ma fille. Je t'ai mise dans sa vie, Valeria. Et que tu le croies ou non, ce n'est pas rien.

— Je sais Bruno.

— Mais tu ne réagis pas comme je l'espérais.

— Tu n'as pas l'air de te rendre compte que je n'ai rien demandé. Toi, tu exiges, tu exiges, tu exiges ! Mais à moi, tu me demandes ce que je veux ?

— Qu'est-ce que tu veux ?

— Que ça marche entre nous. Mais pour cela, il faut que tu arrêtes de me mettre la pression, répondis-je calmement.

— Je suis désolé, mais j'ai besoin que tu t'impliques autant que moi.

— Mais quel rapport avec mon travail ?

— Aucun.

Il fourra ses mains dans ses poches.

— Parfois, j'ai du mal à me comporter comme la meuf-à-tout-faire.

— Tu veux dire que c'est trop lourd à porter ?

— Arrête de dire ça. Je t'ai déjà expliqué que non.

— Je vais exiger encore plus un jour. Je ne m'en suis jamais caché.

Voyant que je soupirais, il me demanda :

— C'est à cause de Victor ?

— Comment ?

— Parfois, j'ai l'impression que…

Il fronça les sourcils.

— Non, non, pas du tout, mon chéri. Toi et moi, on est bien. Je… je t'aime beaucoup.

Je lui pris le menton et le regardai dans les yeux.

— Je le sais. Ce que je ne sais pas, en revanche, c'est si tu l'aimes plus ou moins que moi.

Carmen dut appeler sa belle-mère pour la prévenir qu'elle passerait chercher Gonzalo plus tard que prévu. Puri le prit avec bonne humeur, parce qu'elle adorait s'occuper du petit et que cela signifiait qu'elle allait pouvoir passer un peu plus de temps avec son petit-fils.

Carmen était gênée de lui demander ça, mais d'un autre côté, travailler à mi-temps ne signifiait pas laisser les tâches du bureau inachevées, et elle voulait absolument boucler ce dossier avant de rentrer à la maison. Qu'elle le veuille ou non, elle devait reprendre le collier.

À cinq heures, elle ramassa ses affaires pour partir quand une de ses collègues la rappela :

— Eh, tu t'en vas déjà ?

— Oui. Gonzalo est chez ma belle-mère et…

— Ah, c'est vrai. J'avais oublié que tu as un bébé. Dans ce cas, file, tu as déjà fait au moins deux heures de trop aujourd'hui.

— C'est bien possible.

— J'allais te demander si tu voulais sortir prendre un verre avec les autres à sept heures.

— Vous fêtez quelque chose ? demanda Carmen tout en se donnant un coup de peigne.

— Non, si ce n'est qu'il y a un match de foot et que c'est le retour du printemps… et tout et tout.

— Ah, je vois. Dans ce cas, amusez-vous bien et buvez un coup à ma santé.

— Si jamais le cœur t'en dit et que ton jules est OK pour garder le petit, passe-moi un coup de fil.

— D'accord.

Carmen se dirigea vers l'arrêt de bus. Elle avait l'impression de marcher normalement, mais quand elle se mit à avoir le souffle court, elle réalisa qu'elle courait presque. Elle se sentait désorientée et mal dans sa peau. Pas besoin d'être extra-lucide pour deviner qu'elle était nostalgique du temps d'avant Gonzalo et se sentait tiraillée par ses devoirs de mère. Elle avait besoin de savoir son fils près d'elle, de le tenir dans ses bras, de sentir son odeur, de le bercer, mais elle avait aussi très envie de continuer à être la Carmen qu'elle avait toujours été.

Nerea s'assit dans le lit au moment où Jorge sortait en caleçon de la salle de bains. Elle était certaine qu'il n'allait pas se glisser de nouveau entre les draps pour l'embrasser, comme elle l'aurait voulu. Elle était réaliste et ne s'attendait pas à recevoir une chose qu'il ne pouvait pas lui donner, mais du moins acceptait-elle de regarder la vérité en face : elle commençait à s'attacher à Jorge.

Il toussota, s'empara de son pantalon et l'enfila d'un air distrait. Puis il tira les draps, découvrant les jambes de Nerea. Elle rit en songeant qu'il avait peut-être envie de remettre ça. Mais non. En fait, il cherchait son T-shirt.

— Eh, la blonde, où est-ce que tu as planqué mes fringues ?

— Nulle part, répondit-elle, contrariée.

— Non, sérieux, j'ai du boulot par-dessus la tête.

Elle songea un instant à lui demander sur un ton détaché s'il s'imaginait qu'elle cachait ses vêtements pour qu'il lui accorde plus de temps, puis se ravisa et lui tourna le dos. Elle entendit un bruit d'étoffe et en déduisit qu'il avait trouvé ce qu'il cherchait.

— Putain, où est-ce que j'ai fichu mon débardeur ?

Nerea se retourna et le vit en train de boutonner sa chemise à carreaux.

— Tu me le rendras quand tu le trouveras. Il faut que je file.

— OK. Salut.

Il sourit.

— Pourquoi tu fais la tête ? dit-il en se rapprochant et en posant un genou sur le bord du lit.

— Je ne fais pas la tête.

— Je croyais qu'on était sur la même longueur d'onde, ma belle blonde, lui dit-il doucement.

— Je ne vois pas de quoi tu veux parler, répondit-elle, l'air digne.

— Dis ce que tu as à dire ou sinon tais-toi.

— Allez, va-t'en, fit-elle dépitée.

Jorge se pencha vers elle et l'embrassa sur les lèvres.

— Je t'appelle cette semaine.

— Oui, oui.

Elle lui tourna à nouveau le dos.

On pourrait croire qu'il s'agissait d'une tactique pour garder la face, car il est bien connu que les hommes ont tous un côté un peu mufle. Mais non. On voyait bien au ton de sa voix que Nerea était déçue. Et il n'était pas dupe.

Et voilà que notre froide et blonde Nerea se retrouvait accro à un type qui, à son humble opinion, n'en valait pas la peine, et qu'elle n'arrivait à penser à rien d'autre qu'à la prochaine fois où il allait l'appeler…

Lola avait fait un rêve bizarre, un peu comme un cauchemar au rythme vertigineux. Elle cherchait des dessous affriolants pour faire une surprise à Ray. Ils étaient convenus de se voir et elle allait être en retard, en plus de n'avoir rien d'autre qu'une robe sur le dos, pas même un slip ou un soutien-gorge. Elle cherchait ses sous-vêtements partout, quand elle se souvint qu'ils se trouvaient dans le tiroir de son boss. Ce qui lui semblait parfaitement normal. C'est pourquoi elle prit la clé magique qu'un ami lui avait offerte et entra dans son bureau. Quique était là, avec ses dessous sexy étalés sur sa table de travail.

Dans son rêve, elle lui résistait, tout en sachant pertinemment qu'elle en avait envie. Et elle finissait couchée sur la moquette avec Enrique entre ses cuisses, l'emportant au pays délicieux de l'orgasme.

Lorsqu'elle se réveilla, elle sentait encore les secousses de plaisir entre ses jambes. Elle tourna la tête et vit Ray à côté d'elle dans le lit, qui l'observait, l'air surpris.

— Qu'est-ce qui t'arrive ? demanda-t-il en haussant les sourcils.

— Euh… quoi donc ?

— Il était bon ce petit rêve ?

— Eh bien…, bredouilla-t-elle, encore tout émoustillée. C'est que…

Trouve quelque chose, Lola, vite.

— Je te fais jouir jusque dans tes rêves, c'est ça ?

— Oui ! s'exclama-t-elle. Tu es tellement… sexy…

Ouf ! Sauvée !

Ray se leva juste au moment où elle se rapprochait pour le prendre dans ses bras.

— Tant mieux, dit-il en se frottant le menton d'un air renfrogné. Dis à ce connard de Quique que la prochaine fois que tu rêves de lui, je lui casse la gueule. Je vais chercher de l'eau.

27

On recolle les morceaux…
ou on essaie, tout au moins

Je haussai les épaules et regardai Carmen en soupirant.

— Et voilà. Il n'a rien ajouté.

— Il t'a juste dit que tu ne savais pas si tu l'aimais lui ou si tu préférais Victor ?

— Oui. Il a pris ses affaires et il est parti bosser ailleurs, précisai-je.

— Et quand il est revenu ?

— Eh bien…

Je n'osais pas lui dire que j'avais songé à faire semblant de dormir, mais qu'au final j'avais décidé d'avoir une explication franche.

— Il m'a dit qu'on allait en rester là. Il s'est excusé de m'avoir mis la pression…

— Et…

— On s'est couchés.

— En mode réconciliation ?

— Je crois que oui. Mais avec Bruno ce n'est jamais facile de savoir.

— Comment ça ?

— Il a toujours envie. Parfois je me demande si toute cette histoire a un sens pour lui, ou si c'est juste pour satisfaire un besoin physique… Tu vois ce que je veux dire ?

— Tu commences à psychoter grave.

— Je sais. Mais Bruno est tellement…

— Quoi ?

— Terre à terre, Carmen. Pour tout.

— Et c'est un défaut ?

— Il y a des domaines où la raison n'a pas lieu d'être.

Carmen se renversa dans le canapé, sans perdre de vue l'alarme-bébé connectée directement à la chambre du petit. Puis elle me demanda en chuchotant presque si elle pouvait me dire ce qu'elle pensait vraiment.

— Je n'attends que ça, dis-je en rougissant.

— Tu sais qu'en principe… je n'aime pas donner raison à Lola, mais pour une fois je suis d'accord avec elle. Tu ne penses pas qu'il y a autre chose ? Je te l'ai déjà dit, Valeria : on ne peut pas se forcer à aimer.

— Que veux-tu dire par là ? demandai-je en reposant mon café sur la table.

— Que tu t'accroches à Bruno alors que tu n'es pas amoureuse.

— Tu le crois vraiment ?

— Non seulement je le crois, mais j'en suis persuadée. Pas de Bruno en tout cas. Raison pour laquelle tu es incapable de faire des compromis. Tu n'arrives pas à te sortir Victor de la tête. Il est constamment dans tes pensées.

— Sérieux ?

— Je crois que tu ne t'en rends même pas compte – elle haussa les épaules. Et pour moi, Victor est loin d'être l'homme idéal… mais il n'y a pas que ça.

— Ah non ?

— Tu avais bien une raison de quitter Victor.

— Ce n'est pas moi qui l'ai quitté. C'est lui.

— Et ça change quoi ?

— Je n'en sais rien.

— Je ne suis pas en train de dire que c'est un sale type ou qu'il est mal intentionné, mais c'est une relation toxique. Je crois qu'il ne sait pas vraiment ce qu'il veut et qu'il t'a entraînée dans son délire. Entre vous, un lien s'est créé que vous appelez « amitié », mais il est évident que ça va bien au-delà. Et Bruno n'est pas complètement idiot. Il te connaît un peu tout de même.

— Carmen, murmurai-je en me frottant les joues, j'ai couché avec Victor le soir de l'anniversaire de Lola, après la fête…

— Je sais.

— Lola te l'a dit ?

— Non, mais je m'en doutais.

— Et ?

Carmen leva les yeux au ciel.

— Qu'est-ce que tu veux que je te dise ? Je ne pense pas que ce soit juste pour le sexe.

Elle attendit ma réaction. Mais je me contentai de hocher la tête. Puis je me levai, pris ma tasse vide et l'emportai à la cuisine pour la rincer. Elle me suivit et me saisit par le poignet.

— Je ne veux pas me mêler de ce qui ne me regarde pas, Val, mais je t'aime beaucoup et… je n'ai pas envie que tu souffres ou que tu fasses souffrir. Je ne te juge pas, tu le sais…

— Oui, bien sûr… ne t'inquiète pas, dis-je en souriant tristement.

— Tu sais, au fond, je t'envie.

— Tu m'envies ? Je partis malgré moi d'un grand éclat de rire. On voit bien que tu ne sais pas de quoi tu parles.

— Mais si. Regarde-toi. Tu as tous les atouts en main et…

Je m'appuyai au plan de travail et haussai un sourcil.

— Mais toi…, tu es heureuse.

— C'est vrai, je le suis, mais… Je ne peux pas m'empêcher de penser qu'au-dehors la vie continue, alors que moi je suis coincée ici, avec mon bébé et mon mari… Je n'ai plus de projets à moi. J'ai tiré un trait sur moi-même – elle écarquilla les yeux, le regard perdu dans le vague. Il n'y a plus que le petit qui compte. Et je me sens coupable, mais… j'ai envie de m'amuser.

Je l'embrassai sur la joue et caressai ses cheveux bouclés.

— Carmenchou, tu as le droit de t'amuser. Ça ne va pas faire de toi une mauvaise mère. Les circonstances ont changé, c'est sûr, mais tu es jeune et… pourquoi est-ce que tu ne sortirais pas avec nous quand tu en as envie ? Tu as un mari super qui ne verra sûrement pas d'inconvénient à garder le bébé.

— Je ne peux pas faire ça.

— Ah, non ? Ce n'est tout de même pas comme si tu abandonnais ton garçon. Gonzalo sera bien avec lui. C'est son père.

— D'accord, mais ce n'est pas nos sorties entre filles qui me manquent. C'est ma vie d'avant. Mon indépendance, ma liberté… Imagine que je sorte un jour et que je réalise que j'ai envie de plus, de beaucoup plus ?

— Je te parie ce que tu veux que ça n'arrivera pas. Et je vais te le démontrer. Parles-en avec Barto et fixe une date. On va sortir ensemble, comme avant. On boira des coups et on ira danser. Et tu verras qu'à deux heures du matin, tu auras envie de rentrer parce que tu t'ennuies.

Elle sourit et m'embrassa sur la joue.

— Merci.

— Merci à toi, Carmenchou.

Nous rîmes et Carmen huma l'air.

— Val, tu as changé de parfum ?

— Non, pourquoi ?

Je reniflai mon corsage, puis réalisai.

— Quand je suis allée voir ma sœur, la dernière fois, je portais ce haut et j'ai essayé son parfum – je la regardai, stupéfaite. Dis donc, tu as l'odorat sacrément développé. Je ne l'avais même pas remarqué.

Quand je rentrai à la maison, Bruno était à la cuisine en train de faire du café. Il portait un vieux pull gris avec un jean et une barbe de deux semaines. Mais malgré son allure débraillée d'écrivain torturé, il dégageait un charme fou. Je souris en sentant monter comme une bulle de désir.

— Salut, chérie. Nous nous embrassâmes, puis : Tu en veux un ? me demanda-t-il en montrant la cafetière.

— Non, merci. Je viens d'en prendre un chez Carmen.

— Tu as du tabac ? J'ai la flemme de descendre en acheter.

J'ouvris mon sac et lui tendis mon porte-cigarettes. Il en prit une, et une bouffée de tabac envahit la petite cuisine.

— Ça va ? me demanda-t-il.

Je soupirai.

— Je crois qu'il faut qu'on parle.

Il prit une longue gorgée de café, une autre taffe, puis croisa les bras.

— Je vais être aussi sincère que possible avec toi. Le moment est venu de mettre des mots sur ce malaise entre nous.

— Valeria, sourit-il. C'est inutile.

— Si, si, il le faut.

Il tendit la main et me saisit le poignet pour m'attirer à lui. Il me serra contre sa poitrine et m'embrassa sur le front, puis dans le cou.

— N'y pense plus, Val. On va essayer.

— Et si on n'y arrive pas ?

— Je ne suis pas du genre à abandonner pour un « si » – il me donna un baiser. Il faut juste que tu acceptes d'essayer, ma chérie. Sans penser aux implications. Tu vas voir, on va y arriver.

La cigarette que Bruno avait allumée acheva de se consumer dans le cendrier pendant que lui et moi… essayions d'arranger les choses.

Nerea et Lola s'étaient retrouvées au rayon cosmétique du Corte Inglés. Elles avaient toutes les deux les bras chargés de paquets et savaient ce que cela signifiait : thérapie par le shopping.

Nerea avait pris son après-midi et lorsqu'elle avait proposé à Lola de venir la rejoindre dans une cafétéria toute proche, cette dernière n'avait pas vu de raison de refuser.

Elles allèrent s'installer tout au fond du café et commandèrent des smoothies light. Après quoi elles se regardèrent sans rien dire, attendant que l'autre entame la conversation. Non pas qu'elles n'aient pas été suffisamment proches pour prendre un verre en tête à tête, mais il y avait longtemps qu'elles ne l'avaient pas fait. Elles se mirent à parler du temps, des allergies, des sœurs de Nerea, du travail de Lola. Et après avoir passé une vingtaine de minutes à papoter de tout et de rien, Nerea leva un sourcil et demanda au débotté :

— On peut savoir ce qui ne va pas ?

— Comment ? demanda Lola, interloquée.

— Ça fait une demi-heure que tu n'as pas sorti une seule vanne, que tu ne t'es pas moquée de moi et que tu ne m'as pas conseillé de me faire épiler les tétons. Tu n'as pas non plus fait du gringue au serveur, qui est plutôt beau gosse. Qu'est-ce qui t'arrive ? Tu es sous Prozac ou quoi ?

— Non ! répondit Lola – elle reluqua de loin le mec qui officiait au bar et réalisa qu'en effet, quelque chose ne devait pas tourner rond chez elle. Je ferais peut-être bien de prendre des cachetons, dit-elle sans quitter le barman des yeux.

— Tu peux m'expliquer à quoi ça te sert d'avoir un jules ? s'étonna Nerea en voyant qu'elle décochait des œillades au serveur.

— Ah, tu veux parler de Ray ? dit Lola en la regardant à nouveau.

— Qu'est-ce qui se passe ? C'est à cause de lui ?

Lola soupira, le menton en appui sur sa main droite.

— Non. Ou plutôt, si. Je ne sais pas.

— Lola, tu ne fais pas partie de ces nanas qui ne savent pas ce qui leur arrive. Je ne sais pas pourquoi, mais ça me fait penser à Sergio.

Elle n'avait pas oublié la relation toxique que Lola entretenait avec son chef de service, un beau gosse qui s'envoyait en l'air avec elle sans rien changer à sa vie bien réglée avec sa fiancée parfaite, et qui avait failli la rendre folle.

— Dieu merci, ça n'a rien à voir avec lui.

— Et donc ?

Lola resta songeuse. De ses trois amies, Nerea était la dernière à qui elle aurait fait ce genre de confidences. Elle n'avait pas envie de se faire chapitrer. Mais ce genre de sermons était plutôt le fait de Nerea le Glaçon, pas de la Nerea qui avait plaqué son boulot pour montrer sa propre boîte, qui commençait à s'habiller à la mode et qui lui avait demandé tout de go ce qui n'allait pas. Elle avait même prononcé le mot « tétons » sans s'excuser ou se mettre une main devant la bouche.

Lola sourit puis, sous le regard attentif de Nerea qui aspirait son smoothie avec une paille, déclara :

— Mon chef… le nouveau… il est bon comme une profiterole nappée de chocolat chaud. Et en plus, il n'arrête pas de me faire du gringue. Enfin, c'est une façon de parler, parce que ce qu'il veut c'est me trousser comme une poularde et me fourrer sa saucisse. Et donc, je fais ma mijaurée, avec beaucoup de doigté. Comme seule sait le faire Lola. Sauf que je n'arrive pas à me l'ôter du ciboulot. Et que je rêve de lui la nuit… Il paraît même que j'ai prononcé son nom dans mon sommeil. Alors, forcément, Ray s'est senti con. Et ulcéré. Et maintenant, il joue les machos blessés et je ne sais plus quoi faire. Parce que Ray est un gamin, qui a des réactions de gamin, et que je ne sais pas comment m'y prendre. Jusqu'ici, tous les mecs que je me suis tapés et qui ont commencé à me les briser menu ont eu droit à un aller simple sans billet de retour.

Nerea termina son smoothie et reposa son verre. Elle hocha la tête, et alors que Lola s'attendait à ce qu'elle dise quelque chose pour la réconforter, elle ouvrit sa petite bouche et se mit à rire. Si, si, à rire !

— Arrête ! lança Lola, contrariée par sa réaction.

— Ah, Lolita… Je m'attendais à entendre une de tes truculentes histoires de sexe, mais je n'y étais pas du tout – elle secoua la tête et esquissa un sourire qui illumina ses yeux verts. En fait, tu es amoureuse de Ray et tu as peur que ce soit le bon.

— Je ne pense jamais à ces choses-là. Tu dis n'importe quoi.

— Ne sois pas bornée. Tu ne le penses pas, mais c'est ce que tu ressens au fond. Et ça te défrise de penser que la Lola d'avant, celle qui avait toujours une nouvelle histoire d'alcôve à nous raconter, ait disparu.

— Tu dis ça parce que tu n'as pas vu mon boss.

— Oh, je ne doute pas une seconde que ce soit un bon coup et tout et tout, mais là n'est pas le problème. Mets les choses en perspective.

— Mais…

— Ce que tu veux, ce n'est pas te taper ton chef, mais reprendre ton manège absurde de flirts sans lendemain.

Lola écarquilla des yeux comme des soucoupes. Nerea reprit :

— Mais un jour tu y verras plus clair et tu te diras : « Pourquoi irais-je traîner avec le premier venu alors que mon mec à moi est beau, innocent, sensuel et désirable ? »

Lola resta sans voix. Ce qui ne lui ressemblait pas du tout. Depuis le temps qu'elle connaissait Nerea, jamais elle ne l'avait entendu s'exprimer avec une telle franchise. Songeant qu'on avait peut-être drogué son smoothie, elle se pencha vers elle pour observer l'état de dilatation de ses pupilles. Constatant qu'elles étaient parfaitement normales, elle comprit une chose : les années nous avaient transformées. Nerea le Glaçon était sur le point de devenir Nerea la Sage.

— Tu sais quoi, Né ? Ton nom commence à figurer en bonne place sur la liste des nanas que je me taperais bien.

Nerea lui jeta un regard hautain.

— Ne fais pas l'idiote. Prends ce gamin et fais-en un homme.

— Voilà qui est intéressant.

C'est alors que Lola étira la main vers un sac La Perla d'où émergeait un sac Dior et demanda à Nerea ce qu'elle avait acheté.

— Bof, une babiole. Une base éclat Dior et un fard à paupières.

— Je ne savais pas que La Perla vendait aussi du maquillage…

Haussant un sourcil espiègle, elle demanda :

— Je peux voir ?

— Euh…, bredouilla Nerea, gênée. Oui, mais n'ouvre pas l'emballage.

Elle posa le sac sur la table et Lola en écarta les bords autant qu'elle le pouvait sans tout défaire, puis jeta un coup d'œil à l'intérieur. Puis elle regarda de nouveau Nerea en toussotant.

— Une babiole, comme tu dis… Et pas spécialement bon marché.

— Des basiques, ricana Nerea, embarrassée. Tu devrais aller jeter un coup d'œil aux ombres à paupières de printemps Christian Dior, en édition limitée. Elles sont superbes…

— Attends un peu, sourit Lola. Je vais te poser une question et j'attends une réponse honnête de ta part. Parce que toi et moi, on est amies, et mentir à une amie c'est la pire chose que tu puisses lui faire…

— Bien sûr, répondit Nerea en souriant.

— Et donc, puisque nous sommes amies… Tu n'aurais pas un nouveau jules, des fois ?

— Euh ? Comment cela ?

— Tu sais très bien de quoi je veux parler. Tu baises ? Tu te fais fourrer ? Tu fais des p…

— Lola ! S'il te plaît !

Elle fit non de la tête en regardant Lola et recommença, quoiqu'avec moins d'assurance.

— Alors, c'est oui ou non ?

— Non, dit-elle avec un air de chien battu.

— Tu me racontes ?

Nerea s'accouda à la table en gémissant. Elle aurait voulu que Lola lui fiche la paix, mais savait que ça n'arriverait pas.

— Tu t'es trouvé un mec, Nerea jolie ? plaisanta Lola.

— Si seulement ! Non, hélas. Enfin, je ne sais pas…

— Quoi ?

— Il y a un type qui me plaît bien.

— Qui ça ?

— Laisse-moi d'abord t'expliquer – elle se redressa et croisa les mains. Ce n'est pas mon style. Je n'aime pas sa façon d'être. Il me met mal à l'aise et les trois quarts du temps, j'ai envie de lui tordre le cou. Mais…

— …il te fait grimper aux rideaux ? compléta Lola en prenant une gorgée de smoothie.

— Ce n'est pas ça. Enfin, si, un peu tout de même. Mais, je ne sais pas comment dire… je n'arrête pas de penser à lui, et je n'arrive pas à lui dire non quand… quand… Elle se pencha au-dessus de la table et murmura à l'oreille de Lola : On fait ça n'importe où et pas seulement au lit ! Sur mon bureau, dans l'entrée, dans son studio, dans les toilettes d'un bar…

— Et toi… tu voudrais que ça s'arrête ?

— Oh, non ! Ce que je veux, c'est qu'il soit mon jules pour de bon, dit-elle, ingénue.

— Qui est-ce ?

— Jorge, celui qui a fait les photos à ton anniversaire.

Lola écarquilla les yeux tout en aspirant une longue gorgée de jus de fruits et s'écria :

— Mais, Nerea, tu as un goût exquis !

— Il rote au lit. Il se gratte le cul quand il se lève. Et ce n'est pas tout. Il mange avec les doigts, et les suce ensuite en faisant claquer ses lèvres, il me pelote les seins en public et en plus… il ne veut pas entendre parler d'une relation sérieuse.

— C'est un peu l'effet qu'il m'a fait, je t'avoue.

— Et qu'est-ce que je peux faire à ton avis ?

— Il me vient deux idées, là tout de suite.

Elle frappa dans ses mains puis les frotta l'une contre l'autre. Fichtre ! Elle adorait ces après-midi entre copines !

28

La vie chez Valeria

La chambre à coucher sentait le café. Elle était tellement petite que deux tasses suffisaient à l'embaumer toute la journée.

Bruno était assis dans le fauteuil, en train de lire la presse en sirotant un expresso. Devant lui, sur la petite table de salon, il y avait une autre tasse fumante et une coupe de fruits. Quand je m'approchai pour prendre la tasse, Bruno me lança un regard qui me provoqua un chatouillis au creux de l'estomac. Puis le chatouillis descendit plus bas, vers des zones plus secrètes. Il sourit, conscient de l'effet qu'il faisait sur moi. J'avais toujours rêvé d'avoir le même ascendant sur lui, sans réaliser qu'un jour, il me dépeindrait dans un de ses romans sous les traits d'une déesse guerrière assoiffée de sang.

Je m'agenouillai et m'assis sur mes talons tout en me peignant lentement les cheveux. Bruno se racla la gorge et me demanda si j'avais quelque chose de prévu pour la journée.

— Je vais écrire un peu. J'ai une ou deux idées d'article pour la revue.

— De quoi vas-tu parler ?

— Du syndrome émotionnel de Diogène.

— Mais encore ?

— Les réminiscences douces-amères ou douloureuses, les images mentales qui nous font honte, les ambitions abandonnées, les relations fracassées… toutes les choses que nous portons sur nos épaules comme des poids, mais dont, curieusement, nous ne voulons pas nous débarrasser et que nous invoquons de temps à autre par pur sadomasochisme.

— C'est intéressant, ce n'est pas moi qui vais te dire le contraire.

— Et tu crois que je serai à la hauteur ?

— Oui, dit-il, catégorique.

— Et toi, tu vas faire quoi ?

— Moi, je vais aller chez le réparateur pour qu'il jette un œil à mon ordi portable. Il commence à se comporter bizarrement et…

— Tu as fait une sauvegarde du disque dur ?

— Oui, heureusement. Tu peux me prêter le tien pour que j'envoie des courriels ?

Je le regardai comme s'il me soupçonnait de cacher des photos illicites ou autres bizarreries dans mon ordinateur. La vérité, c'est que j'avais peur qu'il tombe sur mon projet d'écriture top secret, et qu'après y avoir jeté un coup d'œil il décide de m'en livrer une critique « constructive ». Bruno avait beaucoup de qualités, mais le tact n'en faisait pas partie.

J'acquiesçai malgré tout. De toute façon, le risque zéro n'existait pas et je pourrais toujours jeter un coup d'œil par-dessus son épaule pour le surveiller.

— Qu'est-ce qui se passe ? demanda Bruno surpris. Il y a quelque chose que tu ne veux pas que je voie ?

Il captait vite, le bougre.

— Je vais être franche avec toi, mon cœur. J'ai un tas de choses de… de l'époque où je vivais avec Adrian. Des photos à lui, des voyages qu'on a faits ensemble, de notre mariage… Et je ne voudrais pas qu'elles te mettent mal à l'aise si tu tombes dessus.

Il leva les sourcils. Sans me vanter, j'avais appris à mentir comme une arracheuse de dents

— Ne t'en fais pas pour ça, sourit-il. Moi aussi, j'ai été marié. J'ai une fille, tu te souviens ? Elle est la preuve vivante que j'ai couché avec sa mère. On ne peut pas faire plus explicite.

Je ris et lui montrai l'ordi.

— Il me faut le mot de passe, ma chérie, dit-il en se levant.

Je m'esclaffai en rougissant.

— Tu permets que je l'écrive moi-même ?

— Pourquoi ?

Je soupirai.

— Le mot de passe c'est Bruno1012.

Il sourit.

— Mon nom et le jour où nous avons fait connaissance. Comme c'est charmant.

— Je ne pensais pas que tu te souviendrais des chiffres.

— J'ai une mémoire sélective, je te l'ai déjà dit.

Il s'installa devant mon bureau et débloqua l'ordi. Puis il se connecta à sa boîte mail et commença à pianoter avec dextérité sur le clavier. Je m'assis sur l'accoudoir du fauteuil, derrière lui, et lui caressai la nuque.

— Vous avez fini d'écrire le scénario, au fait ? demandai-je dans un murmure.

— Presque.

Nous savions l'un et l'autre que dès qu'ils auraient bouclé le scénario il rentrerait chez lui. C'était logique, et je m'y étais déjà préparée mentalement. Il avait une fille de six ans. La moindre des choses était d'abolir la distance qui les séparait dès que possible. Mais… et nous ? Qu'allait-il advenir de notre relation ?

— Je vais rester encore un mois tout au plus, dit-il, me tirant de mes pensées. J'ai encore deux ou trois choses à régler, et je vais en profiter pour rendre visite à mon éditeur et discuter de mon prochain roman.

— Super, souris-je sans cesser de caresser son épaisse crinière brune.

— Mais je vais faire un saut à Gijón la semaine prochaine. Je te l'ai dit, je crois ?

— Oui – je m'approchai et l'embrassai dans le cou. Pour l'anniversaire d'Aïtana.

— Exact. Pour son anniversaire.

29

Mon anniversaire à moi

Je ne suis pas du genre à accorder beaucoup d'importance à ce genre de célébrations. Le jour où j'ai vu vingt-cinq bougies sur le gâteau, ça a cessé de m'amuser. N'allez pas croire pour autant que j'ai un problème avec les années qui passent. J'estime au contraire que c'est plutôt bon signe, et j'espère même vivre très, très vieille.

Mais où en étais-je ? Ah oui, à mon anniversaire de cette année-là.

Bruno n'eut pas besoin de m'annoncer que, cette année encore, nous ne le fêterions pas ensemble, vu que celui de sa fille tombait la veille du mien. Et lorsqu'il faut choisir entre faire plaisir à sa progéniture ou à sa copine, il n'y a pas photo. Et aucune raison d'en faire un drame. Non, non. Je ne suis pas du genre à livrer bataille quand je sais que la guerre est perdue d'avance.

Pour tout dire, j'avais l'impression que le monde entier accordait plus d'importance à l'événement que moi. J'allais fêter mes trente ans et je n'avais rien prévu de spécial ? Sérieux ? Étais-je barjot ou dépressive ? Mais non, je vous rassure, je n'étais ni l'un ni l'autre.

Je décidai d'appeler Lola pour l'implorer de ne rien organiser dans mon dos. Elle me promit de ne rien faire, et, un poil contrariée, me demanda si j'accepterais au moins de dîner avec les copines pour marquer le coup.

— Je crois qu'on devrait pouvoir arracher Carmen à son loupiot pour l'occasion et l'emmener prendre l'air, dit-elle avec un dépit non dissimulé.

Il était évident que quelque chose ne tournait plus rond au royaume de la luxure, mais je n'avais pas envie de remettre son béguin pour son boss sur le tapis. Sa relation avec Ray lui prenait la tête, mais j'estimais que grandir impliquait de faire des concessions et que son problème résidait peut-être dans le fait qu'elle avait attendu un petit peu trop longtemps avant de vivre ce genre d'expérience.

Toujours est-il que nous décidâmes d'aller dîner toutes ensemble pour mes trente ans, et de prolonger ensuite la soirée autour d'un verre si l'envie nous en prenait.

Deux jours avant mon anniversaire, Victor m'appela pour me demander si j'avais quelque chose de prévu.

— Juste un dîner avec les filles et aller prendre un verre ensuite. On n'a pas prévu de faire la bringue, si c'est ce que tu veux savoir.

— Ah non?

— Non… Carmen étant devenue maman, ça change pas mal de choses. Et qu'on le veuille ou non, on prend toutes de la bouteille.

Victor s'esclaffa et je l'imaginai plié en deux dans son fauteuil de bureau.

— Et Bruno?

— Il va passer le week-end avec sa fille, dont c'est l'anniversaire le jour d'avant.

— Ah, d'accord. Donc… tu n'as rien prévu de spécial pour tes trente ans ?

— Et alors ? On est supposé faire une nouba d'enfer et casser la baraque quand on a trente ans ?

— Évidemment.

— Tu l'as fait, toi ?

— J'ai fait une virée en Croatie avec des amis, je me suis pris une cuite mémorable et j'ai tiré deux blondes du calendrier Pirelli.

— Et qu'est-ce que ça a de spécial ? Tu tires toujours des blondes du calendrier Pirelli que je sache.

— Pas en même temps.

Je fermai la bouche en apercevant mon reflet dans la glace. J'avais l'air particulièrement gourde.

— Tu dis ça pour rigoler, fis-je en secouant la tête.

— Non, mais c'est sans importance. Tu n'es pas obligée de tirer deux blondes. Et si ça t'arrive, fais un film. Ça fera un excellent cadeau de Noël pour moi.

— Arrête tes conneries, dis-je en riant. Un jour, il va falloir que tu me racontes cette histoire en détail.

— Oui, bien sûr. Qu'est-ce que tu dirais qu'on dîne ensemble demain pour fêter ça ?

— Mais pas de tralalas, hein ?

— Non, non. T'inquiète. Juste toi et moi.

Ce « juste toi et moi » était terriblement tentant.

Victor ne me révéla rien de l'endroit où il avait l'intention de m'emmener. Devant ma penderie grande ouverte, je le maudis entre mes dents. Qu'est-ce que j'allais bien pouvoir mettre pour sortir dîner la veille de mon anniv avec l'homme le plus sexy et élégant de la terre ? Je l'imaginais vêtu à la perfection pour ce genre d'occasion. Jean ou costard, chemise à col amidonné et pull en V passé à l'adoucissant qu'on a envie de toucher... Même au lit il portait toujours la tenue adéquate. Boxers moulants à la simplicité provocatrice, qui épousaient divinement les formes de ses fesses quand il dormait.

J'étirai le bras et saisis le téléphone. Je ne voulais plus penser aux sous-vêtements de Victor ni à ce qu'il y avait en dessous. Lola répondit à la troisième sonnerie.

— Eh, salut, ma vieille, lança-t-elle.

— Tu es en vadrouille ?

— Plus ou moins.

— J'ai besoin d'un coup de main. Je suis assise sur mon lit, en soutif et petite culotte depuis une demi-heure, et je ne sais pas quoi me mettre. Victor ne t'aurait pas dit, des fois, où il avait l'intention de m'emmener ?

Je l'entendis éclater de rire.

— C'est la meilleure ! Valeria ne sait pas quoi se mettre.

— Oh, merde ! Ne me dis pas que tu es avec lui ?

— Si, merde, je suis avec lui. Et au moment où je te parle, il est en train de passer une chemise en jean dans son pantalon marron taille basse. Il est à tomber. Tu vas mettre ce pull ? Ouah ! Super !

Je me cachai les yeux.

— S'il te plaît, aide-moi !

J'entendis Victor lancer au loin :

— Dis-lui que je serai en bas de chez elle dans vingt minutes.

— Oh, non, c'est pas vrai, m'écriai-je, paniquée.

— Écoute... me murmura Lola tout bas. Mieux vaut que tu sois préparée, parce que le mec que j'ai sous les yeux est à tomber.

— Arrête ton délire, dis-je avant de raccrocher.

Je balançai le téléphone sur le lit et sortis un jean droit de l'armoire, ainsi qu'un T-shirt blanc très fin et une veste imper kaki. Je m'habillai tout en courant de droite et de gauche dans la chambre pour finir de me coiffer et me maquiller.

Quand je sortis de l'immeuble, je le trouvai adossé à sa voiture, un sourire resplendissant aux lèvres. Je dus résister de toutes mes forces pour ne pas tomber à genoux devant ce dieu en pantalon marron, chemise en jean, pull à grosses mailles beige et Ray-Ban classiques.

Il se redressa et me fit la bise, me complimenta sur ma tenue et insista pour m'ouvrir la porte côté passager. Avant de refermer la portière, je le vis jeter un coup d'œil approbateur à mes talons noirs perlés. Je crois qu'il aimait…

Il prit ensuite place derrière le volant et me sourit. Puis il s'humecta les lèvres et me demanda si j'étais prête.

— C'est bon ? me demanda-t-il.

— Oui. Enfin… je ne sais pas trop. Avec toi, il faut toujours s'attendre à tout.

Il me fit un clin d'œil.

— Où est-ce qu'on va ? Il est encore un peu tôt pour dîner.

Il ne répondit pas, se contentant de ricaner comme s'il était ravi de me tenir sur des charbons ardents.

Quarante-cinq minutes plus tard, nous nous garâmes devant une petite villa à l'extérieur de la ville. J'attendis une explication, mais il me dit simplement de le suivre et sortit un trousseau de clés de sa poche. Il poussa le portail métallique, derrière lequel se cachait un jardin de conte de fées, aux pelouses d'un vert profond parsemées de pierres plates et brillantes qui menaient jusqu'au perron.

La façade en brique était recouverte en partie de vigne vierge et de plantes grimpantes qui encadraient les fenêtres.

La grosse porte en bois pivota lentement sur ses gonds après que Victor eut fait tourner la clé plusieurs fois dans la serrure. Il entra le premier, actionna un interrupteur, et le jardin s'illumina. Des guirlandes lumineuses s'enroulaient autour des arbres, donnant l'impression qu'ils étaient faits de lumière blanche.

Victor me tendit la main et m'invita à entrer. Je voulus lui demander à qui appartenait cette maison, mais j'étais comme envoûtée par le parfum de lavande qui flottait dans l'air et je me laissai entraîner dans l'escalier jusqu'au dernier étage. Là, une porte ouvrait sur un grenier haut de plafond. Sur le mur de gauche s'adossait une rangée d'armoires et, tout au bout, une petite porte donnait sur une salle de bains à l'ancienne, dotée d'une baignoire sur pieds.

Dans la pièce principale se trouvaient un grand canapé et une table basse posée sur un épais tapis bordeaux. En face, contre le mur opposé, il y avait une grande télévision posée sur un meuble rustique rempli de CD.

La lumière à présent ténue qui entrait par la fenêtre tombait sur un grand lit recouvert d'une courte-pointe blanche séparé du reste de la pièce par un mur de brique inachevé. La tête de lit, les tables de chevet étaient du même bois que le cadre de la fenêtre. Au-dessus du lit pendait un petit lustre en porcelaine comme on en voit dans les vieux films.

Je me tournai vers Victor, qui avait vidé ses poches et posé son portefeuille, son portable et son smartphone sur la table basse. Il me rendit son regard, comme s'il cherchait à décrypter mon expression.

— Qu'est-ce que c'est ? demandai-je, sans pouvoir réprimer un sourire.

— Juste un dîner. Mais un dîner spécial.

— Mais…

— Chaque chose en son temps.

Je m'assis sur le canapé tandis que Victor redescendait l'escalier. Cette pièce était tellement chaleureuse que je m'y sentais chez moi. C'était la maison que nous rêvions tous de posséder un jour.

Sur les murs s'étalaient de superbes photos en noir et blanc qui me faisaient vaguement penser à celles d'Adrian. Sur le meuble où trônait la télévision, il y avait également quelques petites peintures aux couleurs vibrantes. L'une d'elles représentait les jambes d'une femme en jean chaussée de sandales à talons rouges.

Victor reparut avec un énorme panier à pique-nique. Il s'assit sur le tapis, devant moi, et commença à en vider le contenu. Une bouteille de vin et deux verres. Une autre bouteille, ainsi que de jolies assiettes blanches à liseré doré, des couverts pour deux et deux serviettes de table en lin passées dans un rond de serviette assorti à la vaisselle. Après cela, sous mon regard attentif, il sortit un Tupperware dont il souleva le couvercle pour m'en montrer le contenu. Je partis d'un rire enfantin en découvrant une simple omelette aux pommes de terre déjà découpée en triangles et quelques tartelettes salées. Enfin, un autre Tupperware était rempli de raisin et de fraises.

— Un dîner sans tralalas, dit-il en souriant.

— En effet. Tu n'as pas menti.

— Pas de chichis ni de grosse bringue. Toi et moi, simplement.

C'est tout juste si je parvins à avaler ma salive et à continuer de sourire.

Nous nous installâmes sur le tapis pour dîner tandis que la nuit commençait à tomber. Le vin avait un goût capiteux de raisins secs. L'omelette maison était exactement comme je l'aime, encore tiède.

— Tu vas te décider à me donner une explication ? demandai-je en me calant confortablement sur un coussin de sol. Qui est-ce qui t'a aidé à préparer tout ça ?

— Qu'est-ce qui te fait penser que je me suis fait aider ?

— Allez, arrête ton cinéma ! Avoue !

— Ma mère.

Nous éclatâmes de rire et il se leva d'un bond pour aller chercher un disque – ce qui me donna à penser qu'il connaissait bien la maison. Il alluma la chaîne stéréo et y introduisit le CD. Quelques secondes plus tard, la voix de velours d'Otis Redding entonna *These Arms of Mine*.

Oh, non, pitié, pas de la soul, sinon je vais craquer.

— Tu aimes la soul, n'est-ce pas ?

— J'adore ça.

— Ce disque est génial. C'est un mix avec un peu de tout, dit-il en posant la pochette sur le meuble.

— C'est ta maison secrète ? Tu viens ici les jours de pluie pour bouquiner, confortablement installé dans un fauteuil à oreillettes à côté de la fenêtre ?

— Non, c'est la maison d'un ami. Mais c'est moi qui l'ai rénovée. Comme il est en voyage avec toute sa famille, il me l'a prêtée.

— Elle est charmante, mais… qu'est-ce qu'elle a de spécial ? Je veux dire… pourquoi sommes-nous venus ici aujourd'hui ?

— Parce qu'elle est jolie, mais je suppose qu'il y a une autre raison.

— Laquelle ?

— Ne sois pas pressée.

Son sourire coupa court aux questions. Victor alluma des bougies et éteignit toutes les lumières sauf une lampe dans un coin. La Valeria qui faisait des efforts surhumains planta ses ongles dans le sofa pour ne pas succomber à la tentation.

Après le dîner, nous mangeâmes les fruits avec les doigts tout en bavardant de tout et de rien avec James Brown, Fontella Bass, Aretha Franklin, Marvin Gaye en musique de fond… Nous parlâmes de papier peint, de la forme des nuages et de leurs différents noms, d'un voyage en avion en pleine tourmente au-dessus de l'Atlantique et d'un week-end sous des trombes d'eau dans la campagne anglaise. Je lui parlai de choses qui n'avaient guère de sens dans ce contexte, comme d'une poupée de chiffon que j'avais héritée de ma mère quand j'étais petite, d'une couette que j'avais essayé de fabriquer avec ma sœur et de mon premier baiser.

Il me parla de la première fille dont il était tombé amoureux et de sa chevelure rousse qu'il aimait caresser. Il m'avoua à mi-voix qu'il regrettait l'époque du slow. Et sans même que nous nous en rendions compte, la nuit commença à tomber.

Garnet Mimms & The Enchanters chantaient *For Your Precious Love* quand Victor me demanda s'il pouvait m'inviter à danser.

— Pourquoi pas ? répondis-je en souriant.

Il se leva, m'aida à me mettre debout puis passa son bras gauche autour de ma taille. Je sentais sa main droite dans mon dos, à travers la fine étoffe de mon T-shirt. Ma main gauche caressa son bras, tandis que la droite caressait son épaule musclée. Je posai ma tête sur sa poitrine et… nous dansâmes, enlacés comme deux ados timides et innocents.

Je sentis son cœur battre sous sa chemise et me laissai emporter par son rythme et celui de la chanson dont Victor répétait les paroles à voix basse.

J'imaginai que c'était notre premier rendez-vous et que Victor n'était pas doté d'une sensualité débordante. Je ne m'étais jamais mariée. Il n'avait jamais été mon amant. Nous ne nous étions pas entredéchirés. Entre nous c'était une relation saine, pleine de tendresse et éternelle.

Victor resserra un peu son étreinte et nous continuâmes de danser. Je ne sais pas combien de temps nous restâmes enlacés ni combien d'airs se succédèrent sur la platine, mais je réalisai soudain que j'allais chérir cet instant bien plus que toutes les fois où nous avions couché ensemble. Parce que, parfois, Victor n'était rien d'autre qu'un sentiment immense qui m'emplissait le cœur, et non pas un beau mec avec un corps sublime. Non, c'était juste un garçon. Et j'avais envie qu'il soit amoureux et que nous puissions…

Victor desserra son étreinte à contrecœur et jeta un coup d'œil à sa montre. Je le regardai, déçue, pensant qu'il se faisait tard et que nous allions devoir rentrer. J'étais triste, parce que je n'avais pas envie de retourner chez moi, pas tout de suite en tout cas. Je me sentais soudain toute petite et vide en dedans. Mais je souris pour ne pas le montrer.

— Il est tard, dis-je.

— Pas du tout. La vraie surprise commence maintenant. C'est du moins ce qui était convenu.

Victor s'approcha du mur où était fixé un petit boîtier. C'était un de ces robots domotiques qu'on installe de nos jours dans les maisons connectées. Il enfonça un bouton et un son mécanique me fit lever les yeux au plafond, dont je n'avais pas remarqué qu'il était masqué par une toile de la même couleur que les murs. À présent, celle-ci se repliait, offrant à la vue un toit de verre impeccable dans lequel se reflétait la lumière vacillante des bougies. Mais Victor les souffla une à une, nous plongeant dans l'obscurité. Puis il s'approcha de moi et me demanda de m'étendre sur le dos et de regarder en l'air. Le ciel noir était saupoudré de lumières. Sans savoir à quoi m'attendre, je sentis Victor s'étendre à mes côtés.

Soudain, une étoile filante traversa le ciel, et je ne pus réprimer un petit cri de stupeur. J'allais lui demander s'il l'avait vue lui aussi, quand une autre apparut. J'aspirai tout doucement l'air entre mes lèvres entrouvertes. Je me retournai vers Victor, qui m'observait.

— Tu ne le savais pas ? me demanda-t-il.

— Quoi donc ?

— C'est la nuit des étoiles filantes.

Je levai à nouveau les yeux vers le ciel en souriant. Une lumière argentée nous illuminait maintenant que nos yeux s'étaient habitués à l'obscurité. Victor tendit la main et enlaça mes doigts avec les siens.

— Merci, lui dis-je.

— Je n'ai rien fait. Au fond, quand on y pense, ce ne sont jamais que des déchets cosmiques.

— Mais c'est… parfait.

I'v Been Loving You Too Long d'Otis Redding était en train de passer. Je ne pouvais pas imaginer soirée plus parfaite… jusqu'à ce que Victor m'enlace et m'attire contre son corps dont émanait une chaleur délicieuse.

— Si seulement ça pouvait ne jamais se finir, dis-je.

— Si seulement demain ne se levait jamais, répondit-il.

Nous restâmes près de deux heures sans rien dire, jusqu'à ce que les lumières fugaces des étoiles filantes cessent de traverser le morceau de ciel que nous pouvions apercevoir. Puis nous roulâmes de côté pour nous retrouver face à face sur le tapis. Une peur terrible et irrationnelle me noua l'estomac et je dus faire un effort pour ne pas me mettre à trembler. La main de Victor s'approcha de ma joue et la caressa, puis il me dit dans un murmure :

— Joyeux anniversaire.

Je m'assis et Victor fit de même, sans pouvoir réprimer un mouvement de surprise lorsque je m'installai sur lui à califourchon et l'enlaçai.

Je fermai les yeux, de crainte qu'un geste ou un son ne me rappelle à la réalité. Je ne voulais rien sentir d'autre que sa respiration dans mon cou, ses lèvres sur ma peau, ses mains dans mes cheveux. Je ne voulais que humer son parfum, toucher ses épaules.

Je m'écartai lentement et lui souris en rougissant.

— Merci, Victor. Ce fut l'une des soirées les plus spéciales que j'aie jamais connues.

— Il est encore trop tôt pour partir, dit-il en souriant pudiquement. J'ai apporté…

Nous nous regardâmes, nos deux corps tout près l'un de l'autre… Il eût été difficile de faire croire à quiconque qu'il ne s'était rien passé entre nous. Et pourtant…

Je me laissai tomber à côté de lui et enfouis mes doigts dans les poils du tapis. Victor étira le bras vers le panier et en sortit une autre bouteille de vin. Le même.

— Il faut que nous trinquions, dit-il.

— Oui. Pour mes trente ans.

— Exactement. Et nous ne partirons pas avant de l'avoir finie.

La voix de Victor, habituellement sensuelle et grave, me parut soudain étrangement tremblotante. Je l'imaginai se penchant vers moi et m'embrassant. Il faudrait que je le repousse… mais je n'étais pas certaine d'en avoir la force. Je ne le ferais peut-être pas. Mais Victor ne tenta rien à part déboucher la bouteille.

— Bien, dit-il en me tendant mon verre. Et maintenant, un petit speech d'anniversaire !

— À toi l'honneur.

Il sourit, leva son verre et murmura :

— Puisse cette bouteille ne jamais se finir, puisse le jour ne jamais se lever, puisses-tu ne jamais oublier cette soirée. Buvons. Victor sortit un petit paquet de sa poche et dit : Tiens. Je crois que ça va te plaire.

Les doigts tremblants, j'ouvris le paquet. Il contenait un petit écrin ancien en velours noir. Je souris en découvrant un camée que j'avais repéré dans la vitrine d'un antiquaire non loin de chez lui. Je ne me souvenais pas lui en avoir parlé. C'était un cadeau de prix, mais c'était la pensée, plus que l'argent dépensé, qui me toucha.

— Il est très beau.

Quand je passai le doigt sur la délicate pierre verte, un petit papier tomba de l'écrin. Victor détourna les yeux. Je posai le bijou sur mes genoux et dépliai le papier.

> Puissé-je défaire tout ce que j'ai fait. Puisses-tu, un jour, cesser de penser que je ne te suffis pas. Puissé-je te rendre heureuse à l'avenir.

Nous nous regardâmes et soupirâmes. Dans mon sac à main, mon portable se mit à sonner, brisant la magie de l'instant. Je savais que c'était Bruno.

— On t'appelle, me dit Victor.

— Oui, mais ce soir je n'y suis pour personne.

Je posai l'écrin et le papier sur la table basse. Je me sentais soudain vidée. Que pouvais-je faire à part me laisser bercer par ces sensations ?

Je me dirigeai vers la chambre à coucher et me retournai pour le regarder. Victor s'était levé.

Au pied du lit, Victor m'enlaça de toutes ses forces et se pencha vers moi pour m'embrasser, mais je me reculai.

— Non, le suppliai-je.

— J'en ai besoin, implora-t-il en posant son front contre le mien. Comme de respirer.

Telle l'héroïne dans un vieux film d'Humphrey Bogart, je me cambrai entre ses bras.

J'entrouvris les lèvres pour accueillir les siennes et nous échangeâmes un baiser tendre. Nous n'avions pas besoin de fougue ou de passion. Juste d'amour.

Après quelques minutes de caresses innocentes, mes mains défirent lentement les boutons de sa chemise que je fis glisser de ses épaules pour la faire tomber à terre. Je n'étais pas poussée par le désir, mais par le besoin de sentir sa peau sous mes doigts. Je m'immergeai dans son corps, son parfum, la toison sur sa poitrine. Je caressai ses pectoraux, puis laissai mes mains descendre jusqu'à sa ceinture. Victor respirait par à-coups.

Ses doigts firent glisser mon T-shirt, qui alla rejoindre sa chemise à terre. Il me prit par la taille et me souleva pour que je l'enlace de mes jambes.

Je me jetai en arrière et me laissai tomber sur le lit. Ses mains se mirent à palper mes seins à travers mon soutien-gorge, puis remontèrent jusqu'à mes épaules, mon cou, mes cheveux, mon visage.

Nous ôtâmes nos pantalons. Il m'embrassa doucement entre les seins, sur l'estomac, puis laissa errer ses lèvres jusqu'à mon entrejambe, m'arrachant un petit gémissement.

— Il ne faut pas, dis-je, en m'écartant légèrement.

— Je sais, dit-il en dégageant une mèche de cheveux de mon front. Mais je n'ai pas besoin de plus. Juste de toi.

Nous n'avions pas besoin de plus.

Peu après je m'endormis, la joue posée contre sa poitrine et nos mains enlacées sur son ventre.

Et c'est ainsi que j'entamais ma troisième décennie, dans l'erreur.

30

Mon anniversaire : deuxième acte

La lumière jaune, éclatante, qui entrait par la fenêtre me tira du sommeil. Je me retournai, gênée par tant de clarté, puis me frottai les yeux, réalisant trop tard que je ne m'étais pas démaquillée.

Victor était étendu à côté de moi et m'observait. Je me reculai, honteuse, en constatant que je ne portais rien d'autre que ma petite culotte.

— Bonjour, dis-je.

— Joyeux anniversaire, murmura-t-il d'une voix caressante.

— Merci. Il est quelle heure ?

— Dix heures.

— Tu ne vas pas travailler ?

Il sourit.

— On est samedi.

— Ah, oui, c'est vrai.

Nous restâmes un moment à nous regarder sans rien dire. Sentant que j'étais à deux doigts de craquer, je sortis du lit, ramassai mes vêtements et filai dans la salle de bains. Je m'aspergeai la figure d'eau froide puis me donnai un coup de peigne. Quand je ressortis, je trouvai Victor déjà habillé et occupé à tout remettre en ordre.

— Attends, je vais t'aider.

— Non, non, c'est inutile.

Je m'approchai tout de même pour lui donner un coup de main, mais il secoua la tête et continua de s'affairer.

Je sortis mon smartphone. J'avais reçu six textos : Nerea à minuit pile. Carmen à minuit et trois minutes. Mes parents à minuit cinq. Puis Lola :

> Joyeux anniv. Tu es la personne la plus importante de ma vie. Si je virais ma cuti, je tomberais tellement amoureuse de toi que je deviendrais bigleuse à force de te dévorer des yeux. Mais j'aime les mecs, c'est plus fort que moi. Après cette déclaration d'amour saphique, je te souhaite le meilleur. Je te souhaite de rencontrer l'amour dont tu n'arrêtais pas de parler quand on était au bahut. Je te souhaite de rencontrer un mec qui t'adore et qui te fasse oublier tout le reste. Quelqu'un qui demande à un copain de lui prêter une maison dans un trou paumé pour que tu puisses voir les étoiles et écouter tes disques préférés. Oh…, et puis il y a des désirs qui peuvent devenir réalité, pas vrai ?

Je m'assis sur le canapé en réprimant un soupir et continuai de lire les messages. Il y en avait un de ma sœur, qui me fit sourire ; signé par elle, son mec, ma nièce et leur chat.

Et enfin, un de Bruno.

> Je ne sais pas quoi te dire. Joyeux trentième anniversaire, ça oui, évidemment. Tu n'as pas

idée comme j'aimerais avoir le don d'ubiquité pour pouvoir être avec toi en ce moment. Si je peux faire un souhait ce soir, quand tu souffleras tes bougies, c'est de ne plus jamais avoir à choisir. Tu es ma déesse. Je t'aime.

Je me tournai vers Victor, qui était en train d'ôter les draps du lit et de les mettre dans un sac. Il avait dû lire dans mes pensées car il me dit :

— Il ne s'est rien passé.

— OK, mais je préfère qu'il ne le sache pas, répondis-je.

— Je comprends.

— Non pas que je…

— Valeria, dit-il en souriant, je comprends. J'ai parfaitement intégré le fait que vous étiez en couple.

Il était neuf heures et demie quand j'entrai dans le restaurant où les filles et moi avions rendez-vous pour dîner. Elles étaient toutes là, et commençaient à ronger leur frein. Je m'excusai d'être en retard.

— Mes parents m'ont appelée juste au moment où j'allais sortir, mentis-je.

En réalité, j'étais restée chez moi à rêvasser sur la musique d'Otis Redding tout en tripotant mon camée, et je n'avais pas vu passer le temps.

— Tu es superbe, me dit Carmen, visiblement contente de me voir.

— C'est toi qui es à tomber. Tu as une de ces lignes !

Carmen sourit et me remercia. Elle portait des talons noirs sublimes avec un jean droit et un débardeur blanc sous un blouson noir, qui me fit penser à la tenue que j'avais choisie la veille.

Nerea me reçut avec une accolade enthousiaste. Elle portait une jupe longue couleur pastel et un haut blanc très échancré à manches courtes. Une foule de bracelets colorés et dorés lui ceignaient les poignets. On aurait dit une hippie. Elle était ravissante et je le lui dis. Puis je me tournai vers Lola.

Elle me sourit et m'embrassa en me gratifiant d'une claque sur les fesses. Elle arborait des sandales à talons orange fluo, une mini-jupe en jean blanche, un haut en soie assorti à ses chaussures et une veste style Chanel en pied-de-poule blanc et noir qui lui conférait un look très glamour.

Lorsque nous fûmes toutes installées autour de la table, les filles me regardèrent en silence, attendant visiblement que je prenne la parole.

— Qu'est-ce que vous avez à me regarder comme ça ? demandai-je tout en ramenant mes cheveux derrière mes oreilles.

— Comment s'est passé ton trentième anniv ? demanda Nerea. Bruno t'a envoyé des fleurs ?

— Ce n'est pas son genre. Mais il m'a envoyé un texto trop gentil hier soir.

Je souris.

Carmen et Nerea voulurent savoir ce que disait le texto, mais Lola m'observait sans rien dire. Quand je levai les yeux vers elle, elle toussota.

— Pour toi. De la part de nous trois, dit Nerea en me tendant un paquet. Je crois que ça va te plaire.

Victor m'avait dit la même chose quand il m'avait offert son cadeau. Bon sang. Il était partout ou quoi ? Je souris et commençai à défaire le joli emballage blanc et or, en faisant mine de ne pas avoir remarqué que Lola me fixait du regard, comme si elle attendait que je raconte la soirée de la veille. Le paquet contenait un Polaroïd. Je sautai de joie et commençai aussitôt à leur tirer le portrait à toutes les trois.

Nous commandâmes ensuite le dîner et une bouteille de vin.

Carmen nous montra les dernières photos de Gonzalo en nous racontant une ou deux anecdotes. Le regard insistant de Lola me rendait de plus en plus nerveuse, jusqu'à ce qu'elle se décide enfin à parler.

— Et toi, Val, qu'est-ce que tu racontes de beau ?

Elle avait dit cela sur un ton tellement provocateur que les autres se tournèrent vers moi, intriguées.

— Moi ? Pas grand-chose. Ma mère m'a offert un vernis à ongles Chanel mat. Regardez.

Je tendis mes mains pour que Carmen et Nerea puissent admirer le résultat.

— Waouh…, s'exclama Carmen. J'adore ! Eh, les filles, qu'est-ce que vous diriez de faire la bringue après dîner ? C'est mon mari qui est de garde ce soir.

— Tu n'as rien d'autre à raconter ? intervint Lola en me regardant droit dans les yeux.

— Non, pas grand-chose, si ce n'est que j'avais très envie de vous voir aujourd'hui. En tout cas, je suis partante pour faire la nouba.

— Mais, je croyais que tu avais déjà fait la bringue hier soir ?

Nerea et Carmen échangèrent un regard surpris.

— C'est vrai ? demanda Nerea.

— Lola, si tu as quelque chose à dire, vas-y ! répliquai-je, excédée.

— Eh bien, tu étais de sortie hier, avec Victor, si je ne m'abuse, dit-elle en souriant jusqu'aux oreilles.

— Oh, non…, murmura Carmen en se voilant la face.

J'inspirai un bon coup, pris une gorgée de vin, puis regardai Lola droit dans les yeux et déclarai :

— Je n'ai pas couché avec lui, si c'est que tu tiens absolument à savoir. Et c'est à moi de décider si j'ai envie d'en parler ou pas.

— Mais…, commença Nerea avant d'être interrompue par Lola.

— Valeria, nom d'une pipe ! Tu vas nous raconter ce qui s'est passé, oui ou non ?

— Je me demande bien pourquoi tu me poses la question alors qu'il t'a probablement déjà livré sa version des faits !

Elle nia énergiquement.

— Non, ma douce. Il ne me dit rien à part que tu es la femme de sa vie et qu'il n'arrive pas à te convaincre qu'il a changé.

— Lola, ne me rends pas la vie impossible s'il te plaît.

— Mais je ne fais rien de tel ! s'écria-t-elle. Tu devrais avoir le courage de regarder les choses en face, c'est tout. Bruno est sûrement un mec bien, mais tu ne l'aimes pas.

Je déglutis avec difficulté. Le pire, c'est qu'elle avait raison. Je n'aimais pas Bruno et je n'étais pas sûre de pouvoir l'aimer un jour autant que j'aimais Victor. Je posai le front sur la table…

— Pourquoi est-ce que tu ne nous dis pas tout pour qu'on puisse se faire une idée et te donner notre opinion ? intervint Carmen qui, je le savais, partageait l'avis que Lola.

— C'est que…

— Que s'est-il passé hier soir ? demanda Nerea.

— Victor m'a invitée à dîner pour fêter mon anniversaire. Nous sommes allés dans la maison de campagne d'un ami à lui. On a pique-niqué, bu une bouteille de vin, écouté de la soul, dansé et ensuite on a regardé les étoiles filantes à travers un plafond de verre. Ensuite on a rebu une bouteille, et il m'a offert ce camée – je montrai le bijou que je portais épinglé à mon corsage – accompagné d'un petit mot dans lequel il disait regretter ce qui s'était passé entre nous. Ensuite, on… on s'est enlacés, et on s'est déshabillés, mais en gardant nos sous-vêtements, et on a dormi ensemble.

— Ne me dis pas que vous avez écouté l'air de *Ghost*, sinon je vais tomber dans les pommes, lâcha Carmen.

— Si, on l'a écouté, dis-je avec un sourire penaud.

— Bon sang, que c'est romantique, murmura Nerea en haussant ses petits sourcils blonds.

— Victor vient de nous mettre toutes K.O. debout, s'esclaffa Carmen. Jamais aucun mec ne pourra l'égaler.

— Victor a encore des progrès à faire, souligna Lola.

Je les regardai toutes l'une après l'autre.

— Et qu'est-ce que tu comptes faire ? demanda Nerea.

— Pas me remettre avec Victor, dis-je en secouant la tête. C'est-à-dire que… je suis…

— Amoureuse de lui, compléta Carmen à ma place.

— Oui, confessai-je, mais je me méfie de lui comme de la peste. Le mieux que j'ai à faire, c'est de continuer sur la voie que… je me suis tracée – elles me lancèrent toutes les trois un regard surpris. C'est d'un homme comme Bruno dont j'ai besoin. Avec Victor, tout vire à la tragédie grecque. Je veux tourner la page.

Lola mordit ses lèvres couleur corail puis déclara, sentencieuse :

— Tu es complètement à côté de tes pompes, ma pauvre chérie.

31

À mes pieds, vil crapaud !

Carolina n'était pas venue travailler cet après-midi-là. Elle avait prévu de prendre deux leçons de conduite d'affilée, car elle allait bientôt passer son permis et ne se sentait pas tout à fait prête.

C'est pourquoi Nerea était seule quand Jorge entra dans la boutique. Elle le maudit mentalement quand elle constata qu'il portait deux T-shirts troués enfilés l'un par-dessus l'autre. Décidément, sa façon de s'habiller laissait de plus en plus à désirer.

— Qu'est-ce que tu veux ? lui lança-t-elle d'une voix distraite.

— Quel accueil chaleureux ! dit-il en souriant.

Nerea ôta ses lunettes, repoussa le devis dans lequel elle était plongée, puis jeta un coup d'œil à la pendule.

— La journée n'est pas encore finie ? demande Jorge.

— Si, mais je n'avais pas remarqué. J'étais trop occupée. De toute façon, je ne vois pas ce que tu viens faire ici alors que la boutique est censée être fermée. Ou est-ce que tu passais dans le coin ?

— Je passais dans le coin. J'ai apporté la vidéo du mariage et le diaporama et je pensais les laisser dans la boîte aux lettres.

— C'est très consciencieux de ta part. De quel mariage parlons-nous au fait ?

— Celui de l'Escorial.

— Ah, très bien. Je vais y jeter un œil. Merci.

Ils se dévisagèrent l'un l'autre, puis il s'approcha de Nerea, un sourire goguenard aux lèvres. Ayant deviné ses intentions, elle pensa à Lola et à tous ses conseils. Si Lola avait suivi ses propres recommandations, il y a belle lurette qu'elle se serait trouvé un mec bien.

— Qu'est-ce que tu veux ? demanda-t-elle sur un ton sec, qui ne lui était pas coutumier. Ça te démange, alors tu débarques ici quand ça te chante ?

Jorge haussa les sourcils.

— Comment ?

— Tu te crois où ? Dans un hôtel de passe ?

— Mais… princesse… Qu'est-ce qui te prend ?

— Je suis occupée, Jorge, et même si j'étais libre ce soir, je n'aurais aucune envie de…

— De ? l'interrompit Jorge, qui commençait à connaître la ritournelle par cœur.

— De faire l'amour avec toi.

— Pourquoi ? Tu as tes ragnagnas ?

Nerea leva un sourcil hautain et secoua la tête.

— Non, cher ami. Je n'en ai pas envie, un point c'est tout.

Elle jeta un coup d'œil à sa montre.

— Tu ne prends pas de plaisir ?

— Non, Jorge, ce n'est pas ça, mais j'ai un rendez-vous – elle sourit. Et je ne peux pas me permettre d'arriver en retard.

— Une soirée entre nanas ?

Nerea rangea soigneusement son bureau et saisit son trousseau de clés.

— C'est ça… une soirée entre nanas, dit-elle avec un rire forcé

— Et donc, tu ne veux pas venir chez Jojo ? dit-il en glissant ses mains dans ses poches de jean. Dommage, je trouvais qu'on s'éclatait plutôt bien ensemble.

— Non, je ne veux pas aller chez Jojo.

— Mais pourquoi ? insista-t-il.

— Je te l'ai dit. J'ai quelque chose de prévu.

— Tu as vraiment quelque chose de prévu ou tu cherches à me rendre jaloux ?

Nerea releva la tête, surprise. Aurait-il déjà mordu à l'hameçon ?

— J'ai une sortie prévue, mais, de toute façon, je ne vois pas pourquoi j'essaierais de te rendre jaloux. C'est ridicule !

— Parce que tu meurs d'envie de me la bouffer, dit-il en fronçant le nez.

Elle eut une mine horrifiée, sans avoir à se forcer cette fois. Ce type était la version masculine crachée d'une certaine copine…

— Écoute, Jorge, murmura-t-elle, soudain radoucie. Tu es un type bien, beau à voir, et excellent photographe, mais je n'ai pas l'intention de continuer à perdre mon temps avec toi. J'espère que tu le comprends. Je ne regrette nullement ce que nous avons fait ensemble. Ç'a été une aventure intéressante, mais… j'ai un vibro masseur à la maison.

— Mais…

— Je te remercie pour les photos et les vidéos, dit-elle en s'emparant des CD. Si tu as une seconde, je te fais un chèque, comme ça tout est réglé.

Elle ouvrit son tiroir fermé à clé, en sortit un chéquier, rédigea un chèque et le lui tendit.

— À l'américaine, soupira-t-il, visiblement contrarié.

— C'est plus rapide, et comme ça tu n'auras pas besoin de revenir. Envoie-moi la facture par mail dès que possible.

Nerea s'approcha de la porte, éteignit toutes les lumières, laissant Jorge dans le noir, puis déclara d'un ton ferme :

— S'il te plaît, Jorge. Je ne veux pas me mettre en retard.

Il sortit, visiblement désappointé. Nerea brancha l'alarme, verrouilla la porte puis abaissa le rideau métallique. Juste au moment où elle tournait les talons, il la rappela :

— Nerea…

— Oui ?

— Amuse-toi bien avec ton godemiché.

— Oui, oui, je n'y manquerai pas…

Nerea rit et, secouant sa crinière blonde, commença à s'éloigner, laissant Jorge bouche bée sur le trottoir.

Victoire totale !

32

Oh, oh…

Carmen ne pouvait pas dire qu'elle ne s'y attendait pas. Ça lui trottait dans la tête depuis une semaine ou deux, et elle avait beau se dire que c'était impossible, il arriva un moment où elle dut se rendre à l'évidence : c'était bel et bien possible même s'ils avaient pris leurs précautions.

Après avoir changé la couche pleine de caca de Gonzalo et l'avoir mis au lit, elle prit le temps de s'asseoir et de réfléchir. Elle sortit son iPhone et jeta un coup d'œil au calendrier en essayant de se souvenir des quatre dernières fois où Barto et elle l'avaient fait. C'est alors qu'un ou deux détails la mirent sur la piste. Le jour où elle avait repris le boulot. Barto s'était échauffé quand il l'avait vue mettre ses bas à jarretelles. Et quelques jours avant cela, après dîner, sur le sofa. Elle s'en souvenait parce que ce jour-là, précisément, elle attendait ses règles. Et aussi, un après-midi, quand elle était rentrée de chez le pédiatre…

Elle se mit à compter…

— Mais non, voyons, c'est impossible.

Elle enfila une veste en laine et une paire de baskets et descendit à toute allure à la pharmacie au coin de la rue. Elle se sentit rougir de honte quand elle demanda un test de grossesse à la pharmacienne.

— Et le petit ? lui demanda celle-ci tout en lui tendant le petit sac avec le test. Il a toujours le nez qui coule ?

— Non, non, ça va mieux, répondit Carmen, gênée.

— Bonne chance ! lui lança la pharmacienne en guise de salut.

Assise sur le rebord de la baignoire, Carmen passa les pires cinq minutes de sa vie. Elle s'en voulait d'avoir laissé Gonzalo sans surveillance quand elle était descendue. Elle avait beau se dire que le petit dormait et qu'elle ne s'était pas absentée longtemps, elle s'en voulait à mort. Comment pourrait-elle en avoir un deuxième si elle n'était pas fichue de s'occuper correctement du premier ?

Elle n'avait pas besoin de voir le résultat pour savoir qu'elle était enceinte. Mais elle voulait le voir malgré tout… de ses yeux. Et quand elle l'aurait vu, elle se mettrait à chialer toutes les larmes de son corps.

Elle se leva, jeta un coup d'œil au bâtonnet, puis se rassit, sur la lunette des W.C. cette fois. Elle était tellement ébranlée qu'elle ne trouvait même pas la force de pleurer.

Elle jeta le test dans la poubelle et entendit Gonzalo qui se mettait à chouiner.

Il ne manquait plus que ça.

Était-elle une mauvaise mère ? Était-elle un monstre parce qu'elle n'avait pas envie de se retrouver encore une fois en cloque ? Qu'allait-il advenir de sa vie ? Pas de sa vie au sein du foyer qu'elle avait fondé, mais de sa vie de femme, de son travail, son avancement de carrière, sa passion pour les voyages, ses centres d'intérêt, son temps, sa relation avec Barto. Tout, absolument tout se retrouvait dilué dans la maternité et… elle n'y trouvait pas son compte.

Déjà qu'avec un bébé, ça n'était pas de la tarte, elle ne se voyait pas avec un deuxième marmot sur les bras. Elle était au quatrième dessous.

Barto rentra de bonne heure du travail ce jour-là. Il trouva Carmen au lit, Gonzalo allongé à côté d'elle. Elle était en train de jouer avec lui. Le petit agitait ses bras et ses jambes en poussant des cris joyeux, mais elle n'avait pas l'air dans son assiette.

Il ôta sa veste, la posa sur la commode, puis, se frottant le nez nerveusement, s'approcha du lit pour embrasser sa femme et son fils.

— Qu'est-ce qui ne va pas, ma chérie ? lui demanda-t-il d'une voix douce.

— Je suis enceinte, lâcha-t-elle sans préambule. Encore une fois !

Barto s'assit au bord du lit et soupira.

— Mais… comment est-ce possible ?

— Je ne sais pas. Il faut que j'aille voir le gynéco.

— Mais il t'a posé un stérilet.

— J'ai fait le test.

— Ce n'est pas un faux positif?

— Non, Barto, je suis enceinte, répondit-elle avec humeur. Les nausées, les sautes d'humeur…

Il inspira à nouveau profondément, puis se laissa tomber sur le lit à côté d'elle.

— Bon, ça ne faisait pas partie de nos plans, mais… ce n'est pas grave.

— C'est une tuile, Barto. Ne fais pas semblant d'être content.

Barto haussa les sourcils, puis prit Gonzalo dans ses bras et le posa sur sa poitrine. Le bébé éclata de rire en frappant dans ses mains.

— Tu penses sincèrement que c'est une tuile ? Allons, Carmen ! C'est tes hormones qui parlent, là.

— Ce sont elles qui vont payer les couches ?

— On n'a pas de problèmes d'argent, que je sache. On gagne bien notre vie tous les deux.

— Il n'y a pas que l'argent dans la vie. Ce qui nous manque c'est du temps.

— Dans ce cas, je vais demander une réduction de mes heures de travail.

— Et on va vivre avec quoi si tu touches soixante-dix pour cent de ton salaire et moi du mien ?

Il se leva, le petit dans ses bras, et alla le mettre dans son berceau. Il mit en marche le mobile musical avant que le bébé ait le temps de protester, puis revint s'allonger à côté de sa femme.

— Carmen, dit-il avec un sourire attendri, je te comprends. Mais Gonzalo non plus on ne l'attendait pas. Et regarde, c'est le plus beau cadeau que la vie nous ait donné. Tu ne penses pas ?

— Si, mais… je ne suis plus moi-même, répondit Carmen en fondant en larmes. Je suis devenue quelqu'un d'autre et je ne suis pas sûre que ça me plaise.

— Mais enfin… on est parents maintenant. Et le problème c'est qu'on est les seuls dans notre entourage…

— Non, Barto, c'est une tuile, je t'assure.

Il essuya ses larmes avec son pouce puis l'embrassa.

— Ne dis pas de sottises. Tu ne voulais plus d'enfants ?

— Pas tout de suite. Tu le sais bien.

— Tout va bien se passer, ma chérie.

— Mais tu me manques tellement, sanglota-t-elle.

— Et toi aussi tu me manques, mais Gonzalo va grandir et il demandera moins d'attention.

— Quand il commencera à marcher, fais-moi signe.

— Bah, il va juste falloir qu'on s'organise un peu.

— Et mon travail ?

— Ils ne peuvent pas te virer parce que tu es enceinte ! On a des mois pour se préparer. Tout ira bien, Carmen, je t'assure. Je t'aime, murmura-t-il en souriant.

Et bien qu'elle se sentît au quatrième dessous, elle lui rendit son sourire. Barto avait ce pouvoir sur elle. Elle savait qu'avec lui tout serait plus facile.

Ils s'embrassèrent et il posa ses mains sur son ventre.

— Laisse-moi le temps de m'y faire, lui dit-elle.

— Tu es enceinte de combien à ton avis ?

— Un mois à peine.

Barto ferma les yeux et réfléchit.

— Ah, oui, dit-il. C'était le jour de la douche.

— J'en ai bien peur.

— Souviens-toi comme on a paniqué pour Gonzalo, alors qu'au final tout s'est bien passé. Tu l'as dit toi-même souvent…

— Mais c'est que… je ne me souviens plus de toutes les choses que j'avais envie de faire. Maintenant, je suis mère d'abord, puis épouse, puis femme active. Et je suis femme tout court en dernier.

— Tu sais bien que je ne t'ai jamais traitée comme ça, dit Barto, la main toujours posée sur son ventre. Pour moi, tu es avant tout l'amour de ma vie.

— Tu n'es pas obligé de me dire tout ça, Barto.

— Mais j'ai envie de te le dire, protesta-t-il en haussant un sourcil.

Il l'attira contre lui et ils s'enlacèrent. Dans son berceau, Gonzalo émettait de petits gazouillis et Carmen ne put s'empêcher de sourire à nouveau, malgré le poids énorme qui l'oppressait.

— Penses-y, ma chérie.

— Avec la tête ou avec le cœur ?

— Les deux. C'est une méga tuile, Carmen – il rit. Mais qu'est-ce qu'on y peut ? Ce sont des choses qui arrivent.

Elle se leva du lit et s'approcha du berceau où Gonzalo agitait ses petites mains en riant. Tandis qu'elle lui faisait un câlin, elle sentit Barto l'enlacer par-derrière. Son étreinte était chaude, ferme et enveloppante, comme s'il pouvait la protéger de toutes les choses qui auraient pu la menacer. Il était la meilleure décision qu'elle ait prise dans sa vie. Gonzalo était arrivé parce que ni elle ni lui ne s'était vraiment soucié qu'il vienne ou non, mais maintenant qu'elle savait exactement ce que signifiait être mère…

— J'ai laissé Gonzalo seul quand je suis descendue à la pharmacie. Je n'ai même pas pensé qu'il existait. Je suis une mère indigne.

Elle sentit une secousse dans son dos, qui lui indiqua que Barto était en train de rire.

— Ne sois pas bête. Quand il dort, moi aussi il m'arrive de l'oublier. Tu t'es absentée combien de temps ? Deux minutes ?

— Non, au moins cinq.

— Je vais appeler les flics et leur dire d'envoyer les services sociaux.

— Idiot, rit-elle.

Barto la serra contre lui et l'embrassa sur le front en souriant.

— Prends rendez-vous chez ton gynéco. Il faut qu'il te retire ton stérilet le plus vite possible. Ça peut être dangereux sinon.

C'est fou comme l'humeur pouvait être changeante… Quelques minutes plus tôt, elle rageait d'être tombée à nouveau enceinte, et voilà qu'en l'entendant dire que ça pouvait être dangereux, elle avait instinctivement posé une main sur son ventre, inquiète.

Qu'elle le veuille ou non, Carmen était une maman.

33

Quand les emmerdes commencent

Bruno était allongé sur le dos, et moi, j'avais posé ma tête sur sa poitrine et je sentais ses doigts descendre le long de mon dos jusqu'à mes hanches. On venait de se mettre au lit et j'éprouvais une drôle de sensation. En plus de l'odeur habituelle d'un lit défait après des ébats amoureux, il y avait autre chose dans l'air. Des choses non dites.

— Val, je crois qu'il faut qu'on parle, murmura-t-il sur un ton conciliant.

— Déjà ? souris-je.

Depuis qu'il était revenu des Asturies, et à mesure que se rapprochait la fin de sa collaboration avec les gens de Madrid, il devenait de plus en plus évident que nous allions devoir songer à l'avenir de notre relation et prendre une décision.

— Tu vois à quoi je me réfère ?

— Je crois, oui. J'attendais que tu abordes la question.

— Et pourquoi est-ce que tu n'as pas pris les devants ?

— Parce que j'estime que la décision t'appartient.

Bruno se redressa sur le lit et je l'imitai. Il fronçait légèrement les sourcils et l'espace d'un instant je me perdis dans la contemplation de son visage éminemment masculin.

— Je ne suis pas d'accord, répondit-il.

— Parle, nous verrons bien, dis-je en attrapant ma chemise de nuit et en l'enfilant par la tête.

— La décision nous appartient à tous les deux.

— Oui, si tu veux…

Il eut l'air désarçonné par ma remarque.

— Tu sais qu'il me tarde de rentrer chez moi. Je ne suis pas à l'aise ici. Pas à cause de toi, bien sûr. Mais si tu n'étais pas là, je serais rentré beaucoup plus tôt. Ça n'a pas été facile pour toi et moi. Mais… là-bas, je peux la voir chaque semaine. Aïtana ne comprend pas pourquoi je suis ici, même si elle sait que je suis venu pour le travail, et j'ai peur qu'elle finisse par nous en vouloir. Tu comprends ?

— J'ai toujours su que tu finirais par rentrer chez toi un jour, Bruno. Le contraire m'aurait étonné – je souris. Je sais qu'elle passe avant tout le reste. Tu vois, il n'y a pas de problème.

Il secoua la tête.

— Le problème ce n'est pas que je m'en aille, mais ce que nous allons faire à partir de maintenant. Est-ce qu'on va continuer à se voir une fois par mois ? Pour moi, ce n'est pas ça une relation, Valeria. Tout au moins pas une relation au sens où je l'entends.

— Mais qu'est-ce qu'on peut faire d'autre ?

— Tu pourrais venir vivre avec moi.

Je levai un sourcil surpris. Bruno était en train de me proposer de vivre avec lui ?

— Comment cela ?

— Pour que ça marche entre nous, la meilleure solution c'est que tu emménages avec moi à Gijón.

Que j'emménage avec lui à Gijón ? Moi ? Que je plaque tout pour un mec ?

Oh oh… il y avait comme un problème là.

J'étais tellement concentrée sur mon boulot que je n'entendis pas Bruno glisser la clé dans la serrure. Quand je m'en aperçus, il se tenait derrière moi (je sais, c'est complètement débile, limite infantile, comme réaction), je sursautai sur ma chaise et fermai d'un clic tous les documents ouverts sur mon écran d'ordi. Puis je me tournai vers lui en faisant comme si tout était parfaitement normal. Bruno posa son portable, ses clés et son portefeuille sur la petite table du salon.

— Qu'est-ce que tu fais ? demanda-t-il en haussant son sourcil gauche.

— Rien, j'étais sur mon ordi.

— En train d'écrire ?

— Oui.

— Un courriel, une lettre, un article, un roman ? s'enquit-il d'une voix tendue.

— J'étais en train de relire un article. Une connerie, expliquai-je en me passant une main dans les cheveux.

— Et pourquoi est-ce que tu fais ça en douce ?

— Moi ?

— Oui, toi.

Je secouai la tête.

— Je ne fais pas ça en douce.

— Si. Et tu as même changé le mot de passe de ton ordi depuis la dernière fois.

— Et toi, pourquoi est-ce que tu as essayé d'aller sur mon ordi ? demandai-je sur la défensive.

— Pour envoyer un e-mail. De quoi as-tu peur ? demanda-t-il, l'air soupçonneux.

— Je n'ai rien à cacher.

— Tu ne sais pas mentir.

— Je n'ai rien à cacher.

— Si tu me le dis encore une fois en me regardant dans les yeux, je me tire. Pour de bon. Il glissa ses mains dans ses poches de jean et ajouta : Tu commences à me les briser grave.

— Moi, je te les brise ? fis-je en posant mon index sur ma poitrine. Ce n'est pas moi qui fourre mon nez partout. Tu es d'une jalousie maladive, ma parole.

— Parfait.

Bruno pivota sur lui-même, fit quelques pas et sortit sa valise de sous le lit.

— Qu'est-ce que tu fais ?

— Je me tire et toi tu vas te faire enculer.

Il avait dit ça d'une seule traite, sans respirer.

— Mais… qu'est-ce qui te prend, nom d'un chien ?

Je me levai et m'approchai du lit. Puis je retirai les affaires qu'il avait sorties de l'armoire et rangées dans sa valise.

— Ce n'est pas comme ça que tu vas arranger les choses, soulignai-je.

Il me saisit fermement par le bras et me demanda encore une fois :

— Qu'est-ce que tu me caches, bordel ?

— Tu es en train de me menacer, là ? Qu'est-ce qui va suivre ensuite ? Une paire de baffes ?

Il me relâcha et continua d'emballer ses affaires.

— Je croyais que tu n'aimais pas les scènes, Bruno.

— Les scènes, c'est toi qui les provoques. Je n'ai pas envie d'être le dindon de la farce.

— Et si j'avais de bonnes raisons de ne pas te dire certaines choses ?

— Vraiment ? lança-t-il sans me regarder. Bizarrement, je me suis imaginé un tas de trucs. Et toujours avec le même mec, entre nous soit dit. Et je ne suis pas atteint de jalousie maladive, Valeria. Je suis plutôt quelqu'un de posé en temps normal.

— Qu'est-ce que tu veux dire par là ?

— Je veux dire par là que c'est vous deux le problème. Tu te sers de moi pour oublier un mec que tu as toujours dans la peau. Voilà ce que je veux dire !

— Je te l'ai dit et répété ! Je ne suis pas prête à franchir le pas ! Je t'ai menti peut-être ?

— Je n'en ai rien à fiche. Du tout, ajouta-t-il, plus pour se convaincre lui-même que moi.

— Tu te tires ? Tu es en train de me dire que tu t'en vas ?

— Je fais quoi, là, à ton avis ? Je suis à cinq cents kilomètres de ma fille en train d'essayer de construire une relation avec une nana qui joue encore à la Barbie ! Allez, crache le morceau ! Qu'est-ce que tu caches ? Des lettres d'amour, des photos de vous deux en train de vous envoyer en l'air ? Oh, et puis je m'en balance. J'en ai ma claque de toute cette histoire.

Je tirai violemment sur le bras de Bruno pour l'entraîner jusqu'à l'ordi, puis j'agrandis la page du document sur lequel j'étais en train de travailler.

— Vas-y, jette un coup d'œil, et dis-moi si tu es vraiment le dindon de la farce !

Bruno jeta un coup d'œil en biais à la page. Il se figea sur place et se passa une main dans les cheveux en se mordillant nerveusement la lèvre.

— C'est toi qui as un problème, Bruno, pas moi.

— Mais pourquoi est-ce que tu tiens absolument à garder ce manuscrit secret ? demanda-t-il.

— Parce que tu me mets la pression et que j'ai peur que tu me dises, au final, « ce truc est une merde fumante ». Tu ne t'en rends peut-être pas compte, mais tu dis parfois des choses terribles.

Bruno soupira bruyamment et retourna vers le lit pour vider sa valise et remettre ses affaires dans l'armoire.

— Bruno…

— Non. On n'en parle plus. Je vais prendre une douche.

Je refusai que Bruno lise ne serait-ce qu'une ligne de mon manuscrit. L'affaire était close. Nous n'échangeâmes pour ainsi dire pas un mot ce soir-là, ni même un baiser. Nous ne fîmes pas l'amour comme des bêtes. Allongée sur le lit, je m'attendais à ce qu'il ressorte de la douche un peu plus calme et me demande pardon, mais il alla s'asseoir dans le fauteuil pour lire à la lumière du seul et unique lampadaire de la maison.

Le lendemain, il ne me fit pas d'excuses, mais il prit tout de même la peine de s'expliquer.

— Je ne me mets jamais dans cet état, Valeria. Et je n'ai jamais été jaloux. Mais voilà que je passe mes journées à essayer de faire la part du vrai et du faux dans ce que tu me racontes. J'en suis venu à me dire que toi et lui continuiez de vous voir dans mon dos. Et je ne peux pas vivre dans le doute en permanence. Je suis tellement déstabilisé que je ne sais même plus comment me comporter. Par moments, j'ai l'impression que tu as pris le volant alors que tu es au bord du coma éthylique. Du coup, j'hésite entre sauter en marche ou me noyer moi aussi dans l'alcool.

Quand je lui reprochai son comportement excessif, il m'accusa d'être dans le déni.

— Tu refuses de regarder les choses en face, Valeria, mais nous avons quelques gros problèmes. Et l'un d'eux a un nom et un prénom.

— Ce n'est pas la faute de Victor, dis-je.

— Non. Tu as raison. C'est la tienne.

Il m'en voulait, au fond, de ne pas lui avoir donné de réponse franche quand il m'avait proposé de venir vivre avec lui et de l'avoir pris pour un fou quand il était revenu à la charge.

Après cela, l'atmosphère était devenue un peu plus tendue à la maison, et il en fut ainsi jusqu'à ce que Bruno se décide à ôter son pantalon et à parler autour d'un verre de vin. En réalité, nous ne parlâmes pas beaucoup. Nous descendîmes une bouteille entière et finîmes enlacés, nus et moites, sur le tapis. Une fois l'orgasme passé, nous décidâmes de ne plus reparler de tout ça, tout au moins jusqu'au moment du départ. Il valait mieux profiter à fond de ces derniers moments passés ensemble plutôt que d'avoir des discussions sans fin à propos d'une chose qui s'arrangerait d'elle-même le moment venu.

Une fois les esprits apaisés (le sexe fait des miracles quand on a les nerfs à vif), Bruno me demanda la permission de lire mon manuscrit secret. En y mettant les formes cette fois, je refusai net, en lui expliquant que je ne me sentais pas assez sûre de moi, mais qu'il serait le premier à le lire quand je l'aurais terminé. La langue me brûlait et je me maudissais intérieurement en disant cela, car j'avais conscience de mentir impudemment. Car mentir, fût-ce par omission, c'est mentir tout de même. Je me couchais chaque soir en me jurant de tout faire pour arranger les choses, mais le matin venu mes bonnes résolutions volaient en éclats et je recommençais à faire n'importe quoi.

Mais, me direz-vous, ce n'était pas lui mentir que de ne pas vouloir qu'il lise mes textes tant qu'ils n'étaient pas achevés. En fait, si, parce que quelques jours après notre première engueulade, et alors que j'avais promis à Bruno qu'il serait le premier à les lire, j'étais allée retrouver Victor et, allongée sur son lit, avec un disque d'Ella Fitzgerald en musique de fond, je lui en avais lu quelques extraits choisis d'une voix langoureuse.

Et non, il ne s'était rien passé. On ne s'était pas embrassés, ni caressés, ni frottés l'un contre l'autre comme nous le faisions à l'époque où j'étais encore mariée avec Adrian. Mais c'était peut-être pire. Parce que j'avais compris que le sexe avait cessé d'être ce qu'il y avait de plus important entre nous.

Et plus je m'enfonçais, plus la situation devenait ingérable.

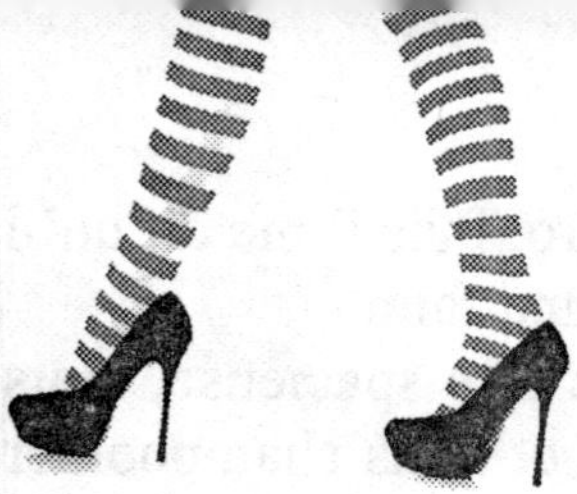

34

On n'est pas aux petits oignons tous les deux ?

Bruno descendit acheter le journal et des croissants, puis vint se recoucher et laissa errer ses mains sous ma chemise de nuit. Je hurlais de rire sous ses chatouilles et le suppliais d'arrêter.

On était dimanche.

Pendant qu'il lisait le journal et moi le supplément dominical, nous mangeâmes les croissants en buvant un café, puis décidâmes d'aller bruncher en ville à la Mojigata.

Bruno mit de la musique et je me déshabillai pour aller prendre une douche. Mais avant que j'aie atteint la salle de bains, il m'intercepta et me jeta sur le lit en m'embrassant comme un fou. Après un quart d'heure de baisers fougueux, je débarrassai Bruno de son pyjama.

La première pénétration fut violente, comme toujours ; presque sèche et douloureuse. Puis le mouvement de va-et-vient entre mes jambes s'apaisa sans que Bruno ait lâché un seul juron qui aurait pu nous valoir l'excommunication. Il se mit à parler de nous. Il voulait qu'on ait un enfant, qu'on reparte de zéro. Puis il me dit qu'il m'aimait. Et moi..., je restai sur ma faim.

Ma salle de bains n'était pas très spacieuse, mais nous parvînmes à nous doucher et nous shampooiner ensemble en passant à tour de rôle sous le jet d'eau tiède.

J'enfilai ensuite un jean cigarette vert, un pull rayé bleu et blanc, une veste bleu marine et une paire de ballerines.

Bruno portait un jean délavé, un T-shirt blanc et un pull gris à col cheminée.

Nous décidâmes de nous rendre dans le centre historique à pied, même si ça faisait une petite trotte. Tout en marchant, j'expliquai à Bruno que, quand j'étais plus jeune, je n'aimais pas le quartier des Lettres, que je considérais comme un repaire de bobos et de snobs. Mais ensuite, j'avais appris à aimer les citations de grands écrivains gravées en lettres dorées sur la chaussée.

Nous nous installâmes à une petite table près de la porte de La Mojigata, et la serveuse nous recommanda la spécialité du jour : du pain à la tomate maison avec du jambon ibérique. Avec ça, nous prîmes un café et un jus d'orange pressé, et comme dessert une part de gâteau à la carotte que nous partageâmes, tout en relisant encore et encore le courriel élogieux de son éditeur qui parlait d'un « nouveau coup de maître ». Ce qui nous comblait de joie.

À quatre heures, nous commandâmes un gin-tonic avec des fraises, et pendant que je faisais un tour aux toilettes, Bruno appela Aïtana pour prendre de ses nouvelles.

Quand je revins, nous évoquâmes la possibilité que je parte vivre avec lui dans les Asturies. Mais nous le fîmes de façon civilisée, en buvant nos cocktails à petites gorgées. Je lui avouai que je n'étais pas encore prête à tout lâcher, et il me répondit qu'il ne voyait pas d'autre solution. Pourtant, si, il y en avait d'autres. Nous discutâmes alors de la possibilité de passer quinze jours à Madrid et quinze jours à Gijón. Dans la mesure où son ex et lui entretenaient de bons rapports, celle-ci accepterait peut-être de nous laisser Aïtana pendant les quinze jours que nous passerions là-bas. Ce serait une espèce de garde alternée. Et si tout allait bien, je pourrais envisager de m'impliquer davantage dans notre relation.

Il continuerait d'écrire des articles pour la presse et de collaborer avec sa chaîne de radio par téléphone, comme il l'avait fait quand il était à Madrid. Moi aussi, j'étais libre de mes mouvements, n'ayant qu'à fournir un article par mois et écrire mes romans le reste du temps. Mais, comme je l'ai déjà dit, le plus dur était de faire le premier pas. Et je savais que c'était à moi de le faire. Adieu famille et chères petites habitudes, adieu copines… Sans compter que personne ne comprendrait pourquoi je me mettais brusquement à la remorque d'un mec.

— Tu ne vas pas te mettre à la remorque, Valeria. Tu vas faire ta vie, ni plus ni moins. Je ne dis pas ça parce que je suis un affreux macho égoïste, mais parce que j'ai une fille et que je ne peux pas faire autrement.

Tout cela, je le comprenais, mais cela n'empêchait pas qu'il y avait des répercussions au plan émotionnel. Et même si, à l'époque, je n'étais pas capable de les identifier clairement, maintenant que les années ont passé, je peux les appeler par leurs nom et prénom.

Nous rentrâmes comme nous étions venus, à pied, et nous arrêtâmes en cours de route pour acheter du tabac. Comme deux débiles, nous fîmes le serment d'arrêter de fumer lorsque nous aurions terminé ce paquet, après quoi nous nous embrassâmes pour sceller notre promesse et nous assîmes sur un banc public pour partager une clope.

Quand nous rentrâmes, Bruno insista pour me lire le passage de son roman dont j'étais une protagoniste, pendant que je m'efforçais de cuisiner (c'est-à-dire d'ôter des emballages et de mettre des barquettes au four). Entre fous rires et papouilles, nous finîmes plaqués contre le mur de la cuisine, à baiser comme des fous, tandis que le four bipait pour signaler que le dîner était prêt.

Le soir, nous regardâmes un documentaire sur la construction des pyramides. Juste au moment où j'allais m'endormir, Bruno me demanda à mi-voix :

— Pourquoi est-ce que ça ne peut pas être comme ça tous les jours ?

35

Mais qu'est-ce qui nous manque, bon sang ?

Victor n'avait jamais vu *Match Point* de Woody Allen. Profitant de ce que Bruno était en rendez-vous à l'extérieur, je me présentai chez lui avec le DVD. Il me reçut avec un grand sourire et, en moins de temps qu'il ne le faut pour le dire, le salon fut plongé dans l'obscurité et le disque inséré dans le lecteur, tandis que nous nous installions confortablement sur le tapis avec deux bières.

Je commençai par m'allonger sur le ventre, la tête en appui sur mes avant-bras. Je me rassis ensuite en tailleur, puis sur le canapé, et pour finir je revins m'asseoir à côté de lui, la tête sur son épaule, et plus tard sur sa poitrine. Le front légèrement plissé, Victor regardait le film sans en perdre une miette tout en caressant mes cheveux – d'abord une mèche, puis ma chevelure tout entière.

Je glissai dans un demi-sommeil et tout autour de moi commença à s'estomper, comme si ma peau, mes oreilles et mes yeux avaient été recouverts de liège. Je sentais le va-et-vient des doigts de Victor dans mes cheveux, sa respiration dans ma nuque et les battements assourdis de son cœur, mais rien d'autre.

Au bout d'un moment, je réalisai que les voix des acteurs ne me parvenaient plus. Je levai les yeux vers Victor :

— Le film est fini ?

— Ça fait un petit moment.

— Il t'a plu ?

— Beaucoup.

Pourquoi éprouvai-je soudain un pincement au cœur, malgré l'atmosphère paisible qui nous enveloppait ? Parce qu'il me manquait quelque chose, pardi, même si je ne savais pas vraiment quoi. J'hésitai un moment. Je ne savais pas si je devais dire quelque chose, partir ou rester…

C'est alors que Victor se releva et se massa les reins avec une petite grimace de douleur, et nous éclatâmes de rire.

— Tu te fais vieux, dis-je en me relevant à mon tour.

— Tu n'as pas idée à quelle vitesse. Il suffit que j'aille une fois au gymnase pour que le reste de la semaine soit un enfer.

— Il y a beaucoup de jeunes de vingt ans qui envieraient ta forme physique.

— Tu te paies ma tête ?

Il s'accroupit à côté de moi.

— Juste un peu.

— Eh bien, tu sais quoi ?

— Quoi ?

— J'adore ça.

Je lâchai un petit rire joyeux et Victor alla à la cuisine en me demandant si je voulais une autre bière.

— Non, merci, il faut que j'y aille.

— Déjà ?

— Oui, Bruno ne va pas tarder à rentrer.

— Et tu as peur qu'il te demande où tu étais passée ? dit-il en s'approchant d'un pas nonchalant.

— Non – je secouai vigoureusement la tête. Parce que nous n'avons rien fait de mal. Pourquoi est-ce que tu souris comme ça ? demandai-je, prise moi aussi d'une envie de sourire.

— Val, puisque nous ne faisons rien de mal, pourquoi est-ce que nous le faisons en cachette ?

— Nous ne faisons rien en cachette.

Il se mordilla les lèvres et retourna à la cuisine. Je me levai et le suivis.

— Tu as le sentiment qu'on se cache ? demandai-je.

— Oui.

— Mais de quoi ?

— Je ne sais pas. Mais on se cache.

— En tout cas, on ne devrait pas.

— Parfois, j'ai l'impression d'être... d'être ton amant. Un amant platonique.

— C'est ça que tu veux ? dis-je en riant.

— Non, bien sûr que non.

Je m'approchai pour prendre mon sac posé sur le plan de travail, puis me tournai vers lui pour lui dire au revoir.

— Je m'en vais. Embrasse-moi.

Victor me serra dans ses bras et me fit la bise.

Je regardai autour de moi en palpant mes poches, pour m'assurer que mes clés s'y trouvaient bien.

— Je n'ai rien oublié, n'est-ce pas ?

— Je ne crois pas.

— J'ai l'impression d'avoir oublié quelque chose.

— Moi aussi.

Victor me sourit et nous nous regardâmes l'un l'autre dans les yeux. J'inspirai profondément et me dirigeai vers la porte.

— Au revoir, murmurai-je.

— Valeria…

— Oui ?

— J'aimerais comprendre ce qui nous donne cette impression à toi et à moi.

— Quelle impression ?

— Qu'il nous manque quelque chose.

Un baiser. C'est cela qui nous manquait : un vrai baiser.

36

La décision

Bruno était un mec rigolo. Il l'est toujours. Il suffit d'écouter ses émissions de radio. Les auditeurs l'adorent.

Bruno était un homme affectueux. Il suffisait de le voir avec sa fille. Et responsable. Et séduisant. Il était fougueux, loyal, intelligent, brillant. C'était un bon cuisinier et un auteur de science-fiction prolifique dont les livres commençaient à se vendre comme des petits pains. Il était charismatique, élégant, vif.

Bruno avait toutes les qualités, sans aucun doute, sauf une : il n'était pas patient…

Les rares prises de tête que j'avais eues avec Adrian étaient des clashes brefs, virulents et explosifs. Et qui se terminaient toujours par des larmes. Parfois on regrettait nos paroles, parfois non. Et après notre divorce, quand les esprits se sont apaisés, on est restés bons amis.

Les disputes avec Victor étaient malheureusement plus fréquentes, et cruelles. Victor avait une carapace épaisse dans laquelle il se renfermait quand il se sentait agressé. Il était capable de dire des choses blessantes, d'autant plus qu'elles étaient vraies la plupart du temps.

Les paroles de Victor, prononcées sur un ton glacial, vous tombaient dessus comme une grêle de coups de poing. Quand il perdait son sang-froid, la carapace se brisait et les cris se mettaient à fuser. Victor ne savait pas mentir. Il était plein de bon sens, adulte et toujours prêt à dialoguer et à trouver des solutions, sauf quand il s'agissait de notre relation.

Quand je me disputais avec quelqu'un, qui que ce soit, je tombais malade. Littéralement. J'étais prise de frissons, je transpirais, je devenais rouge et j'avais la migraine. Je m'efforçais de ne pas élever la voix, mais il arrivait un moment où j'étais incapable de me contrôler. Et là, je me mettais à jouer les dures. Ce n'était qu'un mécanisme de défense en réalité, mais cela me desservait, parce que je passais pour une nana infantile et égoïste.

Et maintenant, Bruno et moi étions au pied du mur. Même si nous l'avions voulu, nous n'aurions pas pu faire machine arrière, car il était père de famille et avait des responsabilités. Et moi, j'en avais assez de me comporter lâchement. Et voilà qu'un soir, en revenant de la bibliothèque, je découvris que Bruno avait tout préparé pour que nous puissions parler sereinement… et prendre une décision.

Après avoir bu un verre de vin, tandis que les aubergines à la *parmigiana* étaient en train de gratiner au four, Bruno sourit benoîtement et alla droit au but.

— Valeria, mon cœur, je n'en peux plus. Il faut que tu me donnes une réponse.

— Quel genre de réponse ?

Nous échangeâmes un sourire. Nous savions tous les deux ce qui allait suivre et, comme je l'ai déjà dit, j'en avais assez de me comporter en lâche et de procrastiner en espérant que le sort allait décider tout seul du cours des événements.

Bruno s'approcha, il écarta une mèche de cheveux et m'embrassa dans le cou, à la jonction de l'épaule.

— Ma chérie, partons. Tu sais bien que c'est la meilleure solution…

Je fermai les yeux sans répondre.

— Val…, ici il y a des choses qui nous empêchent d'avancer. Mais je sais, au fond, que tu veux que ça marche entre nous. Alors on va se donner une chance.

Quand je lui demandai quel était son plan, il répondit :

— On va partir s'installer chez moi. Je vais débarrasser la chambre du bas pour que tu aies un bureau où travailler. Tu dis toujours que tu adorerais vivre là-bas.

Je fronçai les sourcils, baissai les yeux, tandis qu'il poursuivait :

— Ce que je te propose c'est une vie de famille, Valeria… On est arrivés à un point crucial de notre relation et je ne veux pas partir sans toi.

Je tripotai nerveusement mon verre en songeant qu'il était en train de me proposer du concret. Je savais pertinemment que la seule façon d'oublier Victor était de mettre de la distance entre nous. Mais, même comme ça, je savais que le résultat n'était pas garanti. Qu'est-ce que je voulais au juste ? Continuer à courir après une chimère qui n'avait jamais réussi à nous rendre heureux ou à prendre un nouveau départ ensemble ?

Ma mère a coutume de dire que l'amour ce sont des actes, pas de bonnes intentions. Si Victor et moi éprouvions encore de l'amour l'un pour l'autre, le moment était venu de le prouver en prenant les bonnes décisions.

Mettre de la distance était un pas dans la bonne direction. Il finirait par tomber amoureux d'une autre fille. Il disait ressentir de l'amour pour moi mais je savais qu'au fond, pour lui, je n'étais qu'un caprice.

Quant à Bruno… il me connaissait, il voulait tout faire pour me rendre heureuse. Il était fiable, passionné – à côté de lui j'avais l'impression d'être une gamine – et la seule chose qu'il me demandait en échange de tout ce qu'il était prêt à me donner, c'était que nous partions vivre tous les deux dans les Asturies. Nous rapprocher de sa fille et nous éloigner de Victor. Une vie tranquille, stable et pleine de tendresse n'était-elle pas préférable aux frasques érotiques que j'entretenais avec Victor ?

Je n'en savais rien. Tout au moins pas à cet instant précis. Mais Bruno attendait une réponse.

— C'est bon, dis-je enfin. Je vais commencer à tout préparer. Laisse-moi… un mois ?

37

L'épreuve du feu

La cafétéria du bureau était en pleine ébullition, lorsque Lola entra pour prendre sa pause. Intriguée, elle s'approcha de ses collègues. C'est alors qu'elle aperçut Quique au centre, une brochure à la main.

— Ah, Lolita ! J'allais justement envoyer quelqu'un te chercher, dit-il dès qu'il vit apparaître ses jolies lèvres rouge vif.

— Qu'est-ce qui se passe ? C'est une réunion ?

— Quique nous propose d'aller passer un week-end tous ensemble à la campagne.

Lola poussa un cri d'horreur silencieux, son visage se tordant en une grimace semblable à celle du *Cri* de Munch.

— Quand ça ? demanda-t-elle.

— Le week-end prochain.

— Oh, mince, dit-elle en feignant d'être désolée. J'ai promis à mon chéri qu'on le passerait ensemble.

— Moi, j'emmène mon mec, dit une de ses collègues.

— Mais oui, Lola, tu peux l'amener, répondit sadiquement Quique.

— Et toi, tu vas amener ta nana ou ton mec ? lui demanda-t-elle, l'air innocent.

— Je vais inviter ma copine.

Lola hallucinait. Elle sentit sa mâchoire s'affaisser. Parce qu'en plus, cet enfoiré avait une nana ? C'était un Sergio *bis* ? En plus beau et plus viril, mais surtout en plus tête à claques.

— Eh bien, Lola, tu en penses quoi ? lui demanda un collègue.

— Je ne crois pas que ce sera possible. On a déjà quelque chose de prévu.

Avec un sourire forcé, elle tourna les talons.

Peu après, quand tous eurent regagné leurs postes, une des nanas avec qui elle s'entendait le mieux lui envoya un courriel pour essayer de la convaincre de venir. Elle lui disait qu'ils allaient s'éclater et que ce n'était pas la première fois qu'ils faisaient ce genre de sortie.

> Tout est super bien organisé. On revient tous avec des tas de projets, parce qu'on n'arrête pas de parler de boulot. Je pense que c'est très bénéfique et utile, d'autant qu'on ne va payer que le transport, en plus d'une petite participation aux frais de boissons et de nourriture. De son côté, Quique met sa maison à disposition. Un magnifique chalet de montagne ultra-bien équipé, avec sept chambres doubles, deux salons, une piscine fabuleuse et… Je te raconte pas la cave à vins ! C'est comme un séjour aux Caraïbes en formule tout inclus.

Lola soupira. D'un côté elle savait que cette sortie pourrait lui être bénéfique au plan professionnel, mais de l'autre, elle n'avait pas envie de se retrouver dans un traquenard. De plus, elle s'en voulait à mort de penser que Quique était attirant parce qu'il était riche, beau et ultra sexy… comme Sergio. Cela revenait à se jeter toute seule dans la gueule du loup. Déjà que sa relation avec un môme soupe au lait et ultrasensible n'était pas raisonnable – il continuait de lui faire des scènes à cause de ses rêves érotiques.

Elle était tout juste en train de se remettre de ses émotions quand Quique la convoqua. D'un seul coup, elle se sentit complètement abattue. Allait-elle passer sa vie à jouer au chat et à la souris et à retomber toujours dans les mêmes erreurs ?

Elle entra dans le bureau de Quique, qui était en train de prendre des notes dans son carnet et lui demanda de fermer la porte.

— Tu voulais me voir ?

— Tu es pressée ? demanda-t-il d'une voix un peu brusque – plus celle d'un boss que d'un « mâle en rut qui veut te prendre là, tout de suite, contre le meuble de classement ».

— Pas si vous avez besoin de moi, répondit-elle, toujours vive d'esprit.

— Viens, assieds-toi. Je veux que tu m'expliques pourquoi tu ne veux pas passer le week-end avec ton équipe.

— Ce n'est pas que je n'en ai pas envie.

— De quoi as-tu peur ? dit-il en esquissant un sourire suffisant qui rappela à Lola les heures sombres de sa relation avec Sergio.

Elle était dans un tel pétard qu'elle ne put s'empêcher de rétorquer :

— De ne pas pouvoir m'empêcher d'aller raconter à ta nana que tu es un enfoiré de première qui saute sur tout ce qui bouge.

Quique eut l'air de trouver ça drôle, car il éclata de rire. *Minc*e, songea Lola. Elle était folle de balancer des trucs pareils à son boss, même si c'était vrai.

— Lola, calme-toi, ma jolie. Je n'ai pas de nana. J'ai dit ça juste pour te faire enrager, et j'ai réussi apparemment.

— Ça m'est égal…

— Oui, bien sûr. Tu me considères comme ta chasse gardée, même si tu ne veux pas que je t'approche.

Avec un soupir dédaigneux, Lola se leva.

— Si tu veux mon avis, je pense que tu devrais te joindre à nous, comme ça tu pourrais faire plus ample connaissance avec tes nouveaux collègues.

— Merci du conseil, Quique. Je vais y penser.

— Demande l'autorisation à ton père, et surtout n'oublie pas de me rapporter un mot signé.

Lola éclata de rire malgré elle.

De retour à la maison, elle trouva Ray en train de regarder la télé.

— Salut, fillette, dit-il en se levant du canapé pour lui donner un baiser qu'elle ne refusa pas. Je voulais préparer à dîner, mais il n'y a rien dans le frigo.

— Zut ! J'ai complètement oublié de faire les courses. Ça te dirait qu'on dîne dehors ? Comme ça, on pourrait papoter tranquillement. Il s'est passé un truc aujourd'hui au bureau sur lequel j'aimerais avoir ton avis.

Sur ce, Lola se massa les tempes. Elle espérait que Ray allait lui dire de ne pas aller au chalet parce qu'il lui avait préparé une surprise, un truc méga romantique qui lui fournirait une excellente excuse. En réalité, le romantisme, elle s'en fichait comme l'an quarante. Non, ce qu'elle voulait c'était :

1. Ne pas avoir à participer à ce week-end débile en compagnie de ses collègues et de son chef.

2. Se livrer à des ébats sexuels effrénés.

3. Sortir de cette putain de routine dans laquelle elle commençait à s'embourber sérieusement.

— Eh, Lola, qu'est-ce tu dirais d'aller faire un tour au fast-food ?

— Allons bon ? Mon petit chéri a des envies de hamburgers ? demanda-t-elle sur un ton affectueux qui ne lui était guère coutumier.

— Non, non… mais ce mois-ci je suis en galère de thunes.

— Ah oui ?

— J'ai dû acheter des tas de fournitures pour la fac et je suis raide.

— Laisse-moi t'inviter, comme ça le problème est réglé.

— Non, pas question. J'en ai marre de me faire entretenir. Je ne suis pas ton gigolo.

Elle sourit.

— Si tu veux, je peux te payer pour tes services, dit-elle… Mais j'exigerai un minimum.

— Tu n'as pas idée comme c'est frustrant.

Il avait beau sourire en disant cela, il était évident qu'il en avait gros sur la patate.

Lola sentit son cœur se serrer. Elle se rappela l'époque où elle n'avait pas un sou en poche et où la moindre dépense était une véritable catastrophe.

— Tu sais quoi ? Tu devrais faire une expo et vendre tes toiles.

Ray lui lança un regard incrédule.

— Arrête de te fiche de moi. Allons, viens, on va manger un hamburger. J'ai la dalle. Si je ne mange pas, je n'arrive pas à fonctionner.

— Non, non, attends.

S'appuyant au chambranle, Lola lui bloqua gracieusement le passage.

— Je suis sérieuse. Tes tableaux sont géniaux. Surtout les scènes de cul. Les gens aiment aider les jeunes artistes. Qu'est-ce que tu dirais d'un titre comme : « Ray Martinez présente : *Un regard érotique. La vie selon le sexe* ? »

— Lola, s'il te plaît…

— Penses-y. Tu m'as dit un milliard de fois que tu ne savais pas où mettre le triptyque, celui de Nerea…

— Ce n'est pas elle, affirma Ray en souriant de toutes ses dents.

— C'est Nerea et moi en train de brouter du gazon, mon cœur, mais je te l'ai déjà dit, ce n'est pas grave.

— Et tes nus ?

— Et presque tous mes nus, rectifia Lola.

— Mais où les exposer ?

— C'est toi l'artiste, nom d'un chien. Tu dois bien connaître quelqu'un qui a une galerie à Malasaña. Si tu arrives à tous les vendre, on pourra se payer des vacances d'enfer cet été.

L'idée n'était pas pour lui déplaire. Elle aurait fait n'importe quoi pour ne pas avoir à supporter le spectacle de son chef en maillot de bain.

— Hum… je vais y réfléchir.

Lola applaudit puis décrocha son sac à main du portemanteau.

— Au fait, c'est quoi le truc qui s'est passé au bureau dont tu voulais me parler ?

— Rien. Une broutille.

38

On se tient au jus

Lola arriva au restaurant toute guillerette, ce qui n'avait rien de bizarre étant donné que Lola est presque toujours souriante. Mais sa ponctualité, en revanche, ne manqua pas de nous surprendre. Nerea et moi étions en train de nous faire la bise quand nous la vîmes entrer dans la salle en courant presque.

Elle nous salua avec effusion, en nous palpant les seins (ce qui déclencha un fou rire général) puis nous félicita sur notre garde-robe.

— Nerea ! Tu es rayonnante ! J'adore cette tenue bohème ! dit-elle en touchant l'étoffe imprimée de sa robe longue. Et toi, Valeria, tu es belle comme un cœur dans ta robe de sainte-nitouche !

Elle-même était à tomber dans son corsaire noir complété d'un haut assorti décolleté et de ballerines léopard.

— Qu'est-ce qui te rend si joyeuse ? lui demandai-je tout en saluant de loin Carmen qui venait d'entrer par l'autre porte.

— Je vais tout vous raconter.

— Moi, aussi, j'ai quelque chose à vous dire, lançai-je avec une petite moue.

— Que se passe-t-il ? demanda Carmen. Enfin, vous allez me raconter tout ça une fois à l'intérieur. Quand j'ai laissé Gonzalo avec son père, j'ai eu l'impression qu'ils étaient en train de comploter quelque chose... Dépêchons-nous.

Assises autour de caïpirinhas, nous nous mîmes à parler de choses insignifiantes, comme mon nouveau projet de roman, le mariage d'une célébrité que Nerea était en train d'organiser et d'une campagne de publicité dans la boîte où travaillait Carmen. Mais je sentais bien que quelque chose ne tournait pas rond... Carmen agitait nerveusement sa jambe et triturait la paille de son San Francisco sans alcool (très rétro), tout en tirant à chaque instant sur son T-shirt pour le remettre en place. Lola n'arrêtait pas de se toucher les cheveux, et Nerea se rongeait les ongles tout en lorgnant furtivement vers son iPhone.

— Bien, fis-je, interrompant brusquement Carmen qui était en train de commenter la coupe hideuse d'une actrice en vogue. Il me semble que nous sommes toutes ici pour confesser quelque chose. Alors on arrête de tourner autour du pot, et que la plus grande commence !

Lola leva la main et commença à parler :

— J'étais loin de me douter qu'un jour je serais heureuse d'être la plus vieille du groupe. Ray va exposer ses toiles les plus cochonnes dans une petite galerie de Malasaña !

Nous nous exclamâmes toutes en chœur :

— Super !

— Oui, mais qu'entends-tu par ses toiles les plus cochonnes ? demanda Nerea, légèrement paniquée.

— Des trucs un peu chauds, mais rien de méchant, mentit Lola. Je tiens à ce que vous veniez toutes au vernissage.

— Un vernissage ? lança Carmen, moqueuse. Attention à Valeria !

Je lui fis un doigt d'honneur tandis que les autres éclataient de rire.

— Quand est-ce prévu ?

— Dans un mois. Le 15 juin.

Je saisis mon portable pour noter la date dans mon agenda. J'allais devoir attendre après l'expo pour déménager. Bruno comprendrait certainement. Ce serait une belle occasion de fêter mon départ avec mes copines et… Je levai les yeux en réalisant que le silence s'était fait autour de la table. Les filles attendaient que je prenne la parole.

— Ah, oui, zut. J'avais oublié que j'étais la deuxième plus âgée du groupe. En fait, ma nouvelle à moi est un peu tristounette – je les regardai en songeant combien nos dîners entre filles allaient me manquer. Bruno et moi avons décidé de franchir le pas. Je pars vivre dans les Asturies avec lui.

Lola posa son verre et me fixa avec une telle férocité dans les yeux que je me sentis défaillir.

— C'est fou ce que tu es capable de faire par pur entêtement ! Ça te coûte tant que ça d'admettre que tu es amoureuse de Victor ? dit-elle en élevant la voix.

— Lola, répondis-je sur un ton glacial, j'attends d'une amie de quinze ans qu'elle me comprenne, pas qu'elle me juge. Et épargne-moi tes leçons de morale. Je m'en vais parce que je n'ai pas confiance en Victor, parce que je ne pourrai pas refaire ma vie s'il continue de me tourner autour. Je veux tirer un trait définitif sur cette relation toxique où je ne contrôle rien ! Tu devrais me soutenir, pas me mettre des bâtons dans les roues. Je vais en Asturies et je sais que je serai heureuse. Et Victor aussi.

— J'en doute, murmura Lola avec humeur.

— Oh, ça va…, la rembarrai-je sur le même ton.

J'allais me lever de table, mais Lola m'attrapa le poignet et m'obligea à me rasseoir. Puis, sans me relâcher, elle prit la parole :

— Tu es en colère et je te comprends. À ta place, je le serais moi aussi. Il arrive que Victor se comporte en imbécile, mais il est tout sauf idiot. Tu es la femme de sa vie, il n'y a pas de doute là-dessus. Au fond de toi, tu le sais pertinemment, mais tu refuses de le reconnaître parce que tu es en colère, parce qu'à un moment donné, quand toi tu étais prête il ne l'était pas. Mais, qu'on le veuille ou non, il y a des gens qui nous sont destinés. Et Victor est fait pour toi.

— Non, ma vie n'est pas toute tracée par le destin. Je décide moi-même de ce que je veux en faire, et je veux la faire avec Bruno.

— Dans ce cas, tu vas te planter.

— Qui es-tu pour me dire ça ? m'emportai-je.

— Ta meilleure amie, qui respecte tes décisions, mais qui ouvre sa gueule quand elle sent que tu vas faire une connerie !

Carmen se racla la gorge et murmura :

— Les filles… Je peux ?

Je hochai la tête et Lola s'empara de son verre tandis que Carmen prenait calmement la parole.

— Lola, tu te doutes bien que Valeria n'a pas pris la décision de tout plaquer à la légère. Elle va repartir de zéro et nous devons l'encourager, même si tu as raison de dire qu'elle est en colère. Qui ne le serait pas dans sa situation ? Mais il faut que ce petit jeu s'arrête. On n'a plus quinze ans, et je peux comprendre qu'elle en ait assez de se prendre des râteaux avec Victor. Ça va faire deux ans qu'ils se connaissent. Il me semble qu'il a eu plus de temps qu'il n'en faut pour faire ses preuves… et qu'il n'a pas su ou n'a pas voulu les faire. Valeria sait bien qu'on ne peut pas se forcer à aimer quelqu'un, et elle a pris sa décision en pleine connaissance de cause.

Je regardai mes amies. Toutes avaient l'air grave, et Nerea semblait triste. Lola laissa échapper un gros soupir et hocha la tête.

L'espace d'un instant, on n'entendit que le tintement des couverts et les bavardages animés des autres clients. De la cuisine nous parvenaient des bruits de casseroles et le ronronnement d'un lave-vaisselle.

Ce fut Nerea qui rompit le silence.

— Tu l'aimes ? me demanda-t-elle.

— Oui. Mais je suis trop proche de Victor pour oublier que je l'aime aussi, et que ça n'a aucun sens. Victor réussira peut-être à me convaincre un jour, et je lui céderai, mais je sais très bien que ça va mal finir. D'ici quelques mois on va rompre de nouveau et j'aurai perdu Bruno.

Lola fit un geste pour signifier que le chapitre était clos, puis se mordit la lèvre et déclara :

— C'est décidé. Inutile d'insister. N'empêche que tu vas drôlement nous manquer.

— Et vous aussi vous allez me manquer, dis-je en baissant les yeux.

— Jamais je n'aurais imaginé que tu t'en irais un jour, dit Nerea. J'ai toujours cru que c'était Lola qui partirait, le sac au dos, pour parcourir le monde et nous envoyer des cartes postales depuis des lieux imprononçables.

Nous sourîmes toutes avec mélancolie.

— Je suis enceinte, lança soudain Carmen dans un murmure.

Nous relevâmes toutes les trois la tête.

— Qu'est-ce que tu dis ? demandai-je.

— Que je suis à nouveau enceinte – elle haussa les épaules. Et faites-moi grâce de vos félicitations, parce que je ne peux pas dire que ça m'enchante.

— Mais…

— S'il vous plaît, chut, soupira-t-elle. Sinon je vais me mettre à pleurer.

Pauvre Carmen. Nous savions ce que cela supposait pour elle. Cependant, je décidai de rompre la glace, quitte à déclencher un torrent de larmes.

— Carmen – j'étirai le bras au-dessus de la table et lui pris la main –, ta vie ne s'est pas arrêtée. Tu as ouvert de nouvelles portes, c'est tout. Tu es et tu continueras d'être une bonne mère.

— Mais c'est arrivé si vite – elle serra les paupières pour ne pas éclater en sanglots. J'ai l'impression que ça fait des années que je ne fais que m'occuper du bébé.

— Ce n'est pas vrai.

— Non, mais où sont passés mes projets, toutes les choses que je voulais faire ? Je ne pourrai jamais faire carrière avec deux mioches qui n'ont qu'un an d'écart sur les bras.

— Carmenchou, murmura Nerea, je crois que tu devrais prendre le temps de bien réfléchir à tout ça. Tu as toujours voulu fonder une famille et tu l'as fait. Tu es la seule femme que je connaisse qui soit capable de réussir professionnellement, d'avoir une vraie relation de couple et d'élever des gosses tout en ayant une vie sociale.

— Ça, je demande à voir.

— Tu es enceinte de combien ?

— Deux mois et demi. J'ai pourtant un stérilet, merde.

— Ce Barto est un vrai taureau ! s'esclaffa Lola en frappant dans ses mains. Rien ne peut l'arrêter !

Nous éclatâmes de rire toutes les trois.

— Au fait, dit Carmen en se tournant vers Nerea, qu'est-ce que tu as à nous avouer ?

— Je couche avec Jorge, le photographe. Non pas que ce soit la nouvelle du siècle, mais j'avais envie de la partager avec vous.

Elle haussa les épaules, prit son verre et le vida d'un trait tandis que nous l'applaudissions.

39

Profitons du temps qu'il nous reste

Après ce dîner, Lola et moi nous revîmes une fois chez moi, un soir où Bruno était occupé à l'extérieur. Ce fut l'occasion de nous réconcilier. Il y avait trop d'années que nous étions amies pour nous fâcher bêtement pour une histoire de mecs. Ce n'était tout de même pas comme si nous avions convoité le même homme. Chacune défendait sa position, mais peut-être avec un peu trop de véhémence.

C'est pourquoi, une fois rabibochées, nous décidâmes que le moment était venu de profiter au maximum du temps qu'il me restait. Nous passâmes en revue toutes les choses qu'on s'était juré de faire ensemble et qui ne s'étaient jamais concrétisées. Comme se prendre une méga cuite à deux dans un bar, se faire tatouer ou prendre le premier avion en partance pour n'importe quelle destination et passer un week-end d'enfer. Sauf que ça n'était plus vraiment d'actualité. Ou, plutôt, nous n'en avions plus envie.

On avait projeté des tas de sorties : manucures et pédicures entre copines en sirotant des cocktails, visites au musée Reina Sofia, pique-niques dans les jardins du Retiro, sans parler des déjeuners, apéros et dîners dans tous les restaus qu'il nous restait à découvrir.

— Je reviendrai de temps en temps, expliquai-je à Lola par téléphone quand elle m'appela ce soir-là pour me proposer de sortir prendre un verre au Café de la Luz. On n'est pas obligées de tout faire en un mois. On peut en garder un peu pour plus tard.

J'avais prévu de passer voir mes parents pour leur annoncer la nouvelle, ce qui ne m'enchantait guère, si bien que, devant l'insistance de Lola, je décidai de remettre ma visite à plus tard pour aller faire un tour avec les filles dans un de ces bars madrilènes qui m'ont toujours semblé magiques.

Ce que j'ignorais, c'est qu'elle avait déjà tout planifié.

Quand nous arrivâmes, nous prîmes une table au fond de la salle, mais je filai direct aux toilettes, car j'avais une furieuse envie de faire pipi depuis que j'avais quitté la maison.

— Les filles, commandez-moi un de ces trucs à base de Baileys et de lait condensé, dis-je en me dirigeant vers les W.C. qui se trouvaient au sous-sol.

Lola regarda autour d'elle, puis consulta sa montre et me fit « OK » avec la tête.

Les escaliers du Café de la Luz m'ont toujours intimidée. Étroits et irréguliers, j'ai l'habitude de les descendre à la vitesse d'une tortue en me concentrant sur chaque marche. Une fois en bas, j'entrai en collision avec un torse masculin dont j'ignorais à qui il appartenait, mais qui dégageait un parfum si familier et délicieux qu'instinctivement, mes mains s'agrippèrent à sa chemise.

Je levai les yeux et vis une paire de prunelles d'un vert profond et brillant enchâssées dans une double rangée d'épais cils bruns. Son menton était couvert d'une barbe de trois jours et ses lèvres pulpeuses souriaient. Un téléphone portable dans une main, il avait passé l'autre autour de ma taille.

Mais pourquoi ? me demandai-je, tandis qu'une foule de questions se bousculaient dans ma tête. Pourquoi était-il si beau ? Pourquoi fallait-il que je le croise précisément ici alors même que j'avais décidé de ne plus le voir ? J'avais prévu de me présenter chez lui la veille de mon départ, de lui faire la bise et de lui dire adieu pour de bon.

Soudain, je sentis une rage sourde m'envahir, comme chaque fois que quelqu'un cherche à me tendre un piège. Il m'avait plaquée à plusieurs reprises. Il est vrai que je l'avais plaqué moi aussi, une fois, mais dans la mesure où il ne m'aimait pas vraiment, c'était sans importance. Cet homme, à qui je m'étais agrippée au pied de l'escalier, m'avait fait découvrir un millier de choses. Certaines bonnes et d'autres mauvaises. Les bonnes m'avaient rendue heureuse, mais à cet instant précis, c'étaient les mauvaises qui prenaient le dessus. J'avais envie de le punir. Je voulais me servir de lui, pour qu'il sache ce que toutes les femmes qu'il avait fait souffrir avaient ressenti. J'avais beau savoir qu'il ne s'était jamais vraiment comporté ainsi avec moi, ça m'était égal. Je voulais me venger, le faire payer. C'est du moins l'excuse que je me trouvais.

Sans y réfléchir à deux fois, et sans dire un mot, je le poussai vers le mur. Si vous aviez vu sa tête ! Je crois bien qu'il était encore plus sidéré que moi, qui étais d'une humeur massacrante, proche d'un état second.

Toujours est-il que je plaquai mes lèvres sur les siennes et l'embrassai. Sans savoir pourquoi. Et ce baiser me ramena à la vie !

Victor répondit aussitôt à mes avances, et je sentis ma bouche se remplir de sa saveur. Je laissai échapper un gémissement de soulagement. Il y avait des jours que j'en rêvais. Nos langues s'enlacèrent. Je lui caressai les joues et sentis son pantalon se tendre sous l'effet d'une érection.

Victor me souleva de terre et j'enroulai mes jambes autour de ses hanches tandis qu'il m'emportait dans les toilettes pour dames. Là, dans une des cabines, il me plaqua contre le mur. J'allais lui demander de m'ôter ma petite culotte et de me prendre ici et maintenant, mais un éclair de raison me traversa l'esprit et je repris contenance.

— Attends..., l'implorai-je tandis qu'il me couvrait de baisers.

— Je ne peux pas vivre sans toi, ma chérie.

— Ce sont des paroles creuses, rétorquai-je.

Il me reposa à terre et me regarda sans comprendre.

— J'ai fait une connerie, dis-je. Je n'aurais pas dû.

— Tu n'as pas fait de connerie.

Il se pencha à nouveau vers moi, et j'eus beau faire, je ne parvins pas à le repousser. Nous nous embrassâmes. Nos lèvres étaient comme aimantées... et la passion se déchaîna.

Sans même réfléchir, je laissai sa bouche dévorer la mienne. J'avais besoin de goûter sa peau, de le sentir palpiter en moi, de l'entendre jouir en murmurant mon nom. Le désir entre nous fit soudain place à une pulsion animale.

Je m'écartai légèrement et m'assis sur le siège des toilettes. Victor ne put dissimuler sa stupeur quand je défis sa braguette et en extirpai son membre en érection, dur et soyeux.

— Ma chérie…

Je l'aspirai et le suçai avec force. La voix de Victor se brisa en un grognement de plaisir.

— Tu vas trop vite…

Il résista pendant quelques secondes… puis me saisissant la tête à deux mains, projeta son pelvis en avant.

J'étais tellement concentrée que ma mâchoire se raidit. Sa verge allait et venait entre mes lèvres humides, s'introduisant jusque dans ma gorge. Je le caressai avec ma main droite tout en agaçant à coups de langue son gland au goût salé de sperme.

Je levai les yeux et vis qu'il me regardait fixement, une expression torturée sur le visage. Il me caressa le front et murmura :

— Je t'aime comme un fou…

Je sentis son membre se durcir et palpiter. Il se mordit la lèvre en réprimant un tremblement.

— Arrête… arrête…, supplia-t-il.

Mais je continuai de le sucer goulûment et il se mit à grogner. Ses doigts se crispèrent dans mes cheveux et Victor éjacula abondamment dans ma bouche. J'avalai, ne laissant que quelques gouttes de sperme s'écouler sur mon menton.

Sans me laisser le temps de réfléchir et sans prendre la peine de remonter son pantalon, Victor me souleva et me serra entre ses bras pour m'embrasser, oubliant que quelques secondes plus tôt il s'était déversé dans ma bouche.

Il me retourna, le front appuyé contre la porte, et glissa sa main droite à l'intérieur de mon jean. Il le déboutonna avec son autre main et se mit à me frotter vigoureusement le clitoris. Je gémis, tremblante, au contact de ses doigts sur mon sexe humide.

Pour finir, je jouis, mon corps secoué de spasmes de plaisir. Mes jambes n'arrivaient plus à me porter, mais heureusement, il était là pour me soutenir.

— Valeria… me murmura-t-il à l'oreille.

Submergée par mes sens, j'étais incapable de penser. J'avais des fourmillements dans les jambes et mon cœur battait furieusement de désir. Pour Victor.

Quand je retrouvai mes esprits, ce désir se transforma en angoisse. Si je me laissais aller, jamais je ne trouverais la force de partir.

— Il ne faut plus que cela se reproduise, dis-je d'une voix presque suppliante.

— Mais…

— Non.

Victor m'embrassa les cheveux, puis s'écarta pour reboutonner son pantalon. Après quoi, en me regardant à peine, il me dit qu'il m'attendrait chez lui.

— Je ne viendrai pas.

— Bien sûr que si.

J'ignore la tête qu'il faisait en disant cela, car il était déjà sorti des toilettes.

Je verrouillai la porte, me lavai les mains et me rinçai la bouche, puis je remontai l'escalier, persuadée que cet épisode de folie érotique était passé inaperçu.

La serveuse venait d'apporter les boissons que nous avions commandés, et mes trois copines étaient en train de bavarder gaiement avec Victor, qui souriait à Gonzalo, installé sur les genoux de sa mère.

— Salut ! me dit-il.

— Salut, comment ça va ? répondis-je sans enthousiasme.

— Tu prends un verre avec nous, Victor ? demanda Nerea, un modèle d'éducation, avant de mettre du sucre dans son café.

— Non, non. Je dois rentrer. J'ai rendez-vous.

En disant cela, il me coula un regard en biais.

J'ignore si les filles avaient flairé quelque chose, mais toujours est-il que j'étais dans mes petits souliers. Même après qu'il avait franchi la porte.

Nerea fut la première à s'en aller, au bout d'une heure à peine, déclarant qu'elle avait encore un tas de choses à faire. On était en plein mois de mai et elle avait du boulot par-dessus la tête. Une heure plus tard, Gonzalo commença à s'agiter et Carmen dut partir à son tour. Je pensai que Lola et moi allions prendre un cocktail tranquillement, quand je la vis sortir son portefeuille en déclarant qu'elle devait s'en aller elle aussi.

— Lola… c'est toi qui a dit à Victor qu'on devait se retrouver ici ?

— Moi ? répondit-elle en souriant de toutes ses dents. En voilà une idée !

— Vraiment ?

— Ne te fais pas de films, s'il te plaît. Je m'en vais. J'ai promis à Ray de lui donner un coup de main pour son expo.

Menteuse. Elle voulait me laisser seule exprès.

Je sortis du Café de la Luz avec la ferme intention de rentrer directement chez moi. Puis je me ravisai, songeant que j'aurais pu passer par la Gran Via pour faire quelques courses. Une fois là-bas, je pris un taxi…

Quand Victor ouvrit la porte, il ne souriait pas, mais il semblait satisfait de me trouver là. Je voulus m'expliquer, mais il ne m'en laissa pas le temps. Nous nous embrassâmes passionnément dans l'entrée avant de nous diriger vers la chambre à coucher.

J'aurais préféré avoir une explication avant de finir au lit. Je voulais lui dire qu'il ne s'agissait que de sexe et que ça ne se reproduirait plus, mais lorsque Victor me pénétra avec force, je réalisai que c'eût été un piètre mensonge.

Victor et moi ne baisâmes pas cet après-midi-là. Malgré un démarrage sur les chapeaux de roues, il mit le holà et nous fîmes l'amour, comme lui seul sait le faire. Je me mis sur lui et, tout en exécutant un ballet langoureux pour le faire entrer et sortir doucement de moi, je le regardai dans les yeux.

— Ma vie commence et finit en toi, dit-il d'une voix rauque.

Il me semble bien que c'est la chose la plus belle qu'on m'ait jamais dite. Je dus faire une drôle de grimace pour me retenir de pleurer, car Victor se retourna dans le lit et chuchota :

— Ne sois pas triste, fillette. C'est la plus belle chose qui me soit arrivée.

Nous nous embrassâmes éperdument. Comme si nous étions devenus fous. Et nous jouîmes, bien entendu. Entre deux baisers passionnés, ponctués de soupirs, durant lesquels je m'emplissais de lui. Avec lui, je prenais toujours mon pied. Pas besoin de sexe sauvage pour me faire grimper aux rideaux.

Je songeai à prendre la fuite, mais quand il se laissa retomber à mes côtés dans le lit, j'en fus incapable. Mieux, je me pelotonnai entre ses bras, la tête posée sur sa poitrine.

— Je t'aime, me dit-il en me caressant le dos.

— Il va falloir que tu arrêtes, répondis-je. Je pars vivre en Asturies avec Bruno.

Il me serra contre lui.

— Je suis au courant. Lola me l'a dit.

— Il n'y a que du sexe entre nous, mentis-je. Du sexe mélancolique.

— OK. J'assume.

— Quand je serai partie, interdiction d'entrer en contact l'un avec l'autre, précisai-je.

Cette idée me trottait dans la tête depuis un bout de temps, mais il me semblait que c'était le bon moment pour l'exprimer à haute voix.

— Si tu t'en vas, je n'irai pas te chercher.

Je le savais. Si je m'en allais, Victor cesserait d'exister.

Je voulais effacer les traces de nos ébats pour que Bruno ne se rende compte de rien. Je me levai du lit sans rien dire et passai dans la salle de bains. Puis j'entrai dans la douche et ouvris le robinet. Je m'étais engagée vis-à-vis de Bruno, et une fois de plus j'avais couché avec Victor. Bruno détestait les mensonges et il me quitterait s'il l'apprenait.

Mais malgré cela, je n'avais aucun remords.

Victor entra dans la douche et abaissa un peu la température de l'eau. Il m'aida à me savonner, en laissant jouer ses doigts entre mes cuisses jusqu'à me chauffer à blanc. Quand il me délaissa pour se savonner à son tour, je me tournai vers lui avec une moue suppliante.

— Qu'est-ce qu'il y a ? me demanda-t-il en souriant.

— Pourquoi est-ce que tu t'es arrêté ?

— Parce que tu es propre.

— Eh bien, moi, je me sens sale, dis-je en lui souriant à mon tour.

— Comment ça ?

— Finis ce que tu as commencé, exigeai-je.

— J'aimerais que ce soit toi qui finisses.

— Tu ne m'en crois pas capable ?

Je fis courir ma main sur mon ventre jusqu'entre mes cuisses. Avec mon majeur, j'imprimai un mouvement circulaire à mon clitoris et frissonnai. Victor me regardait faire, fasciné, ce qui fit redoubler ma propre excitation. Voyant que ça lui plaisait, je me mis à feuler de plaisir sans la moindre gêne.

Victor ne se fit pas prier. Sa main imita la mienne. Empoignant son début d'érection, il commença à se caresser avec un mouvement lent de haut en bas jusqu'à ce que sa verge soit bien dure.

J'étirai ma main gauche et la posai sur sa poitrine en gémissant. Il fit de même, emprisonnant mon sein droit entre ses doigts.

Sentant monter l'orgasme, j'accélérai la cadence. Il m'imita, mais avec plus de force. Je fermai les yeux et m'abandonnai aux premiers frissons de plaisir, mais Victor m'arrêta.

— Attends, je veux être en toi quand tu jouiras.

M'empoignant par les hanches, il me souleva et me pénétra. Et nous nous mîmes à baiser comme des bêtes, presque sauvagement. C'est en faisant ce genre de choses que Victor m'avait révélée à moi-même. Il était brutal, déchaîné.

Quand il planta ses doigts dans mes cuisses et éjacula, j'avais déjà joui deux fois, mais je n'étais pas encore repue. Alors que lui si. C'est du moins l'impression qu'il me donnait.

Nous nous essuyâmes en silence et je lui demandai un sèche-cheveux pour pouvoir me recoiffer, puis je m'habillai.

Il m'accompagna jusqu'à la porte et m'embrassa. Puis tandis que je m'éloignai, il me lança, presque froidement :

— Si tu couches avec lui ce soir, souviens-toi que j'ai joui en toi. Deux fois. Il risque de trouver ça louche quand tu commenceras à te vider.

Sur ce, il ne claqua pas la porte, mais il la referma sans me dire au revoir.

40

Prendre une décision…

Un beau jour, Bruno rappliqua à la maison avec un lot de cartons de déménagement.

— Comme ça, on va pouvoir commencer à emballer les affaires et à les expédier au fur et à mesure.

L'idée me parut excellente. Plus nous enverrions de choses en Asturies et moins je serais tentée de rester.

C'est ainsi que nous commençâmes à emballer les vêtements d'hiver dont nous n'allions pas avoir besoin avant longtemps. Ensuite vint le tour des livres, des DVD, du linge de lit, des serviettes, et deux ou trois autres bricoles. Rien qu'avec ça, on avait déjà rempli dix énormes cartons.

— Je n'ose pas te demander si tu as l'intention d'emporter des meubles, dit-il en éclatant de rire.

Je ris, moi aussi, car j'avais l'intention d'emporter au moins ma commode et mon miroir ancien.

La semaine suivante, les cartons furent expédiés à Gijón, et Bruno partit dans la foulée pour tout mettre en ordre et informer son ex des nouvelles dispositions.

La gamine était un sujet sensible qu'il fallait aborder avec tact.

Je suppose que vous vous demandez : « Et Victor dans tout ça ? » Eh bien, mes galipettes avec Victor étaient ensevelies sous la pile de linge qui attendait d'être lavé et repassé, et je préférais ne plus y penser. J'avais fini par me persuader que tout était fini entre nous et qu'il était inutile de ressasser. Sauf qu'entre la théorie et la pratique... Tandis que je préparais mon déménagement, je me retrouvai assaillie par les souvenirs, qui me faisaient l'effet de petites bombes émotionnelles : un livre que Victor était en train de lire assis sur mon canapé ; une chemise de nuit qu'il m'avait offerte ; le café qu'il aimait boire au petit-déjeuner...

Un jour où j'avais réussi à convaincre Lola que j'étais trop occupée pour pouvoir sortir prendre un verre, je m'installai sur mon lit avec mon laptop pour regarder un film. Allez savoir pourquoi, je choisis... *Infidélité.*

Pendant les vingt premières minutes, tout alla bien. Mais quand l'action commença pour de bon, je me dis que j'aurais mieux fait de choisir de regarder *Le Roi Lion,* ou d'éteindre purement et simplement l'ordi et de prendre une douche froide. Sauf que j'étais incapable de détacher les yeux de l'écran. C'est alors que je compris que, si je ne voulais pas faire la connerie de ma vie, il valait mieux que je m'enferme à double tour chez moi et que je jette la clé par la fenêtre.

Et pour finir... je fis la connerie de ma vie.

Jamais une course en taxi ne m'a paru aussi longue. J'avais l'impression d'aller en marche arrière au lieu d'avancer.

Il ne put cacher sa surprise quand il ouvrit la porte. Sans même lui laisser le temps de me dire bonjour, j'entamai ma péroraison.

— Je sais que tu ne me crois pas capable de m'en aller. Tu voudrais que je reste et que je vienne ensuite te lécher les mains comme un bon toutou.

Victor s'appuya nonchalamment au chambranle. Il était tellement sexy que je faillis me mettre à hurler. Il leva les yeux au ciel et me dit d'entrer.

— Tu es fâché, dis-je en refermant derrière moi. C'est tout juste si tu ne m'as pas claqué la porte au nez. Et d'ailleurs, tu aurais de bonnes raisons de le faire.

— Non, mon cœur. Tu as raison. Tu as toujours raison, répondit-il de mauvaise grâce.

— Arrête de me traiter comme une gamine ! m'écriai-je, hors de moi. Je ne sais même pas si tu continues de t'envoyer en l'air avec d'autres nanas !

— Mais qu'est-ce que tu veux à la fin ! hurla-t-il à son tour.

J'avais le choix entre plusieurs options :

1. Lui crier de me fiche la paix (ce qui n'était pas logique étant donné que je venais de me présenter chez lui à l'improviste).

2. Me mettre à chialer comme une hystérique et à casser tout ce qui me tombait sous la main.

3. Lui avouer que je l'aimais et que je voulais mener une vie tranquille, au lieu de ce rodéo auquel il m'avait habituée, mais qu'on ne pouvait pas avoir les deux.

4. Le supplier de me baiser une dernière fois et de m'épargner les discussions stériles qui s'achevaient toujours en pitoyables jérémiades.

Laquelle choisis-je ? La quatrième, bien sûr.

Mais au vu des circonstances, lui aussi avait plusieurs options :

1. Me demander de sortir de chez lui et de ne plus jamais revenir.

2. Exiger des explications : « Tu me prends pour ton gigolo ou quoi ? »

3. Me murmurer d'une voix brisée que c'était pure folie, puis accepter de me faire l'amour avec douceur.

4. Me déshabiller sans dire un mot et me tringler comme une brute ici et maintenant.

Et laquelle choisit-il à votre avis ? La plus facile, bien entendu. C'est-à-dire une combinaison des quatre.

Mais reprenons le dialogue là où nous l'avons laissé :

— Arrête de me traiter comme une gamine ! Je ne sais même pas si tu continues de t'envoyer en l'air avec d'autres nanas !

— Mais qu'est-ce que tu veux de moi à la fin ?

Je me passai une main dans les cheveux.

— Putain, Victor, baise-moi, nom d'un chien ! dis-je, presque à contrecœur.

Il écarquilla les yeux, et demanda, incrédule :

— Tu veux que je sois ton garçon de compagnie, c'est ça ? Ton gigolo toujours prêt à te tringler ? Casse-toi, bordel ! Tu crois que tu peux venir ici pour me demander de te sauter quand tu en as envie ? Va-t'en vivre avec ton mec à l'autre bout de la péninsule ! Je ne suis pas une bite de secours, Valeria !

Ne m'attendant absolument pas à ce genre de réaction de sa part, je restai comme deux ronds de flan. J'inspirai profondément pour ne pas perdre la face, et reculai d'un pas, en direction de la porte. Victor soupira, puis s'approcha de moi et me retins :

— Pourquoi est-ce que tu me fais ça ?

— Je dois… je veux… te faire mes adieux.
— Comme ça ?
— Oui, comme ça.

Je crus que Victor allait m'attraper par ma queue de cheval et me traîner jusqu'à la chambre comme un homme des cavernes. Ce qui aurait parfaitement coïncidé avec mes fantasmes.

Mais non. Il me prit par le bras, puis me plaqua contre le mur de l'entrée. Nous échangeâmes un baiser torride. Le fait de savoir que nous commettions un péché ne rendait la chose que plus délectable.

— Qu'est-ce qui nous arrive, Valeria ? me demanda-t-il, en posant son front contre le mien.

— Je n'en sais rien.

— Et si on s'inventait une histoire, toi et moi ? dit-il soudain.

Je le regardai sans comprendre.

— Si on inventait une histoire dont nous serions les héros ?

— Les héros, vraiment ?

— Il y a deux siècles, ç'aurait été possible, ajouta-t-il en riant. Tes parents t'auraient obligée à te marier avec un mec que tu n'aimes pas et qui ne t'aime pas. Alors que toi et moi… on se serait aimés pour de bon.

— Super idée, dis-je, puis je recommençai à l'embrasser.

Nous nous dirigeâmes vers la chambre à coucher presque à l'aveuglette, sans cesser de nous embrasser, puis nous laissâmes tomber sur le lit. Il s'allongea sur moi, tout habillé. Sa langue s'immisça avec force dans ma bouche, caressant ma langue, explorant l'intérieur de mes lèvres. Un goût de café envahit mon palais, celui qu'il avait dû laisser à demi terminé sur le plan de travail de la cuisine quand j'avais sonné.

Après cinq longues minutes passées à s'embrasser, à se toucher et se frotter l'un contre l'autre, Victor et moi décidâmes de nous dévêtir un peu. Mon jean et le sien finirent en boule sur le plancher, près de l'armoire. Victor amena sa bouche à la hauteur de ma petite culotte et se mit à la lécher jusqu'à la rendre humide et chaude. Je gigotai, désespérément. Ce n'était pas de sexe dont j'avais envie. Ni de plaisir. Sans quoi je serais restée à la maison, à me caresser, étendue sur la couette en me faisant des films érotiques.

Ce que je voulais, c'était le savourer, le toucher et partager une fois encore cette étrange sensation d'intimité quand il éjaculait en moi. Et peu importait si je me sentais vulnérable, du moment que j'étais avec lui.

Mais avant que j'aie pu lui dire que je voulais autre chose que ce qu'il cherchait, il se recula et nous nous regardâmes l'un l'autre dans le fond des yeux. Puis il ôta ce qui lui restait d'habits et m'enleva ma petite culotte. Je détournai le regard, lui arrachant un sourire plein de tendresse.

— Je ne te l'ai jamais dit, murmura-t-il en s'allongeant sur moi, mais ça me rend dingue de te voir rougir quand je te retire tes sous-vêtements.

J'écartai les cuisses et soulevai mon bassin pour m'offrir à lui. Victor me pénétra d'une seule poussée profonde avec un gémissement guttural.

— Ma petite adorée..., murmura-t-il.

J'arquai de nouveau mes reins et, prenant appui sur une hanche, je me retournai et m'allongeai sur lui. Avec un mouvement de va-et-vient, je le faisais entrer et sortir de moi.

Victor m'agrippa les fesses pour m'aider à maintenir la cadence. Au début doucement, mais à mesure que le plaisir s'intensifiait, le rythme et la friction s'intensifiaient eux aussi.

Ses mains erraient sur mes seins et mes bras, puis sur ma taille, mes hanches et mes fesses, sans oublier ne serait-ce qu'un centimètre de chair, tandis que les miennes, appuyées sur sa poitrine, s'enfonçaient dans la toison duveteuse qui recouvrait ses pectoraux.

Je l'entendis murmurer quelque chose sans pouvoir discerner ce qu'il disait. Seul le son de sa voix me parvenait, tendre, extatique, épuisée… désespérée.

Sans doute m'avait-il prévenue qu'il allait bientôt jouir, mais je ne l'avais pas entendu, et je ne m'en rendis compte que lorsque je sentis son membre se durcir encore plus et palpiter en moi. Je glissai une main entre mes jambes et me caressai pour accélérer l'orgasme. Je jouis la première. Lui ensuite.

Puis je me laissai tomber sur lui, le front enfoui dans le creux de son cou. Victor haletait bruyamment et tous les pores de sa peau exhalaient une odeur délicieuse, mélange de parfum, de sueur et de sexe. J'eus envie de pleurer quand je songeai que j'allais devoir oublier à jamais cette odeur pour pouvoir être heureuse.

La main droite de Victor me caressait le dos tandis que la gauche se perdait dans mes cheveux. Cette étreinte douce et vulnérable… n'appartenait qu'à nous.

— Pourquoi est-ce qu'on n'a jamais fait ça quand on était ensemble ? demandai-je d'une petite voix.

— Parfois, il faut du temps pour comprendre ce qu'on veut vraiment.

Victor chercha ma bouche et nous nous embrassâmes. Puis je me laissai tomber de côté, la tête sur sa poitrine.

Nous restâmes un long moment sans rien dire, perdus dans nos pensées et nos caresses.

— Tu te rends compte que se voir comme ça est infiniment plus compliqué que de se remettre ensemble ? me dit-il.

— *A priori* peut-être, mais c'est infiniment plus facile en réalité.

— On est quoi du coup ? Des amants ?

— Probablement…, soupirai-je.

— Jusqu'à ce que tu t'en ailles ?

— Probablement, répétai-je.

41

Tentations

Le regard de Lola se perdit quelques instants dans le vide. Elle avait une réunion prévue en tête-à-tête avec son chef.

Il va sans dire que si cette occasion s'était présentée un an plus tôt, Lola serait ressortie du bureau de Quique avec son slip dans son sac à main. Mais cette époque était révolue. Ou pas ?

Certes, elle était amoureuse, et ne voulait pas laisser passer la chance de sa vie, mais était-elle vraiment faite pour la monogamie ? Ray n'avait que vingt ans, bon sang. Cela aussi, elle devait en tenir compte.

Pour finir, elle battit des paupières, raccrocha le téléphone et se leva. Les vingt pas qui la séparaient du bureau de son boss lui parurent insignifiants. Elle aurait préféré que la distance soit celle d'un triathlon, pour pouvoir mettre des heures à arriver, et dans un état de fatigue tel qu'elle n'aurait pas songé à se déculotter.

Elle toqua poliment à la porte puis entra. Elle trouva Quique plongé dans la paperasse. Un spectacle sublime. Il faisait partie de ces mecs qui exsudent le pouvoir. Avec ses cheveux châtains ébouriffés, sa cravate de travers et sa chemise froissée, il ressemblait comme deux gouttes d'eau au fruit défendu. On aurait dit une de ces canettes de soda couvertes de gouttelettes délicieusement rafraîchissantes, comme on en voyait sur les affiches publicitaires. D'un coup, Lola sentit monter la soif.

— Entre et assieds-toi, lui dit-il sans la regarder.

Elle s'installa face à lui et lui présenta le dossier qu'il lui avait demandé.

Quique se renversa dans son fauteuil, s'empara du document et commença à le parcourir tout en se passant nerveusement une main dans les cheveux.

— Tu as apporté les fiches de… ?

Il hocha la tête sans finir sa phrase.

Lola se maudit intérieurement quand elle sentit sa petite culotte entrer en ébullition. Elle se mit à envier ces nanas dont la libido faiblissait après trente ans. Elle inspira profondément. Ray était beaucoup plus appétissant, sexy et attirant que Quique. La seule différence c'est qu'avec lui elle pouvait et avec son chef non. Mais… à supposer qu'elle l'ait fait quand même ? Non, non et non !

Enrique releva les yeux et lui sourit.

— Génial. Les chiffres sont excellents.

Lola acquiesça poliment.

— Viens t'asseoir ici pour que je te montre notre nouveau plan marketing. Qui sait si, à nous deux, on ne va pas trouver des synergies de compétences extraordinaires.

Lola tira sa chaise et s'installa à côté de lui, les narines titillées par l'exquise odeur musquée qu'il exhalait. À un moment donné, leurs genoux se touchèrent, et Lola s'écarta avec un geste un peu trop vif.

— Du calme… je n'ai jamais mangé personne.

Le ton grave et sensuel de sa voix ne fit qu'exacerber l'excitation de Lola. Elle leva les yeux en laissant errer son regard sur les muscles bien dessinés qu'on devinait sous son costard, le ventre plat… et plus bas, la bosse au niveau de sa braguette. (Dieu, on voyait clairement qu'il portait à gauche !)

Un ronronnement s'échappa de sa gorge. Quique répondit par un son similaire et se rapprocha un peu.

— Garde tes distances, le supplia Lola.

— Pourquoi ?

— Parce que…

La main de Quique se posa sur le genou droit de Lola et commença à remonter (avec un calme stupéfiant) sur la face interne de sa cuisse, tandis qu'il se penchait vers elle et lui murmurait à l'oreille :

— Ceci est une réunion de travail, mademoiselle Castaño. Détendez-vous. Si vous préférez, je peux fermer la porte à clé. Quelque chose me dit qu'une certaine partie de votre corps est entrée en éruption.

La main d'Enrique s'était posée sur son pubis. Un petit gémissement s'échappa des lèvres de Lola.

— Tu peux tenir une heure ? Ensuite je t'enlèverai ta petite culotte et je te prendrai ici même, sur le bureau. Ça te dit ?

Le souffle coupé, Lola baissa les yeux et vit une érection de film X se dessiner sous l'étoffe de son pantalon. Elle déglutit avec difficulté. Elle hésitait entre le dénoncer pour harcèlement ou écarter un peu les jambes.

Tout en laissant vagabonder ses doigts sur la dentelle de son string, Quique lui prit la main et l'approcha de la bosse qui saillait sous sa braguette.

Lola en vint à la conclusion que la tentation… est parfois la plus forte.

Elle hésitait entre commencer par une pipe ou une branlette quand la porte s'ouvrit et que la secrétaire entra. La jeune femme se figea, puis dit :

— Excusez-moi, monsieur Jara. J'aurais besoin que vous signiez des documents. Bonjour, mademoiselle Castaño. Je vous ai laissé le rapport hebdomadaire sur votre bureau pour que vous y jetiez un coup d'œil.

— Merci, Maria, dit Lola en se levant. Je l'attendais justement.

Sous le regard attentif de Quique, Lola rassembla ses dossiers et se dirigea vers la porte. Quand elle la referma derrière elle, elle se représenta Maria, la voluptueuse secrétaire, dotée d'une paire d'ailes blanches et d'une auréole de lumière.

Alléluia.

Carmen n'était pas d'humeur. Mais alors pas du tout. Il y avait trop de choses qui la mettaient hors d'elle : devoir aller chez le médecin, être à nouveau enceinte et ne pas pouvoir terminer le travail qu'elle avait commencé, devoir décliner l'invitation à la fête d'anniversaire d'un collègue, et enfin l'attitude de Barto.

Il était maussade et tendu. La vérité c'est que Barto était contrarié par la façon dont Carmen vivait sa grossesse. Elle était irascible, prenait la mouche pour un rien… Certes, cette grossesse n'était pas prévue, mais elle était bel et bien là et ils allaient devoir s'y résigner et prendre les choses du bon côté… en espérant que tout se passe bien.

Gonzalo se mit à chouiner dans sa poussette et tous deux le regardèrent. Pas question de céder à ses caprices.

Il ne fallait surtout pas que monsieur se croie tout permis et devienne un petit garçon mal élevé.

Gonzalo se retourna, arqua ses petits reins et poussa un cri. Barto s'approcha du landau et lui murmura de bien se tenir. Carmen leva les yeux au ciel. Ce n'était qu'un bébé, il ne pouvait pas comprendre, voyons. Un nouveau braillement lui donna raison.

— Ne le prends pas dans tes bras, s'impatienta Barto.

— Mais il pleure, voyons.

— Ne le prends pas !

Elle soupira. Quand Gonzalo recommença à vagir, Barto lui donna un hochet, mais le petit l'ignora et continua de donner des coups de pied et de bouder.

— Tu nous fais ton petit numéro ? dit-elle en s'approchant de la poussette et en la remuant doucement pour essayer de le calmer.

— Le petit numéro, il va nous le faire si tu le prends dans tes bras, s'emporta à nouveau Barto.

— Mais enfin, qu'est-ce qui te prend ? dit Carmen en haussant un peu le ton.

Barto se leva et se mit à faire quelques pas en poussant le landau. Le petit se calma presque aussitôt. Elle lui décocha un regard furibond. On voyait bien que ce n'était pas lui qui devait mettre toute sa vie entre parenthèses pour avoir un enfant. Trente ans et déjà deux mioches.

Quand Barto s'en revint avec Gonzalo à présent calmé, Carmen dut prendre sur elle pour ne pas pleurer.

— Je ne comprends pas ce qui t'arrive, lui dit-il sur un ton conciliant. Je t'assure que je fais des efforts, mais je dois être particulièrement dur à la détente, parce que je ne vois pas où est le problème.

— Tu ne vois pas ? Cela saute aux yeux pourtant, dit-elle sur un ton passif-agressif.

La résignation dans la voix de Barto ne manqua pas de la surprendre, au point qu'elle en vint à se demander si elle n'était pas en train de devenir une mégère. Mais non.

— Carmen Carrasco ! appela une infirmière.

Barto se leva, mais elle lui demanda de rester dans la salle d'attente et de surveiller le petit tandis qu'elle se dirigeait vers le bureau dans un claquement de talons.

— Bonjour, asseyez-vous ici, lui dit la doctoresse maquillée jusqu'aux sourcils d'ombre à paupières mauve, rose et bleue. Eh bien, Carmen, qu'est-ce qui vous amène ?

— Je suis enceinte, dit-elle, dépitée, et j'ai très mal au dos. Je ne sais pas ce que je peux prendre ou pas comme médicament…

La femme la regarda fixement.

— Et c'est tout ?

— Non, répondit-elle sans même comprendre pourquoi elle était au bord des larmes.

— Carmen… vous êtes sûre que ça va ?

— Oui, oui.

Elle hocha la tête, honteuse et tremblante.

— C'est votre mari qui attend dehors ? Carmen hocha la tête. Tout va bien avec lui ? Il est gentil avec vous ?

Carmen se sécha les yeux.

— Il est trop gentil – elle sourit. Ce n'est pas lui le problème. Simplement je suis sous le choc parce que je ne m'attendais pas à tomber à nouveau enceinte. Mais mon mari est ravi et il me traite comme une reine.

Tout en disant cela, elle se demanda si c'était réciproque. Était-elle aussi gentille avec lui qu'il l'était avec elle ?

— Vous aviez pris vos précautions ? Vous vous sentez obligée de… ?

— Non, non. J'avais mon stérilet, mais il faut croire que nous sommes le couple le plus fertile de cette planète, dit-elle en souriant. Être mère, c'est très difficile, surtout pour les femmes qui travaillent à l'extérieur. Vous en savez quelque chose. J'adore aller au bureau, mais maintenant, avec le petit…

— Vous savez que c'est un garçon ?

— Non, non…, je veux parler de celui que j'ai déjà. Il a six mois.

— Ah… je vois. Vous allez en avoir deux. Oui, je comprends que ça vous fiche un coup.

— Vous vous rendez compte ?

— Et vous n'avez pas songé à une… interruption de grossesse ?

Carmen avala sa salive. Bien sûr qu'elle y avait pensé.

— Je mentirais si je disais que non, mais je pense que je ne pourrais jamais me le pardonner. Et mon mari non plus.

Quand elle ressortit du cabinet, une ordonnance à la main, elle réalisa que si elle avait eu le choix, jamais elle n'aurait eu cet enfant.

Barto se leva, rangea son smartphone et alla à sa rencontre.

— Alors, qu'est-ce qu'elle t'a dit ?

— Que… ce n'est rien. Elle m'a prescrit une pommade…

— Et ?

— Et ?

— Elle n'a rien dit d'autre ?

— Le petit s'est calmé ? demanda-t-elle pour passer à autre chose.

— Qu'est-ce qu'elle t'a dit ?

— Elle m'a demandé si… j'avais songé à avorter.

Barto soupira, puis se dirigea vers la voiture sans dire un mot.

Ce soir-là, c'est Barto qui donna le bain à Gonzalo, Carmen étant occupée à lire ses mails du bureau. Quand elle alla le chercher pour le mettre au lit et qu'elle trouva Barto assis dans le fauteuil à bascule avec le petit dans ses bras, son cœur se serra.

— Il dort ?

— Oui, murmura Barto en contemplant son fils. Mais d'abord il a fini son biberon jusqu'à la dernière goutte. C'est un goinfre, comme son père.

Elle s'approcha et lui caressa la joue. Barto lui remit le petit et elle alla le déposer dans son berceau. Puis, côte à côte, ils le regardèrent dormir et Carmen songea que la brouille de cet après-midi était oubliée.

Il lui passa un bras autour des épaules, puis tous deux s'enlacèrent et Barto lui dit :

— Si tu ne le veux pas, on ne l'aura pas. Je n'ai pas envie que tu traînes toute ta vie un boulet qui te rend malheureuse.

Surprise, elle regarda son mari. Barto avait grandi dans une famille traditionaliste, qui avait des idées bien arrêtées sur l'interruption de grossesse, mais il était prêt à renoncer à tous ses principes pour le bonheur de sa femme. Dieu seul sait combien il lui en avait coûté de prendre une telle décision. Carmen passait avant tout le reste. Elle était sa raison d'être.

Elle réalisa soudain à quel point il l'aimait. Il le lui démontrait chaque jour, mais cette nouvelle épreuve lui avait ouvert les yeux.

— Non, mon trésor. On va l'avoir ce bébé.

— Pas si tu n'es pas absolument certaine de le vouloir, ajouta-t-il, l'air grave.

— J'en suis certaine. Parce que c'est le tien.

Dans un premier temps, le plan de Lola consistant à faire comme si Jorge ne l'intéressait pas (ou qu'elle lui avait trouvé un substitut) avait séduit Nerea. Mais maintenant que Jorge semblait s'être fait une raison, elle s'en voulait d'avoir suivi ses conseils. Pourquoi pas se raser la moitié du crâne et adopter la mode skateur, aussi, pendant qu'elle y était !

À son grand dam, elle réalisa que non seulement elle n'arrivait pas à oublier Jorge, mais qu'elle passait des heures à penser à lui. Il avait absolument tout ce qui pouvait rebuter une fille comme elle. Il était ficelé comme l'as de pique, erratique, effronté et coureur, avec un tableau de chasse impressionnant, alors que ce qu'elle cherchait c'était un type bien sous tous rapports, rangé et propre sur lui, avec une bonne situation. Un homme qui voulait se marier et avoir des enfants… et elle dans le rôle de la princesse de conte de fées.

Elle prit le temps de méditer quelques instants ce dernier point. Comment la princesse aurait-elle pu élever une ribambelle de marmots et travailler en même temps ? Dans ses rêves les plus fous, elle s'imaginait dans la peau d'une femme au foyer version glamour, qui faisait du yoga et du fitness entre deux visites chez l'esthéticienne… et s'occupait accessoirement des enfants, avec l'aide d'une nounou dévouée, bien entendu.

Brusquement, elle réalisa que se retrouver enfermée chez elle à se tourner les pouces ne l'emballait guère. Certes, elle n'aurait plus le stress des coups de fil intempestifs, des courriers électroniques et de tout le reste, mais…

Elle lorgna son smartphone du coin de l'œil et soupira. Si elle avait suivi le conseil de Lola, elle aurait envoyé un SMS à Jorge, histoire de ferrer le poisson. Une petite marque d'attention lui laissant entendre qu'il avait encore sa chance et que Nerea était une nana qui en valait la peine…

Aïe, aïe, aïe ! Quelle prise de tête !

D'un geste résolu, elle s'empara du téléphone et composa son numéro. À la première sonnerie, elle sentit son estomac se nouer et se demanda si elle n'avait pas perdu la tête. Mais elle tint bon.

— Allô ? répondit une voix vaseuse.

— Euh… Jorge ?

— Lui-même. C'est Nerea ?

— Oui.

Elle sourit en entortillant une mèche de cheveux autour de son index.

— Il me semblait bien que cette petite voix de mijaurée me disait quelque chose, dit Jorge en éclatant de rire.

Elle fronça les sourcils. Nerea le Glaçon et maintenant Nerea la Mijaurée.

— Qu'est-ce qui se passe ? demanda-t-il. Il y a le feu quelque part ?

— Non. En fait… Sans même réfléchir, Nerea ajouta : J'appelais juste pour bavarder un peu.

Dans le silence qui s'ensuivit, elle maudit la terre entière. Puis il recommença à parler… ce qui l'aida à se calmer.

— Et donc ? Quoi de neuf ?

— Rien de spécial.

Elle regarda autour d'elle, cherchant l'inspiration pour avoir l'air spirituelle, douce, sexy, intelligente… mais tout ce qu'elle avait sous les yeux était son bureau croulant sous la paperasse et la boutique fermée, plongée dans l'obscurité. Jorge lui brûla la politesse.

— Je n'ai pas fermé l'œil de la nuit. Je me suis mis à lire un bouquin, et impossible de le lâcher. Du coup, il était trois heures quand je me suis écroulé et…

— Je t'ai réveillé.

— Heureusement, sinon j'étais parti pour roupiller jusqu'au jour du jugement dernier.

Nerea haussa un sourcil. C'était une impression ou Jorge avait l'air plus normal qu'à l'ordinaire ?

— Tu as quelque chose de prévu ? lui demanda-t-il.

— Non. Je suis encore à la boutique, dans le noir, figure-toi. Et toi ?

— Moi, je suis au lit en train de contempler le plafond, dans le noir aussi.

— Les étoiles sont en train de briller, dit Nerea.

— Comment ?

— Les petites étoiles fluo que tu as collées au plafond… elles brillent dans l'obscurité.

— Ah, oui – il rit. Elles étaient déjà là quand j'ai emménagé et je n'ai pas eu envie de les retirer.

— Elles sont jolies.

En disant cela, elle se sentit rougir.

— Dis-moi, je vais préparer un petit frichti pas diététique du tout, du genre plat cuisiné. Ça te dit ?

Elle battit des cils. Que faire ? Si elle y allait, elle aurait à coup sûr envie de coucher avec lui. Elle se mordilla les ongles, elle qui ne s'était jamais rongé les ongles de sa vie !

— Euh..., balbutia-t-elle pour essayer de gagner du temps.

— Pizza congelée. On ne peut pas s'intoxiquer avec ce genre de trucs, si ?

Elle soupira, puis son côté le plus cool prit le dessus et elle répondit :

— Laisse-moi une demi-heure.

Il n'y eut pas de temps morts, comme elle l'avait craint. Ils bavardèrent autour du repas, en sirotant du vin histoire de détendre l'atmosphère. Conscients qu'ils étaient très différents l'un de l'autre, ils évitèrent les sujets qui fâchent. Ils parlèrent cinéma, puis regardèrent un vieux classique et sortirent ensuite sur la terrasse pour finir la bouteille.

Calés dans des fauteuils de plage à demi déglingués, ils contemplèrent le parc de l'autre côté de la rue, sans rien dire. Et tandis que Nerea dégustait son vin, Jorge roulait une cigarette... d'un genre particulier.

— Tu veux une taffe ? lui demanda-t-il après l'avoir allumée.

— Non, merci.

— Pourquoi pas ?

Il sourit.

— Parce que ça m'assomme et que ça me donne envie de vomir.

— *Bad trip*, hé ?

— Quoi ?

— Ça s'appelle faire un mauvais trip.

— Ah. Donc les joints me font faire des mauvais trips.

Jorge éclata de rire et prit une autre bouffée.

— Ça ne t'assomme pas, toi ? lui demanda-t-elle.

— Pas quand je n'en fume qu'un. Je ne fume pas des masses de shit…

Il regarda Nerea et lui toucha les cheveux. Elle lui sourit et se cala dans sa chaise longue.

— Tu n'es pas comme tu l'imagines, lui dit Jorge.

— Qu'est-ce que tu veux dire par là ?

— Que tu n'es ni coincée ni stupide au fond. En tout cas pas ce soir. Tu n'as pas l'air d'avoir honte d'être ici.

— Et pourquoi aurais-je honte ?

— Tu es… Jorge étira la main et lui toucha la joue. Tu es la fille la plus belle que j'aie jamais connue.

Elle baissa les yeux, soudain rougissante. Jorge se rapprocha d'elle et lui prit le menton pour l'embrasser. Ce fut un baiser ordinaire. Tout au moins pour le commun des mortels. Parce que pour Nerea ce fut comme un baiser échangé sous un porche, en cachette, quand on a quinze ans. Comme lorsque le garçon et la fille s'embrassent à la fin du film. Et pour la première fois, Nerea prit un réel plaisir à l'embrasser.

Les lèvres de Jorge glissèrent sur les siennes, lâchant le joint qui tomba à terre. Nerea songea qu'il valait mieux en rester là. Non par pudibonderie, mais parce qu'elle voulait que cette soirée soit différente de toutes celles où ils avaient niqué comme des bêtes. Or, si les choses commençaient à s'emballer, elle savait qu'elle serait incapable de mettre le holà.

La tentation était à son maximum. La tentation de bien se tenir, ou le contraire. Se tenir bien comportait des risques. S'amouracher de quelqu'un comme Jorge n'allait pas de soi. Se tenir mal avait de bons côtés : une petite partie de jambes en l'air n'avait jamais fait de mal à personne.

Elle en était là de ses réflexions quand Jorge renversa le verre que Nerea tenait à la main, répandant tout son contenu sur son chemisier.

L'excuse était toute trouvée pour rentrer chez elle et le mettre à tremper, même si Jorge insista pour qu'elle reste.

Dans le taxi qui la ramenait, Nerea réalisa qu'elle avait envie de plus. Elle avait envie de lui.

Victor m'envoya par texto une adresse que je connaissais, accompagnée d'un message très court :

> Effaçons les choses que nous n'avons pas pu éviter.

La curiosité me poussa à me rendre au rendez-vous sans même chercher à comprendre à quoi il se référait. Quand je réalisai que l'adresse en question était celle du salon de thé si mignon où nous avions rompu l'an passé je fus assaillie par toute sorte de sentiments contradictoires. Mais tout s'évapora dès que je le vis.

Il m'attendait, assis à une petite table, une tasse à motifs dorés à la main. Je fus prise d'un fou rire.

— On dirait un homme qui joue à la dînette !

— C'est une idée. Assieds-toi.

Je m'approchai de la chaise en face de la sienne, mais il m'attrapa par le poignet et m'attira à lui, me plaquant presque contre sa poitrine.

— Tu ne m'embrasses pas d'abord ? murmura-t-il.

— Jamais en public. C'est la règle des amants.

Il inclina la tête de côté, happant mes lèvres avec les siennes. Rien que ce baiser et la chaleur de ses doigts autour de mon poignet me donnèrent des frissons.

Je me laissai tomber sur la chaise et une serveuse apparut avec un thé au lait parfumé à la cannelle et un *red velvet,* ce qui, pour ceux qui ne le sauraient pas, est le plus délicieux des cupcakes.

— Tu as commandé un cupcake ? m'étonnai-je, amusée.

— C'est pour toi.

— Merci, mais je ne suis pas sûre que ce soit raisonnable, alors que je vais bientôt devoir enfiler un bikini.

— T'inquiète. Je me charge de te faire brûler tout ça.

— Et tu comptes t'y prendre comment ?

Victor se pencha au-dessus de la table et me susurra des paroles qui me firent regretter d'avoir posé la question.

— Tu sais, cette position… quand tu te mets à califourchon sur moi et que tu me chevauches en sautillant ?

— Oui, oui, je vois, dis-je en riant.

— Eh, bien, tu vas devoir tenir au moins cinq minutes comme ça.

J'extirpai le cupcake de sa colerette en papier, en prenant soin de ne pas abîmer le glaçage, puis je l'approchai de mes lèvres avec une moue aguicheuse.

— Arrête, me dit-il.

Je passai mon doigt sur la crème au beurre et le suçai. Victor se tourna vers le bar.

— S'il vous plaît, l'addition ! cria-t-il à la serveuse.

Dès que nous fûmes dans sa voiture, nous échangeâmes un baiser profond qui s'acheva par un soupir. Puis il me dit d'attacher ma ceinture et démarra.

J'étirai le bras pour lui toucher la cuisse. Il se mordit la lèvre quand mes doigts se posèrent sur sa braguette et se mirent à caresser son érection.

— Bon sang, Valeria, tu ne peux pas attendre qu'on soit arrivés ?

— Non.

Je détachai ma ceinture, déboutonnai sa braguette de jean et glissai ma main à l'intérieur. Il grogna de plaisir et me supplia d'arrêter. Je baissai la tête, sortis sa verge et l'approchai de mes lèvres.

— Attends, s'il te plaît…

Sa main droite se posa sur ma tête, accompagnant le mouvement tandis que je le happai goulûment.

Vers le haut, vers le bas. Dedans, dehors.

— Il est six heures du soir, nom d'un chien ! Si un bus passe, tout le monde va nous voir.

Je passai ma langue sur la couronne charnue de son gland et aspirai avec force. Il gémit et enfonça la pédale de l'accélérateur.

Une fois dans le hall d'entrée, tandis que nous attendions l'ascenseur, Victor me souleva de terre et plaqua ses lèvres sur les miennes.

Nous nous ruâmes dans l'appartement tandis que je me débarrassais de mon blouson et lui de son polo gris. Je fis courir ma langue depuis sa poitrine jusqu'à son cou, en respirant son odeur délicieusement musquée.

Vous volâmes presque jusqu'à la chambre à coucher, et d'une ruade j'envoyai valser mes sandales et lui ses Converse. Riant et haletant, chacun ôta son jean.

Puis je me jetai sur le lit et l'attendis, jambes écartées. Victor abaissa les bretelles de mon soutien-gorge et extirpa mes seins des bonnets. Ses lèvres n'avaient pas encore effleuré mes mamelons que je me mis à gémir.

J'étirai le bras et abaissai son caleçon, puis je saisis sa verge dans ma main et la caressai.

— Non, attends… s'il te plaît… attends…

— Je ne peux pas, dis-je en guidant son membre entre mes jambes.

Victor fit non de la tête, puis abaissant ma petite culotte, enfouit sa tête entre mes cuisses et commença à titiller mon clitoris à petits coups de langue circulaires.

Je m'agrippai à l'oreiller et y plantai les ongles quand Victor m'écarta encore un peu plus les jambes. J'avais envie qu'il fasse de moi tout ce qui lui passait par la tête. Je voulais qu'il se serve de moi comme d'un jouet.

Quand sa langue entra en contact avec une partie de mon corps où elle n'était encore jamais allée, je me raidis, quoique sans pouvoir réprimer un feulement de plaisir. Il continua pendant quelques minutes à faire des choses avec ses doigts qu'il n'avait encore jamais faites jusque-là.

Je voulus lui faire une fellation, mais il m'en empêcha. Il s'agenouilla entre mes cuisses et fit aller et venir son sexe parmi les plis humides de ma vulve pour lubrifier son gland avant de me pénétrer… plus bas que de coutume.

Je ne dis pas que je ne voulais pas et il ne me demanda pas si j'étais d'accord. Je m'abandonnai tout entière à ses mains quand celles-ci me cambrèrent. Je sentis une pression et Victor lâcha un son guttural. Mon corps s'ouvrit de quelques millimètres et il y introduisit la pointe de sa verge. Un frisson de douleur me parcourut de haut en bas, comme une décharge électrique.

Je voulus lui dire d'y aller doucement, que c'était la première fois que je pratiquais le sexe anal et que je n'étais pas sûre d'aimer ça, mais aucun son ne sortit de ma gorge. Tout à coup, l'atmosphère changea, se transformant en quelque chose de tellement intense qu'on resta sans voix.

Victor exerça une nouvelle poussée et mon corps céda un peu plus, quoiqu'en m'arrachant une grimace. Victor ressortit et lubrifia son sexe avec de la salive avant de revenir à la charge.

Je poussai un soupir sans savoir si c'était de douleur ou de plaisir.

Victor se retira et, s'allongeant sur le dos, me plaça sur lui. À ma grande surprise, lorsqu'il essaya à nouveau, dans cette position, il me pénétra d'un seul coup sans effort.

Je lâchai un gémissement, parcourue d'un frisson qui me donna la chair de poule, et me mis à bouger doucement, en me soulevant de quelques centimètres, puis en m'abaissant à nouveau. Mon corps se détendit peu à peu et nous accélérâmes la cadence.

Victor me saisit par la taille et je posai mes mains sur les siennes. J'étais abasourdie – depuis que nous nous connaissions, pas une seule fois Victor n'avait laissé entendre qu'il aimait le sexe anal – et... je jouissais. Pas seulement parce que je faisais quelque chose de tabou, mais parce que j'y prenais un réel plaisir.

M'agrippant les fesses, Victor enfonça ses doigts dans ma chair tout en me faisant aller et venir en rythme sur sa verge. Il gémit doucement et je compris qu'il était sur le point d'éjaculer. De mon côté, je sentais qu'il me manquait quelque chose – cette étincelle qui déclenche l'extase, et que mon doigt alluma en caressant mon clitoris.

Je ne saurais le décrire tant cet orgasme fut violent. C'était comme si mon corps tout entier s'abandonnait à la jouissance. Tous les pores de ma peau se hérissèrent tandis que le moindre mouvement de mes reins me procurait un plaisir délirant. Je ne pouvais ni crier, ni geindre, ni haleter. Les yeux fermés, une main sur ma nuque et l'autre entre mes cuisses, je luttais pour ne pas me noyer dans toutes ces sensations qui semblaient me dire que nous n'avions pas simplement baisé, mais que nous avions fait l'amour avec une intensité jusque-là inconnue.

Victor éjacula en ressortant de moi, m'inondant littéralement.

Je ne me laissai pas tomber à côté de lui, mais courus me réfugier dans la salle de bains. J'avais tellement honte que je tirai le verrou. J'ouvris les robinets de la douche et me lavai à l'eau froide. Une fois passé le plaisir, je ressentais une brûlure au niveau de l'anus. Tout en me lavant soigneusement – j'avais du sperme jusque dans le dos – je ne cessais de me répéter que je n'avais aucune raison d'avoir honte. Le sexe anal est une pratique sexuelle comme une autre. Et dès l'instant que les deux partenaires sont consentants, tout est possible au sein d'un couple. Sauf que…

Victor et moi n'étions pas un couple. Nous étions des amants. Mon mec était en Asturies, chez lui, probablement en train de griller une cigarette devant son ordinateur. Ce fiancé, avec qui j'allais partir m'installer dans un mois, n'avait jamais eu la permission de me sodomiser ou même d'éjaculer en moi.

Quand je revins dans la chambre, Victor m'adressa un grand sourire. Il flottait dans l'air une odeur de sexe et tout avait l'air parfaitement normal, comme chaque fois que nous avions fait l'amour… sauf que je me sentais différente.

J'étais sur le point d'enfiler mon jean quand Victor me demanda :

— Tu t'en vas déjà ?

— Oui… je…

Il s'approcha et, d'un geste presque réflexe, je lui tendis son caleçon tombé au pied du lit. Il sourit et l'enfila. Puis il m'enlaça et commença à m'embrasser sur les lèvres, dans le cou, en laissant courir ses pouces dans l'échancrure de mon décolleté. Je fermai les yeux.

— Reste encore un peu.

— Il faut que je m'en aille.

— Reste un peu pour que nous puissions parler, insista-t-il.

Laissant mon pantalon sur le fauteuil en cuir, je m'approchai de lui, et fus parcourue d'un frisson quand ses doigts frôlèrent mon dos.

— Qu'est-ce qui t'arrive ? me demanda-t-il.

— J'ai honte, confessai-je en baissant les yeux.

— Honte de ce que nous avons fait ?

— Non, pas exactement. Mais… je ne peux pas m'empêcher de me poser des questions.

Victor rit et s'assit, son menton posé sur mon épaule.

— Mon petit chat. Ne pense pas. Si on se met à gamberger, on va mourir de chagrin. On devrait profiter à fond des instants qu'il nous reste.

Malgré moi, je me mis à penser au temps qu'il nous restait. Présenté comme ça, on aurait pu croire à l'histoire tragique de deux amants dans un film de guerre. Alors qu'en réalité, c'était moi qui avais décidé de partir. Mais alors, pourquoi est-ce que je m'entêtais à coucher avec lui ?

— Je n'y comprends plus rien, soupirai-je.

— C'était super, dit-il, pour changer de sujet.

— Oui. Je ne l'avais encore jamais fait comme ça…

— J'espère que je ne t'ai pas fait mal…

— Non, non.

Je souris quand je sentis ses lèvres dans mon cou.

— J'aimerais bien recommencer.

Je sentis comme un fourmillement profond entre mes jambes. Bon sang, moi aussi, j'avais envie de recommencer.

Victor m'obligea à me tourner vers lui et nous échangeâmes un sourire tandis qu'il posait sa main sur son érection naissante.

— Tu étais tellement… serrée, susurra-t-il quand je glissai ma main dans son caleçon.

— Tu as pris du plaisir? haletai-je en sentant sa verge durcir sous mes doigts.

— Tu n'as pas idée combien, fillette.

J'imprimai un mouvement montant et descendant à ma main, et remarquai que son corps tout entier tremblait encore sous l'effet de l'orgasme que nous avions eu un quart d'heure plus tôt.

— Tu crois qu'on va pouvoir recommencer? demandai-je. J'ai pris un tel pied…, confessai-je.

— Je veux qu'on recommence et que ça ne finisse jamais.

Je me levai du lit, ôtai ma petite culotte et abaissai son slip. Je m'assis à califourchon sur lui et guidai sa verge en moi. Ce fut comme d'apaiser instantanément une brûlure dont je n'avais même pas conscience. Je gémis de plaisir:

— Ah…

— Mon petit chat…

Une fois de plus, je cédai à la tentation de ne pas penser que j'allais devoir partir. Je voulais juste sentir. Sentir Victor en moi, et l'entendre respirer.

42

Nerea : le saut dans l'inconnu

Nerea le Glaçon avait cessé d'être. Comment était-il possible qu'elle n'ait jamais rien ressenti de comparable ? Elle n'arrivait pas à y croire et ne cessait de se répéter qu'il y avait toujours une première fois et que la sienne avait dû se produire il y a très, très longtemps.

Elle passa mentalement en revue toutes ses histoires de cœur et eut un pincement quand elle réalisa que, jusque-là, elle avait dressé des listes imaginaires avec d'un côté « les choses qui me plaisent » et de l'autre « les choses que je n'aime pas » pour décider quel mec était éligible. Mais des critères tels que « j'adore son odeur » ou « je me sens rassurée quand il me prend dans ses bras » ne figuraient pas dans ses listes. Non. C'était plutôt « il veut se marier et avoir des enfants » ou bien « il a une bonne situation ».

Après la fameuse « soirée des confidences », elle s'était sentie plus libre de nous parler ouvertement. Je lui avais recommandé de ne pas s'attacher aux choses superficielles. Après tout, les personnes qui nous font nous sentir spéciales dans la vie ne sont pas légion, avais-je déclaré sans trop savoir si je m'adressais à elle ou à moi-même.

Elle avait fait le tri parmi tous les conseils que nous lui avions prodigués, et après les avoir passés à la centrifugeuse mentale, en était venue à la conclusion qu'elle devait avoir une discussion franche avec Jorge. Car s'il lui plaisait énormément, lui n'avait même pas essayé de lever le petit doigt quand elle l'avait battu froid.

Elle voulait aller droit au but, sans se demander « qu'est-ce qu'il va penser ou dire », et mettre fin aux doutes qui la taraudaient.

On était samedi après-midi quand Nerea envoya un texto à Jorge pour lui demander s'il avait quelque chose de prévu le soir. Il lui répondit que non et qu'il était ouvert aux suggestions. Sur quoi, elle proposa : « Un dîner autour d'un verre de vin. Et un brin de causette. ».

Ils se retrouvèrent devant le restau qu'elle avait elle-même choisi, le Maricastaña. En réalité, elle avait fait la réservation avec l'intention d'y dîner avec une de ses sœurs, puis s'était ensuite décommandée en prétextant qu'elle ne se sentait pas bien. Mais cela, Jorge n'était pas censé le savoir.

Quand elle le vit adossé à côté de la porte d'entrée, Nerea remarqua que, sans aller jusqu'à renier son look, il avait tout de même fait un effort. Il portait un jean droit avec des Converse en cuir et un T-shirt noir. Il était à croquer. Nerea s'était quant à elle efforcée de ne pas avoir l'air trop guindée : jean noir moulant et ballerines à perles de cristal Swarovski Pretty Ballerinas et pull noir très léger qui laissait une de ses épaules dénudée.

Ils échangèrent un sourire gêné, ne sachant pas s'ils devaient se faire la bise ou se rouler une vraie pelle. Pour finir, le baiser atterrit à la commissure des lèvres.

Ils prirent place à une petite table derrière la vitre, et quand la serveuse s'approcha, Nerea commanda un verre de vin blanc et lui une bière. Cela fait, ils se plongèrent dans la lecture du menu. En réalité, Nerea savait déjà ce qu'elle allait prendre, mais elle profita de ces quelques instants de répit pour réfléchir à ce qu'elle allait lui dire.

Pendant qu'ils attendaient leurs plats, ils se mirent à parler de tout et de rien. Le boulot, un festival de musique où Jorge avait prévu d'aller, un meuble Ikea que Nerea n'arrivait pas à monter.

— Je me suis rendu compte que je n'avais même pas un marteau à la maison, avoua-t-elle, honteuse. Quand je me suis vue obligée de me servir d'un livre pour enfoncer un clou, je me suis dit qu'il valait mieux faire appel à mon père ou un de mes beaux-frères plutôt que de m'esquinter les mains.

— Ne sois pas bête. Je peux t'aider, sourit-il.

— J'y ai pensé, figure-toi, mais j'ai hésité… parce que je n'étais pas certaine de pouvoir t'appeler pour ce genre de choses.

Jorge lui jeta un regard en coin.

— Je ne comprends pas ce que tu veux dire par « ce genre de choses », Nerea.

— Je veux dire par là que… je n'ose pas décrocher le téléphone et te dire tout de go : « Jorge, je voudrais que tu m'aides à monter une commode. »

Jorge se passa une main dans les cheveux.

— Il me semblait qu'on en avait déjà parlé.

— Dans ce cas, je ne me souviens pas à quelles conclusions nous en étions arrivés, rétorqua-t-elle, déterminée à obtenir une réponse franche.

— On pourrait peut-être trouver un juste milieu entre être simplement amis et coucher ensemble de temps en temps, dit-il en repoussant son assiette.

Nerea inspira profondément.

— Je… je ne veux pas de ça, Jorge. Ce n'est pas le genre de relation que je cherche.

— Je comprends. Mais moi, je ne cherche rien d'autre.

Ils restèrent un moment silencieux, puis Jorge s'éclaircit la gorge et poursuivit :

— Si on veut continuer d'avoir de bonnes relations professionnelles, je dois être franc avec toi, Nerea. Tu me plais. Je te trouve super belle. Tu es probablement la plus belle nana avec qui je suis sorti, mais… je ne suis pas certain d'aimer ta façon d'être. Je ne suis pas certain de t'apprécier en tant que personne.

Un coup de poing au creux de l'estomac n'aurait pas pu lui faire pire effet que cette déclaration. Quand elle eut retrouvé son souffle, Nerea appela la serveuse et demanda l'addition.

— Ça ne veut pas dire qu'on ne peut pas être amis, précisa Jorge.

Mais qu'est-ce qui lui avait pris de se fourrer dans ce guêpier, nom d'un chien ? Elle était en train de demander à ce type de lui donner plus que ce qu'il était prêt à lui accorder. Sauf que ça ne fonctionnait pas comme ça et qu'elle se retrouvait piégée dans un *no man's land*, entre celle qu'elle avait toujours été et celle qu'elle aurait voulu être.

— Nerea, dit-il doucement, c'est que… parfois tu as l'air tellement coincée et distante que j'ai l'impression que tu as honte qu'on couche ensemble. Et puis je crois sincèrement qu'on n'a pas grand-chose en commun. Toutes les filles avec qui j'ai essayé d'avoir une vraie relation étaient… comme moi.

— Et à en juger par le résultat, ça n'a pas vraiment marché, répliqua-t-elle, incapable de se contrôler.

— Non, mais si j'ai du mal avec une fille qui me ressemble… tu imagines avec quelqu'un comme toi ? Qu'est-ce qu'on ferait de plus à part s'envoyer en l'air ? Je ne saurais jamais ce que tu veux… et rien que d'y penser ça me met mal à l'aise.

Nerea rafla l'addition dès que la serveuse la posa sur la table.

— C'est moi qui paie. Vu ce qui s'est dit, ç'aurait très bien pu être un dîner d'affaires.

Elle laissa un billet sur la table et se leva. Il l'imita.

— Attends. On ne peut pas se quitter comme ça, dit-il. On va prendre un verre et bavarder un peu…

— Je n'en ai vraiment pas envie, déclara Nerea sans chercher à mentir.

— Donne-moi au moins la possibilité de m'expliquer. Je n'ai pas envie de passer pour le dernier des salauds. S'il te plaît.

Ils allèrent s'installer dans un bar à cocktails situé deux rues plus loin. Nerea n'avait pas envie de rentrer chez elle et de se mettre la tête sous la couette. Sans quoi, elle savait qu'elle ne sortirait pas de son lit avant une semaine.

Jorge commanda deux verres puis, visiblement mal à l'aise, saisit le poignet de Nerea et lui dit sur le ton de la confidence :

— Ce n'est pas parce que tu ne me plais pas en tant que personne. Je me suis mal exprimé. C'est juste que je ne suis pas fait pour les relations. Tout au moins pas au sens conventionnel. Je ne suis pas certain de pouvoir avoir une copine et de ne pas la décevoir. Je ne sais jamais ce qu'on attend de moi. Et, à part au lit, les femmes et moi ça fait deux, comme tu l'auras remarqué.

Nerea inspira, fermement résolue à se taire, mais elle explosa malgré elle :

— Jorge, tu as autant de tact qu'un sagouin. Je ne t'ai jamais dit que je voulais une relation de couple. Je voulais juste savoir s'il existait une possibilité que nous apprenions à mieux nous connaître au plan humain, si je pouvais te demander de m'accompagner à une expo ou au ciné. Entre ça et ce que tu décris, il y a un gouffre. Mais ne t'inquiète pas, j'ai dû perdre momentanément les esprits quand je me suis imaginé que toi et moi pourrions nous comporter comme deux individus normalement constitués.

Jorge souffla.

— S'il te plaît, ne te mets pas dans cet état.

— Quel état ?

— Celui de la femme séduite et abandonnée. Je te plais, tu me plais, mais je ne veux pas te donner de faux espoirs. Car je ne suis moi-même pas certain que ça pourrait marcher entre nous. Tu es une nana compliquée qui…

— Non, je ne suis pas une nana compliquée ! s'insurgea Nerea. La vérité, c'est que tu ne t'es pas donné la peine d'aller voir plus loin que sous ma petite culotte. Tu m'as collé l'étiquette de la nana coincée du slip sans chercher à comprendre dans quelle mesure l'éducation que j'ai reçue m'empêchait d'être celle que je voulais être réellement.

— C'est bien ce que je disais, tu es quelqu'un de compliqué.

— Et toi, Jorge, tu es quoi ? Une âme simple et sans désirs ? Jamais tu n'éprouves le besoin d'être avec quelqu'un, ne serait-ce que pour passer un moment ?

— Bordel, Nerea…

— Peu importe. Oublie ça, Jorge. Il ne s'est rien passé.

Elle se leva et prit son sac à main en ravalant son envie de pleurer. Il n'aurait plus manqué qu'elle fonde en larmes pour terminer la soirée.

— Je m'en vais. Cette fois, c'est toi qui paies. Et ne m'appelle plus, s'il te plaît.

Elle se fraya dignement un chemin jusqu'à la sortie. Dehors, une brise tiède s'était levée. Étouffant un sanglot, elle se mit à marcher à pas rapides en direction de la station Tribunal.

Une fois dans le taxi, elle laissa couler ses premières larmes. Elle reçut un texto qu'elle ne lut pas avant d'être rentrée chez elle. C'était Jorge :

Je suis le dernier des crétins. Mais je ne veux
pas te décevoir, ma douce. Je tiens trop à toi.

43

Le vernissage de Ray

L'expo de Ray se tenait dans une petite galerie de Malasaña. Lola, persuadée que l'événement n'allait attirer que deux pelés et un tondu, avait insisté pour que nous venions toutes en renfort, sous peine de mort.

— Et ne vous ramenez pas attifées comme l'as de pique. C'est une soirée branchée, nom d'un chien ! Soyez glamour !

— Mais, on est glamour, répliqua Carmen, vexée.

— Toi, la pondeuse, on ne t'a pas sonnée.

La première dame avait clairement les nerfs en pelote.

Comme par une sorte de *déjà-vu*, nous étions convenues de nous retrouver toutes les quatre à la galerie à vingt et une heures, à cette différence près que cette fois mon ex-mari et sa maîtresse ne seraient pas présents et que je ne me sentirais pas dans mes petits souliers…

Toujours est-il que j'arrivai la dernière, car je flippais à l'idée de me faire jeter comme une malpropre si ma tenue n'était pas assez branchée au goût de Lola. J'avais opté pour un jean cigarette rouge avec un haut blanc et des talons imitation léopard, mais quand j'appelai Nerea pour m'assurer que j'avais bien capté le *dress code*, elle s'écria :

— Tu as perdu la boule ? Tu veux te faire sortir à coups de pied au cul, ma parole ! Elle a dit glamour. Autrement dit paillettes et trucs en plumes.

— Tu déconnes ? m'écriai-je, horrifiée.

— Je porte une mini-jupe à sequins dorés, un chemisier rose saumon et des plateformes hautes comme des échasses.

— Doux Jésus !

Je dus me changer pour ne pas avoir l'air d'une personne normale.

Je me présentai à la galerie, terrorisée à l'idée de me faire refouler par Lola, mais quand elle se retourna et m'aperçut, je vis des étoiles dans ses yeux. Je m'étais rabattue sur un pantalon corsaire noir et une blouse blanche ample serrée à la taille par une ceinture en métal doré. Le tout complété par les talons léopard que j'avais déjà choisis, et une pochette noire à garnitures dorées assortie aux bracelets que je portais aux deux poignets.

Lola arborait une jupe cloche en cuir, avec un corsage cintré et ses escarpins Louboutin. Elle ne portait qu'un trait d'eyeliner et du rouge à lèvres, mais ses faux cils auraient pu provoquer un tsunami à l'autre bout de la planète au moindre battement de paupières.

Celle qui me surprit le plus fut Carmen, dont la tenue tranchait singulièrement à côté de celle de Nerea et ses paillettes. Faisant fi des menaces de Lola, elle s'était affublée d'un jean élimé, d'un T-shirt « Manolo et Jimmy sont les meilleurs amis d'une fille » et d'un blazer à manches trois-quarts orange pétard. Certes, elle avait un look cool, mais pas pour aller en boîte avec Paris Hilton, contrairement à Nerea et moi.

— Tu as tiré un trait sur le glamour ? lui glissai-je sournoisement.

— Je suis enceinte. J'ai le droit de faire ce qu'il me plaît, répondit-elle en tendant la main vers un plateau d'amuse-gueule qui, de toute évidence, avaient été confectionnés par l'artiste lui-même.

— Ne te goinfre pas, c'est Ray qui a dû tout payer, lui dis-je dans un murmure.

— Justement. Ce serait dommage de les laisser pour qu'ils finissent ensuite à la poubelle.

Je fis la bise à Barto et, alors que Nerea commençait à expliquer comment s'organisait ce genre d'événements, j'aperçus Victor en train d'admirer une des toiles de Ray.

Victor. Grand, sûr de lui et élégant. Tout simplement magnifique et comme sorti d'un rêve.

La tête penchée de côté, il scrutait l'œuvre de long en large avec un intérêt non feint. Je me rappelai que la veille, à l'insu de tous, nous avions baisé sur le palier de son appartement. Si, si, sur le palier. J'étais rentrée chez moi avec ma petite culotte déchirée dans mon sac à main et une marque mauve sur la fesse droite.

Je m'excusai auprès des filles et de Barto et m'approchai de lui. Dans un premier temps, je ne dis rien, me contentant de me poster à côté de lui et de regarder moi aussi la toile avec attention.

— Intéressant ? demandai-je au bout d'un moment.

— Très, dit-il sans détacher son regard du tableau.

Je ne suis pas une experte en art, mais je suis d'un naturel curieux, et les références artistiques se mirent à défiler dans ma tête jusqu'à ce que, soudain, je me remémore les nus d'Egon Schiele. C'était un peu la même chose, le même coup de crayon et les mêmes nuances cuivrées dans les cheveux de la femme, mais dans un style plus élégant, sans la brutalité qui imprègne, à mes yeux, l'œuvre de Schiele. Le résultat était provocant, mais subtil.

On voyait une fille allongée sur un sofa, le combiné d'un téléphone vintage plaqué contre l'oreille et sa main droite passée entre ses jambes, à l'intérieur de sa petite culotte. Bien que ne portant rien d'autre, on ne distinguait clairement qu'un seul de ses seins. Elle avait la tête rejetée en arrière, la bouche entrouverte, comme si le plaisir s'échappait par vagues de ses lèvres. Un frisson me parcourut de la tête aux pieds.

— C'est beau, dis-je.

— C'est superbe, dit Victor. Mais j'ignorais que tu posais pour lui.

Le fait est que la fille me ressemblait vraiment beaucoup.

Victor détacha ses yeux de la toile et me regarda en souriant.

— Moi aussi, dis-je.

— Toi et moi dans une expo… c'est risqué.

Je ris.

— Ce n'est pas toi ? insista-t-il.

— Eh bien… je ne nie pas qu'elle et moi nous ressemblons beaucoup, mais je n'ai jamais posé pour un tableau. Il y a un titre ?

— Oui. *Il n'est pas fait pour moi.* Toujours est-il que pour un mec qui n'est pas fait pour elle, il a l'air de drôlement lui plaire.

Nous éclatâmes de rire.

— La honte, dis-je. Ray m'a raconté qu'il peignait les choses qui l'inspiraient et qu'il trouvait notre histoire très intéressante.

— Ce qui explique sans doute pourquoi il y a une autre toile, là-bas au fond, qui ressemble comme deux gouttes d'eau à Nerea et Lola en train de s'envoyer en l'air.

Je ne pus cacher ma surprise.

— Nerea va lui tordre le cou.

— Il y en a une autre qui n'est pas mal non plus. Viens, dit-il en m'entraînant vers un autre tableau.

J'eus un petit haut-le-corps.

— Sacré Ray ! dis-je en éclatant de rire comme une idiote.

Le tableau représentait un couple enlacé avec, comme toile de fond, ce qui aurait pu être un mur de salle de bains faïencé. Les bras passés autour de son cou, la fille embrassait passionnément son partenaire, qui agrippait une de ses fesses d'un geste possessif. Tous deux étaient en sous-vêtements. À l'évidence, il s'agissait de Victor et moi.

Nos ricanements attirèrent l'attention des gens qui se trouvaient là et Nerea s'approcha, la mine effarée.

— Val, je crois que Ray m'a représentée en train de… avec Lola !

— Ce n'est pas toi, lui lança Victor, tout sourire. Regarde bien et tu verras.

Perchée sur ses échasses rose saumon, elle s'éloigna puis s'arrêta devant le tableau en question.

— Alors, il te plaît ? me demanda Victor.

— Carrément. Il est torride et je ne suis pas sûre de ce que je vois, mais… C'est quoi le titre ?

Victor se pencha vers la petite notice et lut :

— *Le secret.*

Nous éclatâmes de rire et Lola se retourna, le visage illuminé d'un sourire.

— Je vais te chercher quelque chose à boire ? proposa Victor.

— Volontiers. J'ai la gorge sèche. Lola m'avait dit que les peintures de Ray étaient légèrement érotiques, mais je ne m'attendais pas à ça.

— Et tu n'as encore rien vu, murmura-t-il, énigmatique.

— Je ne suis pas férue de peinture, mais je crois qu'il a un réel talent, dis-je en trempant mes lèvres dans un verre de vin blanc.

— Oui, je le crois aussi. Espérons qu'il va toutes les vendre.

— Je ne savais pas qu'elles étaient à vendre.

— Si, si.

Je me tournai vers la mienne pour vérifier si j'avais les moyens de me l'offrir, mais Victor me coupa l'herbe sous le pied :

— Trop tard.

— Comment ?

— Elles sont déjà vendues.

— Les deux ?

— Les deux. J'ai toujours eu une âme de mécène.

— Et où comptes-tu les mettre, si ce n'est pas trop indiscret ?

— Voyons… Il faut que je leur trouve une place de choix.

— Oh, le pervers ! m'exclamai-je.

— Tu n'as pas idée… Il haussa un sourcil et, se penchant vers moi, proposa : J'ai déjà la trique rien qu'à te regarder. On va faire un tour aux toilettes ?

— Non, pas ici, dis-je avec un sourire provocateur. Plus tard. Commence à réfléchir à ce que tu vas me faire…

Au même instant, Lola vint se planter devant nous, nous faisant sursauter.

— Purée, Lola ! Mets un grelot pour t'annoncer ! bafouilla Victor.

— Quoi ? Ça vous plaît au moins ?

— Ray est un petit génie, m'exclamai-je.

— Pour avoir réussi à vous peindre comme ça, en pleine ascension érotique, oui, sûrement. Je lui ai dit qu'il serait plus réaliste de représenter Victor avec ton slip déchiré à la main, mais il n'a pas trouvé ça élégant.

— Par contre, le triptyque est très élégant, déclara Victor, le regard effronté.

— C'est du postmodernisme, mon petit. Ouvre un peu ton esprit étriqué ! rétorqua Lola.

Je m'approchai dudit triptyque et manquai tourner de l'œil. On y voyait Ray et Lola forniquant à tout-va.

— Oh, purée…

— Il fait chaud ici, tu ne trouves pas ? dit Victor derrière moi.

— Lola, dis-je en me tournant vers elle, tu crois vraiment que c'était nécessaire ?

— C'est de l'art, précisa-t-elle, l'air digne.

— Et pourquoi est-ce qu'il te tient par le cou ? demandai-je.

— Parce que le sexe est un jeu de pouvoir et que, parfois, j'aime être possédée violemment.

Victor se mit une main devant les yeux.

— C'est vrai, Victor ? Elle aime ça ? demandai-je pour le provoquer.

— Comment veux-tu que je sache ? dit-il en riant.

— Bah, tu la connais bien à cet égard, non ?

Il leva les yeux au ciel et concéda :

— Oui, elle aime ça.

— Et elle ? demanda Lola. Elle aime quoi ?

Victor posa son verre et palpa ses poches à la recherche de son smartphone qui s'était mis à vibrer.

— Sauvé par le gong.

Il s'éloigna pour répondre. À en juger par le ton de sa voix, c'était un appel du bureau.

— J'ignorais qu'il serait là, fis-je remarquer à Lola.

— Bien sûr – elle éclata de rire. On ne me la fait pas à moi. Tu ne crois toujours pas que c'est l'homme de ta vie ?

Je haussai les épaules.

— Regarde-le, lui dis-je tandis que Victor, adossé à une voiture, se passait une main dans les cheveux. Tu crois vraiment que ce mec se résignera un jour à n'avoir qu'une seule nana ?

— Pourquoi pas, si la nana en question comble tous ses désirs ?

Je souris. Lola disant ce genre de choses et moi ayant un amant, c'était le monde à l'envers.

— Lola, s'il te plaît. Ces paroles-là dans ta bouche, c'est aussi incongru que Nerea prenant son pied avec le premier venu.

J'avais dit Nerea pour ne pas dire mon nom à moi et m'enfoncer encore un peu plus dans le mensonge.

Victor nous regarda de loin en se mordillant la lèvre.

— Qu'est-ce que vous faites ? demanda Carmen en s'approchant.

— On reluque Victor, répondit Lola.

— Hum… un dessert pareil, ça ne se refuse pas, dit-elle en le regardant à son tour. Au fait, Val, des nouvelles de Bruno ? Il vient te chercher ou tu dois y aller seule ? Parce qu'on aurait pu organiser un dîner entre couples avant ton départ.

— Je ne sais pas encore, répondis-je, prudente.

Je n'avais pas envie de parler de Bruno et de me rappeler par la même occasion que ma vie était un vrai désastre. Je voulais passer ces derniers jours dans l'insouciance. Après quoi je m'en irais et tout s'effacerait comme les souvenirs après une grosse cuite.

Un mec entra d'un pas décidé dans la galerie. Il était grand, avec des cheveux châtains et des yeux clairs qui transpercèrent Lola comme des flèches dès qu'il l'aperçut.

— Bordel de merde, souffla-t-elle.

— Hum…, murmura Carmen en reluquant l'inconnu.

— Ça va, les hormones ? plaisantai-je.

— Euh…, murmura Barto qui venait d'arriver. J'ai loupé quelque chose ?

— Mais comment est-ce qu'il a su ? se demanda Lola.

— Qu'est-ce qui se passe ? Qui est-ce ?

— Mon putain de chef.

Carmen et moi échangeâmes un regard entendu, puis nous tournâmes vers la toile accrochée derrière nous. C'était une espèce de madone de style renaissance, avec les seins à l'air, qui ressemblait à s'y méprendre à Carmen.

— Mais enfin, c'est quoi son problème à ce peintre ? s'offusqua-t-elle.

— Mince alors, je vais devoir l'acheter, marmonna Barto entre ses dents.

Lola se dirigea vers son boss d'un pas assuré, un sourire forcé aux lèvres.

— Salut, Lola. Comment ça va ? Moi, très bien, merci.

Elle leva les yeux au ciel tandis qu'il continuait son baratin :

— J'ai entendu dire que ton mec était peintre… et comme je suis amateur de peinture moderne… Et puis le titre de l'expo m'a bien plu. Tout ce qui contient le mot « érotisme » m'attire.

— Dans ce cas, rince-toi l'œil.

— Tu n'as pas l'air contente de me voir.

Lola se força à sourire. Après tout, c'était son supérieur hiérarchique.

— Mais pas du tout ! le détrompa-t-elle.

— Tu me présentes l'artiste ?

Victor passa juste à ce moment-là à côté de Lola qui lança :

— Victor !

— Oui, ma Lolita ?

— C'est ton cher et tendre ? demanda Quique en tendant aussitôt la main à Victor.

— Absolument ! déclara Lola.

— Mais non ! contra Victor, abasourdi.

— Je voulais dire que… hi, hi, hi – elle s'esclaffa en feignant d'être pliée en deux de rire. Il l'a été. C'est mon ami Victor.

— Enchanté.

Ils se serrèrent la main.

— Je te présente Enrique, mon chef.

— Ah…

Victor nous lança un regard paniqué à Carmen, Barto et moi.

Je n'aurais pas aimé être à sa place, c'est pourquoi j'appelai Victor, qui s'excusa et vint nous retrouver.

— Mais qu'est-ce que c'est que cette histoire ? demanda-t-il, abasourdi.

— C'est le chef de Lola, celui qui lui en fait voir des vertes et des pas mûres, expliquai-je en écarquillant bien grand les yeux dans l'espoir qu'il me comprendrait à mi-mot.

— Celui qui est monté comme un marteau-piqueur ?

— Oui.

— Ah, je comprends mieux maintenant.

— Mon chou..., dit une voix derrière nous.

Nous nous retournâmes et vîmes Ray qui appelait Lola. Elle fit la sourde oreille, mais il insista et s'approcha.

— Mon chaton... Lola !

— Je crois qu'on te parle, murmura Quique en regardant Lola droit dans les yeux.

— Coucou, trésor, répondit-elle d'une toute petite voix tandis que Ray la prenait par la taille. Alors ?

— Super ! Les gens du magazine sont venus ! Et la nana de la fac ! Et deux de mes profs ! Tu viens ? Je vais te les présenter.

— Oui, bien sûr. Ray, je te présente Enrique, mon chef.

— Quique, précisa ce dernier.

Ray se remémora d'un coup la nuit où Lola s'était réveillée en criant, après avoir fait ce qui devait être un rêve érotique encore plus chaud que toutes les toiles exposées dans la galerie. N'était-ce pas ce nom qu'elle avait prononcé ?

— Enchanté. Il gratifia le chef d'une solide poignée de main, puis se tournant vers elle : Tu viens, oui ou non ?

Nous autres, qui observions la scène comme on regarde se dérouler une couleuvre, détournâmes les yeux, embarrassés.

— Bon sang, pourquoi faut-il que tous les vernissages finissent en... ? dit Victor en me passant un bras autour de la taille.

Barto, qui nous observait, s'exclama soudain avec un grand sourire :

— Ah, super ! Vous vous êtes remis ensemble ? Je suis ravi ! Heureusement que tu n'as pas tout plaqué pour partir vivre à Pétaouchnock !

Carmen se massa le front, mortifiée.

— Barto, s'il te plaît, ferme-la, lui murmura-t-elle tandis que Victor et moi éclations de rire.

— Qu'est-ce qui se passe ? demanda-t-il à sa femme.

— C'est-à-dire qu'on ne... s'est pas remis ensemble, précisai-je. Je pars dans les Asturies dans quelques semaines.

— Ah... bon... je croyais que...

Victor lui donna une petite tape amicale et lui dit que c'était sans importance.

— Si seulement, dit-il en pivotant sur ses talons pour aller se chercher un verre.

Si seulement on ne s'était pas embarqués dans une relation sexuelle sordide et frivole. Et tout ça par ma faute.

L'apparition surprise de Quique avait de toute évidence ôté le goût de la plaisanterie à Ray. Il continuait d'aller et venir dans la petite galerie pour assurer sa propre promotion, mais on voyait bien que le cœur n'y était pas. Le fait qu'il ait réussi à vendre quatre-vingt-dix pour cent des toiles exposées n'avait pas l'air de lui remonter le moral. Lola était, comme disait Nabokov, la lumière de sa vie, le feu de ses entrailles.

Quand il n'y eut plus rien à boire et que tous les pique-assiette qui étaient venus se baffrer gratis se furent esquivés, Barto et moi décidâmes de sortir griller une clope sur le trottoir. Victor, Carmen et Nerea se joignirent à nous, même si la chaleur et la foule au-dehors étaient étouffantes.

J'offris une cigarette à Victor, qui l'accepta et ôta sa veste, révélant un polo blanc sous lequel on devinait un torse parfaitement sculpté. Même Carmen ne resta pas indifférente au spectacle de ses bras fins et musclés.

— Purée…, souffla-t-elle entre ses dents.

— J'allais le dire, répondit Barto, légèrement vexé. Mets-toi ici, je ne veux pas que tu respires ma fumée.

— La fumée te gêne, Carmen ? demanda Victor.

— Non, mais c'est juste que…

Elle se caressa le ventre.

Victor écarquilla les yeux.

— Tu es enceinte ?

— Oui, dit-elle avec un petit sourire résigné.

— À la bonne heure !

Il s'approcha et la serra dans ses bras.

Carmen en profita pour palper ses muscles dorsaux sans que Barto puisse la voir. Victor la relâcha et gratifia Barto d'une tape virile.

— C'est formidable ! Félicitations ! Enceinte de combien ?

— Tout juste trois mois.

— Tu vois, Carmen ? m'exclamai-je en riant. Personne ne te traite de pondeuse !

— Sauf Lola.

— Lola est ravie d'être à nouveau tata, dit Nerea en tapotant doucement le ventre de Carmen.

— On est toutes ravies et on jouera les baby-sitters quand tu en auras besoin, ajoutai-je.

Victor me sourit et je lui rendis son sourire, l'air béat.

— Tu es fatiguée ? demanda Barto à sa femme.

— Pour ne rien te cacher, un peu tout de même. Surtout après la nuit que nous a fait passer Gonzalo.

— Il est malade ? demandai-je.

— Il est en train de faire ses dents et ça le met de mauvais poil, expliqua Barto. Il ne pleure pas, mais il passe la nuit à faire de drôles de bruits d'écureuil. Allons, viens, Carmen, on s'en va avant que le fiancé de Nerea rapplique et qu'on découvre qu'elle sort avec notre chef.

Nous éclatâmes tous de rire. Et Victor et moi échangeâmes à nouveau un regard. Après l'expo d'Adrian, où Nerea avait découvert que son jules n'était autre que l'affreux boss de Carmen, Victor et moi nous étions embrassés pour la première fois.

— On va dire au revoir à Lola, dit Carmen.

Barto jeta son mégot à terre et l'écrasa, puis ils entrèrent de nouveau, main dans la main, dans la galerie.

— Qu'ils sont choux, murmura Nerea. Le couple idéal.

— Oui, comme ces gens qui font des photos de famille à la plage avec toute leur marmaille, me moquai-je gentiment.

— N'empêche que j'aimerais bien y être, à la plage, en ce moment, dit Victor.

— Et moi donc, renchéris-je.

— Il suffit de demander, murmura-t-il entre ses dents.

Je ne pus résister à l'envie de souffler sur les braises.

— Je tuerais père et mère pour pouvoir prendre un bain de minuit. Surtout dans la Méditerranée…

— Oh, oui, gémit Nerea, le regard dans le vague.

— Eh bien, qu'est-ce qu'on attend ? Allons-y ! dit Victor.

— Oui, bien sûr, allons-y, répondis-je pour le provoquer.

— Ma voiture est à deux pas. On fait le plein et…

Nerea éclata de rire.

— Non, je suis sérieux. Je ne veux pas y aller tout seul.

Il me lança un regard appuyé, puis :

— Ça ne te dirait pas de piquer une tête dans la Méditerranée ? Valence n'est qu'à trois heures de route.

— Tu es complètement zinzin, dis-je en riant.

— Et si on y allait ? s'enthousiasma Nerea. Soyons fous !

— Tu vois, Nerea est partante.

— Nerea, c'est la nana qui se met à rouspéter dès que tu mets le contact. Ne te fais pas d'illusions.

— C'est pas vrai ! réfuta-t-elle en secouant sa crinière blonde. Pas si c'est pour aller à la plage.

Victor éclata de rire.

— Oublie, Nerea. Valeria est une dégonflée.

— Mais enfin… Comment ça une dégonflée ? grommelai-je en croisant mes bras sur ma poitrine.

— C'est la pure vérité. Tu n'es qu'une rabat-joie.

— Ne me provoque pas, rétorquai-je en riant.

— C'est la nuit idéale pour faire de la route. Nerea ? Si on y allait tous les deux ?

— Toi et moi ? répondit la brave Nerea en rougissant jusqu'aux yeux.

— Oui. Étant donné que Valeria se dégonfle…

— C'est bon, on va à la plage, finis-je par dire en frappant dans mes mains.

— Sérieux ? demanda Nerea toute contente.

— Oui, confirmai-je. On va dire au revoir à Lolita, et en route !

Nerea retourna dans la galerie au pas de charge et alla trouver Lola.

Pendant ce temps, Victor et moi terminâmes notre cigarette en les observant de loin. Lola fronça les sourcils et posa une question à Nerea. Quand celle-ci lui répondit avec un hochement de tête enthousiaste, la main de Lola décrivit un arc de cercle parfait et s'abattit sur sa nuque avec un claquement retentissant. Toutes les têtes se retournèrent.

— Tu es stupide, ou quoi ? rugit-elle.

— Mais qu'est-ce qui te prend de me frapper ? rétorqua Nerea en se frottant le cou.

Elles se mirent à parler toutes les deux en même temps et à toute allure, et c'est alors que Nerea percuta et leva les sourcils. Quand nous entrâmes, elle baissa la tête.

— Alors, Nerea ? On va à la plage ? la provoqua Victor.

— C'est que... Je ne vais pas pouvoir, répondit-elle en lissant ses cheveux blonds. J'ai un rendez-vous important que... que je ne peux pas déplacer.

Victor et moi éclatâmes de rire.

— Mais allez-y sans moi ! Ou alors on pourrait y aller tous les trois un autre jour.

— C'est ça ! s'exclama Lola avec humeur. Va leur tenir la chandelle, pauvre gourde !

— Bien ! lança Victor. Avant que tout ceci ne se finisse en crêpage de chignon, je vous tire ma révérence, gentes damoiselles.

— Moi, aussi, je m'en vais. Ces chaussures me tuent.

— Je te ramène ? me proposa Victor en me tendant la main.

— Ça marche, dis-je en pouffant comme une gamine.

44

Fin de partie

La visite de Quique avait dû lui faire un choc, car Ray n'était pas à prendre avec des pincettes, constata Lola lorsqu'ils quittèrent la galerie. Il est vrai qu'entretenir une relation avec une femme de neuf ans son aînée n'avait rien d'évident pour un gosse qui sortait pratiquement de l'adolescence. C'est pourquoi, une fois n'est pas coutume, elle se surprit elle-même en décidant de se montrer aimable et conciliante.

Perso, elle aurait préféré rentrer en taxi, mais ne voulant pas aggraver les choses, elle lui emboîta le pas quand il se mit à marcher en direction du métro.

Soudain, Ray s'arrêta et, la regardant dans les yeux, demanda :

— Tu as mal aux pieds ?

— Un peu. Ces talons sont une pure merveille, mais aussi une vraie torture japonaise.

— Tu veux dire chinoise.

— Oui, enfin, c'est pareil.

— Tu devrais prendre un taxi dans ce cas.

Lola haussa un sourcil étonné.

— Comment cela ? Tu ne viens pas ?

— Non, je rentre chez moi.

— Ah ? Je pensais qu'on allait grignoter un petit quelque chose et se rouler ensuite sur le tapis et…

— Je suis mort…

Lola fit claquer sa langue en basculant le poids de son corps d'une jambe sur l'autre.

— Dis-moi ce qui te chipote et arrête de bouder. Ça ne te ressemble pas. Faire la gueule, c'est un truc de nana, pas de mec qui a une bonne grosse paire de couilles là où je pense.

— Mais qu'est-ce que tu racontes ?

— Je me réfère à ton attitude passive-agressive, du genre « rien à cirer ». Dis-moi ce qui se passe ? C'est à cause de Quique ?

— Ah, mais oui, c'est « Quique ». J'avais oublié que vous étiez comme cul et chemise, toi et lui, et que tu ne l'appelais pas Enrique, ou « monsieur », comme on le fait en principe, quand on s'adresse à son boss. Toi, tes chefs, tu ne les appelles pas, tu les baises.

Lola se raidit.

— Parce que tu crois que je couche avec lui ?

— Ça me semble évident.

— Mais enfin, d'où est-ce que tu sors une idée pareille ? rétorqua-t-elle, outrée.

— Tu jouis dans ton sommeil en prononçant son nom !

Lola battit des cils, surprise par une telle explosion de rage.

— Ray, les rêves, ça ne se contrôle pas, et pour autant que je sache, il n'est pas interdit de faire des rêves érotiques. Et puis, s'il te plaît, parle-moi gentiment.

Il souffla bruyamment et se passa une main dans les cheveux pour essayer de se calmer.

— Tu devrais être content. Tu as vendu presque toutes tes toiles et gagné suffisamment de fric pour qu'on puisse se payer des vacances. C'est ce que tu voulais, non ?

— Je crois plutôt que je vais le garder ce fric, au lieu de le claquer à des conneries.

— Ah oui, des conneries ? Et qu'est-ce qui t'a fait changer d'avis ?

— Le fait que j'ai appris à te connaître, et que je ne vois pas l'intérêt de me projeter dans une relation qui va finir en eau de boudin à cause d'un mec qui t'excite plus que moi.

— Ray, désolée, mais tu te montes tout seul le bourrichon.

— Non, Lola ! Ce type t'excite ! Il t'excite à mort ! Et moi, pendant ce temps-là, je suis censé fermer ma gueule, c'est ça ? Ne compte pas sur moi pour jouer le rôle du petit con à qui on peut faire gober n'importe quoi.

— Viens, on rentre à la maison, je n'ai pas envie de me donner en spectacle en pleine rue.

Ray la repoussa lorsqu'elle essaya de lui prendre le bras.

— Arrête ton cinéma, Lola ! Je sais que tu vas me plaquer comme une merde !

— Je n'ai aucune intention de te plaquer comme une merde, répliqua-t-elle. Mais enfin, d'où est-ce que tu sors ça ?

L'espace d'un bref instant de panique, Lola crut que Ray allait fondre en larmes. Elle inspira profondément, prête à lui faire une déclaration d'amour, mais il ne lui en laissa pas le temps.

— Je ne vais pas bien, Lola. Chaque fois que je te vois… je pense que tu… que vous avez peut-être passé l'après-midi ensemble et ça me rend complètement dingue.

— C'est ton problème, pas le mien. Je ne suis pas responsable de tes fantasmes.

— Ce type te fait kiffer. Ne le nie pas.

Ne trouvant rien à dire pour sauver la situation, Lola choisit l'esquive.

— Ah, oui ? Et toi, tu as cessé d'être un mec le jour où on s'est mis ensemble ? Tu ne reluques pas les autres nanas peut-être ? C'est drôle, mais j'avais l'impression que tu ne te gênais pas pour t'éclater quand on ne pouvait pas se voir.

Ray écarquilla les yeux. Évidemment. Seul le dernier des imbéciles aurait prêté son ordi à Lola sans avoir auparavant effacé tout l'historique Internet et les cookies.

— Je ne regarde pas les autres, Lola. Parce que je suis amoureux et que tu me suffis.

— Moi aussi, je suis amoureuse, Ray. Je ne comprends pas pourquoi tu me fais tout ce cirque.

Ray soupira, ébouriffa d'une main sa chevelure presque blonde.

— Lola… On devrait arrêter de se voir quelque temps.

— Mais qu'est-ce que tu racontes ? Tu es tombé sur la tête ou quoi ?

Quand les yeux de Ray se brouillèrent, Lola sentit qu'elle perdait les pédales.

— Je suis… dépassé. Désolé, mais je ne pourrais jamais faire concurrence à un type comme lui. S'il veut t'avoir, il t'aura.

— Mais de quoi est-ce que tu parles, bon sang ?

— Lola, je ne suis pas complètement débile.

— Si tu me plaques, je te réduis en bouillie ! lança-t-elle sans même réfléchir.

Ray releva les yeux et ils se fixèrent du regard.

— Je n'ai pas envie de te plaquer.

— Et moi donc ! dit Lola d'une voix tremblante. Tu me donnes beaucoup plus que du plaisir au lit et tu le sais – il lâcha un profond soupir et elle l'enlaça. Mon cœur…, supplia-t-elle soudain attendrie. On rentre à la maison, on baise comme des castors sur la moquette. Tu verras que tout rentrera dans l'ordre.

Il la repoussa légèrement et demanda :

— Tu m'aimes ?

— En voilà une question !

— Dans ce cas, fais-moi une faveur : couche avec lui et ensuite tu décideras si ce n'était qu'une tocade et si tu veux qu'on se remette ensemble.

— Mais je ne veux pas coucher avec lui ! se récria Lola.

— Bien sûr que si, voyons. Tu en rêves la nuit.

Ils se turent, l'un et l'autre à bout d'arguments. Ce fut lui qui brisa le silence quelques secondes plus tard :

— Ne m'appelle plus tant que tu n'auras pas réglé cette histoire. S'il te plaît.

Tandis qu'elle le regardait s'éloigner, Lola réalisa que certaines choses qu'elle croyait cachées tout au fond d'elle-même étaient en réalité inscrites en lettres de feu sur son front.

45

Un *bis* pour Nerea

Quand Nerea émergea du taxi, elle avait les pieds en compote et la tête en ébullition. Comment avait-elle pu être assez stupide pour s'inviter lorsque nous avions parlé d'aller faire un tour à la plage ? Non mais, sérieux, elle était *borderline* ! Il était évident que Victor et moi avions un secret bien caché et qu'elle n'aurait jamais dû s'immiscer dans nos plans. Et bien sûr, Lola l'avait descendue en flammes avec cette violence verbale qui la caractérisait. Olé !

Autre chose ? Ah, oui, elle venait de se voir sur un tableau hyperréaliste, la tête entre les cuisses de Lola. C'était répugnant. Lola avait beau être un canon et tout, Nerea n'avait pas d'attirance pour les femmes.

Mais si sa vie sentimentale continuait d'être un désert, elle allait peut-être devoir changer d'avis.

Mes aïeux, quelle soirée !

Allons, Nerea, on ne peut pas tout avoir dans la vie.

Elle était en train d'ouvrir la porte de l'immeuble quand elle remarqua qu'un mec adossé au mur l'observait avec intérêt… Elle lui sourit malgré elle. Jorge soupira, l'air de dire qu'il cédait à tous ses caprices.

— Eh, d'où est-ce que tu viens sapée comme ça ? lui demanda-t-il en s'approchant.

— De l'expo du copain de mon amie Lola. Mais, et toi, qu'est-ce que tu fais ici ?

— Je t'attendais – il fit la moue. Pourquoi est-ce que tu ne m'as pas invité au vernissage ?

Nerea rit malgré elle. Elle en avait par-dessus la tête de ces tentatives de relation qui tombaient à chaque fois à l'eau, et en était arrivée à la conclusion qu'il valait mieux qu'elle tire une croix dessus et se consacre entièrement à son travail.

— Tu as dîné ? s'enquit-il.

— Jorge, mon chou… Si tu le fais dans l'intention de te racheter, c'est inutile. Je sais être raisonnable, et je te promets que ça n'affectera en rien nos relations professionnelles.

Jorge se mordilla la lèvre.

— Non, mais… je me connais, et je sais que je peux être très égoïste…

— Je ne veux pas d'explications, Jorge. Je te comprends. Vraiment. On a de l'attirance l'un pour l'autre, mais tu n'as pas envie d'apprendre à me connaître.

— Ce n'est pas ça.

— Si, si, mais ce n'est pas grave. Je ne vais pas me torturer à essayer de comprendre pourquoi tu me rejettes et à te chercher des excuses abracadabrantes. Je sais que quand un mec ne veut pas… il ne veut pas.

— Non, mais… reprit Jorge. Le truc c'est que je ne suis pas certain de pouvoir tomber amoureux… ou pas.

Nerea leva un sourcil surpris.

— Comment ça ?

— J'ai réfléchi et… je crois qu'il faudrait qu'on se voie un peu plus pour que je puisse décider si tu es une cyborg ou un être de chair et de sang, dit-il pince-sans-rire. C'est pourquoi j'exige que tu me donnes une chance.

— Tu exiges ?

Jorge fit la moue.

— Je cherchais à être drôle, ou tout au moins sympathique. Sois cool.

Nerea soupira.

— Et tu proposes quoi ?

— Un pique-nique dans les jardins du Retiro. Une expo sur l'histoire du roman graphique aux États-Unis. Un ciné en plein air. Un dîner au restau japonais et une bière chez Alonso Martinez.

— Quand ça ?

— Demain. Je passe te prendre à midi avec la moto. Ce qui veut dire que tu vas devoir porter un casque. Ça te va ?

— Je suppose que oui, dit-elle se tournant à nouveau vers la porte.

— Nerea…

Elle se retourna et se retrouva face à Jorge et son grand sourire craquant.

— Je peux rajouter un baiser sous le porche au programme ?

— On verra ça demain.

Elle fit tourner la clé dans la serrure. Jorge l'attrapa par le bras et plaqua ses lèvres sur les siennes. Il s'ensuivit un de ces baisers où les deux partenaires ferment les yeux comme au cinéma.

Quand l'atmosphère commença à se réchauffer et les corps à se rapprocher, Nerea décida que le moment était venu de rentrer… seule.

— Bonne nuit, lui dit-elle.

Il eut l'air déçu.

— On ne monte pas ?

— À demain.

— Je te promets de me faire tout petit si tu me laisses monter, je me roule en boule au pied du lit et tu ne te rendras même pas compte que je suis là.

— Bonsoir, Jorge…

Allons bon, songea Nerea en réalisant qu'elle venait de décrocher un de ces rendez-vous galants qui vous empêchent de dormir.

46

La plage

Je pensais qu'on allait finir chez moi ou chez lui à niquer comme des bêtes. Et j'en mourais d'envie. Je pensais qu'en lieu et place d'un bain de minuit, c'était une douche fraîche après une bonne partie de jambes en l'air qui nous attendait.

C'est pourquoi j'eus un choc quand je réalisai qu'il prenait la direction de l'autoroute. Non, tout compte fait, nous n'allions pas passer la nuit chez lui ou chez moi. Nous n'avions rien emporté pour nous changer, ni même un maillot de bain. Dans ma pochette, je n'avais que mes clés, mon tabac et un porte-monnaie avec un peu d'argent liquide, ma carte de crédit et mon permis de conduire.

Sur le coup, je crus que c'était une blague, qu'on allait s'arrêter sur une aire de stationnement et finir la soirée enlacés sur la banquette arrière. Mais quand la rutilante caisse de Victor s'élança sur l'A3, je réalisai qu'il était on ne peut plus sérieux. J'aurais dû le savoir depuis le temps.

— Tu sais que tu es fou? lui dis-je. On aurait dû au moins emporter deux ou trois affaires.

— Comme quoi ? demanda-t-il en enfonçant l'accélérateur pour doubler une voiture qui roulait à la vitesse maximum autorisée.

— Un bikini pour moi, un caleçon de bain pour toi. Une serviette !

— Je suis un hippie. Je n'ai pas besoin de tout ça.

— Un hippie qui roule en Audi. Ben voyons.

Victor esquissa un sourire à croquer et accéléra encore un peu plus.

Je fouillai dans la boîte à gants à la recherche d'un CD, mais y trouvai de tout sauf des disques : carte grise, capotes (en pagaille), lubrifiant goût fraise, eau de Cologne, lunettes de soleil, lunettes de vue, sucettes (en pagaille).

— Je préfère ne pas savoir pourquoi tu trimballes tout ce bric-à-brac, dis-je en refermant le vide-poche.

Il rit.

— Pourquoi est-ce que tu fouilles sans demander la permission ? Tu cherches quoi ?

— Des disques. Mais si jamais j'ai un petit creux, je sais au moins qu'il y a du lubrifiant goût fraise.

— Si tu as un creux, on peut s'arrêter. Et on peut aussi s'arrêter si tu as envie de goûter au lubrifiant.

Victor étira le bras et passa sa main entre mes cuisses. Je retins mon souffle en espérant qu'il allait me tripoter sans vergogne, mais il se mit à tâtonner sous mon siège et en ressortit un étui à CD qu'il laissa ensuite tomber sur mes genoux sans quitter la route des yeux. Derrière nous, la nuit commençait à tomber.

Je choisis un disque au hasard. *California Dreamin'* par Bobby Womack se mit à pulser dans les enceintes tandis que nous filions sur la route. Victor abaissa un peu les vitres pour laisser entrer l'air chaud et parfumé de l'été naissant. Il monta ensuite le volume si fort que je pouvais à peine m'écouter penser.

Calée dans mon siège, je commençais à me dire que cette soirée risquait de finir comme celle du vernissage d'Adrian et qu'en rentrant chez moi, j'allais me demander si Victor ne prenait pas un peu trop de place dans ma vie. C'était précisément pour cela que j'avais décidé de m'en aller: mettre de la distance entre nous. À supposer que cette soirée soit notre dernière…

— À quoi est-ce que tu penses ?

— À l'expo d'Adrian. Je marquai une pause, puis ajoutai : J'adore cet air.

Victor me lança un regard en coin.

— À l'expo d'Adrian ?

— Ouais. Je pensais à la façon dont ça s'est terminé. Chez toi.

Victor hocha la tête.

— Et… c'est un bon ou un mauvais souvenir ?

— Un mélange des deux.

— J'ai fait beaucoup de conneries dans ma vie, mais celle-là je ne la regrette pas.

— D'un point de vue purement objectif, je crois que je me suis comportée lâchement, confessai-je.

— Lâchement ? Il me regarda du coin de l'œil, et après un silence appuyé, reprit : Tu connais Silvio Rodriguez ?

— Le chanteur-compositeur cubain ?

— Oui. Dans sa chanson *Oleo de mujer con sombrero*[1], il dit que « les amours lâches ne se transforment jamais vraiment en histoires d'amour, elles se figent dans

1. Tableau de femme avec chapeau.

l'instant. Même le souvenir ne peut pas les sauver ni le meilleur orateur les conjuguer».

J'écarquillai les yeux, stupéfaite. Victor citant Silvio Rodriguez ? C'était pour le moins inattendu.

— Qu'est-ce que tu cherches à me dire au juste ?

— Que je pense à nous deux chaque jour. Et donc, que ça ne peut pas être un amour lâche. Mais si tu dis un mot de tout ça à Lola, je te tords le cou.

Je ris.

— Superbe. Quel artiste !

Il était deux heures du matin quand nous atteignîmes Valence. Nous enfilâmes l'avenue del Cid toutes vitres baissées. Même à cette distance, l'air marin nous parvenait déjà. J'étais tout émue.

Nous traversâmes la ville à la lueur orangée des réverbères. Victor avait l'air de bien connaître Valence. Il décida qu'il valait mieux aller à la plage du côté des faubourgs.

— Elle est plus belle là-bas, et plus tranquille. Tu vas aimer.

Une fois dans le quartier d'El Puig, nous nous garâmes. J'ôtai mes chaussures et les laissai dans la voiture, à côté de mon sac, et sortis en courant comme une gamine enivrée par l'odeur et le bruit des vagues. Je n'arrivais pas à croire que nous étions au bord de la mer. Il me suivit d'un pas tranquille.

Nous nous assîmes sur un rocher face à la Méditerranée et à la lune. Je me rappelai mon escapade à Gandia, où je m'étais réfugiée pour m'éclaircir les idées, après la séparation, et combien Victor me manquait alors.

— Merci de m'avoir amenée ici, dis-je. C'est parfait.

Il s'approcha, me passa un bras autour des épaules et je me blottis contre sa poitrine. Je posai ma jambe gauche sur sa cuisse droite et il enfouit ses lèvres dans mes cheveux.

— Maintenant, oui, c'est parfait.

— Oui…, dis-je en fermant les yeux.

Après cela, nous contemplâmes pendant quelques minutes la lune blanche et ronde qui jetait ses reflets argentés sur la mer.

— Que serait-il advenu si nous étions venus ici ce soir-là ? s'interrogea Victor dans un murmure.

— Quel soir ?

— Celui du vernissage d'Adrian. Ou bien le jour où nous avons rompu, ou…

— Ça n'aurait rien changé.

— Ah, non ?

— Non, ç'aurait été une liaison brève et sordide.

— Allons bon, tu n'as vraiment pas gardé que de bons souvenirs de notre relation.

Je lui caressai la main.

— Ne dis pas cela. J'ai des souvenirs merveilleux de toi, Victor. Simplement, on s'est fourvoyés.

— Tu parles au passé.

Il esquissa un sourire ironique.

— Le fait que nous soyons ici ne fait que confirmer ce que je viens de dire.

— Pourquoi ?

— Parce que ces choses-là ne suffisent pas. Nous ne sommes pas faits l'un pour l'autre.

— Et lui, il est fait pour toi ?

Je levai les yeux vers lui et il se pencha pour m'embrasser sur le bout du nez.

— Je suis désolé, je ne voulais pas parler de lui, s'excusa-t-il.

— Ce n'est pas grave. Nous savons très bien ce qui nous attend au retour.

— Cette nuit me rappelle la première fois où on a dormi ensemble. La première fois où je t'ai embrassée.

— Moi aussi.

Je ris. À l'époque on ne savait rien l'un de l'autre.

Nous nous enlaçâmes plus étroitement et Victor se pencha vers moi et me donna un baiser. L'un des plus beaux de ma vie. Et si je ne donne pas davantage de détails, c'est parce que je suis une sale égoïste qui veut garder ce souvenir rien que pour elle.

Victor me murmura ensuite, yeux fermés :

— Tu dis qu'il vaut mieux qu'on se sépare, que c'est mieux pour tous les deux, mais moi je ne pense qu'à être avec toi, et je voudrais racheter mes erreurs passées.

Logiquement, j'aurais dû fondre devant de tels propos. Car pour quelqu'un comme Victor, reconnaître qu'on a fait des conneries suppose un immense effort. Sauf que j'étais intimement persuadée d'avoir déjà fait le tour de la question.

— Il n'y a rien à racheter. Le passé est le passé. Il faut regarder vers l'avenir…

Victor se releva. Je l'imitai.

— On va faire ce pour quoi on est venus ? dit-il en souriant. On se baigne ?

Il ôta son T-shirt, défit sa ceinture et son jean, puis laissa tomber le tout sur le rocher. Il ne portait que son caleçon moulant noir. Je l'imitai, laissant mes affaires sur les siennes.

Comme je commençais à descendre les marches qui menaient à la plage de sable fin, Victor m'entoura de ses bras et… je lui souris.

— Tu es et tu resteras ce qu'il m'est arrivé de plus beau dans la vie.

Nous nous prîmes par la main et entrâmes ensemble dans l'eau calme, chaude et obscure. Nous nous enlaçâmes et je passai mes jambes autour de sa taille.

Ma Carmen intérieure me dit de l'embrasser. Ma Lola intérieure me souffla de retirer ma culotte et de baiser. Ma Nerea intérieure chantonnait doucement des chansons romantiques.

Et c'est ainsi que, collés l'un à l'autre, nous passâmes l'heure suivante à échanger des baisers langoureux.

Quand nous retournâmes à la voiture, il était quatre heures du matin passé et nous étions exténués. Plutôt que de rentrer directement à Madrid, Victor suggéra que nous allions à l'hôtel pour dormir quelques heures. Après quoi on verrait. L'idée me parut bonne.

Nous trouvâmes un hôtel qui avait l'air sympa du côté de la Cité des Arts et des Sciences. Après avoir garé la voiture au parking, nous nous présentâmes à la réception dans nos vêtements encore humides, un sourire béat aux lèvres.

— Il faut que nous soyons rentrés à Madrid à une heure précise demain ? demandai-je. Je sais pas toi, mais je suis lessivée.

Il frotta sa barbe naissante.

— Je vais envoyer un texto à mon père pour lui dire de ne pas m'attendre demain au bureau.

— Il va te remonter les bretelles ?

— Penses-tu. Il sera ravi. Il n'arrête pas de me dire que j'ai besoin de décrocher.

— Je croyais que tu décompensais déjà chez moi après le boulot, murmurai-je avec un sourire en coin.

— Non. Je te sers d'escorte pour arrondir les fins de mois, c'est tout.

Nous éclatâmes de rire, puis il soupira :

— Tu sais ce qui serait vraiment génial ?

— Quoi ?

— Passer le week-end ici.

Je le regardai comme s'il avait perdu la boule.

— Oui, bien sûr. On va passer trois jours avec ce qu'on a sur le dos.

— On peut faire le tour des magasins demain pour s'acheter des fringues et en profiter pour visiter la ville. Tu ne me prends pas au sérieux, hein ?

Victor sourit à la fille qui s'occupait de la réception, lui demanda une chambre et lui tendit nos papiers d'identité. Elle pianota quelques instants sur son clavier puis déclara :

— Nous avons plusieurs suites junior de libres…

— Du moment que le lit est assez grand, dit Victor en s'appuyant au comptoir et en se frottant les yeux. On arrive de Madrid et on est claqués.

— Pour combien de nuits ?

— Pour l'instant jusqu'à demain. Et peut-être deux nuits de plus si j'arrive à la convaincre, dit-il en souriant.

La fille me regarda comme si elle se trouvait en présence d'un spécimen rare. Sans doute qu'à ma place, elle ne se serait pas fait prier pour passer trois jours avec un mec aussi craquant.

Une fois dans la chambre, je laissai Victor déposer nos affaires sur une petite table à côté de la porte-fenêtre qui ouvrait sur la terrasse et filai dans la salle de bains. Quand je ressortis, quelques minutes plus tard, il y alla à son tour et s'en revint dans la chambre avec ses lunettes de vue.

— Waouh, le beau gosse ! Ça t'ennuie si je dors côté fenêtre ? demandai-je.

— Pas du tout. Tu veux mon T-shirt ?

— Non, merci. Il fait chaud. Ma petite culotte est encore humide, dis-je distraitement.

Quand je relevai les yeux, je vis qu'il riait. Je lui jetai mon soutien-gorge à la tête.

— Tu es un porc !

— C'est toi qui tiens des propos indécents. Moi, je n'ai fait que rire.

Il ôta ses chaussures et ses chaussettes, puis son pantalon, et j'éteignis la lumière. Je sentis le poids de son corps à côté du mien lorsqu'il se glissa entre les draps. Il souffla bruyamment dans mon cou et me prit dans ses bras.

Nous n'avions rien à voir avec ces couples sordides qui se voient à la sauvette.

— Tu as envoyé le message à ton père ?

— Oui.

— Et tu as trouvé quoi comme excuse ?

— Que je dois convaincre la femme de ma vie que je suis l'homme de sa vie.

Sans savoir s'il plaisantait ou s'il était sérieux, je me pelotonnai contre sa poitrine et m'endormis comme une masse.

Quand je me réveillai, la chambre était inondée de lumière. Je battis plusieurs fois des paupières pour permettre à mes yeux de s'habituer à la clarté. Je tentai de m'écarter pour m'étirer entre les draps, mais Victor me serra encore plus contre lui en poussant un grognement, comme il le faisait chaque fois que j'essayais de sortir du lit quand nous dormions ensemble. Et j'aimais ça.

Mais cette fois, l'imposante érection que je sentis naître dans mon dos me mit mal à l'aise.

— Victor, il faut que j'aille faire pipi, protestai-je.

— Hum…, murmura-t-il en m'attirant encore plus près.

— Victor, laisse-moi me lever.

— Non, dit-il, une note espiègle dans la voix.

D'un mouvement de hanche, il se colla contre mes fesses.

— Laisse-moi, sinon…

— Sinon quoi ?

— Je te tue.

— Tu me tues déjà. Chaque jour à petit feu.

Il me tourna face à lui et m'embrassa. Je sortis du lit en courant et filai à la salle de bains, où je m'enfermai à clé. Lorsque je ressortis, je me glissai à nouveau entre les draps et dis en plaisantant :

— Aujourd'hui, je ne me lève pas. Je passe toute la journée au lit.

— À dormir ?

— Pas forcément.

— Eh bien, tu devras te passer de moi, parce que je vais me lever.

— Il y a cinq minutes, tu te frottais contre moi. Ne fais pas ton timide !

Je me retournai avec l'intention de le chatouiller, mais il se redressa d'un bond et se leva. Ce qui se passait dans son boxer noir ne laissait guère de place à l'imagination. « Elle » était au garde-à-vous.

— Mais enfin, Victor ! m'esclaffai-je en me couvrant la figure avec un oreiller.

— Je vais prendre une douche.

— Tu n'as pas slip de rechange, lui rappelai-je.

— Qui a dit que j'allais mettre un slip ?

— Je peux venir ?

— Tu peux toujours essayer…

J'essayai…

Près de l'hôtel, il y avait une galerie commerciale où nous achetâmes tout ce dont nous allions avoir besoin pour le week-end. Mais chacun de son côté.

J'entrai dans la première boutique que je trouvai et m'achetai un pantalon pattes d'eph, un short, plusieurs T-shirts, un blouson en jean et deux robes.

Je passai en revue presque tous les magasins qui se trouvaient là et croisai Victor dans une des allées du centre commercial. Lui aussi avait les bras chargés de paquets. Sauf qu'il avait fini de faire son shopping et pas moi. Il me débarrassa de mes sacs et me dit qu'il allait m'attendre au café.

Tandis que je me dirigeais vers les boutiques que je n'avais pas encore explorées, j'appelai Lola, qui mit une éternité à décrocher.

— Ouais ? dit-elle sèchement quand elle finit par répondre.

— Qu'est-ce qui se passe ? demandai-je, surprise par son ton limite désagréable.

— Rien. Hier soir, Ray et moi on s'est pris la tête. Mais rien de grave. Je te raconterai.

— Non ! Raconte-moi maintenant ! Tu vas bien ?

— Mais oui. Ce sont des chamailleries de gamins.

— Quelles chamailleries de gamins, les tiennes ou les siennes ?

— Fifty-fifty. Tu as quelque chose de prévu ce soir ? On pourrait se torcher à la gnôle, ou au pastis. Ou, non, encore mieux ! À l'absinthe.

— Désolée, je me laisserais bien tenter, mais ça n'est pas possible, ma Lola.

— Ah, non ? Et pourquoi ça ?

— Parce que je passe quelques jours à la plage, répondis-je, certaine que si je lui avais dit que j'étais chez moi, elle aurait rappliqué dans la demi-heure.

— Comment ?

Je l'imaginai haussant ses sourcils à la courbe parfaite.

— Je me suis évadée… à la mer.

— Seule ?

— Oui.

— Allons bon. Tu as pris ta voiture ?

Je réalisai horrifiée que ma copine ne se laissait pas berner facilement. Elle savait bien que je n'avais ni voiture ni moto.

— Je me suis levée aux aurores pour prendre le bus, affirmai-je d'un ton résolu.

— Que tu n'aies pas envie de tout me raconter, OK. Tu n'as pas à te justifier de quoi que ce soit. Mais que tu m'appelles pour me monter une baraque aussi énorme, non !

Je soupirai. L'heure des aveux avait sonné.

— Hier, Victor et moi, on est partis sur un coup de tête à Valence. Pour prendre un bain de minuit.

— Ah, ah ! Et pour vous envoyer en l'air.

— Nooon ! m'écriai-je. On a passé une nuit incroyable. Et il fait tellement beau qu'on a décidé de rester tout le week-end.

— Sans blague ? Il a recommencé à te la mettre bien profond, c'est ça, ma cochonne ?

— Mais non ! mentis-je. On n'en est plus là, Victor et moi, et tu le sais très bien.

— C'est pour ça que je demande.

— Ce n'est pas un plan cul, si tu veux savoir. On a simplement besoin de faire la paix, de parler, et de se prouver qu'on est capables d'être ensemble sans rien faire d'autre.

— Et pour ça vous allez passer un week-end à Valence. Oui, bien sûr.

— Je suis sérieuse.

— Disons plutôt que tu es la reine quand il s'agit de te persuader toi-même de ce genre de choses.

Mon regard se perdit dans l'infini.

— Tu dis n'importe quoi, répliquai-je.

— Arrête la pilule et fais-moi de beaux loupiots avec ce mec ! Je veux être tata et emmener fièrement mes neveux se promener au parc. Rien de tel qu'un tour au bac à sable pour draguer.

— Tu n'as pas besoin de draguer, voyons.

— Mais, dis-moi, qu'est-ce qu'il fiche pendant ce temps-là ? Vous n'êtes pas ensemble ?

— On est en train de faire du shopping dans une galerie commerciale. On est partis avec ce qu'on avait sur le dos. Je dois encore m'acheter une paire de chaussures et un tas d'autres trucs. Alors je vais devoir te laisser.

— Pourvu qu'il te fasse des quintuplés et qu'on en finisse. Ça devient anxiogène votre histoire.

— Toi, rabiboche-toi avec Ray. C'est un gamin très gentil et très amoureux. Et je suis sûre que ton boss n'est pas pour rien dans cette brouille. Je te l'ai dit et je te le répète, concentre-toi sur ce qui est important et laisse tomber ce genre de plans qui ne te rapportent rien que des emmerdes au final.

— Et toi, baise bien, répondit-elle avant de raccrocher.

Après cela, je me dépêchai de m'acheter une paire de sandales, un foulard, un grand sac, trois ensembles de sous-vêtements, un pyjama, un bikini, ainsi qu'un kit de maquillage et de toilette. Sans oublier une nuisette qui ne couvrait pas grand-chose.

Quand j'entrai dans le café, Victor était en train de consulter son smartphone. Je m'assis à côté de lui. Il releva la tête et me sourit.

— Tu as fait sauter la banque ?

— C'est de ta faute, lançai-je en riant. On mange un bout ? J'ai une envie folle de changer de fringues.

— Et de te mettre en sous-vêtements ?

— Et de te déshabiller, dis-je avec un clin d'œil.

Tout en déjeunant, nous discutâmes de ce que nous allions faire. Victor proposa de visiter le centre historique, de jeter un coup d'œil aux murs couverts de graffitis qui jouxtaient les monuments, puis d'admirer les magnifiques jardins de Turia et le parc de l'Albufera, et pour finir les illuminations nocturnes des Cánovas.

— Tu connais bien la ville, fis-je remarquer. Tu viens ici avec toutes tes nanas ?

Il me fit un doigt d'honneur puis s'empara de sa tasse.

— Je suis sorti avec une fille de Valence, sourit-il. Pendant un an, je suis venu passer ici presque tous mes week-ends.

— Sérieux ?

— C'est comme si un siècle s'était écoulé depuis. J'avais… vingt ans, vingt et un ans. Ça n'a pas duré.

— Un an tout de même.

— Oui, à quelque chose près. Mais elle était très jeune et ça n'a pas marché entre nous. Il plissa le front et ajouta : Mais elle m'a tout de même fait visiter la ville.

C'était la première fois que Victor évoquait sa vie passée sur un ton qui n'avait rien de frivole.

— Dis-m'en plus, demandai-je.

— Pour quoi faire? Tout ça, c'est fini.

— S'il te plaît. Dis-moi comment vous vous êtes connus.

— Ici même. À San Juan, dit-il mélancolique. C'était une gamine. Elle n'avait même pas dix-sept ans. Elle ne connaissait rien aux hommes, pauvre petite.

— Et tu l'as initiée.

Il sourit.

— J'ai fait tout ce que j'ai pu. J'ai l'impression de lui avoir donné le meilleur de moi-même, et je ne suis pas certain de pouvoir encore donner autant à quelqu'un.

— Carrément?

— Oui. Elle se sentait sûre d'elle. Elle savait qu'elle pouvait compter sur moi.

Il me regarda droit dans les yeux.

— Mais pourquoi est-ce que vous avez rompu?

— Parce que ça devenait compliqué. Je me suis comporté comme un connard. Pour ne pas changer.

Nous restâmes un moment sans rien dire, jusqu'à ce que je rompe le silence.

— Il y a une question que j'aimerais te poser nous concernant.

— Vas-y.

— Pourquoi est-ce que tu m'as plaquée?

Victor se massa le front en réfléchissant à ce qu'il allait dire, puis:

— J'avais besoin de prendre du recul, d'être certain que c'était bien ce que je voulais. Lola m'a suggéré de ne pas te mettre dans une situation impossible. Et j'en suis venu à la conclusion que c'était la meilleure solution. Je me suis dit que ça me passerait. Et puis tu es quelqu'un de fort.

Quelqu'un de fort ? Moi ? C'est alors que je réalisais qu'il me voyait telle que je le voyais lui. Forts, nous ne l'étions ni l'un ni l'autre, mais nos sentiments si. Ils étaient même d'une intensité inouïe, presque immature. Et malgré cela, nous étions dans ce bar, en train de planifier tranquillement notre week-end autour d'un café, sans larmes ni grincements de dents. Est-ce à dire que nous avions mûri ou que ce n'était qu'un leurre ?

Comme Victor attendait que je dise quelque chose, je murmurai :

— Je t'ai pardonné.

Il me sembla entendre un soupir de soulagement s'échapper de ses lèvres.

De retour à l'hôtel, nous nous changeâmes, sans effusion, sans drame, et sans nous faire de films X.

Nous décidâmes de laisser la voiture au parking et de prévenir la réception que nous allions rester deux nuits de plus. Puis nous sortîmes main dans la main et longeâmes le fleuve sur une bonne distance jusqu'à la Calle Colón. Là nous pénétrâmes dans les ruelles du centre historique. Nous étions détendus et parlions de tout et de rien en riant. Il me racontait tout ce qu'il savait sur les monuments, en ponctuant son récit d'expériences vécues.

Nous nous retrouvâmes bientôt dans une partie de la ville qui me plut beaucoup. La Plaza de la Reina. Tandis que nous prenions un café en terrasse, Victor m'expliqua que ce qu'on voyait en toile de fond était l'arrière de la cathédrale et le campanile connu sous le nom de Torre de Miguelete. Quand je lui demandai ce qu'il en pensait en tant qu'architecte, il s'esclaffa, et je dus insister pour qu'il me donne son avis.

— C'est du gothique levantin, et si j'ai bonne mémoire, la construction s'est faite sur plusieurs siècles, d'où les éléments de style Renaissance et baroque. Tout à l'heure on va en faire le tour pour que tu les voies mieux.

Tandis que la lumière du jour se teintait de bleu, nous nous racontâmes nos années de fac, puis nous parlâmes de musique et de cinéma. Tranquillement, simplement.

Nous nous dirigeâmes ensuite vers la Plaza de la Virgen, qui jouxtait la cathédrale, dont il me montra le fameux portail des Apôtres.

— Mon père m'a raconté qu'une fois par semaine, le Tribunal des Eaux se réunit ici pour arbitrer les conflits liés à l'irrigation des terres. Et c'est également sur cette place qu'on célèbre la clôture de la fête des Fallas, en exhibant la vierge de la Cheperudeta et son manteau de fleurs. Tu l'as déjà vue ?

— Ça me dit quelque chose.

Victor me prit la main et, nos doigts enlacés, nous fîmes le tour de la fontaine qui se trouve au centre de la place.

47

Mauvais poil

Carmen était de mauvais poil. Mais après l'engueulade avec Barto, elle s'efforçait de ne pas le montrer. Parce qu'elle l'aimait et qu'elle ne voulait pas le faire souffrir.

Ce n'était de la faute de personne si elle était retombée enceinte. Cette fois, ils ne s'étaient pas laissé emporter par l'ardeur amoureuse au point d'oublier de mettre une capote, comme c'était arrivé pour Gonzalo. Et puis elle s'était fait poser un putain de stérilet, nom d'un chien ! Combien y avait-il de chances pour qu'elle tombe en cloque ?

Fichu karma.

Si ça se trouve, elle était en train de payer pour toutes les mauvaises actions qu'elle avait commises tout au long de sa vie. Si ça se trouve, le grand régisseur du cosmos avait pris soigneusement note de son évolution de carrière et lui avait appliqué les règles et coefficients du bonus-malus. Madame ne veut pas bosser à plein temps ? Eh bien, ce sera deux grossesses coup sur coup pour la pondeuse !

Mais malgré cela, elle s'efforçait d'avoir l'air heureuse, ou tout au moins pas malheureuse.

Et s'il lui arrivait de se demander si elle ne s'était pas complètement fourvoyée, elle s'empressait de refouler ces pensées honteuses au plus profond d'elle-même. D'où son état dépressif.

Elle arriva à la maison avec un cabas de courses et Gonzalo, qui n'arrêtait pas de gigoter dans ses bras. Elle était sortie un peu tard du bureau, après quoi le bus s'était retrouvé coincé dans les embouteillages, si bien qu'elle était descendue et avait fait le reste du chemin au pas de course.

Elle n'avait rien mangé de la journée à part un milk-shake allégé entre deux réunions à dix heures du matin. Elle avait l'estomac dans les talons, mais elle voulait d'abord coucher Gonzalo, qui était grognon et n'arrêtait pas de pleurnicher.

Une fois les courses déposées en vrac à la cuisine, elle emmena le petit dans la chambre et s'installa avec lui dans le fauteuil à bascule, mais il n'arrêtait pas de gigoter, si bien qu'elle finit par le mettre dans son berceau. Elle jeta un coup d'œil à la pendule. Elle avait réussi à tout faire dans les temps ! Elle se donna mentalement une petite tape d'encouragement.

Quand elle ressortit de la chambre sur la pointe des pieds pour ne pas réveiller Gonzalo, il lui sembla que le fauteuil à bascule était taché. Elle passa les doigts sur la tache encore humide, mais ne put pas clairement en identifier la nature, car la chambre était plongée dans l'obscurité. Ce n'est que lorsqu'elle alluma dans le couloir qu'elle comprit que c'était du sang.

Le cœur serré, elle se palpa instinctivement le ventre, puis elle alla à la salle de bains et ôta sa jupe. Le sang avait traversé sa petite culotte et coulait jusque sur ses cuisses. Elle retint son souffle, se lava à l'eau froide, se changea et appela Barto, qui mit une éternité à répondre.

— Oui ? répondit-il d'un ton qui laissait clairement entendre qu'elle le dérangeait en plein travail.

— Mon chéri, dit-elle d'une voix mal assurée. Je… je suis en train de perdre du sang.

— Qu'est-ce que tu dis ?

— Je… perds du sang.

— Co… comment ça ?

— Purée… j'en sais rien, balbutia-t-elle, les larmes aux yeux. C'est Dieu qui m'a punie.

Elle éclata en sanglots.

— Où es-tu ?

— À la maison. Dieu m'a punie parce que je ne voulais pas de ce bébé.

— Dieu ne t'a pas punie. Raccroche et file aux urgences. Je te retrouve là-bas.

— Mais le petit dort !

— Calme-toi, s'il te plaît.

— Viens… viens vite.

— Prends un taxi et on se retrouve à l'hôpital.

— Non, je n'y vais pas sans toi !

C'est alors que Gonzalo se mit à brailler.

Par chance, il n'y avait pas foule quand Barto, Carmen et Gonzalo arrivèrent aux urgences.

Après une demi-heure d'attente seulement (ce qui n'est vraiment pas long, comme chacun sait), elle fut examinée par le gynécologue de garde qui la rassura. Ce sont des choses qui arrivaient, mais ils allaient tout de même s'assurer que tout était en ordre.

Carmen n'arrêtait pas de penser que tout était de sa faute, qu'elle l'avait provoqué à force de ne pas vouloir cette grossesse. Elle se sentait horriblement coupable. Si elle perdait le bébé, jamais elle ne se le pardonnerait.

Le gel froid dont on lui enduisit le ventre lui donna la chair de poule. Puis le médecin procéda à l'échographie.

— Ah, le voilà, dit-il en montrant l'écran. Voilà notre petit haricot.

Il sourit et Carmen se détendit.

— Tout va bien ? demanda-t-elle.

Le médecin acquiesça, et Carmen remercia le cosmos de tout son cœur.

— Vous entendez ce bruit ? C'est son cœur.

Carmen écouta, fascinée. D'un coup, elle se sentit gagnée par la même euphorie que lorsqu'elle avait appris qu'elle était enceinte de Gonzalo. Elle se sentait toute petite et s'émerveillait que Barto et elle aient pu créer la vie à partir de rien. C'était magique. Extraordinaire. Presque incroyable. Son ventre allait s'arrondir et s'arrondir, jusqu'à ce qu'elle donne le jour à un nouvel être humain. Elle ! Parce que Barto et elle s'étaient aimés !

Elle ferma les yeux et fit la paix avec cette partie d'elle-même qui avait toujours voulu cet enfant.

— Vous en êtes à dix-huit semaines, c'est bien ça ?

— Oui, dans ces eaux-là.

— Je vous rassure, tout va bien là-dedans. La seule chose c'est qu'il va falloir vous mettre au repos pendant deux jours. Vous n'aurez qu'à demander à votre médecin référent de vous prescrire un petit congé.

— On peut savoir si c'est un garçon ou une fille ? demanda-t-elle de but en blanc.

— C'est encore un peu tôt pour vous donner une réponse sûre, mais je dirais que c'est une fille.

Carmen ressortit de la salle d'échographie en se caressant le ventre. Barto se leva aussitôt, Gonzalo dans les bras, et demanda :

— Alors, qu'est-ce qu'ils t'ont dit ?

— Tout va bien. C'était une fausse alerte.

— Il faut que tu te reposes. Pas question que tu portes Gonzalo et que tu galopes à droite à gauche comme si c'était la fin du monde. Je ferai des heures sup s'il le faut, mais toi, tu dois lever le pied.

— Je sais.

Barto lui sourit.

— Grosse frayeur, hein ?

— Que je le veuille ou non, je vais être maman encore une fois.

Elle soupira, embrassa Gonzalo et conclut :

— Je ne le regrette pas.

Tandis qu'ils regagnaient la voiture, Gonzalo faisant de petits bruits humides avec sa bouche, Carmen se rappela ce que lui avait dit le médecin.

— Mon chéri… Si c'est une fille, qu'est-ce que tu dirais d'Ana ?

— Tout ce que tu veux, du moment que ça peut te faire plaisir.

Barto embrassa sa femme, qui allait être encore une fois maman… et ne le regrettait pas.

48

Fin

Le samedi, Victor demanda à la réceptionniste de l'hôtel de lui recommander un restaurant où manger une bonne paella. Après tout, on était à Valence.

La fille nous réserva une table pour deux dans ce qui était, selon elle, le meilleur restau des environs.

Nous nous garâmes dans le parking du restaurant, dont la façade bien entretenue semblait avoir été refaite à neuf depuis peu. On nous donna une table avec vue sur le lac marin de la réserve naturelle de l'Albufera, et nous nous perdîmes pendant quelques instants dans la contemplation des flots.

— C'est magnifique, dis-je au bout d'un moment.

Victor approuva d'un hochement de tête, puis déclara de but en blanc :

— Je n'ai pas envie de rentrer demain.

— Madrid est grise, et il n'y a pas la mer, mais c'est une ville qui a son charme.

— C'est vrai, mais ce n'est pas à cause de Madrid. J'aime vivre là-bas.

— Et donc ?

— C'est à cause de ma maison. Je n'ai pas envie de rentrer chez moi.

Je remarquai qu'il tripotait nerveusement ses couverts.

— Pourquoi donc ?

Victor mit un certain temps avant de répondre. Depuis que nous nous étions réveillés enlacés dans le même lit, il était d'humeur taciturne. Pas un sourire, sexy ou autre, n'avait effleuré ses lèvres. Il soupira et confessa, résigné :

— Parce que ma maison n'est pas la même quand tu n'es pas là.

Un nœud se forma brusquement dans mon estomac, m'empêchant de répondre. Profitant de mon silence, il ajouta :

— Je n'ai pas réussi à refaire ma vie, ou à t'oublier. Et ce n'est pourtant pas faute d'avoir tout essayé. Et maintenant tu t'en vas…

— Victor, s'il te plaît. Tu sais bien que nous deux… Ça ne marche pas.

— Pourquoi ? se rebiffa-t-il. Pourquoi est-ce que ça ne marcherait pas alors que nous sommes tous les deux prêts ?

— Parce que Bruno et moi avons décidé de vivre ensemble.

— Donne-moi un exemple d'incompatibilité, un vrai, pas une excuse à deux balles !

— Nous n'attendons pas les mêmes choses de la vie.

— Et qu'est-ce que j'attends d'après toi, Valeria ?

— Tu ne peux pas te contenter d'une seule femme.

— Je l'ai déjà trouvée pourtant ! Mais j'ai beau faire, tu refuses de me croire.

C'est vrai. Je ne le croyais pas. On allait redevenir éperdument amoureux l'un de l'autre pendant encore combien, six mois? Et ensuite il me larguerait parce qu'il ne supportait pas d'avoir un fil à la patte. Victor… C'était plus fort que moi, mais je me l'imaginais à quarante ans avec une jeunette de vingt-cinq ans sur les genoux.

— Nous ne voulons pas les mêmes choses, insistai-je.

— Mais moi, c'est toi que je veux.

Avant que j'aie pu lui répondre, un serveur s'approcha pour prendre la commande.

— Choisis pour moi, dis-je en refermant la carte. Je te fais confiance.

— Encore heureux !

Nous dégustâmes un vin blanc de Valence servi très frais sur une spécialité locale appelée *arróz del senyoret*, une sorte de paella au poisson qu'on pouvait manger sans y mettre les doigts. Ce qui tombait bien, car je suis un vrai manche quand il s'agit de décortiquer des crevettes. Quand je savourai la première bouchée en fermant les yeux de plaisir, Victor retrouva le sourire.

— Ça te plaît? demanda-t-il.

Je hochai la tête, pour ne pas répondre la bouche pleine.

Nous parvînmes à orienter la conversation sur des sujets plus neutres. Nous parlâmes de son neveu et de ma nièce.

— J'adore quand elle tient de longs monologues. On dirait une petite vieille de quatre-vingts ans qui radote, dis-je en riant.

— Marcos, le fils de ma sœur Carolina, répète mon nom à tort et à travers quand il me voit, et comme il ne sait pas prononcer les «c», il m'appelle «tonton Vitor».

Je souris.

— C’est drôle, tu ne me fais pas l’effet d’un homme qui aime les gamins.

— Mais si, je les adore ! Et toi ?

— Moi aussi, mais ceux des autres, m’esclaffai-je. Ceux qui rentrent dormir chez eux, avec leur maman, et qui ne me réveillent pas au beau milieu de la nuit.

— Arrête de jouer les dures – il secoua la tête. Est-ce qu’il t’arrive de songer à l’horloge biologique ?

— Eh, mais je suis encore jeune ! J’ai la vie devant moi !

Nous éclatâmes de rire.

— Tiens, d’ailleurs, ça me fait penser, dis-je en sortant mes pilules de mon sac.

J’en pris une et l’avalai avec une gorgée de vin.

— Tu peux la prendre avec de l’alcool ?

— Ce n’est pas conseillé, mais tout va se mélanger dans mon estomac au final, non ?

L’air soudain grave, Victor s’enferma pendant quelques secondes dans un silence qui me parut une éternité.

— Qu’est-ce qu’il y a ?

— Pourquoi est-ce que tu continues de la prendre si tu ne le laisses pas éjaculer en toi ?

Je contemplai le verre que je venais de reposer sur la nappe blanche. Puis je haussai les épaules sans savoir que répondre.

— Je n’ai pas envie de me retrouver en cloque. Et puis étant donné que je vais vivre avec lui, il est peut-être temps de faire des concessions.

— Encore plus ?

— Comment ça ?

— Tu vas partir vivre en Asturies pour lui. Ce n’est pas une énorme concession peut-être ?

— Si, dans un sens.

— Mais à moi, tu ne m'accordes même pas le bénéfice du doute. Tu ne me crois pas digne de foi…

— S'il te plaît, Victor…, dis-je en jetant ma serviette sur la table.

— Si tu étais avec moi, je te demanderais d'arrêter de la prendre.

Je le regardai et haussai un sourcil. Première nouvelle.

— Victor, tu aimes peut-être les enfants, mais tu ne veux pas en faire.

— Parce que tu sais mieux que moi ce que je veux ? dit-il avec un sourire qui détendit d'un coup l'atmosphère.

— Oui, je pense que oui.

— Et qu'est-ce que je veux, d'après toi ?

— Couler des jours paisibles dans ta garçonnière, écouter des disques, avoir une grosse bagnole et pouvoir te taper une super gonzesse chaque fin de semaine…

Victor haussa les sourcils, l'air surpris.

— Et je dois t'écouter dire toutes ces conneries sans répondre.

— Qu'est-ce que tu veux répondre, Victor ?

— Qu'il ne s'agit pas de sexe entre nous, mais d'amour. Et que je t'aime plus que ma propre vie.

Je baissai les yeux. Non. C'était un caprice d'enfant gâté, un « je veux absolument ce que je ne peux pas avoir ». Mais dans ce cas, je voudrais bien qu'on m'explique ce que je fabriquais ici, avec lui.

Un ange passa. Calmement. Après quoi nous prîmes un dessert. Puis un café. Puis une liqueur de Valence appelée *mistela*. Et quand le restaurant commença à se vider, nous demandâmes l'addition. J'insistai pour payer, car je savais que Victor n'accepterait jamais que je participe aux frais d'essence et d'hôtel.

Après avoir laissé un généreux pourboire sur la table, Victor demanda au garçon s'il était possible d'aller s'asseoir quelques instants dans le jardin du restaurant pour admirer la vue de l'Albufera. Avec la bénédiction du serveur, nous nous installâmes sur la pelouse, Victor en jean et moi en robe longue.

Le soleil commençait à descendre à l'horizon et à se rapprocher du lac marin, avant de disparaître derrière les montagnes au loin. De temps à autre, un poisson passait, faisant frissonner la surface du lac. Bientôt le paysage se teinta d'orangé, de jaune, de noir et de mauve. Victor me prit la main et nous échangeâmes un baiser.

— Excuse-moi…, murmura-t-il.

— Excuse-moi, toi aussi, répondis-je.

Nous dînâmes non loin de l'hôtel, dans un restaurant plutôt décevant, où il fallait patienter vingt minutes entre chaque plat. Pour passer le temps, nous bûmes une bouteille de vin. Sur le chemin du retour à l'hôtel, nous entrâmes dans un bar à cocktails pour boire un dernier verre, qui fut suivi d'un deuxième et d'une quantité de fous rires.

Confortablement installée dans un sofa moelleux, je contemplais Victor à la lumière violette des spots électriques. Je voulais le scruter jusque dans les moindres détails. Notre week-end allait bientôt prendre fin, et dans six jours j'allais m'envoler pour ma nouvelle maison. Je réalisai soudain que j'avais envie, une envie folle, de croire à tout ce qu'il m'avait dit. Sauf que ce que je savais de lui ne collait pas avec ses beaux discours.

Victor avec des enfants ? Victor et moi pour toujours, sérieux ?

Quand nous ressortîmes du bar, Victor me passa un bras autour des épaules. C'est alors que nous aperçûmes un couple sous un porche. Ce n'était pas un couple d'ados qui se bécotaient, mais un homme et une femme qui s'embrassaient à pleine bouche. On entendait leurs soupirs et leurs halètements qui allaient gagnant en intensité à mesure que nous nous rapprochions.

— Fichtre, ils sont chauds ces deux-là, murmura Victor en souriant.

— Ne t'occupe pas d'eux.

Sa main lâcha mes épaules et se posa sur ma taille.

— Sous un porche… si ce n'est pas une honte, dit-il, pince-sans-rire.

— Sous un porche, comme Lola et toi ?

Cette fois il éclata de rire.

— Ou comme toi et moi.

— On n'a jamais fait ça sous un porche, rectifiai-je.

— Ah, non ?

— Non.

— Même pas le tien ?

Je m'arrêtai de marcher pour prendre le temps de réfléchir.

— Ah, si. C'est vrai. C'était juste avant que tu me dises que tu ne voulais pas « d'une relation sérieuse ». Mais ce n'était pas de ma faute. Tu m'as prise et tu m'as serrée contre toi, et c'est tout juste si tu ne m'as pas violée.

— J'ai attendu pendant une heure que tes fichues copines se tirent – il rit. Une heure entière dans la voiture passée à penser à toutes les choses qu'on allait faire quand on serait chez toi. Dessus, dessous, de…

— Stop. Arrête-là, dis-je en riant tandis que sa main se posait sur ma hanche. C'est justement là que le bât blesse. Toi et moi, on s'enflamme et on perd toute lucidité.

— Pas moi. Je te vois telle que tu es.

— Mais encore ?

— Tu ne te résumes pas à une paire de seins ou… à la douceur de ta peau, ou à la façon dont tu me fais l'amour. Non, ce n'est pas ça, dit-il en se passant une main dans les cheveux.

— Ah non ?

— Non. Tu es beaucoup plus que ça.

Nos doigts s'enlacèrent, et il se mit à caresser mes phalanges avec son pouce.

— Ce couple…, dit-il en désignant de la tête le porche qui se trouvait à présent derrière nous. Elle et lui ne ressentent pas la même chose que nous quand ils font l'amour.

— Non, nous on baise comme des bêtes en rut, dis-je en haussant les sourcils.

— Non. On baise comme un homme et une femme qui n'en peuvent plus de se désirer.

Il se pencha vers moi et m'embrassa. Et je sentis un soulagement immense quand ses lèvres se collèrent aux miennes. Je passai mes bras autour de son cou. Il m'enlaça les hanches et nous échangeâmes un baiser profond sous le clair de lune de Valence.

Quand nous atteignîmes l'hôtel, main dans la main, une voix en moi me criait à pleins poumons de ne pas bouder mon plaisir, car c'était peut-être la dernière fois que nous ferions l'amour.

Une fois dans la chambre, Victor vida ses poches et me demanda si je savais où était passé son étui à lentilles de contact.

— Je crois qu'il est dans la salle de bains.

— Merci, fillette adorée.

Ce « fillette adorée » me fit frissonner comme une caresse sur ma peau nue.

Je le suivis dans la salle de bains. Et pendant que je me démaquillais, il ôta ses lentilles, se débarbouilla, puis mit ses lunettes. J'avais les nerfs à fleur de peau et ça se voyait. Mais pourquoi diable me mettais-je dans un tel état alors que lui et moi on s'envoyait en l'air (et pas qu'un peu) depuis des lustres ?

Victor était calme. D'un calme olympien et impressionnant avec ses lunettes, dont il avait changé récemment et qui lui allaient encore mieux que les anciennes.

Restée seule dans la salle de bains, j'en profitai pour réfléchir. Qu'allais-je faire une fois que Victor m'aurait donné un orgasme comme lui seul savait m'en donner ? Ce serait probablement le dernier, et une fois terminé le week-end, j'allais reprendre ma vie et lui la sienne.

Les orgasmes, les baisers, les étreintes, les caresses, les « fillette adorée », les « je t'aime à la folie »... seraient pour une autre. Je sentis les larmes me monter aux yeux et ma gorge se serrer si fort que j'arrivais à peine à avaler ma salive. J'allais faire ma vie, certes, mais pendant ce temps-là, Victor allait offrir toutes ces choses précieuses à une autre fille et la rendre heureuse. J'aurais pu l'être moi aussi, si je l'avais voulu. Mais... avec Bruno ? Victor allait me faire cadeau d'une dernière nuit de bonheur pour que nous puissions surmonter la séparation qui viendrait ensuite. J'allais partir vivre avec Bruno, et peut-être même faire des enfants avec lui. Victor allait rencontrer une jolie fille, dont il allait tomber amoureux. Je disparaîtrais peut-être complètement de sa vie et de ses pensées. À jamais. Et un beau jour, je recevrais un coup de fil de Lola, qui m'annoncerait qu'il allait être papa. J'imaginais la scène avec une telle intensité que j'entendais les dialogues dans ma tête.

— Il est fou de bonheur. Il n'arrête pas de l'embrasser et de raconter à tout le monde qu'il va être père. C'est une fille formidable.

Je lui dirais de lui passer le bonjour, sans doute avec l'espoir de réveiller des souvenirs, après quoi… je fondrais en larmes. Exactement comme j'étais sur le point de le faire.

Je sortis en courant et me jetai sur lui. Les bras passés autour de sa taille, je déversai un torrent de larmes sur son torse nu.

— Mon adorée…

— J'ai beau savoir que c'est mieux pour tous les deux, je n'arrive pas à m'y faire… Je ne peux pas…

J'éclatai à nouveau en sanglots et la main gauche de Victor s'enfouit dans mes cheveux.

— Tu veux ou pas, Valeria ?

— Je veux, mais…

— Tu vas faire quoi, fillette ? Le choisir lui parce que je t'ai blessée ? Partir vivre avec lui parce que tu m'as blessé moi aussi une fois ?

— Nous nous faisons du mal, toi et moi.

— Je ne suis pas d'accord. C'est là tout le problème.

— Non, mais, regarde-nous, Victor. Qu'est-ce qu'on fait de nos vies ?

— Moi, je fais ce que tu me demandes. Je ne peux pas faire plus.

Je recommençai à pleurer, la tête enfouie dans sa poitrine tandis que Victor s'efforçait de me calmer en me caressant le dos et en murmurant des paroles douces, mais j'étais au quatrième dessous. Or, je ne connais rien de pire que de s'apitoyer sur son propre sort.

— Ne pleure pas, me dit-il, sinon je vais me mettre à pleurer moi aussi.

— Je ne pleure jamais, fis-je remarquer.

— Moi non plus. Mais parfois, c'est plus fort que nous.

Il me prit le menton et m'embrassa. Puis il sécha mes larmes et m'embrassa sur les joues.

— Serre-moi fort, suppliai-je.

Nous échangeâmes un baiser plein de tendresse. Victor me laissa tomber sur le lit, puis s'allongea à mes côtés sans cesser de m'embrasser. Ses lèvres picoraient les miennes, d'abord celle du haut, puis celle du bas. Sa langue s'immisça ensuite dans ma bouche.

Je fis courir ma main sur son ventre, jusqu'à la partie velue, en dessous du nombril. Puis encore plus bas. Dans la chambre silencieuse, on n'entendait que le ronronnement viril qui s'échappait de sa gorge.

Il posa sa main sur la mienne et la retint. Une érection commençait à naître sous son caleçon.

— Non, déclara-t-il sur un ton résolu, mais affectueux.

— Non ?

— Je ne veux pas que tu t'imagines que je ne suis bon qu'à ça.

Sa remarque me blessa. Encore un mec qui me chassait de son lit. Non mais sérieux, tout était en train de partir en vrille ou quoi ? Je n'aurais jamais pensé qu'il refuserait un jour de faire l'amour. Ça ne lui arrivait jamais. Il était toujours prêt, et à en juger par la façon dont son corps réagissait sous mes caresses, il en avait envie. Mais il avait le sentiment que je me servais de lui, c'est ça ?

Posant ma tête sur sa poitrine, je lui demandai pardon.

— Tu n'as pas à me demander pardon. Pour moi aussi c'est difficile de résister.

— C'est curieux, mais je ne te crois pas, Victor.

Nous nous étreignîmes avec force.

— Je t'aime, murmura-t-il.

— Moi aussi.

Nous nous regardâmes l'un l'autre, puis, lentement, ses lèvres s'entrouvrirent et sa langue chercha la mienne. La tête inclinée de côté, nous échangeâmes un long baiser, nos jambes enlacées. Je souris en songeant à toutes les fois où nous avions dû refouler nos désirs, à l'époque où j'étais encore mariée avec Adrian.

— Pourquoi est-ce que tu souris ? me demanda-t-il en m'embrassant sur la joue, dans le cou…

— Je pensais à toutes les fois où… on n'a pas pu.

— J'y pensais, justement, moi aussi, dit-il en riant.

Nous nous embrassâmes pendant quelques instants, puis Victor se laissa tomber à côté de moi. Il passa ses mains sous ma nuisette. Je l'ôtai et il enfouit son nez entre mes seins.

— Tu sens trop bon, dit-il. Tu es tellement douce, tellement…

Ses mains se mirent à courir sur mes seins, puis ma taille et mes hanches, comme s'il voulait dessiner les courbes de mon corps. J'enlaçai mes jambes autour de son bassin, et nous continuâmes à nous embrasser en nous frottant lascivement l'un contre l'autre.

— Attends, attends…, l'implorai-je.

Victor se redressa et s'agenouilla sur le lit en soupirant.

Il passa une main sur son érection, comme pour essayer de la calmer, et je passai moi aussi une main entre mes cuisses. Un frisson me parcourut.

— Qu'est-ce que je peux faire pour que tu me croies ?

— Je ne sais pas.

— Donne-moi du temps… J'y arriverai.

— C'est impossible, Victor. Je m'en vais, et c'est mieux ainsi.

Il s'allongea de nouveau sur moi et nous continuâmes de nous embrasser, jusqu'au moment où, sentant le désir monter, nous décidâmes d'arrêter.

— Je t'aime, dit-il en me caressant la joue. Et quand je te fais l'amour, c'est pour exprimer des choses qu'en temps normal je garde enfouies en moi. Je n'ai pas envie de continuer comme ça. Nous méritons mieux, Valeria.

49

Retour au réel

Quand je me réveillai, je sentis les doigts de Victor dans mes cheveux. Je résistai quelques instants, puis j'ouvris les yeux. Il fallait partir, rentrer à Madrid, retourner dans le monde réel ; le monde absurde de Valeria qui, parce qu'elle aimait Victor, courait droit au désastre. À Madrid, tout serait comme d'habitude. Il n'y aurait pas de bains de minuit ni d'étreintes nocturnes en contemplant le coucher de soleil. Il n'y aurait qu'un déménagement.

Pour finir je me levai. Victor m'imita. Sans rien dire, nous commençâmes à rassembler nos affaires.

Pendant que Victor se douchait, je m'appliquai à plier mes affaires pour pouvoir toutes les faire tenir dans mon cabas. Quand j'entendis couler l'eau dans la salle de bains, je nous revis tous deux peau contre peau sous la douche, ses mains puissantes explorant chaque partie de mon corps.

Je me déshabillai sans même réfléchir et le rejoignis sous le jet. J'enlaçai sa taille de mes bras en posant ma joue contre son dos. Nous restâmes un long moment sans bouger, puis nous finîmes par nous embrasser.

— Ce n'est pas juste, dit-il.

Il se passa beaucoup de choses dans cette salle de bains, mais aucune qui ait un rapport avec le sexe. Il y eut des baisers, des caresses, des sanglots, mais ce ne fut pas un de ces moments sordides qui prennent fin dans un orgasme.

Nous nous faisions nos adieux. Victor ne voulait pas que tout s'achève dans des grincements de dents, et moi je partais avec la conviction que je ne pourrais jamais lui faire confiance.

C'est à peine si nous échangeâmes deux mots sur le chemin du retour à Madrid. Je dormis pendant que Victor conduisait sans même écouter la radio. Quand je me réveillai, j'avais rêvé de choses tristes.

Comme il ne trouvait pas de place libre en bas de chez moi, Victor se gara en double file. Quand je me décidai enfin à descendre de voiture, il descendit lui aussi pour m'ouvrir la portière et me prit dans ses bras.

Nous échangeâmes un long baiser plein de tendresse et de désespoir, puis je me dégageai de son étreinte et montai chez moi.

Une fois la porte refermée, je fondis en larmes.

Ce n'est que lorsque je m'assis dans l'unique fauteuil de la maison pour fumer une cigarette que je réalisai l'énormité du bobard que j'essayais de me raconter à moi-même. Quelle aurait été la réaction de mes copines si elles avaient été à ma place ? Nerea aurait tout bonnement jeté l'éponge, son esprit pragmatique la sommant de tourner définitivement la page. Lola serait allée frapper à la porte de Victor et l'affaire se serait terminée au lit. Carmen… j'avais du mal à l'imaginer dans une situation comme celle-là vu qu'elle était mariée et de nouveau enceinte. Mais le pire, c'est que je n'arrivais pas à m'y projeter moi-même.

J'ai toujours eu pour devise « connais-toi toi-même ». C'est à mon sens la seule façon de repérer ses points forts et ses points faibles et de savoir ce qui est bon ou mauvais pour soi. Et s'il m'est arrivé de me fourvoyer, je l'ai toujours fait en connaissance de cause, et sans crainte d'en assumer les conséquences.

Je savais que si j'appelais Bruno pour lui dire que j'avais changé d'avis, Victor et moi recommencerions à sortir ensemble et à voir la vie en rose… jusqu'à ce que tout devienne gris. Pour pouvoir faire confiance à Victor, il me fallait autre chose – quelque chose comme une grande preuve d'amour, un coup de poing sur la table qui me démontrerait par A plus B qu'il avait changé et n'était plus le Victor qui se tapait une nouvelle nana chaque semaine.

Je savais également comment tout cela finirait si je bouclais mes valises et m'envolais pour aller rejoindre Bruno dans les Asturies. Pendant un certain temps, je trouverais la force de me focaliser sur mon train-train quotidien et de mettre Victor de côté. Je serais capable d'ériger un rempart et de m'y accrocher comme le noyé à son sauveur. Mais arriverait un moment où les digues lâcheraient… après quoi je passerais le reste de ma vie à me demander ce qui se serait passé si j'étais restée avec Victor.

Il était dix heures et demie quand je m'emparai du téléphone. La lumière diffuse des nuits d'été nimbait de bleu la chambre plongée dans l'obscurité. Il y eut trois sonneries. À la quatrième, Bruno décrocha :

— Allô, j'écoute ?

— Bruno…, dis-je d'une voix tremblante.

— Salut, trésor.

— Il y a beaucoup de choses que je t'ai cachées. Des choses tellement énormes que, lorsque tu sauras la vérité, tu ne voudras plus jamais me regarder en face.

Il y eut un silence.

— Qu'est-ce que tu veux dire par là ? demanda-t-il, soudain sérieux.

— Je veux dire que je t'ai trompé à tour de bras, Bruno. Et je crois bien qu'au fond de toi tu le sais. Je ne suis pas sûre de vouloir vivre avec toi ou que tu le veuilles toi-même. C'est-à-dire, si tu savais qui je suis vraiment.

Je fermai les yeux et me frottai nerveusement le front.

— Valeria… Je ne suis pas du genre à prendre des décisions importantes à la légère. J'en sais assez te concernant. Je sais que tu ne me dis pas tout, et je sais que toute cette histoire prendra fin à partir du moment où tu viendras vivre ici. Pour moi, c'est tout ce qui compte.

— Tu devrais me haïr, confessai-je.

— J'en suis incapable, mais je suis en colère, ça oui.

— Je…

— Qu'est-ce que tu veux ?

— Je ne peux pas partir tout de suite. Il faut d'abord que…

— Échange ton billet, dit-il froidement. Mais réfléchis bien à ce que tu vas faire, parce que les demi-mesures, ça n'est pas mon truc.

50

Prise de décisions

— Et donc ?

— Et donc, j'en suis venue à la conclusion que je vivais dans une telenovela et que l'un de nous va bientôt avoir un accident et devenir amnésique.

À l'autre bout de la ligne, j'entendis Lola éclater de rire.

— En effet, ce n'est pas impossible après tout ce que tu as vécu. Mais ma question portait plutôt sur ta palpitante vie sentimentale.

— Bruno et moi avons décidé de nous laisser le temps. La balle est dans mon camp.

— Euh… C'est un peu vague tout ça, tu ne trouves pas ?

— Disons que j'ai besoin de prendre du recul, ce qui veut dire d'une semaine ou deux avant de me décider.

— Et à quelle conclusion penses-tu arriver ?

Je me mordillai les ongles.

— Je pense sincèrement que le plus raisonnable serait de faire mes valises et de partir le rejoindre, Lola.

— Et pourquoi cela ?

Sa voix avait cessé d'être amicale.

— Parce que tant que je serai ici, Victor et moi ne pourrons pas ne pas nous voir.

— Et pourquoi faudrait-il que vous cessiez de vous voir ?

— Parce que ce n'est plus possible !

— Ah, non ?

— Lola... Tu m'as dit un jour pourquoi cela n'avait pas marché entre vous.

— Ça n'a rien à voir !

— Laisse-moi finir. Tu m'as dit texto que Victor était une locomotive lancée à toute allure et toi aussi, et qu'un choc frontal était inéluctable.

— Mais...

— Je ne suis pas une locomotive, ni même un wagon de marchandise. Je suis une carriole, raillai-je, résignée. Et s'il me télescope, il me pulvérise direct. Victor est incapable de changer et tu le sais très bien.

— Tout le monde change.

— Ce n'est pas vrai, Lola. On ne change pas un homme. De même qu'on ne change pas une femme.

Je passai les jours suivants à m'activer. Je rangeai la maison, en particulier les armoires, et m'attaquai à mon nouveau projet, dont j'envoyai un extrait à José. J'écrivis mon article qui parlait des enterrements de vie de jeune fille et de ce qui, de nos jours, pouvait inciter une nana à passer devant Monsieur le Maire. J'emmenai ma nièce au parc et à la ludothèque, puis dans une cafétéria super branchée où elle adorait aller prendre un verre de lait et manger une madeleine. Que voulez-vous, elle a les mêmes goûts que sa tante.

Comme sa fille et moi nous entendions comme larrons en foire, ma sœur m'appela un jour pour me demander de garder la petite pendant qu'elle allait se faire faire des mèches chez le coiffeur. D'après elle, ma nièce ne supportait pas de la voir avec la tête couverte de papillotes en papier d'alu. Elle se mettait à pousser des cris paniqués et à foutre le waï chez le coiffeur.

Et c'est ainsi que j'emmenai à nouveau ma nièce faire un tour du côté de la Calle Serrano, pour faire du lèche-vitrine. Je sais, ce n'est pas sérieux, mais la petite adorait ça.

Nous étions en train d'admirer les jolis sacs à main dans la vitrine de Loewe quand une femme très belle et élégante sortit de la boutique avec des paquets plein les bras et me lança :

— Valeria !

Aurora, tout comme son fils, est capable de vous arracher un sourire presque malgré vous.

— Oh, mais qui est cette adorable petite fille ?

— Bonjour, Aurora ! Maria del Mar, dis bonjour à la dame.

Aurora me gratifia de deux bises sonores, puis essuya gentiment les marques laissées sur mes joues par son rouge à lèvres et se baissa pour cajoler la petite Mar.

— C'est fou ce qu'elle te ressemble ! s'exclama-t-elle. C'est ta sœur jumelle ?

Je ris.

— Non, ma nièce. Mais c'est vrai qu'elle me ressemble beaucoup.

— Bonjour, lança subitement Mar.

Nous éclatâmes de rire, puis je laissai Aurora babiller avec elle et se répandre en compliments sur sa robe et sa frimousse d'ange.

— Comme je suis contente de te voir, me dit-elle en se relevant. Tu n'as pas idée !

— Moi aussi, je suis contente de te voir, dis-je en retour.

Je regrettais de l'avoir perdue de vue, car elle s'était toujours montrée très amicale avec moi.

— Mais dis-moi – elle consulta sa montre –, tu allais quelque part ?

— J'allais ramener la petite chez le coiffeur où se trouve ma sœur. Elle devrait avoir bientôt fini. Et ensuite…

— On déjeune ensemble ! Au Ten Con Ten, tu connais ?

— Oui, bien sûr – je souris. Mais il n'y aura pas de table de libre, Aurora.

— T'inquiète. J'ai beaucoup de gentils patients.

Quand je lui ramenai Mar, Rebeca fut surprise de me voir en compagnie d'une inconnue. Afin de dissiper toute équivoque, je fis aussitôt les présentations.

— Rebeca, je te présente Aurora, la mère de Victor.

— Sa presque ex-belle-mère, s'esclaffa Aurora.

Sans blague ! Elle avait vraiment dit ça ?

Comme je m'y attendais, le Ten Con Ten était plein à craquer. Mais, à ma grande surprise, on nous invita à patienter au bar autour d'un verre de vin et, vingt minutes plus tard, on nous installa à une petite table derrière une baie vitrée. Je me demandais ce que je fichais là, mais la mère de Victor était une femme adorable et pleine d'entrain et nous nous mîmes aussitôt à papoter au sujet de mes romans et de mes finances, qui s'étaient assainies depuis que j'écrivais pour une revue, puis de mon appart et de mes copines.

Et comme il fallait s'y attendre…

— Victor m'a tout expliqué, me dit-elle soudain.

Vraiment tout?, songeai-je en prenant une longue gorgée de vin.

— Il m'a dit que vous aviez essayé de vous rabibocher, mais que ça n'avait pas marché.

— J'ignorais que Victor et moi pouvions être d'accord, dis-je en souriant.

— Il paraît que tu as rencontré quelqu'un…

— Oui, enfin… c'est compliqué, bredouillai-je. Puis, songeant que j'aurais dû lui dire la vérité, j'ajoutai : J'ai essayé de refaire ma vie avec quelqu'un d'autre, mais ça n'a pas marché à cause de ma relation avec Victor.

— Est-ce à dire que l'autre et toi n'êtes plus ensemble ?

— Oui. Enfin, non. Je ne sais pas. J'étais sur le point de partir vivre avec lui quand… tout s'est embrouillé dans ma tête. Il vit dans les Asturies et il a une fille.

— Je vois. Ça complique tout.

— Oui.

— Et Victor ? Lui aussi, il complique tout ?

Je souris.

— Victor, c'est encore pire. Sincèrement, je crois que c'est lui le problème. Ou tout au moins la cause de tous nos problèmes.

— Tu veux dire…

— Que je ne pourrai pas refaire ma vie tant qu'il me tournera autour.

— Parce que tu es amoureuse de lui, c'est ça ?

— Oui, c'est ça. C'est tout à fait ça.

Aurora pianota des doigts sur la table.

— La question que je vais te poser va te paraître idiote, mais… comment se fait-il que toi, qui es éperdument amoureuse de lui, et lui, qui est éperdument amoureux de toi, ne soyez pas ensemble ?

— Parfois je ne le sais pas moi-même.

— Et avec qui as-tu envie d'être, avec lui ou avec l'autre ?

Ouille ! Elle avait mis le doigt là où ça fait mal.

— Aurora, tu connais ton fils. Tu connais son mode de vie. Il m'aime, je n'en doute pas un instant, mais il ne peut pas me donner ce dont j'ai besoin et vice versa. Je ne veux pas seulement être sûre d'être la seule femme avec qui il couche. J'ai besoin de savoir que je suis la seule qui compte et qu'il n'aura jamais envie d'aller voir ailleurs. Or... Victor a besoin de plus. D'indépendance, d'autres femmes...

Elle hocha la tête.

— Tu as raison. En l'état actuel des choses, il ne peut pas te donner ce que tu attends. Pas parce qu'il n'en est pas capable, mais parce qu'il se cherche lui-même.

— Quoi qu'il en soit, je doute fort qu'il ait envie de la même chose que moi.

— J'ai du mal à croire que mon fils soit stupide à ce point.

Nous éclatâmes de rire. Cette situation était absurde.

— C'est vraiment dommage, Aurora, parce que je l'aime tellement. Et parce que j'aurais aimé avoir une belle-famille comme la vôtre.

— Une famille tout court, rectifia-t-elle. Nous t'avons adoptée depuis le jour où il t'a amenée à la fête. C'est nous qui serions heureux de t'avoir comme belle-fille.

— Pourquoi cela ? demandai-je, surprise.

Aurora appela le garçon et commanda un café frappé pour elle.

— Et pour toi, ma jolie ?

— La même chose, dis-je en regrettant de lui avoir posé cette question ridicule.

— En attendant qu'il apporte le café, je vais te dire pourquoi tu nous as tant plu.

Elle se cala confortablement sur sa chaise. Je l'imitai.

— Je suis sûre que tu me comprendras si je te dis qu'une mère aime ses enfants comme ils sont, avec leurs défauts et leurs qualités. Victor a beaucoup de qualités. Il est affectueux, attentionné, drôle, tendre, plein d'esprit. C'est un bon frère et un excellent fils, même s'il a un caractère de cochon. Il est persévérant, talentueux et intelligent. Et bien sûr, il a des tas d'autres qualités qui attirent les filles. Il est beau, en pleine santé, sportif, et il a cette moue irrésistible que tu connais. (Oui, bon, fallait-il absolument en rajouter ?) Mais je sais des choses à son sujet qu'une mère, même sexologue, aimerait mieux ne pas connaître. Elle sourit et reprit : Victor a passé une bonne partie de sa vie à penser avec la partie de son corps qui se trouve sous sa ceinture. Déjà, à quinze ans, mes voisins l'ont surpris dans la chambre de leur fille de dix-huit ans. À dix-sept ans, les nanas défilaient. Et quand il en a eu dix-neuf, il n'a rien trouvé de mieux que de coucher avec une prof de fac. Et à vingt ans, il a mis enceinte une gamine de dix-sept ans…

J'ouvris des yeux comme des soucoupes.

— Comment ?

— Une fille de Valence. La capote a craqué, ils ont laissé courir l'affaire, et deux mois plus tard, mon Victor, blanc comme un linge, nous a annoncé qu'il avait un problème. Il s'est pris la claque de sa vie – bien pire que la raclée que lui avait mise le mari de la prof de fac quand il l'avait surpris en pleine action avec sa femme. La pauvre gosse de Valence a eu une grossesse très difficile qui s'est soldée par une fausse-couche. Son père et moi savions qu'il collectionnait les relations sans lendemain. Un jour nous l'avons surpris en train d'embrasser une fille à pleine bouche au restaurant – elle laissa échapper un soupir outré. Et la seule qu'il nous ait jamais présentée était une certaine Raquel. Une peste capricieuse et manipulatrice qui devait le tenir par les couilles grâce à des pirouettes sexuelles inédites.

Je souris et Aurora poursuivit :

— Et voilà qu'un jour, Alina nous informe que son frère s'est amouraché d'une femme mariée. Son père et moi avons eu des envies de meurtre. Mais c'était un peu plus compliqué qu'il n'y paraissait – elle tripota nerveusement sa serviette puis l'écarta quand le garçon s'en revint avec les cafés. Je me suis empressée de prendre mon fils entre quatre-z'yeux et j'ai trouvé mon Victor au quatrième dessous. Il m'a avoué qu'il était tombé amoureux de quelqu'un et que ça n'allait pas être simple vu les circonstances. Apparemment, quand tu lui as annoncé que tu allais divorcer, il s'est dégonflé et il n'a plus entendu parler de toi ensuite. Mais pour finir, il t'a amenée à la maison et… ô surprise, nous avons découvert une fille adorable, jolie et sympathique, attachante et sérieuse, qui l'aimait et qui avait tout plaqué pour lui. Tu es intelligente et créative. Et nous avons tout de suite compris qui tu étais, Valeria. Nous avons compris pourquoi tu l'avais quitté alors même que les choses semblaient s'être stabilisées entre vous, mais aussi que tu étais ce qui pouvait lui arriver de meilleur.

— Merci, dis-je, pleine de reconnaissance. Ça me fait chaud au cœur de savoir tout ça.

— Je sais bien que ce n'est pas mon rôle, mais… puis-je te donner un conseil ?

— Bien sûr.

— Ne gamberge pas trop. Écoute plutôt ton cœur, même si cela t'oblige à faire un gros travail sur toi.

Aurora et moi nous quittâmes peu après sur une embrassade sincère et vigoureuse, dont je pensais que c'était sans doute la dernière.

Puis chacune rentra chez soi.

Mais…

Vers le milieu de l'après-midi, Aurora alla sonner chez Victor. Quand il vint lui ouvrir, elle s'assura d'abord qu'il n'y avait personne d'autre dans l'appartement – il n'aurait plus manqué qu'elle le surprenne en pleine action – puis lui demanda :

— Tu es occupé ?

— Non, grommela-t-il, mais tu pourrais appeler avant de passer ! Je te sers un café ?

— Si c'est un déca, je veux bien. Mais frappé, et avec de l'aspartame. Sinon, je prendrai un rafraîchissement.

— Et pourquoi pas des gâteaux secs, aussi, pendant que tu y es ?

— Victor, je t'en prie !

— Qu'est-ce qui se passe ? demanda-t-il tout en commençant à préparer le café.

— J'ai déjeuné avec Valeria – Aurora vit son fils vaciller et inspirer bruyamment. Et nous avons bavardé, continua-t-elle.

— J'espère que tu n'as pas…

— Je n'ai rien dit ni fait de compromettant, dit-elle en croisant ses petits doigts dans son dos.

— Et donc ?

— Je suis venue t'apporter ceci.

Il se retourna pour voir ce que sa mère venait de poser sur le comptoir de la cuisine. Quand il comprit de quoi il s'agissait, il ouvrit la bouche pour protester, mais Aurora ne lui en laissa pas le temps :

— Je n'ai pas l'intention de passer mon après-midi à essayer de te convaincre de quoi que ce soit. Je la laisse ici simplement pour que tu puisses la voir et réfléchir. Tu m'as dit que tu ne la voulais pas, je sais, même si elle est à toi. Parfois, pour obtenir ce qu'on désire le plus dans la vie, il faut savoir faire preuve de courage, Victor. Sois un homme, mon fils.

Il ne chercha pas à la contredire. Il savait qu'elle avait raison.

51

Une décision courageuse

Lola essaya d'appeler Ray à deux reprises. Mais il ne décrocha pas. La seule réponse qu'elle obtint fut un texto laconique :

> Je ne plaisantais pas, Lola.

Elle passa le week-end à gamberger. Si vous voulez mon avis, notre Lola était en train de se réconcilier avec sa propre féminité et de traverser des phases bizarres que nous, ses copines, avions déjà traversées depuis longtemps :

1. Tristesse infinie. *Pourquoi est-ce que tu me fais ça à moi qui t'aime tant ?*

2. Haine profonde. *J'espère qu'ils vont t'en mettre un bien profond dans le cul et que tu vas déguster.*

3. Indignation. *Il se tire et il me dit de ne plus l'appeler !*

4. Analyse minutieuse de la situation. *Voyons, je lui ai dit « ah », et il a répondu « bof » et ensuite il a battu deux fois des paupières.*

5. Déductions douteuses. *Il fait ça parce que je suis trop femme pour lui.*

6. Phase finale : le mépris. *Eh bien, va te faire foutre !*

Et la phase finale, avec quelqu'un comme Lola, n'est pas à prendre à la légère.

Elle commença par lui envoyer un message. Il ne voulait pas lui parler, d'accord, mais… aurait-il le courage d'effacer son texto sans l'avoir lu ? Elle fut aussi expéditive que lui :

Tu as réussi, le message est passé.

Oh, oh.

Dans un premier temps, elle garda espoir, songeant que Quique était chaud bouillant et qu'il allait sûrement revenir à la charge.

Puis elle réalisa avec effroi que c'était sa seule alternative. Elle en était tellement persuadée qu'elle ne jugea pas utile de nous en parler. Elle se disait que cela mettrait fin à ses fantasmes et qu'après l'avoir chevauché une ou deux fois, elle l'oublierait. Ce qui renforcerait sa relation avec Ray.

Le lundi suivant, quand son boss passa dans le couloir avec un classeur rouge sous le bras et son téléphone à l'oreille, elle se leva d'un bond et, ni une ni deux, s'engouffra à sa suite dans son bureau puis referma la porte derrière elle.

Quique se retourna, surpris, et dit à son interlocuteur :

— Je vais demander à ma secrétaire de ménager un créneau dans mon emploi du temps pour que nous puissions parler de tout ça tranquillement et je vous rappelle.

Lorsqu'il raccrocha, il commença par chapitrer Lola, déclarant qu'il avait horreur des visites inopinées dans son bureau.

— Mais pour toi je veux bien faire une exception, ajouta-t-il, radouci, même si je sens que tu vas me passer un savon.

— Un savon ? Pourquoi cela ? s'étonna Lola.

— Pour m'être pointé au vernissage de ta demi-portion de jules.

Lola ravala le flot de bile qui remontait dans sa gorge et poursuivit son plan.

— Il a cessé de m'intéresser. Je ne suis pas très patiente, expliqua-t-elle.

— Sans blague ! lança-t-il, un poil sarcastique.

— C'est ça, moque-toi de moi, lui sourit-elle. Tu riras moins quand tu devras te la mettre dans un seau à glace.

— Plaît-il ?

— Je te laisse t'occuper de tout. J'ai juste besoin d'une adresse et d'une heure. Et je t'expliquerai à ce moment-là.

Une Lola triomphante ressortit du bureau et referma doucement la porte. Quand elle regagna son poste de travail, un courriel de Quique venait d'arriver, avec une adresse et une heure. Elle souffla un bon coup et se détendit.

Apparemment, ce mec était encore plus chaud qu'elle.

À midi, elle dit à ses collègues qu'elle ne se joindrait pas à eux pour déjeuner parce qu'elle devait faire quelques emplettes.

Elle fila au Corte Inglés acheter des dessous sexy, puis rentra au bureau et alla s'enfermer dans les toilettes. Tous ses collègues étant en train de déjeuner à l'extérieur, personne ne viendrait la déranger. Elle se dévêtit entièrement, s'enduisit de mousse à raser et se passa méticuleusement le « rasoir de secours » sur tout le corps, en veillant à ne laisser aucun poil disgracieux. Elle enfila ensuite ses nouveaux sous-vêtements (et tant pis si elle n'avait pas d'abord lavé la petite culotte), puis regagna son poste de travail.

Avant de quitter le bureau, elle retourna vite fait aux toilettes pour retoucher son maquillage. Elle avait bon espoir qu'après avoir bourriqué dans toutes les positions du Kamasutra avec Quique, tout rentrerait dans l'ordre. Que voulez-vous ? On ne se refaisait pas, et notre Lola ne pourrait jamais se contenter d'une relation monogame… et encore moins de jouer les oies blanches.

Après cela, mieux vaudrait qu'elle ne rappelle pas Ray, songea-t-elle tandis qu'elle se dirigeait vers la sortie. À quoi bon s'entêter à prolonger une relation qui avait atteint sa date de péremption ? Comment pouvait-elle espérer une relation durable avec un gamin qui en était encore à l'âge où les mecs passent d'une fille à l'autre sans se décider à en choisir une pour de bon ?

Elle héla un taxi, donna l'adresse au chauffeur. Pour essayer de se détendre, elle retoucha son rouge à lèvres et lut ses mails sur son smartphone. Elle jeta un coup d'œil à sa messagerie dans l'espoir d'y trouver un texto de Ray.

Rien. Une bouffée de colère mêlée de tristesse la submergea.

Enrique Jara avait un appartement somptueux en plein sur le Paseo de la Castellana ou, pour reprendre les mots exacts de Lola, un « putain d'appart » aux plafonds immenses et entièrement refait à neuf par-dessus le marché.

Le concierge accompagna Lola jusqu'à l'ascenseur et enfonça le bouton du sixième étage. Quand les portes se refermèrent, elle fut prise d'un rire nerveux. Elle se retourna et s'inspecta dans la glace. S'étant assurée qu'elle n'avait pas de rouge à lèvres sur les dents ou de coulures de mascara sous les yeux, elle inspira profondément. Elle n'avait aucune raison de se mettre dans cet état.

— Tu vas tirer un bon coup et ensuite tu rentreras faire dodo à la maison ! se dit-elle à voix basse.

Enrique l'attendait sur le seuil. Il n'y avait que deux portes par palier. Le rêve ! Et lui aussi était à tomber.

En rentrant du bureau, il avait pris le temps d'échanger son costard et de passer un pantalon d'intérieur beige et un T-shirt grenat. L'élégance personnifiée… Sauf qu'elle n'aimait ni le haut ni le bas, et encore moins les deux ensemble, même s'il fallait bien reconnaître que sur lui ça avait de la gueule.

— Bonsoir, chère demoiselle, lui lança-t-il avec un sourire provocant.

Il la prit par la taille, l'attira à l'intérieur, referma la porte, plaqua Lola contre le mur de l'entrée et se serra contre elle. Le tout en un quart de seconde. Sacré mec !

Quand il approcha ses lèvres des siennes, Lola sentit un nœud se former dans sa gorge. Allons bon.

— Tu ne m'offres pas un verre ? demanda-t-elle en feignant d'être parfaitement maîtresse de la situation.

— Un verre ? Bah, oui, tiens, bonne idée !

Quique la prit par la main et l'entraîna dans un salon absolument magnifique, à la décoration sobre : un écran de télé géant posé sur un petit meuble noir, un immense canapé gris, une table basse en verre noir et un épais tapis.

— Du vin ?

— Euh… j'aimerais mieux un gin-fizz, si tu as.

Quique rit, puis disparut dans ce qui devait être la cuisine.

— Tu es superbe ! lui cria-t-il depuis la pièce voisine. Tu t'es changée ?

— Non, pas vraiment, répondit Lola en songeant qu'il ne pouvait pas savoir qu'elle avait changé de sous-vêtements. J'ai retouché mon maquillage, c'est peut-être ça.

— Peut-être. En tout cas, je suis content que tu ne te sois pas changée, parce que tu ne vas pas garder ta robe longtemps de toute façon…

Elle rit tout en s'approchant d'un énorme tableau accroché au mur qui faisait face aux grandes fenêtres du séjour.

— Voyez-vous ça ? Eh bien, j'espère que tu sais t'y prendre, parce que cette petite culotte-là, il lui arrive de résister.

— T'inquiète pas pour ça – sa voix s'était rapprochée. Je peux toujours te l'arracher… ou l'écarter de mon chemin.

Lola se retourna.

— Je crois savoir que ces cocktails se servent dans des verres à jus de fruits, mais je n'en ai pas. Désolé, s'excusa-t-il en lui tendant un Martini.

Il leva son verre pour trinquer avec elle et prit une longue gorgée.

— Merci, garçon, dit-elle en faisant de même. C'est parfait !

Quique s'humecta les lèvres puis, lui ôtant son verre des mains, le posa sur la table. Lorsqu'il saisit Lola par la nuque et l'attira à lui, elle gémit doucement.

Ses lèvres à elle étaient froides et les siennes chaudes. Même chose pour leurs langues. Ils échangèrent un baiser profond, plein de fougue. Le ton était donné.

Quique la souleva de terre, la déposa sur le sofa, puis s'allongea sur elle en l'assaillant de sa bouche insatiable. Lola était troublée. En temps normal, c'était elle qui menait le jeu. Mais cette nouvelle sensation l'excitait malgré tout. Elle pouvait se laisser porter sans avoir à se soucier de quoi que ce soit.

Les deux grandes paluches de Quique se mirent à malaxer ses seins, la faisant fondre littéralement. Putain, le mec !

Quique lui demanda de le suivre dans la chambre, ce qu'elle fit, et ils commencèrent à se déshabiller l'un l'autre, leurs lèvres toujours aimantées. Au diable les nouveaux dessous affriolants de Lola ! Son soutien-gorge vola, tandis que la bouche de Quique se plaquait sur sa chair dénudée.

Lola se laissa tomber sur le lit et il fit rouler sa petite culotte jusqu'à ses chevilles.

— Tu vas tellement crier que je risque de jouir avant de t'avoir baisée, murmura-t-il tout excité.

La langue de Quique s'immisça résolument entre ses cuisses et Lola se mit à gémir… gémir… jusqu'à ce qu'elle réalise qu'elle gémissait par réflexe, parce qu'en réalité elle ne sentait rien.

C'était la sensation qui l'excitait, cette sensation d'être « dominée ».

— Attends… dit-elle.

— Comment ? demanda Quique en relevant la tête.

— Arrête, je ne sens rien.

Olé, Lola ! Ce beau mâle n'avait encore jamais eu droit à ce genre de remarque. Il en resta sans voix.

— Je… je mets une capote, bredouilla-t-il.

— Si tu enfiles une capote et que tu essaies de me pénétrer tout de go, ça va sentir le caoutchouc brûlé, parce que tout ce que j'ai d'humide, pour l'instant, c'est la bouche.

Quique la toucha, comme pour s'assurer qu'elle disait vrai.

— J'ai du gel lubrifiant, si tu veux.

— Ce n'est pas le problème. Je ne suis pas excitée, c'est tout.

Il se releva, abasourdi.

— Ça t'arrive souvent ?

Elle ouvrit des yeux comme des soucoupes.

— Je ne crois pas, non. Je suis probablement la fille la plus désinhibée que tu aies jamais croisée, mon chou.

— Et donc ?

Lola réfléchit pendant un quart de seconde, ce qui, pour elle qui déballe tout ce qui lui passe par la tête à la vitesse d'une mitraillette, est un tour de force. Elle aurait pu s'abstenir pour une fois, mais elle n'en avait pas envie.

— Et donc, je crois qu'il vaut mieux en rester là avant que toute cette histoire ne parte en cacahuète.

Lola réalisa soudain qu'elle pouvait ne pas avoir envie de s'envoyer en l'air. Lui, en revanche, avait grave la trique. Elle fut prise d'un fou rire.

— Tu t'en vas ?

— Bah, tu ne veux quand même pas que je reste pour te faire à dîner.

Très digne, elle se leva et rassembla ses affaires, puis elle enfila ses chaussures et alla ramasser sa robe envolée à l'autre bout de la pièce.

— Ne t'en fais pas, mon lapin, dit-elle, radieuse. Ce n'est pas parce que tu t'y prends mal. Simplement, tu ne me fais aucun effet. Il arrive qu'on se fasse des films et qu'au final on soit déçu.

— Mais…

— Il vaut mieux qu'on en reste là, tu ne crois pas ?

Lola s'approcha de lui et, l'embrassant sur la joue, lui présenta des excuses de pure forme qui avaient un goût de miel.

Puis elle alla récupérer son sac dans le salon et repartit comme elle était venue.

Ray faisait une tête de six pieds de long quand il ouvrit la porte. Il était visiblement à la ramasse. Quand Lola lui adressa un sourire énergique, il s'appuya au chambranle comme quelqu'un qui ne tient pas sur ses jambes et demanda d'une voix atone :

— Ça va ?

Le sourire de Lola s'effaça d'un coup.

Elle était si tourneboulée qu'elle avait complètement oublié le message qu'elle lui avait envoyé et dans lequel elle laissait entendre qu'elle allait opter pour une relation « ouverte » ainsi qu'il l'avait suggéré. Et d'ailleurs, qu'est-ce qui lui disait qu'il n'en avait pas profité pour faire la même chose ?

Elle sentit son cœur chavirer. C'était un gamin de vingt et un ans qui avait simplement besoin d'être rassuré. Il avait besoin qu'elle vienne frapper à sa porte pour lui dire que tout ça c'étaient des conneries et qu'il était l'homme de sa vie, le seul.

Et dire qu'elle avait failli s'envoyer en l'air comme une bête avec un autre mec !

— Mon cœur…, dit-elle d'une toute petite voix.

— Tu as pris ta décision ? Ça y est ?

Sa gorge se serra. Ray était résigné, comme s'il venait de comprendre qu'il ne devait rien attendre d'elle, alors qu'il s'efforçait par tous les moyens de se montrer responsable, de donner le meilleur de lui-même, parce qu'il ne voulait pas la décevoir quand ils étaient au lit.

— Je vais être aussi honnête avec toi que possible, dit Lola en glissant ses mains tremblantes dans les poches de sa robe *fifties.* Je suis allée chez lui, comme une gourde, en pensant que j'étais juste en chaleur et que j'avais besoin de tirer un bon coup. J'avais besoin de me prouver à moi-même que notre relation n'avait rien changé. Et j'ai bien failli me le faire, bredouilla Lola. Mais j'ai découvert que je ne me sentais jamais aussi bien que lorsque j'étais avec toi, que je le veuille ou non.

— Je ne comprends pas…, dit-il les yeux baissés.

— Tu as vingt et un ans, Ray, nom d'un chien !

— Et c'est une tare ?

— Non, mais je me sens coupable, car je sais que ça ne va pas toujours être facile entre nous.

Il se frotta les yeux avec force et Lola se tut.

Deux ans plus tôt, elle aurait fait demi-tour et serait partie la tête haute pour bien lui faire comprendre qu'elle n'allait pas jouer les serpillières pour se faire pardonner. Mais cette Lola n'existait plus.

Ray releva la tête et vit sa poitrine s'agiter tandis qu'elle s'efforçait de ravaler ses sanglots.

— Pourquoi est-ce que tu pleures, Lola ? Pourquoi ?

— Parce que… je t'aime, dit-elle dans un hoquet.

— Mais tu as des envies que je ne peux pas satisfaire, répondit-il.

Il la prit dans ses bras et elle s'agrippa à lui en pleurant à chaudes larmes. Il était plein d'attention pour elle ; le seul homme qui, en dix ans, lui avait témoigné respect et tendresse. Le seul qui lui avait vraiment dit «je t'aime» et qui se mettait en quatre pour la rendre heureuse. Le seul qu'elle aimait, elle aussi, de tout son cœur.

Elle leva les yeux vers lui et comprit qu'elle était en train de jouer son va-tout, parce qu'elle s'était comportée comme une demeurée et avait tout fait foirer.

— Ray, dit-elle en ravalant ses larmes, je ne pensais pas que ça pouvait arriver. Mais la Lola de jadis a cessé d'exister. Jusqu'ici j'étais dans le déni parce qu'il m'en coûtait de reconnaître que je pouvais m'attacher à un mec comme je me suis attachée à toi. Mais toujours est-il que je n'ai envie d'être avec personne d'autre que toi. Le reste de l'humanité peut aller se faire foutre. Tu es le seul pour qui je suis prête à faire des concessions. S'il te plaît, ne me quitte pas.

Ray lui souleva le menton pour l'obliger à le regarder dans les yeux.

— Je n'ai pas envie d'entendre des mots d'amour qui ne te ressemblent pas, ma Lola.

— Bordel, Ray. Je ne veux m'envoyer en l'air avec personne d'autre que toi, OK? Je veux passer toute ma putain de vie à tringler avec toi et mourir dans tes bras, ça te va?

Il sourit et l'embrassa. Quel gâchis, mes aïeux!

— Ne me fais plus jamais ça, dit-il. Jamais. J'ai failli mourir de chagrin.

— Tu n'es qu'un enfoiré. Quand je pense que tu n'as même pas décroché.

— J'étais en colère.

— Et moi donc.

Sans se soucier des voisins, ils s'enlacèrent sur le palier. Au seul contact de la main de Ray sur ses fesses, Lola sentit qu'elle se liquéfiait. Elle n'avait pas besoin de se sentir dominée par un mec qui se la pétait pour prendre son pied au lit. La certitude qu'elle pouvait être fidèle à ce gamin lui suffisait. Elle en avait sa claque des sensations fortes.

— Tu entres ? Je suis seul, dit-il avec un sourire coquin.

— OK.

— Tu n'as pas couché avec lui, alors ?

— Non. Pas réussi. Ça ne me faisait ni chaud ni froid.

Il fronça les sourcils.

— Passe-moi les détails, dit Ray.

— T'inquiète, je vais te faire oublier tout ça ! dit-elle en l'entraînant à l'intérieur.

Il n'avait peut-être que vingt et un ans, mais il était capable de la prendre debout, contre le mur de l'entrée, pendant vingt minutes, et de lui faire ensuite un cunni de derrière les fagots. Mais surtout, il était le seul homme capable de lui faire tout oublier rien qu'en la serrant dans ses bras.

52

Le feu vert des filles

Victor avait passé deux journées entières au fond du trou. Quiconque le connaissant ne pouvait pas ne pas l'avoir remarqué. Prendre cette décision avait dû le mettre au supplice, y compris physiquement.

Six jours après la visite de sa mère, Victor en vint à la conclusion qu'Aurora avait raison et qu'il devait prendre le taureau par les cornes.

Une fois arrivé à destination, il se gara, enfila sa veste malgré la chaleur étouffante et enfonça la sonnette. Une fille brune, en robe d'été rouge – ou plus exactement corail –, vint lui ouvrir. Après l'avoir saluée poliment, il désigna de la tête la personne qui se trouvait au fond de la pièce et murmura :

— C'est elle que je viens voir.

Comme Victor n'avait pas les yeux en face des trous, il ne remarqua même pas l'œillade brûlante de la nana à la robe rouge. Il avait l'esprit ailleurs. Un ailleurs qui requérait toute son attention et sa concentration.

Une blonde superbe éloigna de son oreille le téléphone dans lequel elle était en train de parler et se leva de son bureau pour venir à sa rencontre. Visiblement nerveuse, elle lui tendit la main au lieu de lui faire la bise, ce qui le fit rire.

— Victor ? Mais qu'est-ce que tu fais ici ? Enfin, tu es le bienvenu, bien sûr… Mais je veux dire…

La fille rejeta de côté sa longue chevelure blonde et, saisissant son téléphone, dit :

— Je te reprends dans une seconde.

Victor inspira profondément, puis glissant sa main dans la poche intérieure son veston, il en extirpa le petit écrin que sa mère lui avait laissé sur la table de la cuisine une semaine plus tôt. D'une main fébrile, il l'ouvrit et le présenta à son interlocutrice.

— J'ai besoin de ton aide.

Nerea était en train de préparer la déco d'une fête de mariage quand son téléphone se mit à sonner.

— Monogramme Événements, bonjour ?

— Tchô, dit Lola. Qu'est-ce que tu fais ?

— Je travaille. Tu sais ce que ça veut dire ?

— Ouais, sûrement plus que toi, la fausse blonde.

— Je suis une *vraie* blonde !

Carolina releva le nez, un regard perplexe dans les yeux.

— C'est Lola, clarifia Nerea. Elle me traite toujours de fausse blonde et prétend que j'ai un vibromasseur dans mon tiroir de table de nuit.

— Parce que c'est la vérité, se moqua Lola à l'autre bout de la ligne. Tout le monde sait que tu as un de ces joujoux énormes planqué sous ton plumard.

— Qu'est-ce que tu veux, Lola ?

— Ce que tu peux être pisse-vinaigre ! Je voulais juste savoir si tu filais toujours le parfait amour avec ton jules et papoter de deux ou trois choses sans importance, comme la couleur de mon nouveau rouge à lèvres.

Nerea leva les yeux au ciel.

— Eh bien, si tu veux tout savoir, Jorge et moi on a passé une soirée géniale.

— Qui s'est finie en méga partouze ?

— Non. Qui s'est finie avec un baiser sous le porche.

— Si j'étais lui, je ne te rappellerais plus jamais, espèce de coincée du cul. Tu sais quoi ? C'est à cause de nanas comme toi que les femmes ont mauvaise réputation.

— Eh bien, moi, j'ai l'impression qu'il aime ça, parce qu'hier on a dîné ici, au sous-sol, et que demain on a réservé une table à l'hôtel ME.

— Et une chambre aussi ?

— Non, mentit Nerea. Tu as des nouvelles de Val ?

— Depuis la dernière fois que j'ai parlé avec elle, la semaine dernière, non.

— Quand elle t'a dit qu'elle allait certainement partir vivre avec Bruno ? demanda Nerea pour s'assurer qu'elle était bien au fait des derniers développements.

— Exactement. Mais dis-moi, qu'est-ce que tu en penses ?

— Bah… Je pense que Victor est un beau parti, répondit Nerea le Glaçon. Mais que Bruno a l'air d'un mec plus fiable.

— Tu n'as vraiment pas de cœur.

— Ce qui m'étonne c'est que toi tu en aies un.

Elles éclatèrent de rire.

— Eh, mais j'y pense, si jamais Valeria largue Victor, tu pourrais te le faire. On a toutes remarqué que tu en pinçais pour lui. Qu'est-ce que tu lui as dit déjà ? « Oh, Victor, comment une femme pourrait-elle ne pas se sentir attirée par toi ? » Rhooo, la cochonne !

— Ce que tu peux être lourdingue ! C'était une remarque innocente ! J'ai dit ça pour plaisanter, voyons ! Jamais il ne me viendrait à l'idée de coucher avec Victor, enfin !

C'est alors que Nerea leva les yeux vers la vitrine et faillit avoir une attaque.

Carolina, son assistante, se leva pour aller ouvrir au mec qui attendait devant la porte de la boutique.

— Bonjour, je peux vous aider ?

— C'est elle que je viens voir.

Le mec s'approcha du bureau de Nerea d'un pas résolu, tandis que Carolina le dévisageait, un regard lascif dans les yeux.

— Tu ne vas pas le croire, murmura-t-elle dans le téléphone.

— Quoi donc ? Qu'est-ce qui se passe ? demanda Lola à l'autre bout de la ligne.

— Une seconde, s'il te plaît.

Nerea posa le téléphone et se leva. Après quelques instants d'hésitation, elle tendit la main à Victor, qui la serra fermement puis la relâcha doucement.

— Victor ? s'exclama-t-elle, de plus en plus mal à l'aise. Mais qu'est-ce que tu fais ici ? Enfin, tu es le bienvenu, bien sûr… Mais je veux dire…

Comme chaque fois qu'elle perdait les pédales, Nerea rejeta son opulente crinière de côté. Puis, reprenant le téléphone, elle dit à Lola :

— Je te reprends dans une seconde.

Nerea vit alors Victor glisser sa main droite dans sa poche de veston et en extirper un petit écrin rouge et or. Elle réprima un cri de stupeur lorsqu'il ouvrit le petit coffret et le posa devant elle en disant :

— J'ai besoin de ton aide.

— Oh, bordel de merde ! s'écria Nerea, ses bonnes manières envolées.

Puis s'emparant du téléphone, elle lança :

— Ne bouge surtout pas, on arrive.

— On arrive ? Qui ça ?

Lola s'ennuyait comme un rat mort. Elle était sortie du bureau plus tôt qu'à l'ordinaire parce qu'elle éprouvait le besoin de prendre l'air, et voilà qu'elle se retrouvait chez elle à se tourner les pouces, fatiguée de prendre son pied avec son joujou à piles. À cause des examens de fin d'année de Ray, ils avaient dû momentanément faire une croix sur leurs folles parties de jambes en l'air.

Elle m'appela, mais je ne décrochai pas. Elle l'ignorait, mais à cet instant même je bataillais avec l'un des chapitres les plus importants de mon manuscrit. Pour tout dire, j'étais tellement concentrée sur mon écran d'ordinateur que je n'entendis même pas la sonnerie du téléphone que j'avais laissé sur le rebord du lavabo dans la salle de bains.

Elle songea à appeler Carmen, puis changea d'avis à la dernière minute, car elle brûlait d'envie de connaître la suite de la tumultueuse relation de Nerea et de son nouveau mec. Nerea décrocha à la deuxième sonnerie.

— Monogramme Événements, bonjour ?

— Tchô, répondit Lola. Qu'est-ce que tu fais ?

— Je travaille. Tu sais ce que ça veut dire ?

— Sûrement mieux que toi, la fausse blonde.

— Je suis une *vraie* blonde ! riposta Nerea.

Elle l'entendit se justifier auprès de son assistante :

— C'est Lola. Elle n'arrête pas de dire que je suis une fausse blonde et prétend que j'ai un vibromasseur dans mon tiroir de table de nuit.

Lola était pliée en deux intérieurement. Elle adorait l'asticoter avec cette histoire de godemiché et ne put résister à l'envie d'en rajouter une couche :

— Parce que c'est la vérité. Tout le monde sait que tu as un de ces joujoux énormes planqué sous ton plumard.

— Qu'est-ce que tu veux, Lola ? demanda Nerea sur un ton glacial.

— Ce que tu peux être pisse-vinaigre ! Je voulais juste savoir si tu filais toujours le parfait amour avec ton jules et papoter de deux ou trois choses sans importance, comme la couleur de mon nouveau rouge à lèvres.

— Eh bien, si tu veux tout savoir, Jorge et moi on a passé une soirée géniale, répondit-elle en souriant.

— Qui s'est finie en méga partouze ?

— Non, qui s'est finie par un baiser sous le porche.

— Si j'étais lui, je ne te rappellerais plus jamais, espèce de coincée du cul. Tu sais quoi ? C'est à cause de nanas comme toi que les femmes ont mauvaise réputation.

— Eh bien, moi, j'ai l'impression qu'il aime ça, parce qu'hier on a dîné ici, au sous-sol, et que demain on a réservé une table à l'hôtel ME.

— Et une chambre aussi ?

— Non, mentit Nerea. Tu as des nouvelles de Val ?

— Depuis la dernière fois que j'ai parlé avec elle, la semaine dernière, non, dit Lola en inspectant son vernis à ongles bordeaux.

— Quand elle t'a dit qu'elle allait certainement partir vivre avec Bruno ? demanda Nerea pour s'assurer qu'elle était bien au fait des derniers développements.

— Exactement. Mais dis-moi, qu'est-ce que tu en penses ?

— Bah… Je pense que Victor est un beau parti, répondit Nerea le Glaçon. Mais que Bruno a l'air d'un mec plus fiable.

— Tu n'as vraiment pas de cœur.

Lola éclata de rire quand Nerea le Glaçon monta sur ses grands chevaux.

— Ce qui m'étonne, c'est que tu en aies un.

— Eh, mais j'y pense, si jamais Valeria largue Victor, tu pourrais te le faire. On a toutes remarqué que tu en pinçais pour lui. Qu'est-ce que tu lui as dit déjà ? « Oh, Victor, comment une femme pourrait-elle ne pas se sentir attirée par toi ? » Rhooo, la cochonne !

— Ce que tu peux être lourdingue ! C'était une remarque innocente ! J'ai dit ça pour plaisanter, voyons ! Jamais il ne me viendrait à l'idée de coucher avec Victor, enfin !

Au moment où Lola allait balancer une de ses grosses blagues salaces, Nerea l'interrompit :

— Mais… quoi ?

Suivit un silence si long que Lola commença à s'inquiéter.

— Tu ne vas pas le croire, murmura Nerea dans le téléphone.

— Quoi ? Qu'est-ce qui se passe ? demanda Lola en se levant du lit.

— Une seconde, s'il te plaît.

Lola l'entendit poser le téléphone sur son bureau, puis bredouiller d'une voix toute tremblante :

— Victor ? Mais, qu'est-ce que tu fais ici ? Enfin, tu es le bienvenu, bien sûr… Mais je veux dire…

Lola haussa un sourcil, puis se mit à brailler :

— Aaaaah !!! Mais qu'est-ce qu'il fout là ? Qu'est-ce qu'il fout là cet enfoiré ?

Et elle continua comme ça jusqu'à ce que Nerea reprenne le téléphone et lui dise :

— Je te reprends dans une seconde.

Lola commença à s'imaginer toute sorte de trucs bizarres. Elle tendit l'oreille pour essayer de capter des sons, mais n'entendit que du silence. Après ce qui lui sembla une éternité, elle entendit enfin Victor qui disait :

— J'ai besoin de ton aide.

Elle allait se remettre à beugler dans le téléphone pour que Nerea reprenne la ligne quand il se passa une chose qu'elle n'aurait jamais cru possible : Nerea jurant à haute voix !

— Oh, bordel de merde !

— Mais enfin… qu'est-ce qui se passe ? Nereaaaaa !

— Ne bouge pas, on arrive.

— On arrive ? Qui ça ?

— Appelle Carmen.

— Je te rappelle que Carmen est enceinte et qu'elle a un mioche sur les bras ! répliqua Lola.

— Appelle-la, je te dis. C'est important.

— On se retrouve chez elle, c'est mieux. Je vais la prévenir.

Quand Lola raccrocha et composa le numéro de Carmen, elle réalisa que ses doigts tremblaient. Qu'est-ce qui pouvait bien être important au point que Nerea se mette à jurer comme un charretier ? Pourquoi Victor tenait-il absolument à leur parler ?

— Allô ! claironna la petite voix énergique de Carmen.

— Carmenchou, tu es chez toi ?

— Lola ?

— Oui.

— Oui, je suis à la maison. Il y a un problème ?

— Ne t'inquiète pas. Mais ne bouge pas de chez toi, OK ? Attends-nous, on arrive.

— Qui ça « on » ?

— Nerea, Victor et moi.

Carmen était en train de jouer avec Gonzalo sur le tapis d'éveil quand le téléphone sonna. Ce ne pouvait être que Barto, qui lui avait dit qu'il irait faire les courses après le travail. Mais vous savez comment sont les hommes... infichus de faire les courses même avec une liste et des consignes précises !

— Allô ? répondit-elle, un grand sourire aux lèvres.

— Carmenchou, tu es chez toi ?

Lola était tellement agitée, à l'autre bout de la ligne, que Carmen prit peur.

— Lola ?

— Oui.

— Oui, je suis à la maison – elle jeta un coup d'œil à Gonzalo qui mâchouillait un anneau en plastique. Il y a un problème ?

— Ne t'inquiète pas. Mais ne bouge pas de chez toi, OK ? Attends-nous, on arrive.

On arrive ? Qui ça ? Comment ? C'était quoi ce délire ? Lola n'allait tout de même pas se pointer chez elle avec des membres de l'église de scientologie pour essayer de la convaincre que la fin du monde était proche et qu'ils allaient tous devoir vivre en communauté ?

Mieux valait d'abord s'en assurer.

— Qui ça « on » ?

— Nerea, Victor et moi.

Lola raccrocha, laissant Carmen perplexe. Nerea, Victor et elle ? Allons bon, qu'est-ce qu'ils complotaient ces trois-là ?

Elle prit Gonzalo dans ses bras en songeant que bientôt elle ne pourrait plus le faire à cause de son gros ventre. Bientôt, elle ne pourrait même plus se pencher pour lacer ses chaussures. Mais au lieu de pester intérieurement, elle fut gagnée par un sentiment de tendre impatience. Elle avait hâte d'arriver au terme de sa grossesse.

Elle alla à la cuisine et mit des boissons à rafraîchir au frigo, puis rangea un peu pour que la maison n'ait pas l'air d'un foutoir.

Peu après, la sonnette retentit. C'était Lola, qui avait dû prendre un taxi pour arriver le plus vite possible. À peine avait-elle pris place sur le canapé que la sonnette retentit à nouveau. C'était Victor et Nerea.

Nerea entra la première, suivie de Victor, et s'assit à côté de Lola.

— Carmen, viens, lui dit-elle en tapotant la place à côté d'elle sur le sofa.

Carmen alla reposer Gonzalo sur son tapis d'éveil, fit la bise à Victor, qui était livide, et s'assit.

Victor se prit la figure dans les mains en murmurant :

— Oh, nom d'un chien !

— Que se passe-t-il ? demanda Carmen, de plus en plus inquiète.

— Rien du tout, dit Nerea en lui tapotant le genou pour la tranquilliser. Simplement, Victor voudrait nous demander une faveur.

Il glissa de nouveau sa main à l'intérieur de son veston et posa la petite boîte sur la table basse. C'était un écrin en cuir rouge grenat. Ce devait être une antiquité, car le liseré doré avait perdu son éclat. Quand Victor l'ouvrit, elles retinrent leur souffle, même Nerea qui en avait déjà vu le contenu. Victor se pencha en avant et, les regardant l'une après l'autre dans les yeux, supplia :

— J'ai besoin de votre aide.

Le 24 avril 1929, Elena fêta son dix-huitième anniversaire. Ce matin-là, sa mère lui demanda de l'accompagner chez le pâtissier pour choisir des gâteaux. Elle fit sa toilette avec soin, se parfuma et, toute excitée, courut mettre la robe neuve, jaune pâle, que ses parents lui avaient offerte.

Alors que sa mère et elle traversaient la rue bras dessus bras dessous, elles croisèrent un grand homme brun, très élégant, qui s'arrêta pour les saluer. Son visage ne lui disait rien, mais elle apprit plus tard qu'il s'agissait du fils aîné d'un couple d'amis de ses parents, qui vivait à présent en France, où il vendait des montres.

L'homme, prénommé Alfonso, croisa son regard et lui sourit. Elena rougit en s'agrippant instinctivement au bras de sa mère. Jamais personne ne l'avait regardée de cette façon. Il lui sembla déceler dans son regard cette chose contre laquelle sa tante l'avait mise en garde. La concupiscence.

C'est alors que sa mère invita l'inconnu au goûter qu'elle avait organisé pour les dix-huit ans de sa fille.

— Maman, dit Elena quand l'homme se fut éloigné, pourquoi est-ce que tu l'as invité à mon anniversaire ?

— Parce que papa sera content de le voir. Il travaille chez Cartier, figure-toi.

— Cartier ? Qu'est-ce que c'est ?

— L'un des plus grands bijoutiers de Paris.

Comprenant que cela pouvait être bénéfique à l'entreprise de son père, Elena ne dit plus rien, s'efforçant de ne plus penser à la façon dont l'homme l'avait dévisagée.

Mais ce regard avait éveillé en elle des sensations dont elle ne parvenait pas à se débarrasser.

À peine un an plus tard, Alfonso et Elena partirent s'installer à Paris. Chemin faisant, ils firent une halte à Barcelone où ils passèrent leur nuit de noces. Ne sachant à quoi s'attendre, elle était paniquée. Tout ce qu'elle savait c'est qu'elle allait devoir contenter son époux et le laisser utiliser son corps comme bon lui semblerait, même si c'était douloureux.

Quand, toute tremblante, elle se dévêtit, prête à se « laisser utiliser », elle découvrit que son mari était un homme affectueux et attentionné qui n'avait rien à voir avec la brute qu'elle s'était imaginée.

— Elenita, lui murmura-t-il doucement, l'amour est une chose qui se fait à deux.

Quand ils arrivèrent à Paris, Alfonso, follement épris de sa jeune épouse, lui fit présent d'une bague en or blanc et brillants. Une folie ! Elena versa des larmes de joie et jura à son cher mari que jamais elle ne la quitterait.

— Je veux qu'on m'enterre avec, déclara-t-elle avec des trémolos dans la voix.

Mais quelque temps plus tard, elle eut son premier enfant et changea d'avis. Elle décida qu'à sa mort, cet anneau reviendrait à un homme de la famille, qui en ferait cadeau à sa fiancée. Et Alfonso approuva.

— Tout ce que j'espère, c'est qu'il sera très amoureux et que son épouse en vaudra la peine, dit-il. Cette bague, je l'ai achetée pour l'amour de ma vie. Je ne voudrais pas qu'elle aille à une femme qui ne la mérite pas.

Leur union dura soixante-dix ans. Alfonso mourut dans son sommeil, à côté d'elle, à l'âge de quatre-vingt-onze ans, et le sourire aux lèvres. Grand-père Alfonso était mort dans la béatitude. Une leçon dont il fallait se souvenir.

À quatre-vingt-six ans, Elena tomba malade et, voyant qu'elle commençait à perdre la boule, ôta sa bague et la remit à sa fille cadette, la seule qui avait eu un garçon.

— Je veux que ce bijou rende une fille heureuse un jour, comme il m'a rendue heureuse moi-même. Donne-le à Victor.

C'est ainsi que la bague se retrouva enfermée pendant de longues années dans un coffre-fort au fond d'une armoire. Et voilà que l'écrin rouge grenat s'ouvrait à nouveau.

— Je sais combien votre avis compte pour elle. Je ne veux pas le faire sans votre accord, reprit Victor.

— Mais… ce n'est pas ce qu'elle cherche, intervint Carmen.

— Non, mais, écoutez-la, notre pondeuse qui croit tout savoir ! s'indigna Lola. Tu pourrais au moins le laisser s'expliquer !

Carmen la foudroya du regard.

— Je sais que ce n'est pas ce qu'elle attend de moi, dit Victor. Mais je sais qu'elle ne me croira pas tant que je ne l'aurai pas fait.

— Et pourquoi cela ? s'enquit Carmen.

— Valeria dit qu'elle et moi ne voulons pas la même chose. Elle est persuadée que je ne peux pas m'engager pour de bon. Personnellement, je ne connais pas d'engagement plus fort que celui-là, parce que c'est pour la vie.

— On peut toujours divorcer, fit remarquer Carmen.

— C'est ce que tu as pensé quand tu as épousé Barto ?

— Non.

— Alors pourquoi y penserais-je ?

Toutes se turent. Il reprit :

— J'ai longtemps cru que j'étais capable de tourner la page. Quand une relation devient trop compliquée, je sais qu'il vaut mieux en rester là. Je pourrais être avec une autre fille et essayer de ne pas penser à Valeria. Je pourrais continuer de vivre comme je le faisais avant de la rencontrer. Mais... je sais que nous finirions par nous recroiser tôt ou tard, dans six, sept, dix ans peut-être, elle en train de pousser un landau en marchant main dans la main avec son mari, et moi au bras d'une nana semblable à tant d'autres. Et quand nos regards se croiseraient, je réaliserais que j'ai laissé passer ma seule chance d'avoir une vraie vie.

Nerea fut prise d'un hoquet et, à la surprise générale, se mit à sangloter en se cachant les yeux. Victor ne s'arrêta pas pour autant :

— Je n'ai pas envie de la faire souffrir. Je veux lui consacrer le reste de ma vie, lui donner tout ce que je suis, ce que j'ai, ce que je ressens. Il ferma les yeux, puis : Je sais que c'est un gros cliché, mais je n'arrive pas à l'oublier. J'en mourrai. Je n'aime qu'elle.

Carmen laissa échapper un énorme soupir qui se transforma en spasmes lorsqu'elle s'efforça de retenir ses larmes. Pour finir, elle se couvrit les yeux et, emportée par l'émotion, se mit à pleurer en silence.

— Je vous jure que je ne peux pas vivre sans elle. Je pense à toutes les fois où j'aurais pu la rendre heureuse et où j'ai fait exactement l'inverse, comme lorsqu'elle a quitté Adrian. Alors que j'aurais dû lui dire de ne pas avoir peur, que je serais toujours là pour elle et que je l'attendrais. Et quand c'est elle qui m'a quitté… pourquoi est-ce que je n'ai pas continué de l'appeler chaque jour ? Si je l'avais fait, elle aurait fini par comprendre que c'était absurde de tout planter là sous prétexte qu'elle avait peur que notre relation puisse s'achever un jour. Mais je n'ai rien fait. Je ne l'ai pas prise dans mes bras quand on s'est revus, je ne voulais pas me résigner à être amoureux. Depuis que je la connais, je n'ai fait que tourner en rond en cherchant à me persuader que je n'avais pas changé, alors que tout m'indiquait, au contraire, que je n'étais plus la même personne. Bon sang, Lola, tu me connais… Tu sais que je ne ferais jamais une chose pareille si je ne le voulais pas réellement. Et si elle me dit non, je serai dévasté, mais au moins j'aurai essayé.

— Qu'est-ce que tu attends de nous ? demanda Lola, l'air grave.

— Un coup de pouce. Votre bénédiction. Si vous croyez que ça peut marcher… Ça marchera.

— Mais, Victor…

— Lola. Il n'y a qu'elle.

Lola n'eut pas besoin d'en entendre davantage. Contrairement à Carmen et Nerea, ce n'était pas les grandes déclarations d'amour qui la prenaient aux tripes et la faisaient fondre en larmes. Ces mots tout simples suffisaient.

Victor, ce Victor qu'elle connaissait si bien, avait échangé son sourire conquérant de beau gosse contre l'air angoissé d'un mec qui a la gorge tellement serrée qu'il n'arrive pas à avaler.

— Sérieux ? lui demanda-t-elle.

— On ne peut plus sérieux, répondit Victor sans hésiter.

Il n'en fallut pas plus pour que notre Lola éclate en sanglots.

— Je vais t'aider, intervint alors Nerea. Cette bague doit aller à une fille qui la mérite.

53

Le bon usage

Quand Victor m'appela, j'eus envie de lui dire que je ne pouvais pas lui parler. Mais les premiers mots que nous échangeâmes étaient tellement confus, et il semblait tellement préoccupé, que ma curiosité fut piquée.

— Désolée, Victor, mais je n'ai pas compris un traître mot de ce que tu viens de me dire. Tu peux répéter ?

— Eh bien… j'ai un ami qui a craqué sur mon appart et qui n'arrête pas de me dire qu'il est prêt à me le racheter au cas où je déciderais de le vendre. Je ne l'ai jamais pris au sérieux, parce que j'aime trop mon chez-moi, mais…

— Et ton ami, il a les moyens de te le racheter ?

— Oh, de ce côté-là, pas de souci. Son père est directeur de banque et… enfin, bref, il est prêt à payer cash. Il a déjà deux autres baraques.

— Mais pourquoi est-ce qu'il tient absolument à racheter ton appart ?

Il rit.

— Pour en faire une garçonnière.

— Et dois-je comprendre que ça ne t'emballe pas plus que ça ?

— Pas plus que ça, mais… pour ne rien te cacher, j'ai vu un appart qui…

— Comment ça ? Tu veux dire un autre appart ? demandai-je, de plus en plus embrouillée.

— Eh bien, c'est un appart dont mon père m'avait parlé il y a un certain temps. Je suis allé le visiter, et depuis je n'arrête pas d'y penser. Il a quelque chose de… vraiment spécial. Mis à part deux ou trois détails qu'il faudrait changer, il serait parfait. Vraiment spacieux, dans un super quartier et pour un prix qui reste correct. Apparemment, le propriétaire est pressé de vendre.

— Mais pourquoi est-ce que tu veux un grand appart, Victor ?

— Si on allait le visiter ensemble, tu pourrais peut-être me donner des idées ?

— Ça ne risque pas d'être un peu trop pour toi tout seul ?

— Je n'en sais rien. Il faut aller sur place pour s'en rendre compte. Alors ? Tu en dis quoi ?

Mon regard se perdit dans le vague.

— Écoute Victor, pour ne rien te cacher, j'avais l'intention d'arrêter de te voir pendant quelque temps et de…

— Je te demandais ça à tout hasard. Mais ne te sens surtout pas obligée. Je ne te dérangerai plus.

Je sentais confusément qu'il était en train de magouiller quelque chose. Pourquoi Victor avait-il besoin que je lui donne des idées, alors qu'il avait son père pour cela, ou sa mère, ou même Lola ? Je savais que j'aurais dû me méfier, mais il avait réussi à m'intriguer, et je ne pus résister à l'envie de l'accompagner. Nous convînmes de nous retrouver à vingt heures trente le soir même.

— Ce n'est pas un peu tard ?

— C'est le seul moment qui arrange les propriétaires.

Je venais de raccrocher quand je reçus un autre coup de fil encore plus bizarre. De Nerea cette fois.

— Ma chérie, j'avais pris rendez-vous pour une manucure chez My Little Momó et je suis obligée de décommander. Ça te dirait d'y aller à ma place ?

— Euh... c'est gentil, mais j'essaie de faire des économies en ce moment.

— Ah, si ce n'est que ça, pas de problème. C'est déjà payé ! Un cadeau de ma sœur Miren. Et si je n'y vais pas aujourd'hui, c'est fichu.

Je ne suis pas du genre à dire non à une manucure gratis dans un salon de beauté parmi les plus tendance de Madrid.

— À quelle heure ?

— Sept heures et quart. Il faut compter une heure. Si ça te va, je passe en vitesse te laisser le coupon dans ta boîte aux lettres.

— Mince, j'avais convenu de retrouver Victor à huit heures et demie.

— Tu n'as qu'à lui dire de passer te prendre chez la manucure. Il sera sûrement d'accord.

Elle avait raison. Il était complètement d'accord, même si le salon était dans un quartier très couru où se garer était un vrai cauchemar.

Sans aller jusqu'à me mettre sur mon trente-et-un, je choisis avec soin ce que j'allais mettre : une robe blanche, toute simple, joliment décolletée, et un petit gilet rose corail à manches trois-quarts qui s'accordait à la perfection avec mes sandales et mon sac à main.

Quand j'émergeai de My Little Momó, Victor m'attendait dans la voiture, son smartphone à la main et, comme toujours, beau à se damner. Non pas à cause de sa tenue impeccable, chemise blanche et pantalon noir, mais parce qu'il irradiait une sorte de… paix intérieure, comme s'il s'était résigné à prendre la vie comme elle venait.

Je pris place côté passager. Il se pencha vers moi et déposa un baiser maladroit sur ma joue. C'était bien Victor, avec son odeur musquée et ses yeux verts de toujours, mais, en même temps… ce n'était pas vraiment lui.

— Tu vas bien ? demandai-je.

— Oui, oui, dit-il avec un sourire forcé.

— Vraiment ?

Il me prit la main et l'embrassa.

— Allons-y.

Le centre-ville était complètement engorgé et nous passâmes un bon moment coincés sur la Castellana. Victor pianotait nerveusement des doigts sur le volant et n'arrêtait pas de remuer les jambes. Son agitation ne tarda pas à déteindre sur moi.

Quand nous arrivâmes, j'étais aussi speed que si j'avais bu trois litres de café. Quant à Victor, habituellement si exubérant – une bête fauve qui avait besoin d'être domptée, comme disait Lola – il était étrangement taciturne.

Et ce Victor tout en retenue et tempérance n'était pas celui auquel j'étais habituée.

Après avoir fait quatre fois le tour du pâté de maisons sans trouver de place, Victor finit par aller se garer dans le parking d'un hôtel de luxe qui se trouvait là. Ayant remis les clés de son Audi au chasseur, il s'empara d'un énorme classeur et me dit de le suivre.

— Je suis désolé, fillette, mais on va devoir marcher un peu.

— Ce n'est pas grave, j'ai mis des chaussures confortables, mentis-je.

Nous remontâmes l'une des plus grandes artères du centre, puis prîmes à gauche et traversâmes un très long passage protégé.

— Tu es sûr de vouloir acheter un appart dans ce secteur ? demandai-je.

— Pourquoi cela ?

— Je m'étonne que tu me poses la question. Moi qui n'aurais même pas les moyens de me payer ne serait-ce qu'un restau dans ce quartier, je n'ose pas imaginer le prix des baraques.

— Ah, oui – il sourit. Je t'ai dit, je crois, que le propriétaire était pressé de vendre. Il m'a laissé entendre qu'il était prêt à négocier le prix. La crise…

Le Triangle d'Or, en plein cœur de Madrid, un coin où il faudrait presque payer pour pouvoir ne serait-ce que zieuter la façade des immeubles.

— Ce serait indiscret de te demander le prix ?

— Je te le dirai quand tu auras vu le bien, dit-il avec un sourire en coin.

Je ris et insistai :

— Non, dis-le-moi maintenant.

— Ce n'est pas que je ne veuille pas, mais le prix est fonction de plusieurs conditions qu'il serait trop long de t'expliquer. Tu vas devoir attendre un peu.

Il me tendit la main et attendit que je la prenne avant de se remettre à marcher.

Après avoir cheminé un peu en zigzag, nous nous retrouvâmes devant un superbe édifice ancien à la façade blanche, dotée de ravissantes bow-windows. Je levai la tête.

— Tu es vraiment sûr que tu en as les moyens ?

— Ce que tu peux être rabat-joie ! rit-il. Arrête de te monter le bourrichon.

Victor sortit un trousseau de clés de sa poche de pantalon et ouvrit la porte. Tandis que nous nous dirigions vers l'ascenseur, il m'expliqua que les propriétaires ne pourraient finalement pas être présents pour la visite, mais qu'ils avaient eu la gentillesse de lui déposer les clés au bureau.

— Je ne comprends pas pourquoi tu inspires une telle confiance aux gens, plaisantai-je. Si c'était moi, je ne te laisserais jamais les clés de ma maison.

— C'est vrai. Tu ne l'as jamais fait, dit-il en pressant le bouton du dernier étage. Mais c'est parce que tu es quelqu'un de particulièrement méfiant.

La lourde porte de l'appartement pivota sans bruit sur ses gonds. Nous entrâmes dans un vestibule plongé dans une demi-obscurité qu'éclairaient quelques rais de lumière bleutée.

— Ce n'est pas très lumineux, fis-je remarquer.

— C'est parce qu'il fait presque nuit.

Il tâtonna le mur pour chercher l'interrupteur et l'actionna. Je restai sans voix bien que l'unique pièce de mobilier fût un grand miroir en pied. L'entrée était un hall parqueté de bois sombre impeccable et doté de plafonds vertigineux. Sublime.

— Je crois que ces grandes maisons anciennes n'ont pas besoin d'être décorées. Il faut juste qu'elles soient fonctionnelles et qu'elles laissent voir ce qui les distingue des autres, murmura-t-il en refermant la porte. Qu'est-ce que tu en penses ?

— Que c'est grand, beau et spacieux.

— Il faudrait lisser les murs. Ce stuc est… bof, dit-il avec une petite moue.

— J'adore le parquet.

Nous avançâmes plus profondément dans l'appartement, laissant sur notre droite une pièce dont Victor dit qu'il valait mieux la garder pour la fin. La cuisine était immense et semblait avoir été rénovée vers la fin des années quatre-vingt-dix. Un grand frigo américain gris métallisé, un dallage de petits carreaux qui formaient des motifs et une immense baie vitrée.

— Viens, suis-moi.

Je m'approchai de la pièce devant laquelle nous étions passés en entrant. Victor m'enlaça la taille et dit :

— Regarde.

C'est alors qu'il déplia une feuille de papier sur laquelle il avait dessiné au crayon une vue de la pièce depuis l'endroit où nous nous trouvions. D'un seul coup, je pus voir en noir et blanc les changements que Victor avait imaginés et ébauchés de sa propre main.

En face, la cuisine entièrement équipée en forme de L séparait la pièce en deux. Devant la cuisinière, mais suffisamment loin pour pouvoir bouger facilement, un bar haut et large flanqué de tabourets. À gauche de la pièce, à côté de la grande fenêtre, une table toute simple avec six chaises.

— Comme c'est beau ! m'écriai-je, sans pouvoir m'en empêcher.

— Ça te plaît ?

— C'est magnifique ! Je me retournai et nous échangeâmes un sourire. Mais je pense que c'est beaucoup trop grand pour toi.

— Bien sûr, mais je ne t'ai pas tout expliqué…

— Tout quoi ?

— Cette maison, murmura-t-il en m'adressant un sourire plein de tendresse, c'est une promesse.

— Une promesse ? Comment ça une promesse ?

— Viens, je vais te montrer.

Nous sortîmes dans le couloir et il ouvrit une autre porte. Devant moi, une chambre vide de belles dimensions. Victor déplia une autre feuille. On y voyait une grande bibliothèque pleine de livres et un fauteuil de lecture, une table sous la fenêtre et une chaise confortable. Un tapis, un lampadaire…

— Cette maison est une promesse où tu pourras t'installer pour écrire. Et lire. Et écouter tous les disques que tu veux.

— Victor…

— Laisse-moi finir.

Il replia la feuille puis m'entraîna jusqu'à la porte suivante. Une autre grande chambre entièrement vide, dotée d'une immense fenêtre. Sur le croquis trônait un lit double entouré de deux tables de chevet. Au pied du lit, une sorte de divan moelleux, et par terre un épais tapis avec, en vis-à-vis, un meuble de télévision, une chaîne hi-fi et quelques livres. La tête du lit s'adossait à une cloison derrière laquelle on devinait un dressing.

— Cette maison, c'est la promesse d'un lit rien que pour nous deux.

Il approcha ses lèvres de mon oreille et murmura :

— Un lit dans lequel on fera l'amour pour toutes les fois où on en a eu envie sans pouvoir le faire.

Je sentis mes bras se couvrir de chair de poule.

— Mais ce n'est pas tout, ajouta-t-il, en m'entraînant jusqu'à la porte suivante.

Je bataillais avec moi-même. Tout ceci n'était qu'une illusion, une ébauche qui ne sortirait jamais des cartons.

Victor ouvrit la pièce suivante et déplia encore un croquis. Cette fois, la chambre vide se transforma en nurserie, où un enfant de dos était en train de jouer sur un autre tapis moelleux. Je sentis les larmes me monter aux yeux.

— Pourquoi est-ce que tu me fais ça ? demandai-je, la voix étranglée par l'émotion.

— Parce que je veux que tu me croies. Parce que je veux te donner tout ça.

— Non.

Victor m'obligea à le regarder dans les yeux.

— Il y a une autre chambre. Si jamais on veut avoir d'autres enfants.

— Mais ce n'est pas ce que tu veux, toi ! affirmai-je.

— Ah, non ? Et pourquoi cela ?

— Parce que tu péterais un plomb.

— Laissons ce sujet de côté pour l'instant et dis-moi simplement si tu es d'accord pour le faire avec moi.

Mon estomac se noua. J'avais envie de hocher la tête, mais quelque chose en moi se rebiffa sans que je puisse expliquer pourquoi.

— Si je le faisais, ce serait uniquement parce que je suis une kamikaze dans l'âme. Mais… ensuite, quoi ? Dans un an, deux tout au plus, tu te lasserais, tu rencontrerais une autre nana et tu n'aurais qu'une envie : te tirer. Tu serais insatisfait et malheureux, et plein de remords parce que tu n'aurais pas su m'aimer.

Victor me regarda, les sourcils froncés, non pas parce qu'il était blessé par ma franchise, mais parce qu'il était nerveux, même s'il s'efforçait de ne pas le montrer.

Pour finir, il me lâcha la main et palpa la poche intérieure de son veston.

— Il y a encore une chose que je voudrais te montrer, dit-il en m'entraînant à nouveau dans le vestibule.

Il ouvrit la porte de la pièce qu'il avait dit vouloir garder pour la fin.

C'était un grand salon, vide lui aussi. Beau, mais sans plus. Je ne compris pas pourquoi il tenait absolument à me le montrer, jusqu'à ce que nous nous approchions d'un mur masqué par une sorte de bâche. Victor l'écarta et ouvrit une autre porte, qui donnait sur une terrasse.

Elle n'était pas immense, ni meublée, mais quelqu'un avait pris la peine de la garnir de plantes magnifiques et de guirlandes électriques qui jetaient des gouttes de lumière blanche sur la végétation.

La brise tiède et parfumée s'engouffra dans mes cheveux, évoquant des réminiscences d'été. Je me rappelai la première fois où Victor et moi avions fait l'amour et où il avait ouvert la fenêtre.

— Victor…

— Non. Laisse-moi parler. Tu crois savoir mieux que moi ce que je veux, ce que je ressens et ce qu'il me faut, mais tu te trompes. Je sais pertinemment que j'ai fait un million de conneries depuis qu'on se connaît. J'en suis parfaitement conscient. Mais le problème, c'est que tu ne m'as jamais laissé une chance de me racheter. Tu ne cesses de me répéter que cette relation nous rend dingues et qu'elle est vouée à l'échec, mais ce n'est pas vrai. Parce que ce Victor-là a cessé d'exister. Nous nous étions promis de prendre nos distances – et moi je n'ai rien trouvé de mieux que de t'amener ici et de te dire que je voulais acheter cet appart pour que nous puissions vivre ensemble. Mais je ne suis pas complètement à la ramasse, Valeria.

Il se frotta nerveusement le menton, et alors que je songeai que cette histoire n'avait ni queue ni tête, il reprit :

— Val, ce que nous éprouvons l'un pour l'autre, c'est de l'amour, que nous le voulions ou non. Quand on aime une personne et que ça ne marche pas, au lieu de jeter l'éponge, on cherche une solution par tous les moyens. Et c'est ce que je suis en train de faire. Si tu me regardes dans les yeux et que tu me dis « Victor, je ne t'aime pas », je n'insisterai pas. Mais je sais que tu ne le feras pas.

— Bien sûr que non.

Il sourit et recommença à palper sa poche de veston.

— Laisse-moi te raconter une histoire. Et pardonne-moi si je bafouille, mais j'ai les nerfs en pelote. Il s'humecta les lèvres, se racla la gorge, puis commença : Ma grand-mère avait dix-neuf ans quand elle s'est mariée avec mon grand-père, qu'elle ne connaissait pour ainsi dire pas. Il avait douze ans de plus qu'elle ; c'était une gamine et lui un homme d'expérience. Mais ils tombèrent follement amoureux l'un de l'autre. Ils partirent s'installer à Paris où ils vécurent jusqu'à ce que la Seconde Guerre mondiale éclate. Mon grand-père, qui était employé chez Cartier depuis des années, dépensa presque toutes ses économies pour offrir une bague très spéciale à ma grand-mère. Deux ans avant sa mort, ma grand-mère donna la bague en question à ma mère en lui faisant jurer qu'elle me la donnerait. Chaque fois qu'elle me voyait, elle me racontait l'histoire de cette bague comme si c'était la première fois. J'ai dit à ma mère de la garder, ou de la donner à mes sœurs… Je ne voulais pas que quelqu'un qui ne soit pas de la famille puisse la porter un jour.

Il fit une pause, qui me parut une éternité, avant de reprendre :

— Ma grand-mère parlait souvent de mon grand-père et de tout ce qu'il lui avait donné. Elle disait qu'il fallait être fou pour s'aimer comme ils s'aimaient. Et elle avait raison. Si l'on veut obtenir ce qu'on désire le plus au monde, il n'y a pas trente-six solutions.

Il s'agenouilla devant moi et, glissant sa main dans sa poche, en sortit un écrin Cartier à l'aspect patiné.

— Je ne croyais en rien jusqu'à ce que je te rencontre. Sans toi, ma vie n'a pas de sens. Je veux passer ma vie entière à me chamailler avec toi.

— Comment... ? balbutiai-je.

— Épouse-moi. Je veux mourir à tes côtés.

Il ouvrit l'écrin. La bague qu'il renfermait était absolument fabuleuse. Mais le plus beau de tout, c'était la promesse qu'elle contenait. Tout comme l'appartement, elle portait la promesse d'une vie nouvelle, complètement différente. Ce que Victor espérait de moi c'était un « oui » éternel.

Il espérait ainsi résoudre tous les problèmes entre nous, vraiment ? Comment devais-je réagir ?

C'est alors que les paroles d'Aurora me revinrent : « Ne gamberge pas trop, écoute plutôt ton cœur, même si cela suppose de faire un gros travail sur toi. »

L'espace de quelques secondes, je ne dis rien, tout au moins à voix haute, parce qu'intérieurement, je croisais le fer avec ma conscience. Comment ? J'allais prendre la décision la plus importante de ma vie à cause d'une bague ? Et Bruno ? Désolée, mais Bruno n'est pas Victor et Victor est le seul que j'aime, le seul homme capable de remettre toute sa vie en question pour moi.

Victor ferma les yeux, puis murmura :

— Dis-moi oui, fillette, je t'en supplie...

— Que puis-je dire d'autre ?

Il me lança un regard surpris, comme s'il s'était attendu à recevoir un non catégorique. Ses yeux verts s'écarquillèrent et un sourire adorable étira les commissures de ses lèvres.

La bague glissa sans peine le long de mon annulaire gauche. Les mains tremblantes, nous enlaçâmes nos doigts. Puis il m'enveloppa de ses bras et m'embrassa. Et je compris que ce baiser représentait bien plus qu'une bague Cartier vintage. Ce que nous ressentions l'un pour l'autre n'avait pas de prix.

54

Le mariage

Il régnait dans mon appartement une atmosphère fébrile. Ce qui va de soi étant donné que c'était le jour de mon mariage, et un mariage sans doute plus réfléchi que le premier aux yeux de mes parents. J'avais réussi non sans mal à les convaincre qu'il m'avait fallu deux ans pour me décider. Je fus bien obligée de leur avouer que depuis ma rencontre avec Victor ma vie sentimentale avait connu des hauts et des bas, mais que nous avions mûri l'un et l'autre entre-temps.

Mais voilà qu'une fois le grand jour arrivé, au lieu d'être radieuse et folle de bonheur, au lieu de me sentir sûre de moi et victorieuse, j'étais paniquée. Pas parce que j'allais devenir une épouse, ou parce que j'allais m'engager devant tous nos parents et amis, mais parce que je craignais qu'il soit lui aussi pris de panique à la dernière minute.

En revenant de chez le coiffeur, je demandai à ma mère de préparer du café. Elle eut la bonne idée de faire du déca. (Merci, maman, mon système cardiovasculaire t'en sera éternellement reconnaissant.)

Cependant, voyant que mon état d'anxiété persistait malgré le déca, je décidai d'appeler Lola.

— Va chez lui, la suppliai-je. Assure-toi qu'il est toujours OK, qu'il n'est pas au bord de la crise de nerfs et surtout qu'il ne va pas se désister. Si tu as le moindre doute, s'il te plaît, fais-le-moi savoir.

— Mais enfin, qu'est-ce que tu racontes ?

— Fais ce que je te dis. Et dépêche-toi, parce que je n'enfilerai pas ma robe de mariée tant que tu ne seras pas revenue.

Je raccrochai. L'angoisse a sur moi un effet dopant, et une heure plus tard, restée sans nouvelles de Lola, je refusais obstinément de mettre ma robe, malgré l'insistance de ma mère qui n'y comprenait rien.

— Tu vas te mettre en retard ! Il faut t'habiller !

— Non, maman. S'il te plaît, attends que Lola arrive.

— Mais…

Ma sœur vint s'asseoir à côté de moi sur le lit et me prit la main pour essayer de me faire entendre raison.

— De quoi est-ce que tu as peur, Valeria ?

— J'ai peur qu'il ait peur, répondis-je.

C'est alors que mon père entra avec Lola, habillée, coiffée, maquillée et superbe dans sa robe violette au décolleté plongeant et à la jupe vaporeuse. Je me levai d'un bond.

— Lola !

Elle me regarda en souriant jusqu'aux oreilles.

— Tu es une authentique demeurée. À cause de toi, il est persuadé que j'ai essayé de le séduire pour l'empêcher de se marier.

Nous éclatâmes de rire.

— Il est vraiment sûr de lui ?

Mon père toussota et nous nous tournâmes toutes vers la porte, où Victor se tenait, un grand sourire aux lèvres.

— Ça porte malheur… murmura ma mère.

— Sortez, dis-je.

— Je peux rester ? demanda Lola en se laissant tomber sur le lit.

— Sors, toi aussi, ordonnai-je.

Lorsqu'ils furent tous sortis, Victor s'approcha avec un regard espiègle qui me tranquillisa. Non, il n'était pas venu pour me dire qu'il regrettait de m'avoir demandée en mariage.

— Fillette, dit-il en riant, qu'est-ce qui t'arrive ?

— Je…

Je fermai les yeux et le laissai m'attirer contre lui.

— Je voulais juste m'assurer que tu étais toujours d'accord, confessai-je.

Sa bouche embrassa mes cheveux.

— Jamais tu ne rencontreras quelqu'un de plus déterminé que moi à passer sa vie à tes côtés. C'est la cérémonie qui t'intimide ?

— C'est la deuxième fois que je me marie… je ne sais pas. Je…

— Val, dis-moi, sérieusement. Tu es sûre de vouloir ? Sinon, ce n'est pas grave. Il me prit le menton et me dit en souriant : On peut tout arrêter là. On prend nos valoches, on part en voyage, et en rentrant on leur expliquera. Qu'est-ce que ça change ?

— Non, non, tu ne comprends pas. En fait, j'ai peur que tu aies des regrets.

Victor se pencha vers moi et m'embrassa. Au début ce fut un baiser tendre et innocent, de ceux qu'on peut échanger en public. Mais… Victor étant Victor, cette innocence ne dura pas. Quand ses lèvres s'entrouvrirent et que sa langue chercha la mienne, ce fut comme s'il aspirait tout l'air de la pièce. Nous dûmes mettre le holà, parce que nous savions comment ce genre de choses finissaient entre nous (à poil, sur le plumard, si vous tenez absolument à savoir).

— S'il te plaît, dis-le-moi.

— Je t'aime et je veux passer le reste de ma vie à me chamailler avec toi.

Ma mère passa la tête par la porte en s'excusant, et nous dit qu'il fallait se dépêcher.

— Mets ta robe, me dit Victor en se dirigeant vers la porte. On se retrouve devant l'autel.

Victor et Lola se croisèrent sur le seuil, et il se pencha pour lui donner un baiser sur la joue en l'étreignant tendrement.

— Tu es belle comme un cœur, fillette.

Quand nous fûmes seules, Lola s'approcha de moi et, m'embrassant sur la joue, me glissa à l'oreille :

— Si je ne savais pas que c'est impossible, je jurerais qu'il t'aime plus que moi.

Le trajet jusqu'à l'endroit où devait se tenir la cérémonie me parut interminable. C'est à peine si mon père et moi échangeâmes deux mots, tant nous étions émus l'un et l'autre. C'était mon premier vrai mariage.

Quand nous arrivâmes, mon père m'aida à descendre de voiture. Ma robe de soie blanche retomba sans un faux pli le long de mon corps. C'était une robe drapée toute simple, à fines bretelles et décolleté en V.

Je poussai un grand soupir quand mon père m'offrit son bras.

— Tu es sûre de toi, n'est-ce pas ? me murmura-t-il.

Je répondis par un hochement de tête, de crainte qu'aucun son ne sorte de ma gorge.

Carmen, Nerea et Lola se tenaient debout à l'entrée du jardin, sous une voûte en pierre, et m'attendaient émues et souriantes. Carmen se mit à pleurer lorsque nos regards se croisèrent. Elle portait une robe verte ravissante qui ne cherchait pas à dissimuler sa grossesse avancée. La petite devait naître dans un mois et elle s'appellerait Ana.

Je gravis les quelques marches et l'embrassai sur les deux joues, mais de façon presque mécanique. J'étais dans le brouillard. Nerea me serra dans ses bras et c'est alors que j'aperçus tous les invités au loin, assis sur des chaises de part et d'autre d'une allée parsemée de fleurs blanches. J'inspirai un grand coup. Heureusement, ils ne m'avaient pas encore vue. Je serrai très fort le bras de mon père.

Un air de musique commença à jouer doucement tandis que nous remontions l'allée. Toutes les têtes se tournèrent vers moi. Tout était vert et blanc… et parfait.

Je pris une profonde inspiration et sentis l'étoffe de ma robe se tendre sur mon estomac.

— Tu es sûre de toi ? me répéta mon père à mi-voix.

Mon regard se porta sur le tapis de fleurs blanches devant moi. J'aperçus Aurora, qui se mordait la lèvre pour ne pas pleurer.

Elle sourit quand nos regards se croisèrent et je lui rendis son sourire. Son mari fit de même, en inclinant la tête respectueusement. J'entendais les gens chuchoter sur mon passage.

Et c'est alors que je le vis. Il se tenait debout devant la personne qui allait nous prononcer mari et femme, et il me regardait comme s'il avait passé sa vie entière à me chercher. Nous échangeâmes un sourire ému, et il passa nerveusement un doigt sur ses lèvres. Il portait un costume noir impeccable, avec une chemise blanche et une cravate verte. Nom d'un chien, qu'il était beau !

— Ma chérie…, me dit mon père.

— Je n'ai jamais été aussi sûre de moi, le coupai-je.

Quand il me laissa à côté de Victor, mon père posa sa main sur la sienne et lui murmura une chose que seuls nous trois pûmes entendre.

— Prends soin d'elle.

— Je le ferai, répondit Victor d'une voix timide.

Et soudain, je compris que j'étais née pour l'aimer et vieillir à ses côtés, et je cessai de me tourmenter.

Les cérémonies civiles sont toujours très simples. On y évoque les lois et non pas les Saintes Écritures, comme à l'église. Il n'y a pas de prières ou de louanges au Seigneur. On ne chante pas de cantiques. Ce jour-là, on n'entendit que de la musique soul des années soixante-dix, jouée tout bas. Garnet Mimms & The Enchanters, Otis Redding, The Platters, The Righteous Brothers… des mots d'amour d'une autre époque.

Sa mère prit la parole et dit des choses très émouvantes – grâce à moi son fils ne serait jamais seul parce qu'il avait trouvé l'amour. Elle dit qu'elle l'avait compris dès la première fois qu'elle m'avait vue. C'était il y a… deux ans, déjà ! Et je me revis pleine d'espoir, entrant au bras de Victor dans le jardin de ses parents.

Ensuite, ce fut ma sœur qui prit la parole. D'une voix tremblante, elle dit que Victor et moi méritions d'être heureux et d'accomplir nos rêves, que nous étions faits l'un pour l'autre.

Après cela, et alors que personne ne s'y attendait, Lola se leva et prit le micro. Tout le monde retint son souffle.

Si on m'avait demandé mon avis, jamais je n'aurais accepté qu'elle prenne la parole en public le jour de mon mariage. Je paniquai à l'idée que son laïus ne se termine, comme presque toujours avec Lola, par une imprécation apocalyptique nous exhortant à la débauche et la luxure. Une «bonne baise qui casse la baraque». Mais Victor lui lança un regard appuyé qui la freina dans ses élans.

— Bonjour à tous, dit Lola d'une voix douce en approchant le micro de ses lèvres. Je sais que je ne suis pas la personne la plus apte à prononcer un discours pour ce genre de cérémonie. Je suppose que c'est pour ça qu'on ne me l'a pas demandé.

Il y eut un éclat de rire général. Victor et moi sourîmes en regardant nos pieds.

Lola soupira en agitant une feuille de papier.

— Je l'ai mis par écrit à la maison, parce que l'improvisation c'est toujours un peu risqué. Et donc… Elle sourit, se racla la gorge et commença: Victor et Valeria se sont rencontrés un soir d'été, il y a deux ans. C'est moi qui les ai présentés l'un à l'autre. Depuis lors, ils ont passé le plus clair de leur temps à ignorer les choses qui les rapprochaient, pour se concentrer sur les choses qui les divisaient. Néanmoins, comme Victor me l'a dit un soir autour d'un verre de vin, il arrive un moment où l'on se lasse de se chercher des excuses parce qu'on a peur d'être heureux. Il dit que Valeria est son âme sœur, que sans elle, il n'est qu'une coquille vide. Elle dit de Victor qu'il est son fil à plomb, que sans lui, elle part à la dérive. Et moi, Lola, je dis qu'ils sont nés pour mettre un nom sur l'orgasme de l'autre.

Les invités éclatèrent de rire. Elle les regarda avec l'expression contrite d'une gamine qui vient de casser une assiette, puis reprit:

— Moi aussi, j'ai souvent douté de leur relation. Quand je les ai vus souffrir et pleurer, parce que l'amour est une chose compliquée, j'ai failli leur dire d'arrêter et de passer à autre chose. Mais grâce en soit rendue aux forces supérieures qui régissent le cosmos, je ne l'ai pas fait. Victor s'est agenouillé devant Valeria avec la bague de fiançailles de sa grand-mère, mais avant cela, il nous a demandé la permission. Ce n'est pas les parents de Valeria qu'il est allé voir pour leur demander sa main. Non. Il nous a réunies, nous, ses meilleures amies, pour nous expliquer ce qu'il ressentait. Et il nous a montré la bague. Nous avons beaucoup pleuré… toutes les trois. Carmen, parce qu'elle est encore une fois enceinte, et il est bien connu que les hormones ont des effets bizarres. Nerea, bah, tout le monde sait que Nerea a un côté fleur bleue, surtout quand on lui montre une bague Cartier vintage. Tous les invités éclatèrent encore une fois de rire, mais Lola poursuivit : Me tirer des larmes à moi, en revanche, ce n'est pas donné à tout le monde. Après cela, nous n'avions d'autre choix que de faire en sorte que tout se passe à la perfection, pour elle comme pour lui. Je profite de cet instant pour les remercier. Les remercier de quoi ? vous demanderez-vous. Eh bien, de m'avoir apporté la preuve que l'amour existait. Pour de vrai. Pour eux deux en tout cas.

Quand elle plia sa feuille et descendit de l'estrade, il s'ensuivit un grand silence. Mais lorsqu'elle retourna s'asseoir aux côtés de Ray, quelques secondes plus tard, un tonnerre d'applaudissements éclata et, à la surprise générale, Lola fondit en larmes dans les bras de son cher et tendre.

Nous nous refusâmes à faire les typiques photos de jeunes mariés. Après avoir signé le registre, une fois notre union officialisée, nous nous joignîmes à tous les gens que nous avions invités à partager cet instant avec nous. Ils n'étaient pas nombreux. Seulement les parents proches et les amis les plus chers. Quarante ou cinquante personnes en tout.

Nous bûmes un verre de vin frais en bavardant avec les uns et les autres, et nous fîmes les photos d'usage avec les amis et parents en buvant des cocktails. Après quoi, heureux comme des gamins le jour de Noël, nous passâmes à table.

La décoration était un rêve. De petites tables rondes étaient installées à même la pelouse. Pas terrible pour celles qui portaient des talons, mais néanmoins magnifique. Un dais de guirlandes lumineuses conférait à la scène un aspect féerique. Nerea avait bien fait les choses. Elle avait parfaitement capté ce que nous voulions.

Victor et moi allions d'une table à l'autre pour bavarder gaiement, en toute simplicité, avec les invités. J'offris mon bouquet de mariée à Carmen et son gros ventre, où se trouvait ma future filleule. Après quoi nous offrîmes à toutes les dames présentes de petits sachets de biscuits et macarons réalisés par Alma, une étoile montante de la pâtisserie, qui un an plus tard allait remporter le prix de la meilleure cuisinière blogueuse du pays.

Victor disparut avant l'ouverture du bal, et juste au moment où je me disais qu'il avait peut-être pris la tangente, je le vis reparaître, le teint verdâtre et empestant le cigare.

— Ils ont insisté pour que je fume un havane et que je boive un cognac cul sec. Je crois que je vais finir cette journée en vomissant tripes et boyaux, geignit-il en jetant des regards entendus à ses potes pliés en deux de rire.

Mais il réussit tout de même à se remettre et nous ouvrîmes le bal sur une piste de danse festonnée, elle aussi, de guirlandes lumineuses. Nous nous approchâmes l'un de l'autre puis, tendrement enlacés, nous nous mîmes à danser au son de *At Last*, d'Etta James, en oubliant presque que cinquante personnes étaient en train de nous regarder. Il n'y avait que lui et moi, et cette chanson… dont les paroles nous allaient comme une bague au doigt.

Ensuite, sur l'air de Sam Cooke *Wonderful World,* nous invitâmes nos beaux-parents respectifs à danser. Et il fallait voir comment Aurora se déhanchait, malgré ses talons hauts. On aurait dit une gamine de quinze ans à sa première boum.

Ensuite vinrent les airs des années soixante, puis soixante-dix, puis quatre-vingts, et quelques-uns des années quatre-vingt-dix, qui déchiraient grave. Les aînés retournèrent s'asseoir, laissant la piste aux jeunes.

C'était Lola qui menait la danse, et comment ! Un verre bien rempli à la main, elle se frottait sans vergogne contre Ray, qui ne savait plus où se mettre.

Et Victor et moi… on s'est lâchés, comme le premier soir où on s'était connus en buvant et en riant à gorge déployée avec les autres. Puis arriva le moment où Lola (qui d'autre ?) s'empara du micro du DJ et, d'une voix passablement éméchée, déclara qu'elle avait une idée géniaaaaale qui, malheureusement, fut plébiscitée par le reste des convives.

— J'ai pensé que Victor et Valeria pourraient danser sur l'air sur lequel ils ont dansé la première fois… Qu'est-ce que vous en dites ? Mais en y allant à fond, hein ? Comme le premier soir.

— Ce qu'elle peut être lourdingue, pesta Victor entre ses dents.

Et tout le monde applaudit lorsque nous nous plaçâmes au milieu de la piste, les autres se déployant en cercle autour de nous. Dans ce genre de fête, il arrive un moment où tout le monde attend que vous vous lâchiez, pas vrai ?

Le premier air sur lequel nous avions dansé, Victor et moi, était un de ces tubes torrides où les partenaires font du frotti-frotta, et je n'étais pas sûre d'avoir envie de me livrer à une danse lascive sous les yeux de mes propres parents. Quand les premières mesures de la chanson résonnèrent, je lançai un regard suppliant à Victor qui, à ma grande consternation, ôta sa veste de costume sans l'ombre d'une hésitation.

— Pas question. Pas devant mes parents, me récriai-je en riant.

— Allons, allons. Tu n'as qu'à leur dire que je suis ton mari et que je compte te faire des trucs mille fois pires cette nuit.

— OK, mais pas en public.

Il me tendit la main, me fit pivoter sur moi-même et frotta sans vergogne son pubis contre mon postérieur. Tout le monde applaudit. Mon conseil, ne vous fiez jamais à un homme qui sait bouger son corps.

Résultat, il m'entraîna malgré moi dans une danse lascive où je plaquai mon dos contre sa poitrine et faisais bouger mes hanches en faisant semblant d'aimer ça. En réalité, j'étais rouge comme une tomate. Nous chantions, collés l'un contre l'autre, en nous livrant à la danse la plus érotique de notre répertoire sous les yeux embarrassés de nos parents. Enfin, pas tous, parce qu'Aurora était venue se poster au premier rang et frappait dans ses mains en rythme comme si elle attendait que quelqu'un l'invite à danser.

Victor me souleva de terre tandis que je nouais une jambe autour de ses hanches et me renversai en arrière. Ma mère lança un cri épouvanté et se cacha la figure dans les mains. Lola était au bord de l'orgasme.

— Teresaaaaaa ! cria-t-elle à ma mère. Ce n'est rien ! Si tu les avais vus le premier jour ! C'est tout juste s'ils ne niquaient pas !

À cause de ce genre de réparties, ma mère n'a jamais complètement approuvé mon amitié avec Lola.

Quand la chanson s'acheva, nous priâmes les invités de ne pas insister et nous nous retirâmes dans un coin pour reprendre haleine. Un serveur nous apporta un rafraîchissement que nous partageâmes tandis que Lola recommençait à animer la fête, secondée par Nerea qui, bien que plus discrète, n'en était pas moins resplendissante dans sa robe noire.

— C'est fou ce que mes copines sont belles, dis-je en prenant une gorgée de limonade.

— Lola a été géniale, reconnut Victor. Sauf pour le coup de la danse.

— C'est vrai. Mais, bon, il fallait s'y attendre.

Il me prit par la taille.

— Cette robe est ravissante.

— Et toi, tu es beau comme un dieu, murmurai-je en lui tapotant la poitrine.

— Qu'est-ce que tu portes en dessous ? demanda-t-il en haussant un sourcil. Des dessous sexy de jeune mariée ?

— Non, dis-je en secouant la tête. Et tu as intérêt à bien te tenir.

— J'espère qu'il y a plein de petites agrafes qui vous donnent du fil à retordre et qu'on finit par arracher.

— Et moi, j'espère que tu ne vas rien faire de tel. C'est un cadeau de ma mère, très beau et hors de prix, répliquai-je en glissant une main furtive dans mon décolleté. Le voyant jeter un coup d'œil à sa montre, je demandai : Que se passe-t-il ?

— J'espère qu'on sera rentrés à la maison avant que l'homme en moi ne se transforme en bête. Par égard pour tes sous-vêtements.

— Mais enfin, personne ne rentre avant minuit le soir de ses noces ! m'esclaffai-je.

Victor écarquilla les yeux.

— Plaît-il ?

— On sera complètement claqués de toute façon…, murmurai-je.

— Dans ce cas, on part maintenant.

— Non, ils ne nous laisseront pas partir.

Barto et Carmen s'approchèrent en poussant un landau dans lequel Gonzalo dormait comme un ange.

— Mince alors ! dis-je en me penchant vers lui. Comment est-ce que tu fais pour roupiller avec tout ce raffut, mon petit chou ?

— Il est comme son père. Il est capable de dormir debout, blagua Carmen. Vous ne nous en voudrez pas si on s'en va ?

Je caressai son ventre proéminent.

— Bien sûr que non. Il ne faut pas aller au bout de tes forces.

— Je n'ai pas osé trop danser, de crainte d'accoucher sur la piste de danse. Tu imagines le tableau. Ça aurait tout gâché, s'esclaffa-t-elle.

— Au fait, vieux frère, dit Victor en posant une main sur l'épaule de Barto, tu serais OK pour donner un coup de main à un jeune marié dépassé par les événements ?

Barto éclata de rire.

— Si vous ne voyez pas d'inconvénient à vous tasser à l'arrière, à côté du siège de Gonzalo…

— Ça me va très bien.

Je lançai un baiser de loin à ma sœur, en lui faisant signe de ne rien dire à personne. Puis je m'agrippai au bras de Victor pour ne pas rester plantée des deux talons dans le gazon et m'esquivai discrètement.

Loin de me sentir triste d'abandonner ma fête de mariage, j'étais soulagée.

Victor avait vendu son appartement et le nouveau étant en pleins travaux de rénovation, nous avions prévu de passer notre nuit de noces chez moi. Mais mes beaux-parents avaient tenu à marquer le coup et nous avaient offert une nuit d'hôtel dans le centre de Madrid.

Quand nous entrâmes dans la suite qu'on nous avait réservée, nous éclatâmes de rire. Nous ne savions pas si c'était une idée de Lola ou de la mère de Victor, mais le lit était couvert de serpentins multicolores, et quelqu'un avait écrit sur une petite pancarte : « Profitez de votre nuit de noces au moins trois fois. » Les tables de nuit étaient bourrées de gadgets dont je préférais ne pas savoir à quoi ils servaient.

Et, comme toujours avec Victor, l'atmosphère ne tarda pas à se charger d'un désir épais et moite.

Il me souleva de terre en pressant ses lèvres sur les miennes. Nos langues se cherchèrent. Mon corps tout entier le réclamait. Je guidai sa main jusqu'à la fermeture éclair de ma robe, qui ne tarda pas à glisser à mes pieds. J'ôtai mes chaussures.

Son costume Hugo Boss suivit ma robe. Sa veste tomba lentement de ses épaules. Sa chemise vint ensuite, un bouton après l'autre, tandis que je laissais errer mes lèvres sur son torse dénudé. Puis son pantalon…

Je le poussai entièrement nu sur le lit débarrassé des serpentins et me plaçai à califourchon sur lui. Victor posa sa main sur ma hanche, puis la fit remonter le long de ma guêpière jusqu'à ma poitrine. Jamais je n'aurais imaginé porter ce genre de lingerie le jour de mes noces, mais comment dire non à une guêpière en pure soie La Perla ? Victor semblait approuver mon choix.

Je défis toutes les agrafes d'un coup, et Victor se mordit la lèvre en posant ses mains sur mes seins, dont les bouts se durcirent aussitôt au contact de ses paumes.

— Tu sais, je me fiche pas mal de ce que tu portes comme dessous. Ce qui me rend dingue c'est toi.

Je me levai, fis rouler ma petite culotte jusqu'à mes chevilles, puis l'enfourchai à nouveau. Victor écarta une ou deux mèches qui s'étaient échappées de mon chignon et me demanda :

— Tu as vraiment arrêté la pilule ?

— Affirmatif.

Sa bouche se mit à errer sur mon cou et ma gorge, me provoquant de petits frissons dans tout le corps.

Victor était prêt et, comme toujours, j'éprouvai le besoin impérieux de le sentir en moi.

Quand il me pénétra, nous poussâmes à l'unisson un gémissement de plaisir. Puis je me mis à monter et descendre sur lui en cadence, jusqu'à ce que son membre me remplisse entièrement.

— À partir de maintenant… tu dois me jurer qu'il n'y aura plus que moi, dis-je.

— De quoi d'autre aurais-je besoin ?

La main droite de Victor se faufila entre les plis humides de mon sexe, ses doigts habiles flirtant avec mon clitoris. Je me cambrai pour m'offrir à ses caresses. Victor cala un oreiller sous sa nuque et dit avec un sourire goguenard :

— Tu n'as pas idée de la vue que j'ai d'ici.

Je m'arc-boutai sur le matelas et me frottai en rythme contre ses doigts. Victor grognait doucement. Sa verge devenait de plus en plus dure et humide à mesure qu'il s'agitait en moi. Il était proche de l'orgasme.

— Ooooh…, soupirai-je.

— Continue, fillette. Ne t'arrête pas…

Je continuais de me balancer en cadence jusqu'à ce qu'un frisson me parcourt. Je sentis mes seins se durcir tandis que des gémissements s'échappaient de ma bouche entrouverte, emplissant toute la chambre. Ses doigts continuaient de me caresser, faisant vibrer sans relâche la corde du plaisir.

— Regarde-moi, me dit-il. Regarde-moi.

J'ouvris les paupières et le vis, en sueur et haletant, un regard d'adoration dans les yeux. Enfin, l'amour était arrivé, comme le chantait Etta James.

L'explosion qui suivit fut intense. Victor m'agrippa avec force pour se déverser en moi. Quand il eut repris son souffle, il plaqua ses deux mains sur mon ventre en soupirant :

— Ma Valeria…

Épilogue

Quand j'entends s'ouvrir la porte d'entrée, il est minuit et demi passé. J'éteins la télé et sors de la chambre à coucher en enfilant un petit peignoir de soie noire par-dessus ma nuisette.

Victor me chuchote :

— N'allume pas le couloir.

À la place j'allume dans la cuisine. Il a l'air fatigué du voyage. J'aurais aimé aller le chercher à l'aéroport, mais ce n'était pas possible à cause des filles.

Je m'approche et l'embrasse sur les lèvres.

— Je te prépare un petit en-cas ?

Il hoche la tête en souriant.

— Je veux bien, murmure-t-il en emportant sa petite valise dans la chambre.

J'ouvre le micro-ondes et fais réchauffer les restes du dîner. Des nems faits maison. Oui, enfin, j'appelle ça des nems parce qu'il faut bien leur trouver un nom.

Depuis que je suis maman, j'ai dû apprendre à cuisiner, mais je ne fais pas partie de ces mères de famille qui pourraient tenir un blog de cuisine.

Victor vient me retrouver en se frottant les joues d'un geste las. Il porte un pull noir à col roulé et un jean foncé. Et comme toujours, il est à tomber.

— Fatigué ?

— J'ai piqué un petit roupillon dans l'avion, dit-il en s'asseyant sur la banquette. Qui n'a fait que m'assommer encore un peu plus.

Je sais qu'il n'exagère pas, qu'il est vraiment épuisé. Mais Victor est heureux malgré tout. Par les temps qui courent, effectuer des voyages d'affaires, pour des projets importants qui plus est, est source de fierté. Un contrat passé avec une chaîne de petits hôtels design nous a aidés à tenir le coup pendant la foutue crise. Maintenant que l'économie du pays est à nouveau en plein essor, ce contrat en a attiré beaucoup d'autres.

— Tout s'est bien passé ? dis-je en mettant le couvert.

— Oui, oui. Super bien. Demain, je te raconterai tout en détail. Mais là, tout de suite, je suis vraiment trop crevé.

Il s'approche du micro-ondes et sort lui-même l'assiette fumante.

— Je te sers une bière ?

— Non, de l'eau, s'il te plaît.

Je lui tends un verre d'eau, puis je m'assieds avec une tasse de café. Il me fixe de ses yeux verts et dit, l'air sérieux :

— Tu ne vas pas dormir après ça.

Mon addiction au café lui met les nerfs à fleur de peau. Je n'arrête pas de me retourner dans le lit la nuit, et ça le réveille. Quant aux filles, il n'est pas question qu'elles nous laissent faire la grasse matinée ne serait-ce qu'une fois. Elles sont implacables : à huit heures tapantes, elles nous tirent du lit.

Mais cette fois-ci, il s'agit d'un déca.

Pendant que Victor mange, je me perds dans mes pensées. Cela fait six ans que nous sommes mariés. Victor a fêté ses quarante ans et, ma foi, il les porte bien. Je le trouve même encore plus séduisant que lorsque je l'ai connu. Il a quelques poils blancs au menton et des tempes grisonnantes, mais ça ne fait qu'ajouter à son charme.

Il a toujours un physique de rêve, grand, svelte, musclé, avec de grandes jambes et des yeux verts à se damner, sans parler de ses lèvres charnues… C'est peut-être la vénération qui me fait dire ça, mais je le trouve parfait. Pas seulement à cause de son ventre plat ou de ses pectoraux bien dessinés. Il remplit son rôle de mari à merveille.

Il s'essuie les lèvres, boit un peu d'eau et quand son regard croise le mien, un sourire canaille illumine ses traits.

— Qu'est-ce que tu regardes, fillette ?

— Toi. Je peux ?

— Bien sûr. Je suis ta propriété, plaisante-t-il. On va se coucher ?

J'ai l'impression qu'il cherche à me provoquer, même s'il a dit cela avec le plus grand naturel.

Nous longeons le couloir dans le noir. Puis j'allume dans notre chambre et je le vois qui passe la tête dans la chambre à coucher de notre petite Victoria. Il sourit machinalement en la regardant dormir. Il ressort dans le couloir et fait la même chose avec Daniela.

— Elles dorment à poings fermés, murmure-t-il.

— Ne parle pas si fort, sinon elles vont rappliquer en moins de deux.

Victor entre dans notre chambre et je ferme la porte derrière lui. Il ôte son pull et le laisse sur la banquette au pied du lit. Il retire ensuite ses Converse et son jean et se dirige vers la salle de bains. Il ne porte que son caleçon noir moulant, et je suis obligée de me répéter plusieurs fois qu'il est fatigué pour ne pas céder à la tentation de le suivre et de me mettre nue.

Quand il ressort, je suis couchée. Il n'enfile pas de pyjama. Il se glisse entre les draps et m'attire contre lui. À en juger par la façon dont il met ses mains autour de ma taille, fatigué ou pas, il aurait bien envie de…

Et moi aussi.

— Tu m'as manqué, me glisse-t-il à l'oreille.

— Tu n'es parti que deux jours.

— Une éternité.

Je me tourne vers lui et nous nous embrassons. Les baisers de Victor sont toujours aussi passionnés malgré les années. Et toujours aussi excitants. Et puis j'aime cette façon qu'il a d'embrasser comme si la fin du monde était imminente.

Quand nos langues s'enlacent, c'est comme si une mèche s'embrasait par combustion spontanée.

Je garde ma chemise de nuit pendant deux minutes à peine. Avant que j'aie pu dire ouf, il ne me reste plus que ma petite culotte et Victor est sur moi, sa bouche sur mes seins. Il saisit mon mamelon droit entre ses lèvres et se met à le suçoter et à le mordiller doucement. Je me cambre en gémissant tout bas. J'ai toujours adoré sa façon de me titiller les seins. Ça me rappelle la première fois qu'on a couché ensemble en se donnant à fond l'un à l'autre.

La bouche de Victor est sur mon ventre à présent. Il m'écarte les cuisses sans manières et frotte son nez contre mon slip, m'arrachant des soupirs. Je me débats quand je sens ses doigts qui se crispent, puis déchirent l'étoffe.

— Victor ! protesté-je.

Mais ensuite, quand sa langue glisse entre mes cuisses avec agilité, je ne songe plus à me débattre. Un grognement sourd, comme un ronronnement, s'échappe de sa gorge, me faisant frissonner de plaisir.

Il m'empoigne par les hanches et me dévore. Il explore chaque repli de ma chair, chaque point sensible. Ses doigts agacent mon clitoris turgescent.

Je m'agrippe les seins en les serrant entre mes mains. À la lueur de sa lampe de chevet, je le vois qui me regarde à chaque fois qu'il incline la tête et donne un coup de langue. Je pose ma main droite sur mon sexe. Mes doigts et sa langue se croisent par instants tandis que je me caresse. Je ne peux me retenir de gémir. Un peu plus fort que je ne devrais.

— Chut, tu vas les réveiller, me dit-il avec un sourire sadique.

— Arrête…, le supplié-je.

Victor mordille sa lèvre luisante et fait non avec la tête.

— Je ne peux pas. Je ne veux pas.

Je m'abandonne alors à ses coups de langue en glissant mes doigts dans ses boucles brunes.

Victor se redresse d'un coup et s'essuie la bouche avec son avant-bras. J'étais tellement perchée que je n'ai pas remarqué qu'il avait ôté son caleçon. Quand il s'allonge sur moi, je guide son membre en érection jusqu'à mon sexe. J'en ai envie moi aussi. Quand il me pénètre, je me cramponne aux draps pour ne pas pousser un cri de plaisir. Je suis à sa merci.

Le lit grince un peu. Nous nous efforçons de ne pas trop le secouer pour ne pas faire de bruit. Nous ne sommes plus seuls à la maison.

— Quel dommage que tu ne puisses pas crier, me murmure-t-il à l'oreille.

Je repense malgré moi aux cris passionnés, aux gémissements et aux halètements…

Nous changeons de position. Je me place sur lui et je bouge mes hanches en décrivant un cercle imaginaire. Victor me sourit entre deux soupirs. Quand je le sens aller et venir en moi, je perds tout contrôle.

— Plus fort… plus vite…, supplié-je à voix basse.

La cadence s'accélère tandis qu'il pousse vers le haut et moi vers le bas. Quand nos pubis s'entrechoquent, un frisson de plaisir me parcourt de la tête aux pieds comme une décharge électrique. J'ai l'impression que je vais prendre feu.

Il glisse sa main entre nous et chatouille doucement mon clitoris. Je me mords la lèvre pour ne pas me mettre à hurler de plaisir. Mes doigts glissent sur la toison qui recouvre ses pectoraux. Tout en lui m'excite. Il est parfait.

D'un geste vigoureux, il nous retourne à nouveau dans le lit, et je me retrouve sous lui, le dos plaqué sur le matelas. La cadence a changé. Ses coups de reins se font plus vigoureux et espacés. Nous nous sourions l'un l'autre.

Il me prend les mains et enlace ses doigts avec les miens. Il ne veut pas que je me caresse. Il veut seulement que je le sente aller et venir en moi. Et je suis sur le point de jouir. Je soulève mon pubis pour m'offrir à lui. La friction entre nous est presque insupportable.

J'atteins l'orgasme la première. Il me regarde jouir en me fixant dans les yeux, avant de jouir à son tour. Puis il libère ma main droite et m'ordonne :

— Touche-toi, fillette. Touche-toi. Je veux te regarder jouir encore une fois.

Je ne me fais pas prier, car j'aime qu'il me demande ça. Mes doigts se perdent dans les plis de ma chair humide et je commence à gémir tout doucement.

— Ne t'arrête pas, mon trésor, l'imploré-je.

Il n'en peut plus. Il a ralenti la cadence, car il n'est pas sûr de pouvoir tenir jusqu'à ce que j'aie atteint mon deuxième orgasme. Je continue de me caresser tandis qu'il geint dans mon cou, le front sur l'oreiller.

Je feule, il feule. Je halète, il halète. Je jouis, et il jouit à son tour, furieusement. Victor se raidit d'un coup et je sens sa verge palpiter lorsqu'il se déverse en moi.

Il laisse échapper malgré lui un grognement de satisfaction et plaque aussitôt sa bouche sur la mienne. Nous échangeons un baiser torride… comme si la fin du monde était proche.

C'est alors qu'un bruit nous parvient depuis le couloir. Victor se retire. Il n'a pas le temps d'éteindre la lampe de chevet ou de reprendre sa place à côté de moi que la porte de la chambre s'entrebâille.

— Maman, il est rentré papa ? dit une voix fluette.

— Non, je suis le plombier, murmure Victor en riant.

Je ris et le gronde, tout en répondant à Daniela :

— Oui, ma chérie. Il est rentré.

— Je peux entrer ?

Dieu merci, nos filles ont appris de bonne heure qu'une porte fermée est synonyme d'intimité. Je n'aurais pas apprécié qu'elle entre en courant et se jette sur le lit. La chambre sent le sexe à plein nez. Et nous aussi. Nous sommes hors d'haleine, nus et moites. Pour l'instant elle ne comprend pas pourquoi, mais viendra un jour où elle s'en souviendra et ce jour-là le puzzle se reconstituera de lui-même.

— Attends une seconde, mon cœur, lui dit Victor.

Il se lève, nu, et va à la salle de bains. J'enfile ma chemise de nuit, j'ouvre un peu la fenêtre et je sors dans le couloir, où Daniela nous attend.

— Pourquoi est-ce que c'est si long ? demande-t-elle, les sourcils froncés.

Je ris. Sa longue chevelure brune est ébouriffée et elle frotte énergiquement ses beaux yeux verts, hérités de son papa. Au même instant, Victor sort de la chambre en pantalon de pyjama. Il sent la savonnette et l'eau de Cologne. Il prend sa fille dans ses bras, même si elle est un peu grande pour ça, et la couvre de baisers. La petite rit et se gratte la figure, parce que la barbe de papa pique.

— Qu'est-ce que tu fais debout à cette heure, petite coquine ?

La porte de l'autre chambre s'ouvre et Victoria paraît. (Je ne comprendrai jamais comment cette gamine haute comme trois pommes a réussi à sortir toute seule de son lit.) En la voyant, Victor sourit jusqu'aux oreilles.

— Maintenant, j'ai toutes mes femmes avec moi…

Après avoir recouché les filles, Victor revient dans la chambre. Il ferme la fenêtre que j'ai entrebâillée et se glisse entre les draps. Malgré son sourire, il a l'air songeur. Ce doit être la fatigue. Je me serre contre lui, bien décidée à dormir sur mes deux oreilles maintenant qu'il est de retour après deux jours d'absence.

Ses doigts effleurent mon dos. Juste au moment où je vais sombrer dans le sommeil, il me dit :

— Il s'est passé quelque chose pendant ce voyage qui m'a donné à réfléchir.

— À réfléchir… à quoi ?

— À nous.

— Et… ? demandé-je, soudain paniquée.

— Quand j'étais à l'hôtel, j'ai repensé à mon appart. Ma garçonnière. Là-bas tout était silencieux et je pouvais écouter de la musique, lire, travailler… Vous me manquiez, mais je me sentais… soulagé.

— Soulagé ? répété-je, affolée.

— Oui. À cause du silence. De la tranquillité. Je pouvais réfléchir en paix sans être interrompu toutes les cinq minutes. Il n'y avait pas de gamines qui galopaient dans tous les sens. Pas de Valeria qui perdait patience. Je n'étais pas obligé de laisser tout en plan pour te donner un coup de main.

— Est-ce que ça veut dire que… ?

— Ça m'a fichu un coup. J'ai commencé à me prendre la tête, à me dire que tu avais peut-être eu raison d'affirmer que je n'étais pas fait pour cette vie-là. Et puis ça n'a pas duré.

— Pas duré ? répété-je d'une voix tremblante.

— Je veux dire, les doutes. D'abord toi… si belle – il m'étreint avec force entre ses bras. Je n'avais pas idée à quel point tu me manquais jusqu'à ce que je te revoie. Tu es devenue ma raison d'être.

Je me contorsionne pour pouvoir le regarder dans les yeux et ça le fait rire.

— Je te fais l'amour, je sens ton odeur et c'est tout ce dont j'ai besoin. De toi et des filles.

— Tu es sûr ?

Il soupire.

— Sûr de chez sûr.

Aujourd'hui, c'est l'anniversaire de Gonzalo, et nous allons fêter ça tous ensemble autour d'un barbecue chez Lola et Ray. Chaque fois que je pense que Lola et Ray vivent à la campagne, dans un village situé à soixante-dix kilomètres de Madrid, j'ai envie de me pincer pour m'assurer que je ne rêve pas. Lola est la fille la plus urbaine que je connaisse. Et malgré cela, elle a fait sa valise et est venue s'installer dans cette maison, où Ray dispose d'un espace pour peindre et où elle peut cultiver son jardin. Lola a un potager ! Oui, mais elle a aussi une chambre à coucher avec tout un tas de gadgets cochons planqués dans les tiroirs et dont elle sait se servir.

Il fait un froid de canard, mais Ray et Lola ont installé des chauffages extérieurs comme ceux qui servent à chauffer les terrasses des restaurants en hiver. C'est sous l'un d'eux que Carmen et moi sommes blotties, un plaid écossais étalé sur les genoux.

— Barto ! s'écrie soudain Carmen hors d'elle en le voyant jouer avec sa fille cadette au bord de la piscine. Fais attention !

— Du calme, Carmen ! La fichue piscine est bâchée, voyons ! rétorque Barto.

— Fichue piscine ! répète Eva, qui a deux ans.

Carmen soupire en faisant mine de l'ignorer.

— Tenez, les frigides ! dit soudain Lola qui vient d'arriver avec un plateau.

Elle nous tend à chacune un verre à pied. Je consulte ma montre.

— Tu crois que c'est une bonne idée de s'envoyer un gin-tonic à une heure de l'après-midi ?

— Il n'y a pas d'heure pour les gin-tonics, ma jolie. C'est comme les orgasmes. Ils sont toujours les bienvenus.

Je prends le mien et bois une gorgée. Il est bien chargé et j'ai perdu l'habitude de boire les cocktails de Lola. Celui-ci me donne la chair de poule. Je les regarde toutes les deux et murmure :

— Vous savez quoi ? Je suis pompette.

Carmen rit et goûte le sien.

— Toi, la pondeuse, vas-y mollo sur la bibine. Sinon tu vas te lâcher et dans neuf mois tu vas encore nous pisser une côtelette. Il me semble que trois mouflets à trente-six ans, ça suffit.

Carmen lève les yeux au ciel, préférant ne pas relever. Elle croise les jambes et jette un coup d'œil aux enfants qui courent derrière un ballon, et sa petiote qui voudrait faire comme les grands même si elle rase encore le gazon.

Lola m'offre une cigarette, mais je refuse avec le sourire. Elle me jette un regard torve.

— Ne me dis pas que tu es encore en cloque !

— Mais non, voyons, tu vois bien que je bois.

Lola ronchonne et vient s'asseoir avec nous en tirant à elle un coin de la couverture. Dans le jardin, Victor court comme un dératé, le ballon à la main, une horde de mioches à ses trousses.

— J'arrive pas à y croire, s'esclaffe Lola. Dommage que je ne puisse pas faire une photo et remonter ensuite dans le temps. J'entrerais dans sa chambre la nuit et après lui avoir fichu une frousse bleue, je lui dirais : « Je viens du futur pour t'apporter la preuve que, dans quelques années, tu seras retombé en enfance. »

— C'est un père de famille, rectifié-je en riant. Il n'est pas retombé en enfance.

— Quand on pense au bon coup qu'il a été, plaisante-t-elle.

— Et qu'il est toujours, je peux te le garantir.

Nous échangeons un regard en coin, et je ris sous cape.

— Il continue de te prendre dans la cuisine ?

— Nous n'avons pas souvent la possibilité de faire ça à la cuisine, au vu et au su de tous, si tu vois ce que je veux dire…

— Je ne sais pas comment vous arrivez à vous refréner, dit Lola en tirant une taffe.

— On ne se refrène pas, ma douce. Simplement, on a des priorités.

On pourrait penser que Carmen a dit cela sur un ton acerbe. Mais pas du tout. Elle cherche juste à lui expliquer que nos vies et la sienne sont différentes, mais que l'une n'est pas meilleure que l'autre.

Ray paraît avec des bières. Carmen et moi le suivons des yeux malgré nous. Le Ray de vingt-huit ans commence à avoir du chien. Grand, presque blond, costaud, pas rasé et les cheveux en bataille, il porte un jean avec un pull bouloché et des espadrilles avachies. Il a cette dégaine d'artiste qui plaît tant aux femmes.

— Ah, Lolita, que tu l'as bien choisi, soupiré-je.

— Je sais.

Lola a dit cela d'une voix tellement candide, amoureuse et sincère que Carmen et moi la regardons bouche bée.

Il y a quelques années, après une engueulade maison, Ray et elle avaient décidé de rompre et de faire leur vie chacun de son côté. Ray avait vingt-trois ans et elle trente-deux. La crise du palindrome, comme l'appelait Lola. Ils ne parvinrent pas à la surmonter et se séparèrent. Il recommença à sortir avec ses potes, et à fréquenter d'autres filles, tandis qu'elle déterrait son agenda et ranimait quelques flammes qu'elle croyait éteintes. Mais ni l'un ni l'autre ne parvint à surmonter le traumatisme de la séparation. Ils ne purent pas rester plus d'un an séparés de l'autre. Trois cent soixante-cinq jours exactement après leur rupture, Ray se présenta chez Lola et lui dit que s'ils ne se remettaient pas ensemble, il allait perdre la boule.

Ce qui fut un soulagement pour nous toutes, car Lola n'avait jamais été aussi amoureuse.

Comme tous les couples, Ray et Lola ont fixé leurs propres règles. L'une d'elles est de ne jamais avoir d'enfants. Ils sont, disent-ils, trop égoïstes pour partager l'autre et trop satisfaits de leur mode de vie pour y changer quoi que ce soit.

Soudain Eva et Victoria s'approchent de nous. Elles ont le même âge et sont les deux plus petites. Leurs pères nous les ont envoyées quand Gonzalo, Anita et Daniela se sont mis à jouer à la balle au prisonnier.

Je regarde Victor, qui boit une bière avec les autres. Il me sourit, et une sensation de chaleur me parcourt tout le corps quand je repense à nos parties de jambes en l'air d'hier soir et de ce matin.

— C'est quoi cette œillade langoureuse ? me taquine Carmenchou qui a sorti deux poupées d'un sac pour que les petites puissent jouer à nos pieds.

— Hi, hi, hi, s'esclaffe Lola. Il y en a une qui va se faire trousser comme une poularde.

Je la foudroie du regard. Les gamines sont de vraies éponges à cet âge. Je n'ai pas envie de les entendre claironner à longueur de journée les bons mots de tata Lola.

Je me baisse, repousse une mèche de cheveux des yeux de Victoria et me lève. Victor continue de me sourire d'un air goguenard.

— Le mariage n'est pas censé éteindre les ardeurs ?

— Il y a certaines choses qui permettent de les raviver, tu verras.

Lola rit. Elle fait sa bravache, mais dans quelques mois nous avons prévu de faire un voyage spécial. Nous allons nous rendre aux États-Unis pour assister au mariage de Lola et Ray en présence d'Elvis.

— Buccal, sur le dos ou en levrette ? demande Lola.

— Un peu de tout, dis-je en éclatant de rire.

Juste à ce moment-là, la sonnette de la porte d'entrée retentit.

— Enfin ! Ce n'est pas trop tôt !

Quelques instants plus tard, Nerea fait son apparition, toute souriante et belle comme le jour. Les filles écarquillent toujours les yeux quand elles la voient. Une fois, Daniela m'a demandé si tata Nerea était une Barbie.

Nous nous levons pour lui faire la bise et découvrons qu'un garçon très, très mignon la suit en la tenant par la main. Il sourit timidement, révélant une dentition parfaite. C'est le nouveau petit ami de Nerea, un mannequin italien d'origine et espagnol d'adoption. Francesco, Fra pour les intimes, nous est présenté officiellement aujourd'hui.

Il nous serre la main puis, avec un sourire enchanteur, nous dit avec un accent italien charmant :

— Bonjour, les filles. Ravi de vous rencontrer.

— Et nous donc, renchérit Carmen.

Nous éclatons de rire toutes en chœur, comme des idiotes, tandis qu'il reste planté au côté de Nerea, qui le regarde avec fierté.

Entre Jorge et Nerea, ça n'a pas marché. Même si leur liaison a duré quatre ans, durant lesquels elle a évolué, la Nerea à laquelle nous étions habituées a changé. Le mariage a cessé de l'intéresser. Se marier quand on n'est pas absolument sûre que l'autre vous aime n'a aucun intérêt. Et il faut aimer à la folie pour se marier. Ça aussi c'est une chose qu'elle a apprise.

Malgré cela Jorge et Nerea restent en contact. Ils se sont séparés en bons termes, même s'ils ont fini par se lasser l'un de l'autre. Un beau matin, Nerea s'est levée, a ramassé ses affaires et lui a dit que, pour leur bien à tous les deux, il ferait mieux d'accepter l'invitation d'un ami à aller le rejoindre à Los Angeles. À ce jour, le nom de Jorge n'est encore apparu dans aucun générique de film, mais Nerea nous assure qu'il est parfaitement heureux. Et elle aussi est heureuse.

Son entreprise la tient très occupée et elle lui a permis de combler un vide dans sa vie. Elle est trop prise par son travail pour songer à avoir des enfants. Un jour, peut-être, elle en adoptera, dit-elle quand elle nous voit avec les nôtres. Mais pour l'heure, elle partage son peu de temps libre entre nous et son nouveau jules si mignon qu'elle a mis si longtemps à nous présenter.

— Fra, dit soudain Lola. Nerea nous a dit que tu étais mannequin, mais… on est un peu comme Saint Paul. On ne croit que ce qu'on voit.

— C'était Saint Thomas, rit Barto.

— Saint Paul ou Saint Thomas… Elle hausse les épaules et poursuit: Alors, fais plaisir à trois pauvres petites vieilles et retire ta chemise s'il te plaît.

Fra regarde Nerea, qui se contente de ricaner et prend Eva dans ses bras.

Fra retire son pull, puis la chemise qu'il porte en dessous, et nos trois hommes se raclent la gorge quand ils nous voient baver d'envie.

— Tu vas prendre froid, lui dis-je en détournant les yeux.

— Mon papa aussi il a ça sur son ventre, dit soudain Daniela.

— Qu'est-ce que tu dis, ma chérie? demande Lola. Qu'est-ce qu'il a ton papa?

— Papa, montre-leur.

— Merci, ma chérie. Moi aussi, je t'aime, dit Victor en lançant un baiser à sa fille.

Puis il demande à Fra s'il a envie d'une bière.

— Volontiers, répond celui-ci, l'air quelque peu gêné.

— Papa! ronchonne Daniela.

— Ma chérie, tu ne veux pas que ton papa se ridiculise en public, lui répond Victor en éclatant de rire.

— Eh, oui, mon chou, ton papa n'est plus ce qu'il était, fait remarquer Lola.

Victor se dresse sur ses ergots, vexé.

— Comment ça? Ma femme ici présente peut attester que…

— Victor, pas devant les petites, dis-je en riant.

Il met une main devant les yeux de Daniela et secoue son index en direction de Lola. Quand il va à la cuisine pour chercher d'autres bières, il se retourne, siffle un coup, puis devant nous toutes soulève son pull pour nous montrer son ventre plat et sexy, barré d'une ligne de duvet brun en dessous du nombril.

Les mecs rient et s'approchent du barbecue, où Victor va les rejoindre avec des boissons. Les enfants jouent et rient, et nous, assises en rond, nous sirotons nos cocktails en silence. Je me mets à penser. Presque dix ans se sont écoulés depuis que cette histoire a commencé, et il faut que je mette le point final à ce chapitre de ma vie, même s'il m'en coûte.

Quand j'ai publié *Ode*, une critique littéraire a dit de moi que j'étais « la nouvelle auteure dont les romans n'ont pas une fin heureuse». Sur le coup, ça m'avait fait plaisir, mais pour une fois, je suis contente de déroger à la règle.

J'ajouterai même (une chose que nous avons toutes apprise de la vie) que les fins du style «ils vécurent heureux et eurent beaucoup d'enfants» n'existent pas.

Prenez Carmen, par exemple.

Elle a dû faire une croix sur son rêve de devenir un jour directrice d'une grosse agence de pub. C'est dommage, mais c'est comme ça. Nous autres, femmes, devons choisir entre avoir une vie professionnelle ou avoir une vie privée. De nos jours, pouvoir concilier les deux relève du fantasme. Carmen doit se consacrer à ses enfants, ce qui veut dire empiéter sur son temps de travail pour s'occuper d'eux. Ainsi va la vie. Dire oui d'un côté signifie dire non de l'autre.

Même chose pour Nerea.

Bien sûr que nous voudrions toutes que ça se passe comme dans les films et les romans sentimentaux qui finissent toujours bien. Et celui-ci se finit bien, mais tout n'est pas parfait. Et nous n'en apprécions que plus les moments de bonheur.

Moi, oui, je continue de gagner ma vie en faisant ce qui me plaît le plus au monde. Depuis que j'ai commencé à écrire, cinq de mes romans ont été publiés. Et le sixième ne va pas tarder. Moi, oui, je suis toujours avec Victor malgré tous les hauts et les bas que nous avons connus. Mais…

Il y a toujours un mais.

Notre vie de couple n'a pas toujours été rose. Personne ne croit aux princes charmants sans peur et sans reproche qui ne vivent que pour mettre le monde à vos pieds. Et Victor n'est pas une exception. C'est un homme, et il n'est pas parfait. Mais c'est l'homme que j'ai choisi.

Prenez la paternité par exemple. Bien qu'il ait insisté pour que nous ayons rapidement des enfants, il a eu du mal à accepter la naissance de Daniela. Les six premiers mois ont été très durs, car Victor n'arrivait pas à comprendre ce qui nous arrivait. Il n'y avait pas de drames ou de grandes discussions entre nous, mais nous étions subitement devenus un couple fatigué, et je n'avais plus envie de passer mes nuits à défoncer le matelas.

Nous avons surmonté cette épreuve et, ce faisant, nous sommes devenus deux adultes responsables, chacun à sa façon.

Nerea rompt le silence en demandant comment on fait pour déshabituer un bébé de sa tutute. Lola éclate de rire et commence à énumérer tous les remèdes naturels qu'elle a essayés.

De mon côté, je continue de gamberger et de passer en revue toutes les décisions que j'ai prises qui m'ont amenée où je suis maintenant.

Il y a peu, par un de ces étranges hasards de la vie, j'ai croisé Adrian. Il y avait six ans que nous étions sans nouvelles l'un de l'autre, et presque sept ans que je ne l'avais pas vu. Le temps ne semble pas avoir de prise sur lui… le veinard.

Je n'étais pas particulièrement à mon avantage. Daniela m'avait couverte de miettes de crackers et Victoria avait passé la nuit à brailler, d'où mes cernes de panda sous les yeux.

Quand Adrian se matérialisa devant moi, un sourire stupéfait aux lèvres, je songeai que c'était le cornichon sur le gâteau d'une journée de merde. Lui, mon ex-mari, fin et élancé, et encore plus craquant que la dernière fois que je l'avais vu. Moi, un véritable désastre.

— Valeria ? dit-il comme s'il n'était pas sûr que ce fût moi.

Je hochai la tête et, prudemment, il s'approcha et me serra dans ses bras sous le regard intrigué de mes filles. J'étais gênée. Il avait la même odeur que dans mes souvenirs – des souvenirs précieux. Avec le temps, les mauvaises choses tendent à s'estomper pour ne vous laisser qu'une sensation étrange.

— Ce sont tes filles ?

— Et toi, t'es qui ? intervint Daniela avec insolence.

Adrian s'accroupit devant elle et lui répondit avec le sourire :

— Moi, je suis Adrian. Il lui tendit la main. Et vous, mademoiselle ?

— Daniela, dit-elle en lui tendant sa menotte pleine de restes de biscuits avec une élégance qu'elle avait dû hériter de son père.

— C'est un joli nom, dis donc.

— Oh, m… ince ! m'écriai-je. Elle t'a sali.

Ignorant les braillements de Victoria, qui gigotait dans son landau comme une contorsionniste, je saisis une lingette et lui essuyai la main.

— Ne t'en fais pas, Val, me rassura-t-il d'une voix chaleureuse.

Je laissai retomber mes bras en soupirant.

— Daniela, s'il te plaît, essuie-toi les mains, mais pas sur moi.

Adrian observa un instant Daniela puis, levant les yeux vers moi, murmura :

— C'est fou la ressemblance.

— Avec moi ?

— Non, avec lui. Je suis content que ça se soit finalement bien goupillé entre vous.

Il y eut un silence tendu de quelques secondes. Cela faisait des années, mais nous avions été mariés et notre séparation n'avait pas été ce qu'il y a de plus… cool.

— Et toi, comment ça va ? demandai-je.

— Très bien.

— Tu n'as pas d'enfants ?

Il rit.

— Non. Moi, les gosses, tu sais…

Sa remarque me surprit. Adrian avait toujours voulu avoir des enfants. Quand on s'était mariés, il m'avait juré que nous aurions une tripotée de gamins quand nous en aurions les moyens. Mais bon, ce n'était pas la première promesse qu'il n'avait jamais tenue.

Une fille s'approcha de nous timidement.

— Adri, mon cœur…

C'était une brune aux cheveux très longs, avec des pommettes parsemées de taches de rousseur et des yeux bleus magnifiques.

— Ma chérie – il l'embrassa. Je te présente Valeria, mon ex-femme. Et ses deux filles.

Victoria se mit à brailler. La fille se pencha au-dessus du landau pour lui gazouiller des mots gentils qui la calmèrent aussitôt. Sale gosse. Elle avait passé la journée à me casser les oreilles, mais elle faisait risette à la première venue.

Une main se posa sur mon épaule et instantanément, je sentis que je me détendais. Des lèvres chaudes effleurèrent ma tempe et je souris.

— Coucou, mon ange, me dit Victor. Salut Adrian.

— Salut.

Ils échangèrent une poignée de main embarrassée et Victor me demanda si on pouvait y aller.

Je saluai Adrian et sa nana. J'avais un goût amer dans la bouche. Je pensais à ce que nous avions été, à notre relation, et comment elle s'était détériorée. Cette rencontre fortuite m'avait fait l'effet d'une claque. Il était la pire erreur de ma vie.

Tandis que j'attachais la ceinture de sécurité des filles, Daniela me demanda qui était le monsieur que nous avions rencontré.

— C'est un ami d'il y a très longtemps.

— Maman était mariée avec lui avant moi, expliqua Victor, qui tient absolument à ce qu'on dise la vérité aux filles, si petites soient-elles.

Voyant que Daniela avait l'air perplexe, je lançai un regard de reproche à Victor.

— Et tu as eu des bébés, maman ?

— Non, ma chérie. Je n'ai eu que vous.

— Pour le moment, murmura Victor avec un sourire espiègle.

Il y a deux ans, Victoria venait de naître, quand je tombai sur la photo de Bruno dans le supplément du dimanche avec la légende : « *L'écrivain qui a conquis le cinéma.* »

Je ne l'avais pas complètement perdu de vue (après tout, lui et moi avons le même éditeur), mais je ne savais pas qu'il avait signé l'adaptation cinématographique d'un de ses romans. J'étais tellement contente que, sans même réfléchir, j'avais décroché le téléphone et essayé de le localiser à partir des numéros que j'avais gardés sur mon portable. En vain. L'un d'eux n'existait plus et l'autre ne répondait pas.

Deux jours plus tard, un homme demanda à me parler au téléphone. C'était Bruno.

— Mon petit doigt m'a dit que Mme Valeria Ferriz avait essayé de me joindre.

Malgré son sérieux, je sentais une touche d'ironie dans sa voix. Comme je me remettais de mon émotion, il poursuivit :

— Et je dis bien « madame », parce qu'à en croire les mauvaises langues, elle porte une alliance.

— Je vois que tu es bien informé.

— Comment est-ce que ça marche pour toi ?

— Très bien, dis-je. Mais pas aussi bien que pour toi. Je t'ai appelé avant-hier pour te féliciter.

Victor rentra juste à ce moment-là. Il s'immobilisa sur le seuil de la cuisine et me regarda. Je portais mon uniforme de mère de famille, à savoir un caleçon noir avec un haut ample qui me laissait une épaule dénudée.

— Maman sexy, dit Victor en retroussant ses babines.

— Pour me féliciter ? répondit Bruno.

— Oui, j'ai vu dans le journal que l'adaptation de ton roman va bientôt sortir au cinéma et que la critique est excellente.

Je m'approchai de Victor pour l'embrasser et me rassis sur un tabouret.

— Ah, oui. Merci. Mais c'est l'avis du public qui compte.

Je vis Victor déposer ses affaires dans le placard de l'entrée.

— Pour ça, tu ne devrais pas t'en faire. Tu peux être sûr qu'une cohorte de fans va extorquer des louanges au public à la sortie du ciné.

— Du style « des compliments ou la vie », c'est ça ?

— C'est ça.

Victor mit la cafetière en route et disparut ensuite dans le couloir.

Je ne pus m'empêcher de songer à quoi ressemblerait ma vie aujourd'hui si j'avais choisi de partir m'installer avec lui. J'aurais sans doute eu aussi des enfants avec lui, que j'élèverais dans une jolie petite maison des Asturies. Cette Valeria-là me mettait mal à l'aise… car même si elle n'avait pas été malheureuse, elle n'aurait vécu qu'une demi-vie.

— Écoute, Bruno, je suis contente que tout aille bien pour toi. Je garde un bon souvenir de nous.

— Et moi aussi.

— Si ça n'a pas marché, c'est parce qu'une autre vie nous attendait.

Bruno rit.

— Ne te sens pas obligée d'en rajouter, Valeria. Il y a longtemps que je t'ai pardonné de ne pas m'avoir aimé comme je t'aimais.

Victor entra dans la cuisine, avec Victoria dans ses bras, une expression coupable sur ses traits. Il avait dû la sortir de son berceau alors qu'elle dormait parce qu'il n'avait pas pu s'en empêcher.

— Elle était à demi réveillée, se justifia-t-il.

— Passe le bonjour à Aïtana, dis-je à Bruno.

— Tu as des enfants ?

— Oui.

Quand je raccrochai, j'eus la certitude que j'avais bien fait de choisir Victor, même si tout n'était pas rose.

Lola me tire de ma rêverie avec un coup de coude et un de ses éclats de rire tonitruants.

— Hein que oui ?

— Je n'ai pas la moindre idée de ce que tu cherches à dire.

À en juger par la tête de Nerea et le fou rire de Carmen, j'imagine qu'elle s'est fendue d'un commentaire salé à propos du jules de Nerea. Et je ne peux éviter de rire moi aussi.

Sept ans se sont écoulés depuis que j'ai commencé cette histoire, et même si nous avons changé, nous sommes parfaitement conscientes de la chance que nous avons d'être toujours unies, comme les membres d'une famille. Mais c'est aussi parce que nous avons pris grand soin de cultiver notre amitié. Aucune de nous n'a cessé d'être celle qui la rend tellement précieuse aux yeux des autres.

Lola est toujours aussi incontrôlable, explosive, géniale ; c'est une peinture abstraite qu'il faut savourer sans chercher à comprendre.

Nerea n'est toujours pas à l'aise quand on parle de sexe, et que nous le voulions ou non, les exploits de son cher Fra au plumard ne nous sont pas révélés (du moins pas en détail, hum, hum). Elle demeure la fille douce, constante et suffisamment stretch pour faire contrepoint aux plaisanteries grivoises de Lola.

Carmen travaille désormais à mi-temps dans la publicité et à plein-temps comme mère au foyer, mais rien ni personne ne pourra jamais lui ôter cette façon de voir le bon côté de la vie qui nous a tant aidées. Elle est intègre, fidèle à elle-même. C'est elle que je vais trouver quand j'ai besoin d'un conseil, et tant pis si ses réponses ne sont pas toujours celles que j'espérais. Sans Carmen, je ne sais pas ce que je ferais.

Et Valeria ? Que lui est-il arrivé ? Au début, elle a eu du mal à se sentir bien dans sa peau, au point qu'elle n'était plus certaine de ce qu'elle voyait quand elle se regardait dans la glace. Elle a beau s'efforcer de voir la vie en noir et blanc, Valeria continue d'être la même fille pas sûre d'elle, parfois un peu trop rigide et parfois trop tendre et vulnérable. Je connais mes défauts, et pour être tout à fait sincère, je ne crois pas avoir réussi à me corriger. Mais je sais que Victor est l'unique pièce capable de compléter le puzzle de ma vie. Et il m'en coûte moins qu'avant de me laisser voir telle que je suis vraiment.

Ce soir-là, nous sommes épuisés en rentrant à la maison. Avoir une vie sociale quand on est parent demande une sacrée dose d'énergie. Les filles se sont chamaillées dans la voiture, et Victor a passé une bonne partie du trajet à les gronder, à leur dire qu'on ne se bagarrait pas pour une poupée… surtout quand on a toutes les deux la même ! Mais ce sont des gamines. Et quelques fois, il semble l'oublier.

C'est lui qui leur donne leur bain tandis que je prépare le dîner. Daniela se douche seule dans notre salle de bains, puis elle nous appelle pour qu'on lui sèche les cheveux. Victor et Victoria fredonnent dans l'autre salle de bains, et peu après la cadette se met à trotter dans le couloir.

Soupe aux vermicelles, omelette au fromage avec une petite salade, après quoi les deux mioches tombent de sommeil et leur père les emmène se coucher pendant que je prends le temps de me démaquiller et de me mettre de la crème hydratante.

Daniela réclame une histoire et Victoria une blague. Cette petite me fait hurler de rire. Ma parole que c'est le portrait craché de sa tata Lola.

Quand Victor entre dans la chambre à coucher, il est plié en deux.

— C'est elle qui m'a raconté une blague, pour finir. Elle m'a dit: « Papa, laisse-moi te raconter l'histoire du chien-mon-cul. » Pas question de la laisser ne serait-ce qu'une minute seule avec Lola.

Assise au bord du lit, je ris tout en m'enduisant les jambes de crème.

— Je parie que tu étais comme elle quand tu étais petit.

— J'étais un gosse taciturne et très sérieux, plaisante-t-il. Hum, ça sent bon cette crème.

Il se laisse tomber sur le lit avec un petit grognement satisfait et s'approche de moi. Il n'allume pas la télé, ne me propose pas de regarder un film. Il n'a pas son iPod avec lui.

— Mon chéri…, dis-je avec un petit sourire.

— Quoi donc ?

Il s'allonge sur moi, pose mon pot de crème sur la table de chevet et m'embrasse à pleine bouche. Je grogne et m'écarte en lui demandant de mettre un disque.

À côté de la fenêtre, nous avons un vieux tourne-disque, cadeau de ma belle-mère, ainsi que quelques vinyles de blues et de jazz. La même musique que nous avons jouée à notre mariage et que nous écoutions dans sa garçonnière. Victor va choisir un disque et le pose sur la platine. Puis il met le volume en sourdine, et quand il revient vers moi, je ne peux m'empêcher de remarquer que quelque chose est en train de prendre vie sous son pantalon de pyjama.

Je ne pense pas que cette nuit Victor va vouloir se contenter de tirer un petit coup vite fait en silence. Je vois bien qu'il a envie d'autre chose. Quand il m'assaille de toutes parts avec ses mains et sa bouche, j'essaie de le repousser en riant.

— Allez, ne fais pas ta chochotte, me dit-il en riant.

— Victor, pour l'amour du Ciel ! Tu crois vraiment que les couples normaux font l'amour six soirs par semaine ?

— Et depuis quand est-ce qu'on est un couple normal ? dit-il en s'installant entre mes jambes.

— On est quoi d'après toi ?

— On est plus qu'un couple normal.

Et je ne trouve rien à ajouter.

Remerciements

Cette fois-ci, je ne vais pas trop m'étendre. Je veux remercier tous ceux qui ont participé d'une façon ou d'une autre à l'élaboration de ce roman. Merci d'avoir fait de mon rêve une réalité.

Je remercie toutes les personnes de Suma de Letras qui ont collaboré à *Valeria* et qui en ont peaufiné chaque détail.

Merci, Ana. Travailler avec toi a été, comme toujours, un plaisir du début à la fin.

Merci à toutes les personnes qui se sont réjouies pour moi. Grâce à elles je me suis sentie aimée, rassurée, sûre de moi.

Et merci à ma famille, à mon mari et à ma belle-famille, qui sont mes plus grands fans.

Cet ouvrage a été composé
Par Atlant'Communication au Bernard (Vendée)

Impression réalisée par
CPI France
en octobre 2019
pour le compte des Éditions de l'Archipel
département éditorial
de la S.A.S. Écriture-Communication.

IMPRIM'VERT®
Votre imprimeur agit pour l'environnement

Certifié PEFC
Ce produit est issu de forêts gérées durablement et de sources contrôlées.
PEFC™
10-31-3068
pefc-france.org

Imprimé en France
N° d'impression : 3035617
Dépôt légal : novembre 2019